横山 昭正

視線のロマネスク

―スタンダール・メリメ・フロベール―

溪水社

表紙カヴァー・扉：
ジョゼフ＝デジレ・クール「ジェルマンのいない淋しさを紛らすリゴレット」
（1844、ルーアン美術館）に由る。

デザイン：広川 智佳子

視線のロマネスク　目次

視線のロマネスク

序詩

眼差しについてのノート

＊

パスカルの言う《永遠のランプ》が照らす
銀河系の中空で
風と草木虫魚に囲まれ
鼓動している小さな闇のあなたを
この眼で見て初めて
見ているわたしが存在しはじめ
万象のなかのわたしを見て初めて
あなたが存在しはじめる
——おそらく世界は
刻々うまれる眼差しで出来ている

＊

眼差しの走る速さは光速とほぼ同じだが
その長さもほとんど果てがない

何万何十万光年も離れた
ほんの幽かなあかるみにまで届く
そして　常に
そこより遠い闇までのびて
さまよい　とける

＊

E・T・ホールは
《ひとの境界は皮膚に始まり
皮膚に終わる》と述べている
しかし
眼の皮膚だけは境界をなさない
そこを
内からも外からも通り抜けるむすうの眼差し
——眼が
柔らかい空洞をもつどの器官よりもみだらなのは
そのためである

＊

眼差しの巣は網膜の裏　その奥
の誰にも見えない暗がり
肉とも骨とも液ともつかない
たぶんうつろなところ
だから　眼差しの意図は
自分にも他人にもよく分からない

＊

眼差しは一直線に進み曲ることができない
いつも内側に焦がれ
硬い眼差しにはじかれては
ひき返し
うつろに吸いこまれては
ゆき暮れる
女体の眼の透明な肉に
男たちがひるむのは
そのためである

＊

外から内からおし寄せるおびただしい眼差し
を防ぐのに疲れて
わたしたちはまぶたを塞ぐ
眼窩のくぼみで
ひととき　ゆらゆら
胎児のように憩う眼差しの塊り

＊

《欲望である眼差しをすべて充足させれば
街は妊婦と死体でうずめつくされるだろう》
——ヴァレリーの言葉はするどい
眼差しは　だが
充足することがない
いつも飢えにかげり　日々刻々
尖端からおとろえ　蒼ざめ
あるいは枯れ　あるいは腐蝕する
世界は　昔も今も
つぎつぎに死んでゆく眼差しで出来ている

第一章　スタンダールと視線のロマネスク

――『パルムの僧院』と『赤と黒』をめぐって――

はじめに――目と視線

作中人物の根源的な関わりがほとんど視線の交錯によって成立する代表的な小説といえば、スタンダール STENDHAL（本名Henri BEYLE 一七八三―一八四二）の遺作ともいうべき『パルムの僧院』*La Chartreuse de Parme*[1]（一八三九）がまっ先に思い浮かぶ。特に第二部の第十八章・十九章に、非常に高い場所で向き合う窓ごしに交わされる恋人同士の視線のドラマが集中している。

『赤と黒』*Le Rouge et le Noir*（一八三〇）でも、人物同士の関わりのなかで、目と視線が同じように重要な役割を果たしている。この試論では、極めて多様な機能と意味を担う目と視線がスタンダールによってどのように捉えられ、どのように表現されたか、その代表的な作品をとおしてみていきたい。

『ロベール小辞典』*Le Petit ROBERT*の「目（ŒIL〔複数〕YEUX）」の項には、まず「1．視覚の器官（眼球とその付属物）」とある。「2．〔転義〕視線（Regard）」には、「目で探す（追う）」、「ちらっとこちら側へ目をやる」など沢山の用例が挙げられており、「視線」の意味に用いられることが多いと推測される。ほかには「3．一瞥（COUP D'ŒIL）」、「4．〔比喩的〕（表現において）視線によって向けられる注意」、「5．〔抽象的〕気持ち、精神状態、判断」などがある。

引用文の邦語訳にあたり、筆者は《œil (yeux)》を《目/眼》、《regard》は《視線/眼差し/目つき》と訳した。大まかにいえば、前者は具体的な視覚器官としての「目、眼球、肉眼」を、後者は、目が外界の物象を映したり、これに働きかけたりするとき、対象とのあいだに想定される線、目には感じられても実際は見えない架空の線を指す。「視線」は、『岩波国語辞典』では「眼球の中心点と、見る対象とを結ぶ線。目で見る方向」、『広辞苑』では、

目で見る方向。外界の光点と網膜上にあるこれの像とを連ねた直線。視軸。

と定義されている。ところが『ロベール小辞典』によれば、動詞《regarder》から九八〇年に派生した《regard》の定義「1」は、

ある対象が見える (voir) ように、目をその対象の方へ向ける行為あるいは仕方、見る主体 (celui qui regarde) の目の表情。

である。面白いことに、この定義には「線」あるいは「直線」の指摘がない。定義「2」は「〔比喩的・古語〕注視する行為」である。

「目」と「視線」を比べると、「視線」の意味も担う「目」の方が多義で、用例も多岐にわたる。

スタロバンスキーJean STAROBINSKI (一九二〇—) は、《regard》の語源について次のように述べている。

語源を調べれば分かるように、ある対象に向けられた視覚を指すのにフランス語では《regard》という語を用いるが、その語根はもともと見る行為ではなく、むしろ重複や再帰の接頭辞（re-）が匂わせるあの執拗さを伴う「待機」l'attente、「気苦労」le souci、「保持」la garde、「考慮」l'égard、「保護」la sauvegardeを指す。「見ること」regarderは「（ある対象を）取り返して保護下に置くこと」reprendre sous gardeを目ざす一つの動作である。(2)

このように「視線」は「目」より動的な意味作用をもち、目に映る事象に対する見る主体の強い執着や所有欲を荷っている。スタンダールが《œil（yeux）》と《regard》を使い分けていることはいうまでもない。『赤と黒』から幾つか例を挙げよう。秘書に雇われたパリのラ・モール侯爵家の社交界で、ジュリヤンが初対面のフェルヴァック元帥夫人(3)に強く魅かれるのは、彼女が「レナール夫人の眼と眼差し（Ⅱ・4）」les yeux et le regard de madame de Rénalをもっていたからである。つまり、フェルヴァック夫人はレナール夫人にそっくりの青い美しい眼と、気品溢れる優しい眼差しを具えていたのである。

第二部後半でジュリヤンは、ラ・モール侯爵の供として極右王党派のクーデターの陰謀に深く関わるが、謀議の座長は「猪の眼差しの小男（Ⅱ・22）」au regard de sanglierである。この隠喩は「彼の猪の眼が冷酷に輝いた（*Ibid.*）」son œil de sanglierとくり返される。

作品の終章で、斬首されたジュリヤンの遺骸を引き取ったフーケの部屋にマチルドが現れる。

彼女は狂い乱れた眼差しと眼をしていた。

「あの人を見たいの」、と彼女は言った。(Ⅱ・45)

「狂い乱れた眼差しと眼」の原文は《le regard et les yeux égarés》――作者は眼と眼差しをはっきりと区別して用いている。我々は眼に本心が表われても眼差しでそれを隠したり打ち消したりすることができる。またその逆のこともある。だが、この場面のマチルドは己の錯乱を制御できず、それがそのまま眼と眼差しの双方に露呈している。この一行は、マチルドのジュリヤンへの愛着がひたむきで、単に虚栄や趣味恋愛に根ざしていたのではないことを示している。ちなみに同時代の詩人では、特にボードレールが目のイメージを好んで描出している。典型的な例として「美への讃歌」*Hymne à la Beauté*(『悪の花』再版〔一八六一〕21)から、「おお〈美〉よ! おまえの眼差しは魔性と神性をあわせもち/善業も罪業も綯いまぜに注ぐ/それでおまえをワインに喩えてもよい」、「おまえは眼のなかに落日と黎明を含みもつ」を挙げておく。このように動的な眼差しと静的な眼を使い分けながら、彼は多様で広大な視線のコスモスを創りあげている。

〔註記〕

一 引用文末のカッコ内のローマ数字は巻または部、アラビア数字は章を示す。出典はできるだけ文中に記した。原文の字句のうち、イタリック体のものはゴシック体で示し、最初または全体が大文字のものは〈 〉で括った。強調の傍線はすべて筆者による。

二 多用される《passion》はしばしば《amour》「愛/恋」の意味に用いられるが、作者の使い分けが分かるように、できるかぎり「情熱/熱情」と訳した。大ていの場合、それでも文意がつかめるからである。同じ理由で《âme》は、「心/人間」の方がふさわしいときもあえて「魂」とした。

三 二つの文字「目」と「眼」について言えば、「目」は一般的・総称的な意味を表わすときや成句に含まれているとき、「眼」は具体的・個別的なイメージを示すとき用いる。しかし、筆者は厳密に使い分けてはいない。

Ⅰ　高所の幸福

――《下界で我々の心につきまとう卑小なことや邪悪なことからずっと高く離れて》（Ⅱ・18）

1　パルム公国――高みと低みの関係

ミラノ公国の由緒ある貴族、「うわべだけの微笑と新思想への限りない憎悪（Ⅰ・1）」で知られるデル・ドンゴ侯爵の次男ファブリスは、パルム公国の侍従長ファビオ・コンティ将軍（後の城塞長官）の娘クレリアにコモ湖のほとりで出遭い、一目惚れする。彼は十六歳[1]、ナポレオン軍の兵士としてワーテルローの戦い（一八一五）に臨み、敗走したばかりである。十二歳[2]のクレリアも彼に魅かれるが、二人は視線以外にはほとんど言葉も交わさず別れる。

五年後、ファブリスはパルム司教区の主席副司教として宮廷に迎えられる。ところが、軽はずみなこの聖職者は旅芝居の若い女優マリエッタ[3]を争う決闘で一座の道化役者ギレッティを殺害し、パルムの城塞屋上（高さ約五九メートル（一ピエpiedは〇・三二五m）。以後「約」は省略）にそびえるファルネーゼの塔（高さ一三・三メートル）に収監される。このとき、城塞の入口でクレリアに再会する。彼女の父コンティ城塞長官はファブリスにとって政敵側の大物で、ボナパルト崇拝の彼はいつ極刑に処されるか、それとも牢内で毒殺されるか分からない。その生死は、絶対君主エルネスト四世の眼差し一つにかかっている（Ⅱ・15）。

ファブリスの叔母サンセヴェリナ・タクシス公爵夫人（前ピエトラネーラ伯爵夫人）ジーナは当時三七歳[4]、美貌と才知に恵まれ、エルネスト大公も首相のモスカ伯爵も思いを寄せる宮廷の名花である。夫人は鍾愛する甥の救出に手を尽くすが、困難を極める。だが驚くべきことに、脱獄までの九ヶ月間、ファブリスは自分を少しも不幸と感じていない。彼が幽閉されているファルネーゼ塔の三階の独房（高さ十メートル）の窓から、真向かいの官邸に住むクレリアを《見ること》ができるからである。

ここで指摘しておきたいのは、二人の互いに視線を交わす行為が、下界の卑俗な視線から隔たった高所にいるおかげで成り立つことである。他の作品をみても、スタンダールの人物は好んで見晴らしのよい高所へ登り、そこで幸福を味わう。例えば『赤と黒』の主人公、野心家の美少年ジュリヤン・ソレルは、ヴェルジーのレナール邸から故郷のヴェリエールへ向かう途中、大森林の真ん中の巨岩の上に立つ。すると、

彼はあらゆる人間から切り離されていると確かに感じた。この肉体的な位置が彼をほほえませた。それは、彼が精神的に到達したいと熱望している位置を描いて見せたからである。この高山の澄んだ空気のおかげで、彼の魂には、晴れやかさだけでなく喜びさえ湧いてきた。（I・10）

このように、高所のジュリヤンは肉体と同時に精神の高揚感に捉えられる。更に彼は、「足下に二十里四方の地を見渡し（*Ibid.*）」、ハイタカが空高く「沈黙のうちに壮大な円を描く（*Ibid.*）」のを見上げながら、己の未来をナポレオンの生涯になぞらえて想い描く。(5)

『パルムの僧院』では、弱冠十五歳のファブリスが叔母のジーナに、「炎がほとばしり出る眼で彼女を見据えながら（I・2）」、ナポレオン軍への志願を告げる。(6) 彼は、コモ湖の岸辺で、はるか上空に「ナポレオンの鳥（*Ibid.*）」を見る。

鷲はスイスの方、ということはパリの方を目ざして威風堂々と飛んでいきました。《僕も》、とすぐに思ったんです、《僕もあの鷲の速さでスイスを越えてゆくんだ。そしてあの偉大な人に捧げるんだ。ほんの僅かだけれど、今僕が捧げられるものをすっかり――か弱いけれど僕の腕を差しのべよう》と。（*Ibid.*）

ファブリスの「炎がほとばしり出る眼」には、イタリアを支配している神聖ローマ帝国との戦いに加わろうとする強い決意が読み取れる。眼の炎は、貴族としてのノブレッス・オブリージュの表われでもあろう。ワーテルローから敗残兵として帰国したときも、彼の眼は「今なお行動の火で燃えさかっている（Ⅰ・5）」ようにみえる。

一方の視線の先には、階級社会の最下層から最上層へ上りつめようとする野望の達成が、他方の視線の先には、祖国をオーストリアの軛から解放するために赴く戦場がある。そして、彼らの視線を導くのが崇拝の的ナポレオン・ボナパルトに他ならない。同時に、双方の視線が根ざす最も深いところには常に幸福への烈しい欲求と飢渇が渦まいている。

あらゆる人間に生まれつき具わるあの幸福に向かう本能。（『赤と黒』Ⅰ・7）

一度存在したものみなに生まれつき具わるあの幸福に向かう本能。（『僧院』Ⅱ・22）

ただし、下層階級のジュリヤンとは異なり、ファブリスは「貴族に生まれたからには、他人より幸福になれると信じ、平民を笑うべき存在とみなしている（Ⅰ・5）」。ジュリヤンも同属の平民を嫌悪しているが、同時に貴族を憎悪している。

更に指摘しておきたいのは、ハイタカや鷲といった猛禽が主人公たちの渇望する自由を象徴していることである。例えば、ジュラの「高山の頂きを覆うむきだしの岩の陰に、あたかも猛禽のように隠れた（I・5）」ジュリヤンは、そこにみつけた「小さな洞窟」のなかで、「夢想と自由の幸福に胸をときめかす（*Ibid.*）」。彼はほとんど猛禽に同化している。そこには大空と大地、天上（理想）と地上（現実）の対立が認められる。

スタンダールの主人公たちはよく仰視と俯瞰を繰りかえす。このように登場人物の視線が上下に引き裂かれる構造は、例えばユゴーやボードレールが典型的に描き出しているような人間存在の二重性に呼応する。キリスト教の視点からみれば、我々人間はみな、原初の幸福な輝かしい楽園から地上という不幸な汚辱の淵へと失墜した存在である。しかし我々は楽園の幸福を記憶していて、忘れない。例えば『パルムの僧院』の話者は、クレリアの顔立ちに「こよなく高貴な魂に印される天上の痕跡（II・15）」を見る。後に、脱獄したファブリスは、あるソネットで「翼を拡げて地上に降り立つ天使（I・23）」に喩えられる。民衆は彼を、絶対君主に反逆した堕天使として讃える。

プーレ Georges POULET（一九〇二―九一）はこうした二重性を「高みと低みとの関係[7]」すなわち「落下の関係」と定式化しているが、「落下」は同時に「上昇」も含意する。こうした「垂直の関係」は外的にも内的にもロマン主義的空間の原型である。一般にスタンダールは、感覚や情念を冷徹に分析する手法と、それに基づく硬質の文体によって、親友メリメと共にロマン派の傍流に位置づけられる。しかし、スタンダールの主人公たち、ジュリヤンやファブリス、レナール夫人やマチルド、サンセヴェリナ夫人やクレリアらに鋳込まれた彼の魂はロマン派的であると言わねばならない。

2　『パルムの僧院』の高所

スタンダールが好んで採りあげた高所のモティーフについて、プルーストMarcel PROUST（一八七一―一九二二）は次のように述べている（ジュリアンはジュリヤンに変えた＝筆者）。

魂の諸感覚へのひたすらな愛好心、過去の復活、もろもろの野望からの解脱、陰謀への倦怠は、死が間近いしるしであるか（獄中のジュリヤン、もはや野望はない。レナール夫人への、自然への、夢想への愛）、あるいは愛に起因する解脱の結果であるかである（獄中のファブリス、しかしこの場合、牢獄は死を意味するのではなくてクレリアへの愛を意味している）。このような魂の高揚は肉体が高所に住むことにつながっている（非常に高いところにあるジュリヤンの獄房、そこからの景観は美しい、非常に高いところにあるファブリスの獄房、そこからの景観は美しい）。

解脱の第三の原因（一時的原因であるが）に導いてゆくもの、それは自然を前にしたときの、一般的に高所での感動である。

若林 真訳「スタンダールについての覚え書」（執筆年不詳）、『サント＝ブーヴに反論する』ガリマール、一九五四[8]

極めて簡単な走り書きで、語句の重複があり、意味の掴みにくい箇所もある。高所への幽閉（ジュリヤンのブザンソン牢獄とファブリスのファルネーゼ塔）が主人公たちに与える効果の一つを、プルーストは地上的な誘惑からの解放と捉えている。彼は「自然を前にしたときの、一般的に高所での感動」を「解脱の第三の原因」としているが、第一の原因はジュリヤンの「間近な死」、第二の原因はファブリスの「クレリアへの愛」であろう。上記引用の後、主人公たちが好んだ「高所にある景観のいい場所」が列挙される。ジュリヤンの場合は、ジュラ山脈のとある岩山の洞穴、ヴェルジーの森、ヴェリエールの高台（先述の、ヴェルジーとヴェリエールの間の大森林にある巨岩）——ファブリスの場合は、夜のコモ湖（ただし、「叔母〔サンセヴェリナ公爵夫人ジーナ〕のために、平々凡々たる私生活のなかでなど及びもつかぬほど多く、自分を与えようと心に誓う岩山」とは、次の項で考察する「小さな岬のように湖上へ突き出た岩」のことであろう）、グリアンタの鐘楼、ファルネーゼ塔である（この記述に続く「ヴェリエールの水の流れ（？）とかコモ湖の美しい水とか、山々の色合い、樹木に沿って現われる朝」が小説のどの箇所を指すのかは、ここでは特定しない）。この節では、プルーストが指摘したこれらの高所と、他の高所がどのように描かれているのか、スタンダールの幸福な息遣いを感じながらみてゆきたい。

(1) コモ湖——地上の楽園

この物語が繰りひろげられる舞台「パルム公国」は架空の小都市（人口約四万人）であるが、実在の都市パルマがモデルといわれる。その背景には、パルムの社交界が多かれ少なかれ引け目を感じているミラノ、フィレンツェ、ローマ、ナポリがある。そして、北にはいつもアルプスとコモ湖が見え隠れしている。

パルム赴任の一月後、ファブリスは少年時代の恩師ブラネスを生れ故郷グリアンタの聖堂に訪ねる。彼はこの老司祭を、「疑りぶかい〔……〕さもしいけち（I・1）」の実の父よりも強く慕っている。途中、コモ湖畔で、彼は岩の岬から夜の湖面を見下ろす。

水も空も深い静寂に包まれている。ファブリスの魂はこの崇高な美しさに抗うことができなかった。彼は立ち止まり、小さな岬のように湖上へ突き出た岩に腰を下ろした。辺りの静けさを破るのは、規則正しい間隔で砂浜に砕ける湖のさざ波だけである。〔……〕この孤立した岩の上に坐り、もう追手の警吏に身構える必要もなく、深い夜と広漠とした静けさに守られていると、甘美な涙が彼の眼を濡らす。彼はその場で、何の造作もなく、久しく味わえなかったこよなく幸福な瞬間に浸ることができた。（Ⅰ・8）

このように、崇高美を湛えた自然を目にするとたちまち無上の幸福感に浸るのは、スタンダールの主人公たちの常套である。この夜に続く明け方、彼はアルプスの「崇高な」sublime連嶺を見上げる。少し長くなるが、スタンダールの散文の特徴とされる《ぶつ切りの》そっけなさというより、簡潔で彫りの深い、しかも話者の視線の動きと時間の推移に沿ったダイナミックな描写なので、ぜひ読んでおきたい。

前日の昼間を支配していた酷暑が、朝の微風に和らぎはじめた。はや暁の白い微光が、コモ湖の北と東方にそびえるアルプスの頂きの線をくっきりと刻んでいる。六月でも雪で白い山塊が、遥かな高みではいつも澄んでいる大空の明るい青を背景に鮮やかに浮きでている。アルプスの支脈の一つが南の幸福なイタリアに向かって張り出し、斜面のそれぞれがコモ湖とガルダ湖へなだれこんでいる。ファブリスはそれらの崇高な山々の支脈を一つひとつ目で追った。暁がだんだん明るみながら、峡谷の底から立ちのぼる薄い靄を照らすと、山あいの谷間がはっきりと見えはじめた。（*Ibid.*）

アランは「スタンダール」（『芸術と神々』ガリマール、一九五八）のなかで、壮大な自然を前にする人間の感情について、的確な考察を与えている。

〔……〕我々人間などまるで問題にしない自然の力を目にすると、人間は観察者の位置に戻されるが、その位置は我々よりはるかに優れた力の現前によって崇高さを含んでいる。(9)

言いかえれば、人間が自然美を前に崇高な感情に目覚めるのは、自らの卑小さを知らされるときに他ならない。ここで思い出されるのは、フロベール Gustave FLAUBERT(一八二一—八〇)『ボヴァリー夫人』*Madame Bovary*(一八五六)第二部で、エンマがヨンヴィル・ラベイの村に引っ越した日、初対面のレオンが彼女に語るスイスの景観である。

従兄が去年スイス旅行をしましたが、湖の詩情、滝の魅力、氷河の壮大な迫力は想像を絶するそうです。信じられない大きさの松が急流をよぎり、山小屋が断崖絶壁の上にかかり、雲の切れ間には、千尺も下に谷全体が見える。そんな光景を目にしたら、きっと感極まって、祈りたくなり、恍惚におちいるはずです!

(Ⅱ・2)

ヨーロッパ・アルプスやピレネー山脈が単なる旅行の障害ではなく、観光やアルピニズムの目的になるのはやっと十八世紀半ばからである。アルプスの山々の美が理解されはじめるのは、スイスの生理学者・植物学者で詩人ハラーの『ディ・アルペン』(一七二九)がフランス語に訳されてからである。この訳書は一七四九年、五二年と再刊され、これを契機にアルプス熱はヨーロッパ各国に拡がってゆく。(10)

ファブリスにとってもサンセヴェリナ夫人にとっても、コモ湖そのものが常に崇高な理想郷であり、地上の楽園、「エル・ドラド」Eldoradoに他ならない。

この遍歴が終ったら、おれはこの崇高な湖のほとりにしょっちゅう戻ってくるんだ。少なくともおれの心にとって、こんなに美しいものは世界のどこにもありはしない。どんなに遠くまで幸福を探しにいったとて、何になる。それはすぐ眼の前にあるじゃないか！（Ⅰ・9）

コモ湖はアルプスの崇高な峰々だけでなく、大空も映す。

ちょうど今、あんなに静かな、大空の深みをくっきりと映している湖の上を舟で一里でもゆけたら、おれはどんなに幸福だろう！（*Ibid.*）

「大空の深み」には神が住んでおられる。湖上を舟でゆくのは、神の住まいのなかを進むことに等しい。アルプスのような高山や、そこから流れ落ちる水を湛え、空や山容を映す湖の崇高な美しさを目にしたり、そのなかに包まれて暮したりするとき、スタンダールの人物たちは大てい稀有の喜びに恍惚となる。同時に、地上の汚濁にまみれた卑小な自分をすっかり忘れ、別の人間に再生する幸福な時間に浸る。

(2) 幼年期の楽園

コモ湖の夜景の「崇高な美しさ」に落涙するファブリスの幸福感には、明らかに宗教的な恍惚感が混じっている。これはスタンダールの主人公たちにはおなじみである。グリアンタの村に着いたファブリスは、鐘楼の三階に設けた「天体観測室（I・8）」で占星術を研究しているブラネス師を訪ねる。いつものように、スタンダールはこの部屋がどんなに高いか、いかに他者の目から隔てられているかを詳しく述べる。ファブリスは「高さ八十尺（二六メートル）以上の高所にいて、そこはかなり薄暗くて、自分をみつける恐れのある人々の目はまばゆい太陽に照らされて（I・9）」いることに気づく。更に、憲兵の目を怖れて「古いぼろ切れを窓に釘で打ちつけ、覗けるように穴を二つ（*Ibid.*）」開ける（後にファルネーゼの塔で、やはり彼は日よけの板に穴を開ける）。彼はこの他者の目に煩わされない高所の「細長い窓（*Ibid.*）」から、コモ湖畔にそびえる父の城館を見はるかす。

ファブリスは人に見られずに見るために恰好な場所を探した。こんなに高い所からだと、彼の眼差しは父の館の庭園だけでなく、中庭まで届くことに気づいた。父のことは忘れ去っていた。その、人生の終りにさしかかっている父のことを考えると、彼の気持ちは一変した。彼は、食堂の大きなバルコニーでパン屑をあさる雀まで見分けた。あれは昔おれが手なずけた雀の子孫だな、と思った。そこにも、館の他のすべてのバルコニーにも、沢山のオレンジの樹が大小様々な素焼きの鉢に植わって、ぎっしり並んでいる。この眺めに彼はほろりとなった。このように、きらめく陽光を浴び、くっきりと鮮明な影が落ちる中庭の様子は本当に壮大であった。（I・9）

さえぎるもののない広大で透明な空間を、彼の眼差しは追憶の喜びに浸されながらのびのびと横切り、対象の隅々まで浸透する。彼は「楽しい夢想に何時間も（I・9）」耽る。

この宏壮な中世の城館は、ファブリスが後に幽閉されるパルムの城塞を思わせる。

その館はおそらく世界にまたとない地点、あの崇高な湖にのぞむ四九メートルの高台にあって、湖水の大半を見下ろしている。かつては城塞であった。デル・ドンゴ家により十五世紀に建てられたが、家紋入りの大理石が至る所でそれを証明している。今もなお、跳ね橋や深い堀が残っている。見ると水は抜いてあるが、高さ二六メートル、厚さ一・八五メートルの城壁をめぐらすこの館は、奇襲攻撃を受けてもびくともしない。（I・1）

父侯爵と兄には馴染めなかったにせよ、母と叔母の鍾愛の眼差しに包まれた自分の幼年時代が、この高所に立つ、高い堅固な城館に守られていたために、成人したファブリスのなかに今、限りない幸福感がよみがえり、押寄せてくる。この鐘楼の場面では、高所からの広大な眺望と、巨視的なものと微視的なものとの間をゆききする作者の明晰な視線の動きが見られる。スタンダールの主人公たちは、高い場所に立つとまず大空や山河を、次に足下の細部を見つめる。遠景と近景の対比のおかげで、眺望はいっそう拡大されると同時に、いっそう稠密になる。朝十時、ブレッシア第一の守護聖人ギオヴィタを祝して鐘楼の大鐘が鳴り響く。

鐘楼のちょうど下で、大勢の白衣の少女たちが幾組にも分かれ、やがて行列が通る道筋に、赤や青や黄色の花でせっせと模様を描いている。しかし、彼の魂にもっと鋭く語りかける光景があった。鐘楼からは、彼の眼差しが数里離れている湖の二つの支流にまで届いた。この崇高な眺めに、程なく彼は他の眺めをすべて忘れた。この上なく気高い感情が彼のなかに目覚めた。幼年時代のあらゆる思い出が群がり寄せてきて、彼の考えをおし包んだ。それで、鐘楼に閉じこめられて過ごしたその日は、おそらく、彼の生涯で最も幸福な一日であった。（I・9）

「幼年時代のあらゆる思い出が群がり寄せてきて、彼の考えをおし包んだ」という表現は、『赤と黒』のジュリヤンの最期の瞬間を想起させる。この、音響と色彩が広大な空間のなかで混じりあう祝祭の情景は、作品中でもとりわけ魅力的である。

高所から「崇高な眺め」vue sublimeを目にするとき、主人公が「他の眺めをすべて忘れ〔……〕、この上なく気高い感情（*Ibid.*）」に包まれるのは夜のコモ湖畔の場面と同じである。しかも、ここでは教会の鐘の響きが「空気を揺り動かし（*Ibid.*）」、子どものころにも聞いた小臼砲の発射音がこれに加わる。スタンダールの場合、小鳥の鳴き声や鐘の音が崇高な眺望には欠かせない。上述のように、主人公が浸るのは宗教的な悦楽と分かちがたい感情である。スタンダールにおいては、この感情にしばしば幼少年時代の幸福な記憶が交じってくる。鐘楼の鐘の音を耳にすると、大ていのヨーロッパ人は教会に通った子ども時代の幸せを、祝祭の喜びを想起するのであろう。例えば『ボヴァリー夫人』のエンマは、四月のある夕べにヨンヴィル村の教会の「**アンジェラス**〔お告げ〕**の鐘**」の音を聞きながら、「昔の少女時代と修道院の寄宿舎の追憶のなかをさまよい（Ⅱ・6）」、チャペルの内部装飾やミサの光景を鮮明に思い出して懐かしむ。

こうした追憶は、ボードレールの「悲シミサマヨウ女」*Mœsta et errabunda*に歌われる楽園とも繋がるように思われる。

あなたは何て遠いのだろう　かぐわしい楽園よ！
そこでは澄んだ青空のもと　すべてがただ愛と歓び
そこでは人の愛するものはみな　愛されるにふさわしい

そこでは清らかな逸楽のなかに　心がひたされる
あなたは何て遠いのだろう　かぐわしい楽園よ！

『悪の花』再版（一八六一）62

この楽園は、次の節で「幼い恋の緑の楽園」と呼ばれる、失われた幼年時代の楽園である。ここでの「あなた」は「かぐわしい楽園」を指すが、恋人への呼びかけともとれる。ボードレールの場合、愛する女性の身体が理想の土地と、その眼が太陽と同一視される（「旅への誘い（*Ibid.*, 53）」*L'Invitation au voyage*）。恋人はまた美しい風景であり（「曇った空（*Ibid.*, 50）」*Ciel brouillé*）、秋の空でもある（「語らい（*Ibid.*, 55）」*Causerie*）。とすれば、我々は失われた楽園を愛する女性の肉体のうちに再発見することができるかもしれない（「異国の香り（*Ibid.*, 22）」*Parfum exotique*、「髪（*Ibid.*, 23）」*La Chevelure*）。

『パルムの僧院』は、幼いときに触れ、後に失った楽園の幸福を求め、とり戻そうとする魂の遍歴の物語でもある。

(3) ファルネーゼの塔

入獄の日、ファブリスが先ず連行される城塞の長官邸は「円い巨塔の屋上に立つ〔……〕瀟洒な小さい館（Ⅱ・18）」で、地上五四メートルの高所にある（「この一八〇尺の恐ろしい高さ（Ⅱ・21）」）。そこまでは階段を三九〇段（Ⅱ・15）も登らねばならない（クレリアが登る官邸への階段は三六〇段（Ⅱ・16）。巨大な城塞なので、階段は幾つもあると考えられる）。この館の窓越しに、彼の視線は直ちに遠景と近景を往き来する。

巨塔の背中に駱駝の瘤みたいにぽつりと立つこの小邸の窓から、ファブリスははるか遠くに平原とアルプス山脈を見渡した。彼は城塞の足もとに眼をやり、パルム川の流れを追った。急流といってよく、町から四里の所で右に曲がり、やがてポー川に注ぐ。この大河は青々とした平原の中央を巨きな白斑を継いだように流れる——その左岸の彼方、イタリア北部にそそり立つアルプスの巨大な壁の頂きを一つひとつ、彼のうっとりとした眼はくっきりと映していく。いつも雪に覆われている峰々は、八月の今、この灼熱の平原の真中にいてさえ、追憶の働きでどこか冷気を感じさせる。眼は、峰々の細部まで追うことができる。とはいえアルプスそのものは、パルムの城塞から三十里以上も隔たっているのだ。(Ⅱ・17)

壮大な眺望を前にすると主人公の眼が恍惚状態に陥るのは、スタンダールの常套である。ファルネーゼの塔の独房に入れられると、「彼は窓へ駆け寄った。この格子窓からの眺めは崇高であった(Ⅱ・18)」。投獄されると、間をおかず窓まで走るところに、ファブリスの高所からの眺望への強い欲求が窺われる。これは、後にふれる『赤と黒』のジュリヤン・ソレルとそっくりである。また、崇高な眺めに「恍惚となる、うっとりする」のは、自分の置かれた状況など、他のあらゆることを一時的にしろ忘れることでもある。

自分の不幸についてはとりたてて考えることもなく、ファブリスはこの崇高な光景に胸をうたれ、恍惚となった。では、クレリア・コンティが生きているのはこのうっとりさせる世界なのだ!(Ⅱ・18)

少なくともこの瞬間、彼は殺人罪で拘留された身を嘆くどころか、きれいに忘れている。彼が幽閉されたファルネーゼの塔は、高さ五四メートルの城塞の「屋上」plate-forme〔別の箇所では「見晴らし台」esplanadeと呼ばれる」にあり、高さ五〇尺（十六メートル）、つまり、地上から塔の天辺までの高さはおよそ六九メートルに及ぶ。若い二人の視線による恋の舞台を、明らかに作者はずいぶん高い場所に選んでいる。

ここでつけ加えておきたいのは、ピエトラネーラ夫人も高所が好きなことである。サンセヴェリナ公爵夫人としてパルムに来て二ヶ月ほど後、猛暑の日に彼女はこの城塞に登る。

　屋上に出ると、高い所なので風が通っていた。それがとても嬉しくて、彼女はここで何時間も過ごした。彼女に見せるため、ファルネーゼ塔の色々な部屋が急遽開けられることになった。（Ⅰ・6）

このとき夫人は、塔の三階の部屋が溺愛するファブリスの獄舎になるとは夢にも思わなかったはずである。この場面は、彼の幽閉のいわゆる伏線をなしていると考えられる。

3　崇高な人／見下ろす視線

崇高さや崇高な美は風景にだけあるのではない。それが人物にも認められることはいうまでもない。

　一方、自分の魂がすっかりクレリア・コンティの崇高な面影にとり憑かれ、彼は空恐ろしい気持ちに襲われるまでになった。これからは自分の一生の永遠の幸福も長官の娘抜きには望めないこと、自分を男のうちで一番の不幸者にできるのも彼女であることを身に沁みて感じていた。（Ⅱ・18）

眼をとおして魂の底まで沁みこんだ娘の「崇高な面影」l'image sublimeは自分の生涯を左右することになる、とファブリスは予感している。娘の崇高さの中心はその眼にあるといっても過言ではない。クレリアについては、父親のコンティ将軍でさえ「うちの娘の眼は公爵夫人の眼より美しい。殊にあの娘の眼はときどき実に深い表情を湛えることがあるからだ（Ⅱ・15）」と考えている。

サンセヴェリナ夫人も、あるとき山賊詩人フェランテ・パラを前に「崇高な男よ！（Ⅱ・21）」homme sublime！と叫ぶ。彼も、夫人を「崇高な美女（*Ibid.*）」la sublime beautéと讃美する。ファブリスの脱獄を称える彼の詩は、パルムの人々に「崇高なソネット（Ⅱ・23）」sonnet sublimeともて囃される。彼が美の女神のように崇敬するサンセヴェリナ夫人は、ファブリスにとってのクレリアに似ている。二人の男にとって、彼女らは天上の美を体現する女神に他ならない。

『赤と黒』のジュリヤンは、親友のフーケが自分を救うためなら全財産を投げ出すつもりであることを知って、「何という崇高な努力だろう！（Ⅱ・37）」と思う。「この単純で善良な男（*Ibid.*）」の無私の友情は、「**崇高なもの**（*Ibid.*）」（*le*）***sublime***と強調形で呼ばれる。

ところで高所から下界を眺めおろす行為は、『赤と黒』では何度か、内面における俯瞰の比喩として用いられる。スタンダールにとって、見下ろす視線が外面的にも内面的にも如何に重要であるかが窺われる。レナール家の家庭教師になったジュリヤンは、貴族から金銭を得るために「魂まで売り渡すけっこうな習慣（Ⅰ・12）」が身についた自分を責める。

> おれが奴らからもおれ自身からも尊敬されたいのなら、奴らに見せつけてやらねば——貧しいばっかりに奴らの金とかかずらっているけれど、おれの心は奴らの図々しさからは遠くかけ離れた、はるかに高い天球に

住んでいるから、奴らのちっぽけな毀誉褒貶なんか痛くも痒くもないってことを。（I・12）

ジュリヤンが自分を卑俗な地上から遠く隔たった「高い天球」の住人、つまり天使のような存在と想像していることは重要である。彼がレナール町長から休暇をもらい、ジュラ山中に住む親友の材木商フーケを訪ねるのは、高慢な貴族レナールの鼻をあかすためである。事実、レナールは彼を「あの百姓の小せがれめが〔……〕たかが職人風情で（*Ibid.*）」と内心では罵りながら、彼が他家に雇われることを怖れる。だがこの小旅行は、彼に内在する高所への欲求の表われとも考えられる。既に二つ前の章（I・10）で、ヴェリエールのシェラン師に会いにいく途中、彼は大森林のなかの岩山に登り、空高く舞い飛ぶハイタカにナポレオンの過去と自分の未来を重ねている。おそらくこの高揚した夢想をばねにして、彼はその日の夜ヴェルジーの庭で、闇に紛れてレナール夫人の手を握ることに成功する。

さてフーケに会う前、ジュリヤンはとある高山の洞窟で至福の時を過ごし、「自分は変わった」という感覚を抱いてヴェルジーに戻る。

> 高い岬に立っているかのように、彼は、極貧と、今も自分で富と呼んでいる安楽とを見極めることができた。いってみれば、高所から見下ろすことができた。（I・13）

この小旅行の前に、彼はレナール夫人に冷たく扱われ、屈辱を味わっている。

おととい出がけに、あの女はおれに、二人を分かつ無限の隔たりを思い知らせてくれた。まるで職人のせが

れ扱いだった。（Ⅰ・13）

このように上流階級の人間と自分とのあいだに横たわる「無限の隔たり」を意識するとき、ジュリヤンが実際に、また内的に高所へ赴くのは、自分が貧しい生まれと野心、上流社会に対する憧れと侮蔑に悩んでいる日常世界を卑小なものとして遠く低く見下ろす視線を、ほとんど無意識のうちに求めているからであろう。

パルム公国の首相モスカは、副司教としてパルムへ赴任したばかりのファブリスがサンセヴェリナ夫人に熱愛されていることを知って烈しい嫉妬に苦しむ。だがモスカは、恋敵の美点を認める度量も持ち合わせている。

けれど、些細であっても何か才知を要するような問題にゆきあたると、彼の視線は目覚める。それを見た人は驚いて、あっけにとられるのだ。

どんなことでも高所から見るので、どんなことでも彼の眼には単純なのだ。こういう敵と、どうやって戦えばよいいんだ？（Ⅰ・7）

ここでも、身体の部位としての眼と内面のそれが使い分けられている。そればかりでなく、外界の高所を好むファブリスの視線は、内部でもあらゆる対象を高所から見下ろしていることを、モスカは見抜いている。サンセヴェリナ夫人も、甥のファブリスと同質の、あらゆる事象を見下ろす誇り高い視線を持っている（「全てを超然と見くだすあの古代ローマ人の魂（Ⅰ・6）」）。ヴァニナはピエトロのうちに、エレーナもジュリオのうちに同じものを認める。

4　『赤と黒』の高所

(1) 理想郷――ヴェルジー村／ジュラの洞窟

ジュリヤン・ソレルの生まれ故郷ヴェリエールは、作者自身の言によれば想像の町である。

世論は確かに《自由》をもたらすが、世論がのさばると面倒なのは、それが関わりのないこと、例えば私生活にまで嘴を挟むことである。そこから生じる、アメリカとイギリスの悲哀。私生活にふれるのを避けるため、作者は小さな町《ヴェリエール》を創りだした。とはいえ、司教とか、陪審団とか、重罪法廷が必要になると、それらをみなブザンソンに置いたが、この街に作者は一度も行っていない。

（『赤と黒』後書き）

モデルとしたブザンソンへ、作者が本当に行ったことがないかどうかあやしい。だがわざわざこの断りを付け加えたのは、明らかにこの街の実在の市民からの反発を避けるためであろう。

ジュリヤンとレナール夫人の恋愛が展開するヴェリエールは、ジュラ山脈の一支脈ヴェラ山の麓にあり、ドゥー川の支流の一つに貫かれている。

「フランシュ・コンテ州の最も美しい町の一つに数えられる」この「小さな町」そのものが、ドゥー川の流れからかなり高い場所にある。

ドゥー川が、かつてスペイン人が築き今は廃墟と化した市壁の数百尺下を流れている。（Ⅰ・1）

町の名「ヴェリエール」Verrièresは、①ガラス張りの屋根や間仕切り、②ガラスやステンドグラスの窓、大きなステンドグラス、③（グラス類を入れる）コップかご、などを指す。こうした意味も含め、この語はただちに壊れやすいガラスの器具や作品を連想させ、ジュリヤンとレナール夫人の短く激しい恋の喜び、過剰な自意識と細かな計算で組み立てられ、脆く崩れ去るジュリヤンの二十三年の短い生涯を暗示しているといえよう。

ちなみに、彼は「製材屋の息子（I・25）」fils d'un charpentierであるが、「大工の息子」le fils du charpentier、つまりヨセフの子イエス・キリストを暗示しているかもしれない。

ヴェルジーはジュラ山脈の山懐に抱かれた村で、レナール家の別邸がある。ジュリヤンとレナール夫人はそこで生涯のうち最も牧歌的で幸福な時を過ごす。中世の宮廷文学の傑作『ヴェルジー城主の奥方』*Châtelaine de Vergi*（十三世紀後半）は、この村の領主の妃ガブリエルと騎士の悲恋物語である。

ガブリエルの物語と『赤と黒』とのあいだに類似点はほとんどない。彼女の愛人は一人の騎士であったが、横恋慕したブルゴーニュ公妃が偽って騎士の心変わりをガブリエルの耳に吹きこむ。彼女はこの中傷を信じて自殺し、愛人も心臓を刺してあとを追う。これを知ったブルゴーニュ公は妃を殺し、自らはタンプリエ修道騎士団に入る。レナール夫人がジュリヤンを告発するために中傷の手紙をラ・モール侯爵に書いたこと、復讐の銃弾で夫人に重傷を負わせたジュリヤンが、この罪に相当しない極刑を自死に等しいかたちで望んだこと、また、ジュリヤンとの約束で自殺は選ばなかった夫人が、彼の処刑の三日後、後を追うように亡くなったことは、粗筋の上で似ていなくもない。

ヴェリエール町長レナールは貴族で、彼がヴェルジーへ移住したのは「宮廷人の慣わしの模倣に汲々としていた（I・8）」からである。この高所にある村がジュリヤンと妻の親密な関係を助長することになるのは、皮肉というしかない。レナール家の古い城館は「四つの塔とチュイルリー風に造られた庭園」を具え、「ゴティック様式の古い教会の見事な絵になる廃墟から数百歩の所に（*Ibid.*）」ある。この「美しい教会の廃墟（I・13）」はロマン派作家の中世趣味に欠かせない要素である。

庭園には、マロニエの並木道や「高さ二六メートルもの（I・8）」胡桃の木立ちに囲まれて、「散歩場に使われるリンゴ園（*Ibid.*）」がある。「りんご園」は明らかにエデンの園を想起させる。ジュリヤンの発案で、レナール夫人は果樹園から胡桃の木立ちに通じる砂利の散歩道を造らせる。彼は夫人の三人の子息（自分の生徒）のためと言うが、実は自分と彼女のためでもある。この地上の楽園で、ジュリヤンは自由で幸せな子どもに還る。このときレナール夫人は彼にとって母親に等しい存在になるが、夫人も子どものように無邪気に動きまわり、こよない幸福感に酔い痴れる。

彼女は子どもたちと一緒になって果樹園の中を駆けまわったり、蝶々を追いかけたりして毎日を過ごした。みんなで目の粗い紗の大袋を作り、それであわれな**鱗翅類**を捕えた。〔……〕みんなは蝶を、やはりジュリヤンがこしらえた大きなボール紙の台紙に、情け容赦もなくピンで留めた。〔……〕

ジュリヤンの方は、田舎暮しに変わってからというもの、本当の子どもになって生きていた。生徒たちと蝶々を追って駆けまわり、彼らと同じように幸せだった。周囲への気兼ねと賢しらなかけひきにあけくれたあと、独りになれて、人々の眼差しからも遠く離れている。それに彼は、本能的にレナール夫人にはびくびくしていないので、生きる喜びに身をゆだねていた、この年頃にはとりわけ鮮烈なあの喜びに――しかも、世界一美しい山並みの懐で。（I・8）

小さいとはいえ都市の群衆や社交界のおびただしい視線から隔絶した山中の高所にいるがゆえに、夫人とジュリヤンは無垢で活発な子どもに還ることができる。ここで幸福な自由を象徴するのが蝶である。蝶の命はジュラ山地の夏と同じ短さで、網に入りピンで留められれば更に短くなるけれど――

ヴェルジーはまぎれもなく理想郷である。ここにはまた、ジュリヤンの好む高い岩場があり、そこからの眺めは、「スイスとイタリアの湖水地方の絶景に、たとえ優っていないとしても肩を並べている（*Ibid.*）」。この岩場へ彼は、レナール夫人とその従姉妹で聖心女学院の同窓生デルヴィル夫人を案内する。

そこから数歩で始まる急坂を登ると、程なく樫の森に縁どられた巨大な断崖が川の上へ懸からんばかりに張りだしている。この垂直に切り立つ岩場の頂きへ、ジュリヤンは、幸福で、自由な、否なにかそれを超えた気分で、まるで一族の王のように二人の女友達を率いてきては、彼女らが崇高な景観に感嘆するのを見て楽しんだ。（I・8）

ナポレオンのようになりたいジュリヤンが、生涯で初めて「まるで一族の王のように」振舞っている。彼にとっては稀な幸福の絶頂のときである。だが、夫人に少しでもすげなくされるとたちまち下僕のように卑屈になる。「王様みたい」なのは夫人の方である。

《おれに後釜をあてがおうという魂胆か？》とジュリヤンは考えた。《おとといはまだ、あんなに打ちとけていたのに！　待てよ、上流婦人はこんな風に振舞うそうじゃないか。まるで王様みたいで、おれにはもう

思し召しなどない。帰宅してみると不興のお達しが届いている大臣とおんなじだ》。（Ⅰ・23）

このときの屈辱を覚えていたのだろう、後に彼は、ラ・モール家の夜会で貴公子たちから黙殺されたことを、「宮廷でこうむる不興だ」と感じる。

ところでこの高所からの「崇高な景観」を、デルヴィル夫人は「まるでモーツァルトの音楽のようですわ（Ⅰ・8）」と形容する。モーツァルトの音楽がしばしば啓示してくれる天上の美が、ここでは景観の美に結びつけられている。夫人の知覚には、視覚と聴覚のあいだの「共感覚」synesthesiaが認められる。よく知られているように、スタンダールは何度も美しい景色や恋愛感情をモーツァルトの音楽に喩えている。こうした風景と音楽の深い関わりについては、アランの見事な分析がある。それは、スタンダールの文体の魅力にまで及んでいる。

そして音楽の効果がちょうどこれだ。そしてひたすら自然の正確な線に従うこのむきだしの文体の力は、何の音楽もなしに音楽的崇高を見出すところにある。というのも、注目すべきことにこの散文は歌うことを拒絶しているから。この散文は何の偽善もなく、ただ我々を真摯にする。(11)

ここでは、直前の『ある旅行者の手記』*Mémoires d'un Touriste*（ロリアン、一八三七年七月五日）からの引用文について述べているが、アランの考察はスタンダールの散文の特質を見事に掴んでいる。壮大な自然美と音楽の親和性について考えるとき、第一節の「2（1）コモ湖―地上の楽園」で『ボヴァリー夫人』から引用したレオンの言葉が思い出される。

そんな光景〔すなわちスイスの山岳地帯の絶景〕を目にしたら、きっと感極まって、祈りたくなり、恍惚におちいるはずです！　ですからあの有名な音楽家が、想像力を掻きたてたくなると壮麗な眺めを前にしてピアノを弾くことにしていたというのも、驚くにはあたらないのです。（Ⅱ・2）

この音楽家は誰か、未だ不明である。年代は下るが、例えばグリーグEdvard GRIEG（一八四三―一九〇七）は優れたピアニストでもあり、一八七〇年代後半からは、生れ故郷ベルゲン近くの村に建てた小さな小屋で、大きな美しい氷河湖を前にピアノを弾きながら作曲に没頭している。

先ほどの岩場の場面に戻ろう。注目されるのは、絶景を前にしたジュリヤンが、自分自身というより、他者（愛する女性を含む）がそれに魅惑される様子を見て楽しんでいることである。彼にはもともと、ただ単に美しい自然や空想に浸るという意味でのロマネスクな資質はない。それがファブリスとの大きな違いである。社会の下層に育ち、常に自尊心と打算につき動かされて生きているジュリヤンにそんな余裕はない。レナール氏が留守のとき、

彼はこの岩場へ、自分の行動の唯一の規範であり、熱狂の対象である本〔『セント・ヘレナ日記』〕を携えてやって来た。気持ちが挫けたときにも、彼はそこで幸福と恍惚と慰めを同時に味わった。（Ⅰ・8）

このように、ジュリヤンが壮大な景観に惹かれるのは、大てい将来の野望達成を夢見るときである。そして、傍にはいつもボナパルトがいる。

既にみたように、誇り高く、野望に満ちたジュリヤンは、世間の視線から離れた高所、しかも切り立つ岩場で初めて過剰な自意識の呪縛から解き放たれ、幸福感に浸される。この点は、ファブリスと似通う。彼はまた、以前からジュラ山脈のとある高い岩山が気に入っている。そこからは、遠くレナール夫人の住むヴェリエールの町を見下ろすことができる。

高山の頂きを覆うむきだしの岩のあいだに、あたかも猛禽のように隠れると、誰が近づいてもずっと遠くから認めることができた。彼はとある岩のほとんど垂直な斜面の中ほどに小さな洞窟を見つけた。駆けだして、すぐにその隠れ場に身をひそめた。ここなら何人もおれに危害は加えられまい、と彼は喜びに眼を輝かせて言った。〔……〕ジュリヤンは頭を両手で支え、夢想と自由の幸福に胸をときめかせながらこの洞窟のなかにじっとしていた。今までの生涯でなかったほど幸せだった。（I・12）

鷲とは特定されていないが、ジュリヤンはボナパルトの猛禽に同化している。彼が「喜びに眼を輝かせて」いるのは、やがてパリへ出て、高い地位に昇ることを夢想しているからである。ここに述べられたように、「高山の頂き」の「隠れ場」は他者からの攻撃を防ぎ、他者を攻撃するのに適している。高い城塞や塔、天守閣などにある部屋も同様である。この時のジュリヤンの内面は、次のように説明される。

彼は自分の位置を哲学者として判断することなどできなかったが、山へ小旅行を試みた時を境に自分は変わった、と感じるだけの洞察力をもっていた。（I・13）

「哲学者」は、十八世紀の「感じやすい人々」でもあるヴォルテールやルソーたち、あるいはエルヴェシウスやド・トラシーのようなイデオローグたちを暗示しているとも考えられる。「自分は**変わった**」とは、以前の自分の死と再生、新しい自分への蘇生を意味すると考えられる。その契機をジュリヤンに与えたのが高山の洞窟に他ならない。

処刑される前、彼は親友に遺言する。ここで再び、「洞窟」と「哲学者」が登場する。

ある日、彼はフーケに言った。「誰に分かる? たぶん、死後にもまだ、我々には感覚がある。できれば、あの小さい洞窟のなかで、ヴェリエールを見下ろしている高い山のあそこで休みたい。《休む》という言葉がぴったりなんだ。君にも話したことがあるけど、何度か、夜、あの洞窟にこもって、フランスでもとりわけ豊かな地方を遠くに見渡していると、野心に胸が燃えあがったものだ。あの頃、それがおれの情熱だった——つまるところ、あの洞窟がいとおしいんだ。そもそもあれが恰好の位置にあって、ものを考える人間の魂を惹きつけることは否定できないと思うよ」。(Ⅱ・45)

「ものを考える人間」(桑原・生島訳は「思索を愛する人間」)の原語は「哲学者」philosopheである(小林訳も「哲学者」)。ジュリヤンは暗に自身を指してそう呼んでいる。彼はかつて、マチルドに「貴方はこんな舞踏会やお祭り騒ぎを、哲学者のような眼、ジャン=ジャック・ルソーのような眼で見てらっしゃる(Ⅱ・8)」と評されたことがある。

彼が死後の休息を夢見る「小さい洞窟」は母のような存在のレナール夫人とも結びついており(「ヴェリエールを見下ろしている高い山(Ⅱ・45)」)、胎内を暗示すると思われる。誰からも邪魔されずに夢想に浸れる洞窟への愛着には、子宮回帰の願望が潜んでいるのではなかろうか。

ヴェリエールには愛憎がある。しかし、そこを見はるかす高山と、理想郷あるいはエデンの楽園ともいうべきヴェルジーは、パリに出てから処刑に至るまでのジュリヤンにとっては、失われた、懐かしい楽園に他ならない。

ここで思い出されるのが、スタンダールの次の一節である。

私は美しい風景が好きだ。それは時どき私の魂に、響きたかいヴァイオリンの上で巧みに操られる弓と同じ効果を及ぼす。気ちがいじみた感動を創りだし、私の喜びを増し、不幸を忍びやすくしてくれる。

『ある旅行者の手記』、ラングル、一八三七年五月五日(12)

スタンダールにとって、風景と音楽の美が内面に呼びおこす感動は同質である。美しい風景に音楽を聞く芸術家のアナロジー（類推）の力が、ヴァイオリンを想像させたのである。この記述を細かくみると、「風景＝弓」、「魂＝ヴァイオリン」という暗喩が成立する。先ほど共感覚について述べたが、ここにも風景が生じさせる眼に見えない感動の波と、音楽が与えるそれとの共振が認められる。ただし、それが成り立つには「響きたかい」楽器、つまり感じやすい魂を持つことが前提となろう。では、弓を「巧みに操る」ものは誰か。「私」を主体に考えれば、やはり風景の美を感じることのできる魂ということになろう。しかし、美しい自然も主体の魂も感性も、神によって、あるいはちっぽけな人間の力をはるかに超えるある大きな普遍的な力によって創られたと考えるしかないと思われる。いずれにしろ、そういう無限大の力にふれるとき、我々限りある人間にも幸福な瞬間が訪れる。この瞬間の感覚がスタンダールにとっての美と崇高、というより崇高な美の経験であると思われる。

ボードレールにとって、「大地とその景観は、〈天国〉の一瞥、〈天国〉の照応物[13]」(『エドガー・ポーについての新しい覚書』Ⅳ)である。

詩によりまた同時に詩をとおして、音楽によりまた音楽をとおして、魂は墓の彼方にあるもろもろの耀かしいものをかいま見る[14]。

この考えは、スタンダールの記事を別の視点から照らしだす。『赤と黒』は、ジュリヤンが失われた楽園(「ずっと以前、あのヴェルジーの森を二人で散歩していたとき、わたしはずいぶん幸福になれたのに〔……〕」(Ⅱ・45)」)を象徴するレナール夫人とヴェルジーを再び見出す物語でもある。

ジュリヤンにとっても、またファブリスや他のロマネスクな人物たちにとっても、人目から遠く離れた高い場所、崇高なまでの広大な眺望を与えてくれる場所にある「鳥籠」cage(=独房)、あるいは子宮を思わせるような狭い部屋や洞窟は、生と死の意味を考えるのにふさわしい特権的な場所である。更にそこは、安らぎだけでなく、死後の永世をも保証してくれるかもしれない場所である。

処刑後、彼の首をマチルドが自分の手で埋葬する場もこの岩山の洞窟である。彼女がこの荒れた洞窟を「イタリアで大金を投じて彫刻させた大理石で飾った(*Ibid.*)」のは、ここを単にジュリヤンの墓所としてではなく、小さな「礼拝堂」chapelleとして残したかったのであろう。ジュリヤンのレナール夫人との、またマチルド・ドゥ・ラ・モールとの悲劇的な恋は、この高所の洞窟で聖化される。

(2) 梯子

パルムの城塞屋上で、囚われのファブリスと城塞長官の娘クレリアが視線による恋の駆引きに夢中になっていた頃、サンセヴェリナ夫人を女神のように崇拝する詩人フェランテ・パラは夫人の忠実な従者リュドヴィックらと、サッカから二里ほど離れた森のなかの壊れかかった中世の塔で破獄の訓練をする。夫人の願いどおり、ファブリスをファルネーゼ塔から脱出させるためである。この塔の高さは百尺（三二・五メートル）以上ある。この逸話において、ロマン主義特有の中世趣味と廃墟への好みが結びつけられる。

夫人の面前で、彼は梯子を幾つも繋いで塔に登り、たった一本の結び綱だけで降りてきた。この試みを三度くり返してから、再び自分の考えを説明した。一週間後、リュドヴィックもこの古塔を結び綱で降りたがった。公爵夫人がファブリスにこの着想を伝えたのは、この時であった。（Ⅱ・21）

典型的な中世風の冒険物語の踏襲である。後に、ファブリスが塔から城塞の展望台まで降り、胸壁の上に立ったとき、

騎士道時代の英雄のように、彼は一瞬、クレリアのことを思った。（Ⅱ・22）

マチルド・ドゥ・ラ・モールとの恋の駆引きが始まったころ、ジュリヤンは庭から彼女の部屋を見上げて合図を送ろうとする。話者はこの部屋の位置がずいぶん高いことを、わざわざ次のように強調している。

彼はラ・モール嬢の部屋の窓へ眼を注いだ。

部屋は二階で、母親の部屋の隣だが、階下とのあいだに大きな中二階があった。

そのために二階はとても高くなっていたから、ジュリヤンが手紙を掴んで菩提樹の並木の下をうろついても、ラ・モール嬢の部屋の窓からは見つけられることがなかった。（Ⅱ・14）

マチルドからの手紙による指示どおり、ジュリヤンは彼女の部屋へ忍びこもうとする——「隈なく冴えた月の光に照らされて、高さ二五尺もある二階へ梯子で上がるなんて！」

ジュネットGérard GENETTE（一九三〇—）も指摘しているように、[15] 二人は同じ屋敷に暮しているのだからわざわざ手紙で連絡しあう必要はなく、ジュリヤンは、外から梯子で侵入する危険を冒すには及ばない。以前、レナール夫人と二階の彼女の寝室で逢引した時と同じである。マチルドが如何に騎士道小説風のロマンティックな冒険に憧れていたかが、よく分かる。

マチルドとの二度目の逢引の後、ジュリヤンは窓から梯子を伝って降りようとする。堅固な城の高所にある美女の部屋に忍びこんだ騎士を思わせるが、結末は悲惨で滑稽である。

彼はもう一度、女をもろ手で抱きしめ、梯子に飛びつき、降りるというよりすべり落ちるにまかせた。一瞬のちには、地上にいた。（Ⅱ・19）

「降りるというよりすべり落ちるにまかせた」se laissa glisser plutôt qu'il ne descendit。ファルネーゼの塔から脱獄するとき、ファブリスも城塞の裾で樹上に落ちたり、腕をくじいたりする（Ⅱ・22）。しかしジュリヤンほど滑稽ではない。

ジュリヤンが我にかえって見ると、血にまみれ、裸同然だった。向こう見ずにすべり落ちるにまかせて、怪我をしていたのだ。（Ⅱ・19）

この章が「喜歌劇」*L'Opéra Bouffe*と題されているところに、作者の皮肉な視線が見える。彼は、レナール夫人との最後の逢瀬のときも、レナール氏に部屋へ踏み込まれそうになり、間一髪、下着姿で窓（八、九尺の高さ）から飛び降りている。道々、追手の銃撃をかわしながら、ほうほうの体で逃げのびる経験をしている（Ⅰ・30）。この姿はぶざまで、笑いを誘う。レナール夫人の寝室からの、またマチルドの寝室からの脱出は、いずれも甘美な抱擁の後の急降下である。いわば楽園状態からの落下であり、物語の終りにジュリヤンが自らその身に招く失墜を予告しているように思われる。

(3) 天守閣

第二部第三七章は「天守閣」と題されているが、これはレナール夫人を狙撃したジュリヤンが拘留される牢獄である。しかしその描写はこの章にはなく、直前の第三六章「悲しきことども」にある。殺人未遂〔本人は殺人と思いこんでいる〕で投獄された身でありながら、ジュリヤンは牢獄の建築美とそこからの眺望に心を奪われる。これは、ファルネーゼの塔に幽閉されるファブリスと同じである。

朝、ブザンソンの牢獄に着いたとき、彼は厚遇され、ゴティック様式の主塔の上階に入れられた。彼はこれを十四世紀初頭の建築と判断し、その優美で溌剌とした軽快さに見とれた。深い中庭の突当たりの壁と壁の狭間から、彼はすばらしい眺望を覗き見た。（Ⅱ・36）

この天守閣にある獄舎の高さは、初めは明示されない。しかし、この章の後半に「ジュリヤンは、自分が汚らしい監禁室に移されようとしたことも、また階段を一八〇上がった高さにある元のきれいな部屋に留まることができたのはフーケの奔走のおかげであることも知らなかった（Ⅱ・37）」とある。一段を約〇・三メートルと仮定すれば、およそ五四メートルの高さになる。わざわざ獄舎の高さを記したのも、ジュリヤンがいかに特権的な高所にいるかを示したかったからであろう。

彼はフーケとマチルドに、減刑の画策をやめさせようとする。ファブリスと同じように、高所で牢獄にいる方が幸せなのだ。

「おれには理想の生活を残しておいてくれないか。君らの持ちこむ小細工や現実生活のあれこれはどれも不快で、高い空から引き下ろされる気がするんだ」〔……〕《とはいえ不思議なのは、人生の最期が間ぢかに見えて初めて、人生を楽しむすべを知ったことだ》。

最後の日々を、彼は天守閣の高い所にある狭いテラスを散歩して過ごした。彼はマチルドがオランダに人をやって取り寄せた上等な葉巻をくゆらせていたが、来る日も来る日も、自分が現れるのを街じゅうの望遠鏡が待ち構えていようとは思いもよらなかった。彼の想い（pensée）はヴェルジーにあった。（Ⅱ・40）

ジュリヤンは人生の最期に大好きな高所の散歩を楽しむことが許される。なぜなら、ここでは下界の声と視線にはほとんど煩わされず夢想に浸れるからである。

ジュリヤンの魂はほとんどいつもあげて空想の国にあった。（Ⅱ・40）

ここでの「空想の国」le pays des idéesは、終章に出てくる「想像の国々（Ⅱ・45）」des pays imaginairesと同じ意味であろう。その想像界を占めているのは、明らかにヴェルジーとレナール夫人の面影である。

しかしながら、作者はここで、ジュリヤンが知らぬ間に世間の好奇の眼に盗み見られていることを書き忘れない。皮肉なことに、ここでは立場が逆転して、主人公は、彼自身が同属でありながら、というよりあるがゆえに厭悪し、そこから抜け出そうとしている市民階級の人々の窃視の対象になっている。作者がこの情景を書き加えたのは、完璧な理想郷など、少なくとも近代の人間には望み得べくもないことを知っているからである。ちなみに、望遠鏡は近代文明の産物であり、ルソーの作中人物にとっても大切な覗き見の道具であった（『新エロイーズ』Ⅰ・26）。スカラ座の桟敷席で、モスカはピエトラネーラ夫人をオペラ・グラスでこっそり盗み見る。司教会員ボルダも同じことをする（盗み見については「Ⅷ・2　窃視」の項で詳しくふれる）。

Ⅱ　目のなかを読む

1　目の変幻

目の表情と顔色は人物の内面の何を表わしているか、それを断定できることもあるが、大ていは掴みきれない。

推定はできても、作者が説明しないかぎり人物の真意は確認できないのが普通である。だから曖昧であるというのではない。それが人間の表情というものの根底をなす特質であり、その不安定さのなかで我々は生きているのである。仮にある人物の目の表情の意味を作者や他の人物が言葉で説明しても、それが信じられるかどうかは別のことである。そこに作品の、ということは人間存在の汲みつくせない闇の深さが覗くのである。

スタンダールは『恋愛論』の「眼差しについて」で、次のように述べている。

これは貞淑な媚態の大きな武器である。一つの眼差しで何でも言えるけれど、いつでもその眼差しを否認できる。なぜなら、眼差しを元どおりに再現することはできないからである。（Ⅰ・24）

ここで「貞淑な媚態」とは、明らかに女性を想定しているが、「一つの眼差しで何でも言える」と同時に、「いつでもその眼差しを否認できる」という考察は、男性についても当てはまると考えられる。眼差しは本心を雄弁に語ることもできれば、語ったことをほしいままに打ち消すこともできる、気まぐれ極まりない機能である。その上、眼差しによる表明も否認も跡が残らないから、本心を確かめることも叶わない。

とはいえ、本心とは異なる思いを意識的に動作で示すときも、目だけは潜在意識を裏切れないことがある。ファルネーゼ塔の独房から「胸を熱くしながら眼で彼女を追い（Ⅱ・18）」挨拶するファブリスに、クレリアはわざとよそよそしく応じる。

が、眼まで沈黙させることはできなかった。たぶん彼女自身の知らぬうちに、眼には一瞬、心底からの思いやりが表われたのである。（Ⅱ・18）

絶えずクレリアの眼を観察しつづけるファブリスは、次のように結論づける。

あの人の意志的な仕種はどれも《いいえ》nonと言っているが、眼の動きのなかの無意志的なものはおれに好意を抱いていると白状しているようにみえる。（Ⅱ・18）

スタンダールは登場人物の風貌や心の動きを、しばしばその目と眼差しによって述べる。女性はもちろん、男性の肖像も眼を中心に語られることが多い。これに付随して、というよりこれに先立って、彼の主人公たちはまず大てい、初対面のときから相手の眼に惹かれる。『パルムの僧院』の冒頭で、ミラノに入城したボナパルト将軍率いるフランス軍のロベール中尉は、デル・ドンゴ侯爵邸に駐留する。彼は侯爵夫人の美しい眼に惹かれて、絶えずその眼のなかに彼女の気持ちを読み取ろうとしている、

あの人〔侯爵夫人〕はぼくの眼のなかに、いらいらした気分があるのをしかと見届けていた。（Ⅰ・1）

目は美しい目を求める。ファブリスは「もしもあの人〔A公爵夫人〕の美しい眼をもう一度見る機会が訪れたなら（Ⅰ・9）」と、ナポリで別れた美女の眼を思い浮かべる。パルム大公は「眼で〔サンセヴェリナ〕公爵夫人の眼を（Ⅱ・18）」探し求める。

恋人同士は、相手の目を見るためなら他の一切を忘れ、どんなに困難な、どんなに危険なことでもやってのける。『カストロの尼』*L'Abesse de Castro* の女主人公エレーナを見初めた山賊の子ジュリオは、彼女の家庭教師の

大詩人チェキーノにラテン語の詩を送る。それは、

老詩人の幸福、極めて美しい眼が自分の眼を一心に見つめているのを、また娘の考えを褒めてやるとその至純な魂が嬉しさにあふれる様子を目のあたりにする幸福（Ⅱ）

を羨む詩である。ジュリオは、エレーナに近づけば彼女の父と兄に銃殺される危険があることは承知で、最初の恋文に、

「ぼくは貴女の眼のなかに読み取りたい、この告白でどんなお気持ちになられたのかを。近く、夜のとばりが降りたころ、館の裏庭で貴女にお会いしたい」（Ⅱ）

と書く。このように、恋人たちは相手の目のなかにその内面を読み取ろうとする。だが、大ていそこに明確な感情や意思を確認できず、不安に捉えられ、かえってますますその目に惹かれてゆく。もちろん相手も、初めは同じ状態にある。パルム城塞上のファブリスとクレリアは絶えず見張られており、互いの恋心を確かめようにも、声を用いることができない。

だが、恋は無関心な目には見えないような微妙な陰影をも観察し、そこから尽きることのない結論を引きだすものだ。例えばクレリアは、もう囚人を見られなくなってからというもの、鳥部屋へ入るとほとんどすぐに窓のほうへ眼を上げるのだった。（Ⅱ・18）

レナール夫人がジュリヤンの知的な自信を読み取るのも、彼の眼のなかにである。

> サロンで、どんなに彼の振舞が控え目であっても、夫人は彼の眼のなかに、家を訪れる誰を相手にしようと知的な優越感が浮かぶのを見て取るのだった。（Ⅰ・7）

国王のヴェリエール行幸の折、レナール夫人は市民の顰蹙をよそに彼を親衛隊に入れさせる。彼は馬上から「女たちの眼のなかに、自分が注目の的になっている（Ⅰ・18）」のを読み取り、「世界一幸せな男（*Ibid.*）」になり、「喜びの絶頂にあった。／彼の幸福には限界がなかった（*Ibid.*）」。夫人は騎士姿の彼を眼で追いかけながら「彼よりもっと幸せ（*Ibid.*）」になる。

初対面から間もないころのジュリヤンとマチルドは、互いの眼のなかに相手の真意を探りあう。ジュリヤンはマチルドから逢引に誘う手紙を貰うが、晩餐の席で、

> 彼はラ・モール嬢を見つめて、その眼のなかに家族の目論見を読み取ろうとした。（Ⅱ・15）

> 大ていの場合、マチルドの方が遠慮会釈なくジュリヤンを凝視する。王女のように周囲からちやほやされ、驕慢に育っているから怖れを知らない。

ジュリヤンが自分をじーっと長く見つめるマチルドの眼差しを解しかねていたのは、ちょうど彼女がこう

した激しい不安にとり憑かれているころだった。(Ⅱ・12)

ジュリヤンの眼の表情について、マチルドは面白い考え方をする。ジュリヤンに自分の兄が彼を警戒していることを告げて、反応を見ようとする。

《〔……〕お兄様の言葉をあの人に伝えてやろう。どんな答えが返ってくるか、見ものだわ。けど、彼の眼が輝いているときを選ばなくっちゃ。そのときだと、彼は嘘がつけないんだもの》。(*Ibid.*)

その眼が暗い欲望や冷たい計算に翳っているときのジュリヤンは、決して本心を明かさないことを、彼女はよく知っている。

後にジュリヤンは、離れかけたマチルドの気持ちを取り戻すため、眼のきれいなフェルヴァック元帥夫人に取り入るところを彼女に見せつける。

それで彼は、気を惹かねばならない二人の貴婦人の眼のなかに好意が見えるか、それともつれなさが見えるかによって、誇張した話し方を続けたり、はしょったりした。(Ⅱ・27)

彼はこのように、絶えず相手の眼の表情を読み取りながら自分の言動を律している。これはジュリヤンに限らず、他の人物も行っていることだが、彼の場合、より意識的で策謀的であるといえる。上述のように彼がわざとフェルヴァック夫人に近づき、マチルドに冷たくすると、彼女にとって、相手が今のいま自分のことをどう感じているのかを、その眼のなかに読み取るのに必要な冷静さを保つどころの騒ぎではなかった。思い切って相手を見ることもできない――軽蔑の表情にぶつかるのではないかとびくびくしていた。（Ⅱ・29）

『アルマンス』*Armance*では、オクターヴがアルマンスに、「僕がしゃべっているあいだ、僕の眼を見て嘘をついているかどうか確かめてください（Ⅵ）」と頼む。彼は、言葉よりも眼の方が偽らないと考えているのであろう。それが成り立つには、話す側に悪意がないこと、対話の相手とのあいだに信頼関係のあることが前提となる。言葉では偽りを述べていても、眼差しによってそのことを隠し、真実を装うこともできるからである。

2　さまざまな眼

（1）父と子の眼

主人公ジュリヤン・ソレルが『赤と黒』の舞台に初めて姿を現すのは、第一部第四章「父と子」からである。彼の顔立ちは端整というより特異なものであるが、その魅力の中心が眼にあることは明らかである。彼の美しい「大きな黒い眼」が対人関係に及ぼす大きな影響力については、何度もくり返し述べられる。初対面のレナール夫人がまず惹かれるのも、彼の白い顔色と「大そう優しい眼（Ⅰ・6）」である。彼はこのような眼の魅力によって、瞬時に他者の気に入られる。ラ・モール家に集まる社交界の人々の心をジュリヤンが捉えるときも、その「大きな黒い眼」がものを言う。この点は、ファブリスやオクターヴと似通う。

彼は美しい眼をしていた。うまく受答えができたとき、おずおずとした、それでいてうれしそうなはにかみによって、その眼の輝きが強まるのだった。彼は感じがいいと受けとめられた。（Ⅱ・2）

ここでは、ジュリヤンが自分の眼の美を意識していない無垢さ、不器用さが余計に彼の魅力を増すのだろう。この社交界で、フェルヴァック元帥夫人がジュリヤンの存在を意識しはじめるときも、彼の眼が魅惑の中心になる。

《あの家族はみんな、ものの見方にちょっと狂ったところがあるわ。そろって雇いの若い神父に熱をあげてるけど、彼にできるのはせいぜい人の話に耳を傾けることだけ。とってもきれいな眼をしてる、それはそうなんだけど》。（Ⅱ・26）

ジュリヤンは小さいときから、製材屋の父や兄だけでなく遊び仲間にも「いつもぶたれてばかりいた（Ⅰ・4）」。ナポレオン・ボナパルトの『セント・ヘレナ日記』に夢中で、呼ばれても返事をしなかったため、父親に手ひどく殴られる。

彼は頬を赤くして眼を伏せていた。見たところ弱々しい十八、九の小柄な若者で、鷲鼻の、整ってはいないが美しい顔立ちだった。静かなときには思慮と情熱を示す大きな黒い眼は、この瞬間、世にも恐ろしい憎悪の色に燃えていた。（*Ibid.*）

彼の頬が赤いのは殴られたことによるが、無法な父親への怒りにもよることは明らかである。ここに描かれた眼の表情には、その後の彼の生き方がすべて凝縮されているといっても、過言ではない。彼の眼が「憎悪の色に燃えていた」のは、父の折檻だけが原因ではない――「彼が眼に涙を湛えていたのは、身体の苦痛というより、愛読書を失ったためであった（*Ibid.*）」。父親がはたき落した『セント・ヘレナ日記』が小川に流されたからである。いわゆる「ナポレオン崇拝」bonapartismeが、野望に燃える貧しい若者にとって如何に生の根幹を成すものであったかが、その眼の表情をとおして描かれている。『赤と黒』では全編に亙って、他作品の主要人物と同様、ジュリヤンの肖像ももっぱら眼の描写によって伝えられる。スタンダールの常套である。

> ジュリヤンの涙でいっぱいの大きな黒い眼は、老いた製材屋の意地悪げな鼠色の小さな眼と睨みあった。その眼はジュリヤンの魂の底まで読もうとするかにみえた。（*Ibid.*）

無論、「鼠色の小さな眼」がいつも狡猾さや「強欲さ（Ⅱ・44）」*avarice*を、「黒い大きな眼」が清らかな無垢の魂を表わすとは限らない。しかしここでは、粗暴な俗物の父親と、彼を憎み劣悪な境遇からの脱出を夢見る野心的な息子の確執が、それぞれの対照的な眼によって鮮やかに示されている。ブザンソンの牢獄へ、処刑前のジュリヤンに最後に会いにきた折にも、「息子の貯めた金を取り逃すまいとやっきになっていた（*Ibid.*）」父親の面会後の姿を、ジュリヤンは次のように想い描く。

> 日曜の夕食後などに、親父はヴェリエールじゅうの連中にこの金を見せて羨ましがらせるんだろう。眼差し

で奴らにこう言うに決まっている――《これほどの値が付くんだったら、あんた方のどなた様でもギロチンにかかる息子をもつのも悪くないわいと思われるでしょうな?》。(*Ibid.*)

救いがたい卑しさが、眼差しをとおして表わされている。ここで付言しておきたいのは、ジュリヤンの父が決して貧しくはないことである。彼は金儲けには貪欲で、シェラン師はピラール神学校長への推薦状で「ジュリヤン・ソレルは〔……〕金持ちの製材屋の息子(I・25)」と述べている。いずれにしろ、息子がこのように父親をはげしく蔑むのは、かえって心底ではその愛情を求めているからとも考えられる。

ちなみに『赤と黒』の場合、ジュリヤンの母については一言も述べられていない。そういえば、クレリアの母についても同じである。何故だろうか。

フロベールの『ボヴァリー夫人』でも、大きな眼と小さい眼の対照がはっきりと描き分けられている。エンマ・ボヴァリーの眼は、ジュリヤンの眼と同じように大きくて黒く、魅惑的である。レオンの青い眼も大きくて、エンマの眼には「空を映す山の湖より澄んで美しく」見える。凡庸で退屈な夫のシャルルを嫌悪しているエンマの眼に、太りだした夫は「その眼が、もともと小さいのに、頬骨部分のむくみのせいでこめかみの方へ吊りあがってますます小さく見える(I・9)」。エンマに巧みに取入って浪費させ、破産させる雑貨商で質屋のルウルーは、「白髪のせいで小さな黒眼のとげとげした輝きがいっそう鋭く(II・5)」見える。同じヨンヴィルの村人のビネは、重騎兵あがりの収税吏だが、「土気色の馬面で、両の眼は小さくて鷲鼻(II・1)」である。この小さな眼は、自動的に習慣を守る「几帳面さ」l'exactitudeと共に「トランプにはめっぽう強く、猟がうまく、字もきれい、轆轤をひねる」芸術趣味も持合わせる――一言でいうなら「ブルジョワの利己主義(II・1)」をしたたかに貫く当時の中層中産階級の典型を表わしているといえよう。少なくともルウルーの眼のようにはずる賢くない。

（2）レナール夫人とマチルドの眼

ジュリヤンとレナール夫人の眼には、同質の美しさが認められる。夫人が初めて自邸の入口に立つジュリヤンを見たとき、「この百姓の子があまりに色白で、眼があまりに優しいので、ちょっぴりロマネスクなレナール夫人は、最初、少女が変装して、町長に何かお願いに来たのかもしれないと思ったほどである（Ⅰ・6）」。夫人に声をかけられたとき、ジュリヤンも「レナール夫人の気品あふれる眼差しにうたれて、気後れもちょっと忘れ（*Ibid.*）」る。彼が新任の家庭教師と分かったとたん、

　レナール夫人はぼうっとなった。二人はすぐ間近で向きあい、見つめあっていた。（*Ibid.*）

以後、ヴェリエールを離れてからも、レナール夫人の眼が絶えずジュリヤンにつきまとう。彼がパリで社交生活や恋愛の駆引きに倦み疲れて、だんだんと烈しくレナール夫人と暮した幸福な理想郷を懐かしみ、いわば楽園喪失の悔恨を味わうときも、夫人の青い美しい眼が慈母のそれのように甦る。

ラ・モール邸のサロンで、彼はわざとフェルヴァック元帥夫人に近づく。マチルドに嫉妬させるためだが、夫人に狙いを定めたのは、その美しい眼がレナール夫人の眼を思い出させるからである。

　ジュリヤンは深く胸をかき乱された。彼女はレナール夫人の眼と眼差しをしていた。（Ⅱ・4）

ラ・モール侯爵の秘書に雇われた日、ジュリヤンは夕食の席で初めてマチルドに出逢う。この場面では、彼女の眼についてのみ長い描写が続く。

食事も終りに近づいた頃、ジュリヤンはラ・モール嬢の眼のこの類いの美を表現する言葉を見つけた——《あの眼はきらめいている》。（Ⅱ・2）

ジュリヤンがマチルドの眼の特異な美に感じた驚きと、彼のたどり着いたありきたりの表現「きらめいている」との落差は、滑稽なほどである。彼がマチルドの眼に「才気」を認められなかったことにもよる。続いて、その高慢で、しかも退屈しきった皮肉な眼とは全く対照的なレナール夫人の眼との比較が行われる。

《しかし、レナール夫人の眼もたいそう美しくて、皆が褒めそやしていた。だが、この眼と同じようなところは少しもなかった》と彼は思った。彼は充分には社交界に慣れておらず、マチルド嬢——そう呼ばれるのを聞いたことがある——の眼を時々輝かせるのが才気の火であるとは見抜けなかった。レナール夫人の眼が生き生きするのは、情熱の火か、何か悪行の話を耳にした義憤によるものであった。（*Ibid.*）

大胆なマチルドは、誘いの手紙への返事をジュリヤンから受け取るときも、「眼に笑みを浮かべて（Ⅱ・14）」いる。マチルドより年上の人妻で、控え目な性格にもよるが、レナール夫人はその反対である。

《あの気の毒なレナール夫人の眼には、何て烈しい情熱がこもっていたことだろう》とジュリヤンは思った

――《許した仲になって半年経っても、いざおれからの手紙を受け取るときには！ 思うに一度も、眼に笑みを浮かべておれを見たことはない》。（Ⅱ・14）

このように、欲望の対象の女性を他の女性と比較し、自分の言葉で捉えなおさねばその女性をしっかり所有した気になれないところに、ジュリヤンの過剰な自意識が読み取れる。スタンダールが登場人物の内的独白を記述するとき、執拗にくり返される「自分に言った（心につぶやいた、思った）」se dit-il という表現に、それが表われている。

マチルドがジュリヤンに魅かれた強い理由の一つは、彼の眼差しと態度が卑屈でなく、彼女を初めてたじろがせたからである。

ジュリヤンの眼はずっと刺しつらぬくようで厳しかった。マチルドはちょっとのあいだ有頂天になっていたが、相手の冷たい態度にすっかり狼狽した。今まで他人を狼狽させるのが自分であることに慣れていただけに、なおさら驚いた。（Ⅱ・8）

やがて彼も、自分に強い興味を示すマチルドの眼に惹かれはじめる。

だがおれがだしぬけに現れると、彼女の眼が生き生きとなるのが見てとれる。〔……〕彼女の大きな青い眼がおれは好きでたまらない、間近でおれに見られ、よくあることだがおれを見つめるときのあの眼が！（Ⅱ・10）

ラ・モール嬢が、あの大きな青い眼に何か変な表情を湛えてじっとおれを見つめると、いつもノルベール伯爵が席をはずす。これが怪しい。妹が家の**召使い**なんかに目をかけても腹を立てなくていいのだろうか？

(*Ibid.*)

その一方で、兄のノルベール伯爵や自分に夢中のクロワズノワ侯爵らがジュリヤンを警戒すればするほど、マチルドの情熱は彼に傾いてゆく。

《ラ・モール嬢はおれを変なふうに見る。だが、おれに釘づけのあの美しい青い眼が放心の態で見開かれているときにも、そこにはいつも人を験すような、冷ややかで意地悪いものが読み取れる。あれが恋だなんて、そんなことがあり得ようか？　レナール夫人の眼差しとは何て違っているんだろう！》（Ⅱ・12）

マチルドは、ジュリヤンに愛の告白の手紙を渡す――「もうあなたを見られないなんて、あたしにはとても耐えられません（Ⅱ・13）」。後にマチルドに冷たくされたとき、ジュリヤンは庭から彼女の部屋の鎧戸を眺めて涙する（Ⅱ・31）。この情景は、ファブリスがいなくなった塔の窓を見あげるクレリアを想起させる。

マチルドの高慢な美しい眼、退屈していながら激しい好奇心と情熱を秘めた特異な眼は、後の彼女とジュリヤンの悲劇的な運命を全て予示していると思われる。

3　天上性と地上性

（1）涙に濡れる眼

ある人物が泣くことは、その人の感性の鋭さや情の深さ、つまり《感じやすさ》を表わすことはいうまでもない。喜びで泣くこともあれば、悲しみや怒りで涙することもある。ジュリヤンは父親に殴られたとき、痛みより『セント・ヘレナ日記』を失くした口惜しさから涙する（Ⅰ・4）。レナール夫人と初めて見つめあうときのジュリヤンは、夫人の屋敷を初めて訪れる気おくれから泣いたらしく、「涙を流したのが恥ずかしくて」しきりに眼をぬぐう。ファブリスがコモ湖畔で初めて眼にするクレリアは、憲兵に捕まった恐怖からか、「ハンカチを顔に当ててしくしく泣いている（Ⅰ・5）」。

『恋愛論』第一部第十四章では、自然や芸術の美を愛する女性のそれに結びつけて、次のように述べている。少し長くなるが、

> 自然や芸術作品で極度に美しいものを見ると、愛する女の思い出が電光の速さで呼びおこされる。これはつまり、ザルツブルクの塩坑で木の枝がダイアモンドで飾られる作用〔「第二章　恋の誕生について」第五段階の「第一の結晶作用」cristallisation および第七段階の「第二の結晶作用」のこと〕によって、この世の美しく崇高なものはすべて恋する相手の美の一部となるからである。瞬時にこうした思いがけぬ幸福を見ると目は涙でいっぱいになる。こうして、美に対する愛と恋愛とは互いに生命を与えあうのだ。（Ⅰ・14）

ここで美に「崇高さ」がつけ加えられているのは、既に指摘したようにスタンダールの常套である。「思いが

けぬ幸福」とは、自然や芸術の美と重なる崇高な女性美のことであるが、これを眼にするとき、卑小なものに囲まれた人間は胸をうたれて涙を流すしかない。コモ湖の崇高美に涙するファブリスを、我々はみた。また、『恋愛論』第一部第十一章の註で、作者は次のように述べている。

「私の」美、つまり私の魂にとって有用な性格を約束してくれるもの、それは肉体的なものを超越した魅力なのだ。肉体的魅力などは私にとって美の特殊な一種にすぎない。(I・11)

スタンダールにとっての美は、「快楽を与える新しい能力」のことで、彼が恋愛において求める相手の美は、肉体的な魅力を超越した、精神的な快楽を与えてくれる能力のことである。彼が様々な作品にくり返し執拗に描く、恋人たちの視線と視線の融合による恍惚がもたらす幸福ほど、肉体的でありながら肉体を超えた、精神的で抽象的なものは他にない。彼が、恋人たちの肉体的な結合による忘我から生じる逸楽を、あっさりと一筆でしか描かないのはこのためである。

ここで、芸術に関するボードレールの考察をみておきたい。先にもふれた『エドガー・ポーについての新しい覚書』(IV)で、彼は、スタンダールが恋人の美の一部と考える「この世の美しく崇高なもの」を、天国の「一瞥」un aperçu、「一つの照応物」une correspondanceであるとみなしている。

そして一篇の精妙な詩が眼の縁に涙を誘うとき、その涙は過度な快楽の証しではない。それはむしろ苛立たしい憂愁そのもの、神経の請願、不完全なもののなかへ流されながらまさにその地上において、啓示された一つの楽園をすぐさまわがものにしたいと願う天性、の証言である。(1)

上記の「精妙な詩」を、スタンダールにならって壮麗な自然や美を極めた芸術作品、更に崇高美を湛えた恋人と置きかえてもよいだろう。それは「啓示された一つの楽園」に他ならない。天上の楽園から不完全な地上へ流された我々にも、まだ「〈美〉への不滅の本能（*Ibid.*）」が残っている。そして、「彼岸にあるすべてのものへの飽くことのない渇きこそ、我々の不死性の最も生きいきとした証しである（*Ibid.*）」。ボードレールによれば、我々が「墓の彼方にあるもろもろの耀かしいもの（*Ibid.*）」les splendeurs situées derrière le tombeauをのぞき見ることができるのは、音楽や詩をとおしてである。キリスト教徒でなくとも、我々には無限なものや不死性あるいは永生、そしてそれらが融けこんでいる美への憧れが本能的に具わっている。地上の卑小や汚辱のなかにあっても、眼や耳で感知することができるこのような美は、天上にある楽園の「照応物」であるが故に、我々自身の遠いかすかな楽園の記憶を呼び覚ましてくれる。すると我々は浄化され、不幸も苦悩も忘れることができるのである。

ボードレールの見事な文章に呼応するのが、『恋愛論』第三章の原註である。これは、ビヤンカなる女性が母親に宛てた最後の手紙の形をとっている。スタンダールにはめずらしい、抒情あふれる文章でもあり、少し長くなるが引用したい。

> 私の眼には最初、彼の行為はみな天上的なものに映りました。その様子はただちにある人をどこかかけ離れた存在にし、ほかのどんな人とも区別します。私は彼の眼のなかに、より崇高な幸福への渇き、この世に見出されるものよりすぐれた何かにあくがれる秘められた憂愁が読み取れるように思いました。それは、ロマネスクな魂が運命と革命によってどんな境涯に投げこまれても、

……なお天上の風景をよび覚まし　天上の眺め
そのためには喜んで生きもし、死にもする
そんな憂愁なのです。（Ｉ・３）

英文の引用はポープ Alexander POPE（一六八八—一七四四）の詩行であるが、「天上の風景」celestial sight は「永遠の風景」eternal sight が正しい。しかし、スタンダールが「天上の」と覚えていたことは興味ふかい。そういえば彼は、我々の扱う作品で「永遠の」という語はほとんど用いていない。いずれにしてもこの一節は、スタンダールのロマネスクな主人公たちの天上的な姿や眼、また彼らの天上の楽園への渇望を鮮やかに解き明かしてくれる。

＊

マチルドは驕慢極まりない娘だが、音楽を好み、ピアノも弾ける。チマローザ Domenico CIMAROSA（一七四九—一八〇一）の歌劇で女主人公の「崇高な詠嘆曲」cantilène sublime を聞くと、「たちまちこの世のありとあらゆるものがマチルドの目の前から消え失せる（Ⅱ・19）」。彼女が「恍惚」におちいるのは、その歌詞が「驚くほど彼女の立場に当てはまる（*Ibid.*）」だけでなく、詠唱が「神々しい優美さにあふれている（*Ibid.*）」からである。

オペラ座でチマローザの喜歌劇『秘密の結婚』*Matrimonio segreto*（一七九二年初演）を聞き、絶望したカロリーヌの「神々しい声の高潮」les accents divins に泣き崩れたジュリヤンは、遠くの席からマチルドの「涙に輝く」眼を見る（Ⅱ・30）。彼女の桟敷席へ駆けこむと、「彼の眼はいきなりマチルドの涙をためた眼にぶつかった。彼女は臆面もなく泣いている（Ⅱ・31）」。わざとフェルヴァック夫人に近づくジュリヤンの策が功を奏し、マチルドは彼に降伏すべきかどうか悩み、その気持ちをカロリーヌの絶唱に重ねている。この情景については、ロラン

Romain ROLLAND（一八六六―一九四四）も『ハイドン、モーツァルト、メスタシオ伝』（シャンピヨン版全集、一九一四）の「序」で言及しているが、ここではあらためて眼と音楽の崇高美との視点から考察した。音楽と恋愛の親近性については、『恋愛論』に「完璧な音楽は〔……〕心を占めている対象を生き生きと考えさせる効果を生む（Ⅰ・16）」という一節がある。更に、同じような音楽観がくり返される。

　魂のなかに恋の衝動にそっくりの衝動をかき立てる音楽への情熱。（Ⅱ・43）

社交界の女王であるマチルドは、歌劇の主人公にたやすく同化して涙する。あくまで地上的な「カタルシス」catharsis（浄化作用）と思われるが、ここでは、何度も用いられる形容「神々しい」と「崇高な」が、音楽をとおして主人公がかいま見る天上的な幸福を暗示している。

ファブリスがただクレリア見たさにファルネーゼの塔の独房に戻ったとき、「父の犠牲になってクレセンツィ侯爵と結婚する決心をしていた」クレリアは、

　憂いに沈んで小鳥が飛び交うのを眺めながら、つい習慣から以前ファブリスが覗いていた窓の方へ優しく眼を上げると、そこにまた彼がちゃんといて、情のこもった礼儀正しさで挨拶するのを見たとき、彼女の悲しい心のうちがどうなったか、それをどうして描けよう。〔……〕クレリアはファブリスをじっと見た。その眼差しは、彼女を責めさいなんでいる情熱のありったけを湛えていた。（Ⅱ・25）

この二人の視線による対話の再会は、第二部後半の幕開けとして重要である。聖母への「私の眼は二度とあの

人を見ません」という誓いに背いて、彼女はファブリスを見ずにはおれない。この場面は、全体が恋人たちの視線によって構成されており、二人の緊迫した、幸福と不幸の綯いまざった心理の動きが眼の表情によって描かれる。少し長くなるが、引用しない訳にはいかない。

ファブリスを見ているうちに、彼女は気を失って、窓の傍の椅子の上に倒れた。顔はその窓の下枠に載せられていた。彼を最後の瞬間まで見ていたかったので、顔はファブリスの方を向いている。彼はそれをすっかり見ることができた。少しして彼女がまた眼を開けたとき、その最初の視線はファブリスに注がれた。その眼のなかに彼女は涙を見たが、その涙は無上の幸福によるものだった。不在のあいだも、彼女は自分をちっとも忘れていなかったのだ。可哀そうに、二人の若者は、しばらく、魔法がかかったように互いに見つめあったままだった。(*Ibid.*)

二人の互いに見つめあう情景は、コモ湖畔の初対面と城塞入口の再会のときにそっくりである。ただし、ファブリスの「無上の幸福による」涙はそれまでなかったものである。このあと、彼は《私が牢屋に戻ってきたのは**あなたを再び見るためだ。私は裁判を受けるつもりだ**》と、即興で歌う。彼にとって、クレリアをその眼で《再び見ること》は、自分の生命と交換できるほど切実な行為であったことが分かる。

ここで指摘しておきたいのは、失神したクレリアが目覚めたとき、その「最初の視線」がファブリスしか見ていないことである。彼の脱獄以来、気のすすまぬ結婚を決意するなど、死んだようになっていたクレリアが、一旦すべてを忘れた後、いわば蘇生していると考えられよう。とすれば、「魔法がかかったように」comme enchantésという表現に、『眠りの森の美女』の微かな反響が認められるのではなかろうか。いずれにしろ、眼と眼を見交わすだけで、恋人たちが再生を遂げるのは確かである。

先ほど、マチルドとジュリヤンがオペラ・アリアに涙する場面をみたが、『恋愛論』には、次のような音楽と恋との同一視がある。


私は今夜、音楽は、それが完璧なとき、心を、愛する対象を目にして喜ぶときと全く同じ状態にさせると感じたばかりである——すなわち、この地上においておそらく最も激しい幸福をもたらすということを。

誰もがこのように感じるとすれば、この世で音楽ほど恋をしたい気持ちにさせるものはなかろう。（Ⅰ・16）

「この地上においておそらく最も激しい幸福」とは、この世のものならぬ幸福、天上の楽園における幸福を暗示しているといえよう。

スタンダールが墓碑銘に《チマローザ、モーツァルト、シェイクスピアを熱愛した》（『エゴティスムの思い出』Ⅵ、*Souvenirs d'égotisme*〔一八三二。初版一八九二〕）と記すほど好んだチマローザの歌を宮廷の夜会で聴いたとき、ファブリスは涙を流したい気持ちに襲われる。その歌詞は恋人の眼に関するものである——「**何て優しい瞳だろう！**（Ⅱ・26）」*Quelle pupille tenere !* ——初めのうち彼は近くの席のクレセンツィ侯爵夫人クレリアに気づいていないが、この歌を聴きながら彼女の眼を思い出しているのは明らかである。

やがてペルゴレージの歌曲に涙をこらえきれなくなったファブリスは、クレリアの方へ眼を向ける。泣き出したクレリアが、椅子の音を立てたからである。

その涙でいっぱいの眼は、ほとんど同じ状態にあったファブリスの眼とぱったり出遭った。侯爵夫人は顔を伏せた。ファブリスは数秒間、夫人を見続けた。（Ⅱ・26）

彼女が眼を伏せたのは「二度とファブリスを見ない」と聖母に誓っていたからである。音楽の美によって恋しい人の面影が喚起され、涙を流すとき、我々は新しく生まれ変わるように感じる。ファブリスはこのときまだ、クレリアに対して憤っている――「彼の眼差しは怒りと軽蔑を表わしていた（*Ibid.*）」。

しかし、P夫人がまた歌うと、ファブリスの魂は涙のおかげで和らぎ、完璧な安らぎの状態にたどり着いた。すると、人生が彼には新しい光の下に現れてきた。（*Ibid.*）

芸術の力は、我々に新たな生をかいま見させてくれる。ファブリスは「彼女を見る喜びに何故あらがうのか？」と、自問する。そのとき彼が想起するのは、いつものようにこの世の煩いをすべて忘れさせるクレリアの眼である。

だがあの天上の美を誰が否定できよう？彼女は眼差し一つでおれを恍惚とさせてしまう。そのおれときたら、無理に努力しないと極めつきの美人と評判の女たちを眺めることもできないというのに！なぜ魅了されてはいけないのか？それだけがせめて心やすらぐひとときかもしれない。（*Ibid.*）

「天上の美」を具えた女性の眼差し一つで忘我に導かれる主人公は、いっときでも地上の不幸を忘れて安らぐことができる。先に「Ⅰ・4（1）理想郷」の項で引いた『ある旅行者の手記』（ラングル、一八三七年五月五日）に、風景や芸術の美が「喜びを大きくし、不幸を忍びやすくしてくれる」とあるように、恋人の天上的な美も我々に失われた楽園の幸福を、束の間でもかいま見させてくれるのである。

公国の人々を虜にするファブリスの名説教を、十四ヶ月あまり彼に会わずにいた侯爵夫人クレリアが聴きにいく。

ファブリスが壇上に現れた。痩せこけて蒼ざめ、あまりに憔悴していたので、クレリアの眼はみるみる涙でいっぱいになった。（Ⅱ・28）

クレリアが流す涙は、彼女恋しさに憔悴したファブリスへの同情からであろう。このように、相手にいつも憐憫の情を示すのは、ファブリスではなくクレリアの方である。

ファブリスも、クレリア一人に向けてしゃべるうちに「涙がせき止められず、聞きとれる声ではものが言えなくなり（*Ibid.*）」、説教を早く終える。翌日、クレリアは手紙で彼を自邸に呼ぶ。その日の夜から、闇のなかの逢引が始まる。これについては後でふれる。

珍しい例として、怒りのあまり涙を流すことがある。レナール町長は、妻とジュリヤンの関係を暴く手紙を受取ると、猜疑と屈辱に苛まれ、「腹が立って、眼に涙がこみあげてきた（Ⅰ・21）」。

スタンダールの場合、悲しいときや口惜しいときの涙はあまり描かない。ほとんどは美しい人や風景や音楽にふれるとき、恋人を思いやるときの涙である。

（2）暗い眼

ジュリヤンの眼はいつも初々しい優美さを湛えている訳ではない。むしろ征服欲に伴う大胆さや臆病、憤怒や焦燥に燃えているときの方が多いと思われる。彼の眼が不信の暗い光を宿すのは、その生立ちのせいである――「不幸が生む厳しい眼（Ⅱ・20）」。父親と睨みあった時の彼の眼を思い出そう。

> 静かなときには思慮と情熱を示す大きな黒い眼は、この瞬間、世にも恐ろしい憎悪の色に燃えていた。（Ⅰ・4）

レナール町長が自分の果樹園を横切る農家の少女に石を投げたとき、デルヴィル夫人が町長を弁護すると、彼は「冷ややかに、限りない侮蔑を浮かべた眼で彼女をじっと見た（Ⅰ・9）」。夫人もレナール夫妻と同じ、憎むべき貴族の一員である。

> この眼差しにデルヴィル夫人は驚いた。もし彼女がその真の意味を見抜いていたら、もっと驚いたに違いない。そこに世にも恐ろしい復讐の漠とした願いが読み取れたかもしれない。まちがいなく、こうした屈辱の瞬間がロベスピエールのような人物を生んだのである。（*Ibid.*）

ここにジュリヤンのあらゆる行為の根源がある。彼の眼差しに潜む立身出世の夢、また上流社会の女性征服の野望と不即不離のこの復讐欲は、最後まで消えることはない。

レナール町長は夫人やジュリヤンに対しては尊大に振舞うが、世評には媚びる。またデル・ドンゴ侯爵のように「さもしいけち（『パルムの僧院』Ⅰ・1）」である。二人の関係を匿名の（たぶんヴァルノ氏からの）手紙で密告されると、「青くなって、彼〔ジュリヤン〕に刺々しい眼差しを投げつける（Ⅰ・19）」。また、妻を「気狂いじみた目で（Ⅰ・21）」睨む。しかし視線に烈しい憎悪が見られないのは、密告の内容が正しいかどうかが未だ不明であり、何よりも世間体を気にしてすぐには復讐に出られない小心者だからである（レナール夫人はジュリヤンに「夫があなたに対して世論の命じるがままに動くことは、一瞬たりとも疑っちゃあ駄目よ（Ⅰ・20）」と手紙に書いている）。

レナール夫人に対する「誘惑の作戦計画を不器用ながら実行に移す（Ⅰ・14）」とき、ジュリヤンの眼は冷酷な獣の眼になり、暗く輝く。ヴェルジーの館の庭で夕涼み中、彼の手が夫人の手にふれ、彼女がそれを引っこめる。

彼の眼差しは翌日あらためてレナール夫人と顔を合せた際、異様だった。彼はこれから戦わねばならぬ敵のように彼女の様子を窺った。前夜とはうって変わったこの眼差しに、レナール夫人はうろたえた。（Ⅰ・9）

レナール夫人を見つめる「彼の渇望の眼差し（Ⅰ・12）」は、マチルドを夢想のなかで所有しようとするとき、野獣の目に似てくる。

《何であれ、あの娘は美しい！》ジュリヤンは虎のような目つきで言葉を継いだ。《まずおれのものにしてから、逃げてやる。おれの逃げ道を邪魔する奴は、呪われるがいい！》（Ⅱ・10）

第二部第三二章は「虎」Le Tigreと題されており、出だしは次のとおりである。

あるイギリス人旅行家の話だが、一匹の虎と仲むつまじく暮していた。小さいときから育て、猫かわいがりしていたが、いつも卓上に弾をこめたピストルを置いていたそうだ。（Ⅱ・32）

旅行家はラ・モール侯爵、虎はマチルドを奪うことで侯爵に噛みつくジュリヤンを暗示している。ただし、侯爵は旅行家の用心を怠る。ジュリヤンの「虎のような目つき」は、ブザンソン神学校で彼に接見するピラール校長の「獲物を貪る前に舌なめずりする虎の顔つき（Ⅰ・25）」を想起させる。ピラール師も、ジュリヤンのように下層から這いあがった人物である。一方で、冷酷な支配者もこの肉食獣に喩えられる。話者は「人の心を責めさいなむ術に長けている（Ⅰ・7）」パルム公国の絶対君主エルネスト四世を「餌食とじゃれるのが好きな虎（*Ibid.*）」と比べている。

マチルドの眼にも、「あの人の眼は陰鬱に光っている。変装した王子みたいにますます高慢な眼差しになった（Ⅱ・9）」と映る。ここで、ジュリヤンを「王子みたいに」と捉えているところに、マチルドのなかに萌した彼への執着が窺える。彼女にふさわしい相手は平民ではなく、王族でなくてはならない。

ちなみに、目や眼差しに限らず登場人物の様々な外観や表情が、このように話者の目（大ていは中立的な世間一般の視点、あるいはいわゆる神の視点）からだけでなく、他者（主人公を取巻く人々）の目からも述べられるなら、登場人物、ことに主人公の肖像に一定の客観性、言いかえれば《本当らしさ》vraisemblanceが付与されることになる。他の作家に劣らずスタンダールもこのことを意識していたと考えられる。

いずれにしろ、暗い視線が生まれるジュリヤンの内面の深層と、その視線が遠く伸びる尖端には、単に性的な征服欲だけでなく、常に上流階級への劣等意識と侮蔑、その階級の女性を踏み台にして（彼にはその手段しかない）ナポレオンのような英雄になるという野望が抜きがたく蟠っているといわねばならない。マチルドはこのことを見抜いている。

「あの年頃で、財産も乏しくて、あの人みたいに途方もない野心に苦しめられている者には、女友だちが必要なのよ。たぶんあたしがその友だちなんだろうけど、あの人ときたらあたしに恋しているそぶりも見せない。大胆な性格なんだから、あたしに恋を打明けてもよさそうなのに」。（Ⅱ・12）

ラ・モール侯爵もジュリヤンの貴族への憎悪に気づいている――「彼は名門を盲目的に崇拝もしていない。事実、我々を本能的に尊敬はしていない（Ⅱ・34）」。

マチルドの眼差しに応えるとき彼の眼差しに出る、あの暗くて冷たい表情をまだ見たことがなければ、その人は彼の性格については無知に等しいのである。（Ⅱ・13）

ジュリヤンの辛辣な応対に刺激されて、「しょっちゅう退屈し、きっとどこへ行っても退屈したにちがいない（Ⅱ・11）」マチルドはかえって彼に好意を抱きはじめる。彼の黒くて大きな美しい眼は、マチルドの最初の誘いの手紙への返事を作成するため、タルチュフのように細心の作戦を練っているうちに次のようになる。

これは認めねばならないが、ジュリヤンの目つきは凶暴だった。形相も醜悪で、紛れもなく犯罪の匂いが

した。それは社会全体と闘っている不幸な男だった。(Ⅱ・13)

階級社会に挑むジュリヤンと違って、ファブリスは貴族階級に属し、彼を熱愛する叔母サンセヴェリナ夫人や敵側のコンティ将軍(城塞長官)ら以外に彼の幸福追及を阻む障害はない。それ故、クレリアの愛を勝ちとるのに狡猾な策をめぐらし、凶悪な眼差しになることはない。貴族に生まれたものは幸福になってあたりまえと、彼自身が考えていることは既にみた。ただし、終章(第二八章)に近い第二六章で、今はクレセンツィ侯爵夫人のクレリアと宮廷の夜会で再会したとき、彼女の心変わりを恨む瞬間は別である。クレリアがいるとは知らずにペルゴレージの歌を聴いていたとき、椅子のきしむ音が彼の目を惹く。音を立てたのはクレリアで、歌に胸をうたれ、おそらくファブリスとの恋を思い出して涙にむせんだからであろう。

その涙でいっぱいの眼は、ほとんど同じ状態のファブリスの眼とぱったり出遭った。侯爵夫人は顔を伏せた。ファブリスは数秒間、見つめ続けた。そのダイヤをふんだんに飾った頭を眼に焼きつけたが、彼の眼差しには怒りと軽蔑が表われていた。それから《**私の眼は二度とあなたを見るものか**》、と胸に言い聞かせながら〔聖フランチェスコ修道会〕会長の方へ向き直り、こう言った——「私の困った癖はいよいよひどくなってきました」。(Ⅱ・26)

サンセヴェリナ夫人も、ファブリスを脱獄させた後、クレリアへの嫉妬に狂って「暗鬱極まりない憤怒に輝く眼(Ⅱ・22)」を見せる。しかし夫人がこんな風に冷徹さを失うのは、ファブリスのことを思うときだけである。

眼は熱情や情欲に燃える。野望や渇望に灼かれる。喜びや期待に輝き、甘美な快楽に溺れる。悲しみや怒り、嫉妬や憎悪に翳る。獲物を狙う眼、敵を平然と死に追いやる非情な眼がある。卑しい眼、狡猾で陰険な眼がある。一方で、何ものにも好奇心を示さない、安寧と退屈に倦んだ眼がある。清く澄んだ天使のような眼、人間離れした優雅さと慈愛に溢れる眼がある。つまるところ、眼には、地上的であれ天上的であれ内面のあらゆる情念と心理が表われる。別の場合には、眼の表情の意識的または無意識な操作によって、それらが歪められたり、隠されたりする。

Ⅲ　特異さと高貴さ

1　天使のような美・天上の美

スタンダールは調和のとれた端正な美、典型的な理想美も描くが、あまりそれは好まない。人物の眼にも、どこか均衡の崩れた美、異常さや特異さを含む美を求める。ボードレールの言葉「あらゆる美にとって不可欠の薬味ともいうべき**異様さ**」（『エドガー・ポーについての新しい覚書』Ⅳ）が思い出される。彼は、どこか地上を離れた、この世のものとも思えぬ美を主人公たちの眼に好んで付与する。容貌においても、内面においても「特異で」 singulier「超自然的（Ⅰ・9）」surnaturel であること、更に「天上的」céleste で「天使に似ている」angélique ことは、スタンダールの人物の美しさ、あるいは高貴さには不可欠である。崇高さと異様さ、天使と悪魔、美と醜は一個の人間にも世界にも共存しているのであって、作家はこのような二重性を描き出さねばならない。彼のロマン派劇についての考え方は、ユゴーVictor-Marie HUGO（一八〇二—八五）の《ドラマ》論に引き継がれる（『クロムウェル』*Cromwell*（一八二七）の「序文」参照）。

『赤と黒』のジュリヤン・ソレルは「鷲鼻の、整ってはいないが美しい顔立ち（Ⅰ・4）」である。やはり、端整というより特異な美貌であることを作者は明示している。「非の打ちどころがない」社交人クロワズノワ侯爵は、結婚相手に望んでいるマチルドのことを「変わり者だ（Ⅱ・19）」と評する。

コモ湖畔での初対面のときから、ファブリスはクレリアの「大そう特異な美貌（Ⅰ・5）」にうたれる。更に、彼女の顔立ちには「素朴なこよなく高貴な魂に印される天上の痕跡（Ⅱ・15）」がある。彼にとって、クレリアは「天使」に等しい存在である。

彼女を公爵夫人に較べるのはもっともだ。何という天使のような顔立ちだろう！（Ⅱ・15）

彼はクレリアの天上の美にうっとりとなり、眼はその驚きをいっぱいに表わしていた。（*Ibid.*）

クレリアについては、「天上の美」la céleste beaté, une beauté célesteという表現が何度もくり返される（Ⅱ・28）。クレセンツィ侯爵夫人になったクレリアとパルム宮廷の夜会で再会したときも、ファブリスの思いは変わらない。

もし、何にもこれ以上におれを苦しめることができないのであれば、あの人を見る喜びに何故あらがうのか？彼女は誓いを忘れた。軽薄な女だ。女は誰でもそうではないのか？だが、あの天上の美を誰が否定で

きよう？　彼女は眼差し一つで、おれを恍惚とさせてしまう。（Ⅱ・26）

ファブリスの叔母サンセヴェリナ公爵夫人も他者の特異さ、異常さには強く魅かれる。例えば、夫人から見れば、自分を崇拝する山賊詩人フェランテ・パラは「ちと気がふれていると分かったが、少しも怖くなかった。〔……〕もともと異様な容貌が嫌いではなかった（Ⅱ・21）」。彼女はピエトラネーラ伯爵夫人だったころ、ファブリスがナポレオン軍に加わったため「深い憂愁に沈んでいた（Ⅰ・6）」が、ミラノのスカラ座で「ある特異な人物（*Ibid.*）」に言い寄られる。「Ⅵ　芝居」の項でもふれるパルムの首相、モスカ伯爵である。

物語の話者によれば、夫人自身の美しさはクレリアのそれに較べると理想的に過ぎ、少し一般的である（Ⅱ・15）。スタンダールが求める美には、常に特異さが不可欠なのである。とはいえ詩人パラは、「生粋のロンバルディヤ風の美貌の（*Ibid.*）」夫人を「天使のような美女（Ⅱ・21）」と讃える。

モスカも夫人に魅了される。既にふれたように、彼はスカラ座で夫人をオペラグラス越しに盗み見て、「若い、輝いている、鳥のように軽やかだ（Ⅰ・6）」と思う。夫人が「輝いている」brillanteのは、単に若々しいからではなく、盛装で、歌劇場の照明を浴びているからでもあろう。モスカの眼には、彼女が地上の重力を軽々と脱け出る存在のように映っている。その姿は陽光のなかを飛ぶ鳥、更には天使を連想させるのであろう。

ファブリスの母、デル・ドンゴ侯爵夫人と親しいナポレオン軍のロベール中尉は、若い頃の夫人について次のように語っている。

あなたも知ってるよね、とびきり美しい眼が天使のような優しさを湛え、濃いブロンドのきれいな髪があの魅惑的な顔の卵型をくっきりと描き出していたあの方を。（Ⅰ・1）

彼は更に、夫人をダ・ヴィンチの「ヘロディアス」〔現在ではルイーニの描いた「サロメ」〔ウフィッツィ美術館〕とされる〕に喩え、「彼女の超自然的な美しさ（*Ibid.*）」を強調している。この天使のように優美な眼の夫人から、ファブリスが同じように美しい眼を受け継いだことは疑いない。

ミラノに進駐したころ、デル・ドンゴ邸に宿泊していた中尉は、後にイタリア貴族になる。その経緯は審らかにされておらず、謎に満ちているが、侯爵夫人の後ろ盾のおかげではないか、と思われる。ファブリスの気質や性格が父侯爵のそれとは全く相容れないので、彼は中尉と夫人のあいだにできた子どもかもしれないが、真相は語られていない。いずれにしても、ファブリスが、ある詩のなかで母と同じように天使に比較されるのは、自然なことといえよう。

ファブリスが脱獄した翌日さっそく、何人もの人がかなり凡庸なソネットを受取った。そこではこの逃走を世紀の最も美しい行為の一つと讃え、ファブリスを翼を拡げて地上に降り立つ天使になぞらえていた。（Ⅱ・23）

このソネットを、パラのように優れた詩人ではなく、無名の詩人の「かなり凡庸な」作品にしたのは、民衆の層まで拡がっていたファブリスの人気を示すためであろう。この脱獄は民衆の目に、神聖ローマ帝国の支配に甘んじて体制を保っている絶対君主に一泡吹かせた英雄的行為と映ったにちがいない。

レナール夫人も、天上の美と優しさに恵まれている。話者はそれを「もちまえの性格と目下の幸せからにじみ出る天使のような優しさ（Ⅰ・8）」と捉える。「目下の幸せ」とは、「いつもジュリヤンのことしか頭にない

（Ⅰ・7）」幸福のことである。夫人と結ばれて程なく、ジュリヤンは「気も狂わんばかりに彼女が恋しくなり」éperdument amoureux（同じ表現がブザンソンの獄中でも用いられる）独りごつ。

《あの人は天使のように善良な魂を持っているし、あれ以上にきれいな人もない。これだけは確かだ》。（Ⅰ・16）

彼はレナール夫人の天上的な美しさを、その外面だけでなく内面にも認めている（ファブリスとクレリアについても、同じことがいえる）。ここにはジュリヤンの想像力の働きによる対象の理想化に続く神聖視もある。後にマチルドに対しても同じような偶像化が行われる。しかし、それはもっぱら肉体的なもので、彼女には天使のような善良さや優しさは見られない。サンセヴェリナ夫人の場合も、天使のような美しさは外面にとどまる。『アルマンス』のマリヴェール侯爵夫人は、自分の取巻きの貴婦人たちと同様、姪のアルマンスの濃い青い眼の特異さに気づいている。夫人の息子のオクターヴ子爵は、別世界から来たような、捉えがたい夢想を秘めた黒い眼をしている。彼は自分自身について「不幸なことに変人です（Ⅰ）」、と母親に言う。夫人も「一風変わった非常に鋭い才気の持ち主（*Ibid.*）」で、アルマンスに似たところがある。『カストロの尼』のエレーナが恋するジュリオは、「どう贔屓目に見ても顔立ちは美しい方ではなく、せいぜい表情が豊かだというしかない（Ⅱ）」。

スタンダールが彼の作中人物に、いかに特異さや人間離れした美を求めたかがよく分かる。彼の考えるロマン主義の特質の一端が、そして彼が追求するロマネスクな世界のいちばん大切な要素のひとつが、ここに窺われる。

2　堕天使

『赤と黒』のレナール夫人はジュリヤンに対して慈母ないしは天使の役割を果たしており、肉体性に乏しいと古屋健三は指摘している[1]。そうはいっても、二人の抱擁の場面では、全体に抽象的で暗示的な描写でありながら、夫人はかなり濃密な官能性をただよわせる。しかし「天使のような優しさ（I・8）」に恵まれた夫人が、夫やヴァルノ氏をはじめ町の卑俗なブルジョワに囲まれている姿は、クレリアと同じように地上へ流された天使を想わせる。『パルムの僧院』の主人公たちは、コモ湖畔で出遭う。既にみたように、パルムの人々にとってコモ湖は地上の楽園である。ファブリスはクレリアが「畑を横切る小道から埃まみれの街道へ出る（I・5）」のを見る。続いてクレリアがピエトラネーラ夫人と話すのも「馬車の傍の埃のなか（*Ibid.*）」である。すなわち、この物語に初めて登場するとき、クレリアは土埃に包まれているのである。従って、クレリアの姿は当初、ファブリスの眼からは半ば隠されている。このように天上の美に恵まれた少女が、地上の汚濁の只中から現れる構図は、以後も何度かくり返される。ファブリスがクレリアを自分の馬車に乗せようとすると、娘は父親のコンティ将軍に「道にいなさい」と命令されて降りかけ、「彼の腕のなかへ落ちる」（I・5）。最初の抱擁である。このときのクレリアは、この世の卑俗さの象徴ともいうべき父親に引きずり下ろされて、まさしく高みから地上へ落ちる天使を思わせる。その彼女を抱きとめたファブリスも、失墜した天使のような存在である。

事実、パルムの城塞入口で再会したとき、ファブリスは少女が「何という天使のような顔立ちをしているのだろう（II・15）」と思う。また彼女の憂鬱な眼は「私たちはこの世では不幸に生まれついているのではないでしょうか（*Ibid.*）」と訴えているように見える。城塞屋上のファルネーゼ塔に幽閉されたファブリスは、少女のことばかり考える。彼女との邂逅を、「空があんな下卑た連中の真中にぽっかりひらけた（Ⅱ・18）」と感じる。彼は、クレリアの眼、あるいは存在全体を地上にかいま見える清澄な空（＝楽園）と同一視している。『恋愛論』第十二章「続・結晶作用」の第三段階には、

小説的な魂の男にとっては、彼女の魂が崇高であればあるほど、その腕のなかで見出す快楽は天上的で、いかなる俗念の汚れにもそまぬものとなろう。（Ⅰ・12）

とある。これは性的な抱擁を指しているが、慈母に抱かれる幼児を思い描くことも許されよう。「崇高な」美と魂をそなえたレナール夫人とクレリアはそれぞれ、ジュリヤンとファブリスにとって、彼らを地上の汚泥から引き出し、浄化してくれる天上的な存在に他ならない。また、モスカやフェランテにとってのサンセヴェリナ夫人、ジュリオにとってのエレーナも同様の存在である。ただし、ジュリオは最後に裏切られる。エレーナが母親に彼との恋を漏らすからである。マチルドは、取巻きの若者やジュリヤンの眼には地上の高慢ちきな「女王」に見えても、天使と同一視されることはない。ジュリヤンを侮辱したり、嫉妬させて苦しめるとき、彼女はメジェール《Mégère》（復讐の三女神の一人メガイラ。「意地悪女」の意もある）のような存在になる。

『ヴァニナ・ヴァニニ』では、ローマのサン・タンジェロ城塞の牢獄から逃げるとき重傷を負った炭焼党の若者ピエトロ・ミシリッリを、ヴァニナの父アスドゥルバーレ・ヴァニニ公爵が救い、自邸に匿う。館の四階の部屋（階段を一二〇段昇った所にある。一段約〇・三メートルとしても実に三六メートルの高さ）を外のテラスから覗いたヴァニナは、ベッドのピエトロを少女と思いこむ。

その青い眼はじっと空を仰いでいる——娘は祈っているようにみえた。やがて、美しい眼が涙でいっぱいになった。

ヴァニナにとっては、彼の方が天使のような存在に他ならない。この高所でのロマネスクな出逢いと恋の喜びの日々（四ヶ月も！）を頂点に、二人の幸福な情熱恋愛は転落の一途をたどる。ジュリオと同じように、ピエトロも彼女に裏切られる。ヴァニナはむしろ、マチルドに似て地上の女王のごとき存在である（二人とも「舞踏会の女王」に選ばれる）。

ファブリスは幽閉されているあいだ、クレリアの眼のなかに自分への「憐れみ、同情」pitiéの感情を何度も読み取る。二人の長く続く（九ヶ月も！）視線による交情のさなか、またファブリスが脱獄するときも獄舎へ舞い戻ったときも、年下のクレリアの方が冷静で大人びている。しかるにファブリスの方は、はるかに聞分けのない駄々っ子である。彼にとって、クレリアはまさしく天使であり、年下でも慈母ですらあるといえよう。彼の我儘ぶりはサンセヴェリナ夫人とモスカをも手こずらせる。この二人とクレリアが力をあわせて脱獄させたファブリスが、ただクレリア見たさに以前と同じ独房に舞い戻ったとき、モスカは青くなって「なんてこった！あのお坊ちゃんのことでは、私も悪い手ばかし打たされる（Ⅱ・24）」、と叫ぶ。「あのお坊ちゃん」cet enfantという呼び方には、ファブリスの幼児性に対するモスカの苛立ちが窺われる。

『赤と黒』のレナール夫人とジュリヤンの内面は、とても似通っている。「あまりに誇り高い（1・7）」、「この上なく気位の高い気性（*Ibid.*）」の夫人は、ジュリヤンの「高貴で誇り高い魂への共感のうちに、新奇なものの魅力が与える甘美な、実に輝かしい喜び（*Ibid.*）」を見出す。

彼女には次第に、心の寛さ、魂の高貴さ、人間らしさはこの若い僧のなかにしか存在しないと思われてきた。
(*Ibid.*)

ここに、慕わしい人に対する女性の側の「結晶作用」をみることもできよう。二人の同じように高貴な魂の持ち主がこの世で出遭い、公衆の卑俗な視線に晒されながら寄り添う姿は、『アルマンス』のオクターヴとアルマンスに似ている。マリヴェール侯爵夫人は、社交界の悪意を含んだ視線に晒される息子のオクターヴと姪のアルマンスを次のように庇う。

二人の天使が人間たちのあいだに流しものにされ、死すべき存在に身をやつさねばならなくなったら、あんな眼でお互いにみつめ合い、相手が誰だか知ろうとするでしょうね。(V)

このように、二人を天上の楽園から追放された堕天使に喩えている。つまり、彼らの人間離れした特異な眼差しには天上の痕跡が認められるのである。これは特に、クレリアとファブリスの眼差しについても言えることである。

ファブリスはクレリアの最期を看取った後、「よりよい世」での再会を望むが、自殺は思いとどまる。天に召されてからも、クレリアはファブリスを導く天使のような存在であり続ける。『パルムの僧院』は、エデンの園からこの地上へ流しものにされた二つの魂が、失われた楽園の幸福を求めてさまよう物語であるともいえよう。

3　山賊詩人フェランテ・パラ

詩人パラの名が最初に出てくるのは、ミラノでモスカ首相がジーナ・ピエトラネーラ伯爵夫人に語る話のなかである。モスカらが「欠席裁判で死刑宣告を下した」この「気狂いじみた」男は、二百行ほどの詩を書いたが、

これが比類のない作品で、読んでさしあげてもよいが、ダンテと同じように美しいものです。（Ⅰ・6）

後に、ピエトラネーラ夫人もパラを「今世紀最高の詩人の一人（Ⅱ・21）」と認める。この「暴君の大公を忌み嫌う（Ⅱ・21）」自由主義者は政治的陰謀を企てたかどで捕えられるが、「三度も破獄した（Ⅱ・20）」男で、今は夫人の所領内のサッカの森に隠れ、駆け落ちした人妻と五人の子供を養うため、追剥ぎを生業としている。医師であった彼は、転落の人生を送ってきたが、ジーナの「天使のような美（Ⅱ・21）」une angélique beautéに魅了される。爾後、フェランテにとって、彼女は女王か女神のように絶対的な服従の対象になり、クレリアに劣らず美しいその眼で見つめられることが、彼の無上の喜びになる。

夫人は厳しい注意をこめて彼を見た。喜びの稲妻が彼の眼差しのなかで光った。彼はすばやく起きあがり、両腕を空の方へ差しのべた。（Ⅱ・21）

このような仕種は騎士道における女性崇拝を思わせる。フェランテ・パラは、スコット風の中世の冒険物語の要素を寄せ集めた、スタンダールの人物のなかでもとびきりロマネスクな存在である。夫人を助けてファブリス

を脱獄させた後、パラは逃亡先から彼女に秘密の手紙を送る。脱獄したファブリスもドン・チェーザレへの贈呈本にクレリアへの手紙を忍ばせる（Ⅱ・23）。こうした交信も伝統的な冒険物語の常套である。

上述のように、山賊詩人の特異な風貌はもっぱらその眼によって描写される。次にそれを列挙してみよう。

彼は若くて、たいそう美男子だが、恐ろしく服装が汚い。着衣のそこここが一尺も裂けている。だが眼は、熱烈な火を放っていた。（Ⅱ・21）

公爵夫人は彼がひどく痩せていることに気づいた。しかし、その眼があまりに美しく、いかにも優しい熱情に満ちていたので、彼が罪を犯した人間とは思えなかった。（*Ibid.*）

この男はちと気がふれていると分かったが、夫人は少しも怖くなかった。彼女がこの男の眼のなかに見たのは、熱烈で善良な魂だった。それに、もともと彼女は異様な容貌が嫌いではなかった。（*Ibid.*）

フェランテは、夫人が彼に対して用いるこの威厳のある口調に恍惚となった。彼の眼は深い喜びに輝いていた。（*Ibid.*）

同じ章（第二部第二一章）に一人物の眼の描写がこれだけ集中するのも珍しい。狂気じみた純粋さと激情のままに動くパラの肖像が、もっぱら眼の表情によって彫り深く提示されている。この崇拝者を、夫人は眼で支配する——「彼女はその抱擁をすり抜け、眼で扉を示した（*Ibid.*）」。これは、バジル夫人が自分を覗き見たルソーに眼で指示を与える情景（『告白』Ⅱ）に似ている。

Ⅳ　倦怠の宿る眼

——《退化した退屈な世紀だこと！》（『赤と黒』Ⅱ・14）

——《ふだんの生活の退屈があたしに囁いた、社交界の若者たちとの気まぐれな恋》（*Ibid.*, Ⅱ・19）

1　倦怠の世紀

スタンダールはよく一時代の風潮、あるいは国家や都市全体の姿をひと言で大づかみに捉える。彼の目から見ると、十九世紀のフランスやイタリアは倦怠を病んでいる。ラ・モール邸のサロンに現れるアルタミラ伯爵は、十九世紀のヨーロッパとフランスを次のように考察している。

真の情熱なんかもはや十九世紀にはありません。フランスでこんなに倦怠がはびこっているのはそのためです。残酷極まりないことをやっているが、残酷の意識は無いのです。（Ⅱ・9）

一七六〇年代にイギリスで興り、一八三〇年代以降、ヨーロッパに拡がった産業革命は、進歩思想と実証主義を旗印に、物と金のみを追求するブルジョワがもっぱら実利主義ないしは功利主義（ファブリスもモスカも信じてはいない「最大多数の最大幸福（Ⅰ・7）」に基づいて社会全体を管理・掌握しはじめる。そこでは、個々人の情熱や野心、美や幸福の追求は抹殺される。ボナパルトの帝政時代なら、ジュリヤンのような下層の若者にも立身出世の機会が与えられていた。しかし今、彼を取り巻くのは、どんな人々だろうか。まずレナール町長のような貴族や、貧民収容所長ヴァルノのような「成上り貴族（Ⅱ・44）」*aristocrate bourgeois*である。次に、ジュリヤンの親衛隊抜擢に憤慨する市民が引合いに出す「裕福な工場主（Ⅰ・18）」、彼の出自を「糞にまみれて生れた（*Ibid.*）」と罵倒する「銀行家夫人（*Ibid.*）」、彼とレナール夫人の仲を吹聴する「裕福な更紗業者（Ⅰ・19）」などの「上層中産〔資本家〕階級」grande bourgeoisieである。

一方で、市民の大多数を占めるのは「中層中産階級（商店主、中級官吏、技師など）」moyenne bourgeoisieと「下層中産〔小市民〕階級」petite bourgeoisieおよび「無産階級」prolétariatである。製材屋の息子ジュリヤンは下層中産階級に属するが、レナール夫人やマチルドなどからみれば最下層である。後にパリのレー公爵邸の舞踏会で、「平民反逆児（Ⅱ・9）」plébéien révoltéのジュリヤンは、十九世紀を「ヴァルノやレナールといった輩の世紀（*Ibid.*）」と呼んでいる。作者の自作解説によれば、ヴァルノは「背広のイエズス会士で〔……〕とんとん拍子で男爵になり代議士になる[1]」。レナール氏は「工業家（Ⅰ・1）」としても成功するが、貴族の出自を鼻にかけている。『感情教育』のダンブルーズ氏も、貴族でありながら実業界で財産を築き、オーブ県の県会議員、下院議員を経て「近く貴族院〔一八一四―四八〕議員になる（Ⅰ・3）」という銀行家・資本家である（『赤と黒』のラ・モール侯爵も貴族院議員である）。しかし、彼がレナール氏と違うのは、「一八二五年以来、貴族の身分と党派を徐々に捨てて（*Ibid.*）」、「ダンブルーズ伯爵」comte d'Ambreuseのアポストロフを消した「ダンブルーズ氏」M. Dambreuseに変わろうとしてきたことである。

次の節で詳しくふれるが、アルタミラ伯爵と同じようにマチルドもパリ社交界の若者たちの倦怠に気づき、彼らを次のように断罪する。

兵隊が一万人も死んだナポレオンの戦闘のような、**本物の**戦闘に加わるのよ。そうすれば勇気が証明されるわ。危険に身をさらせば魂が高められて、魂を退屈から救うことになるのよ。可哀そうに、その退屈にあたしを崇拝している方々はそろって溺れているみたい。伝染するのよ、この退屈は。あのなかに一人でも、何かありきたりでないことをやってのける考えの方がいるのかしら? 誰もがあたしと結婚したくてうずうずしている。うまい買い物だこと! あたしにお金はあるし、お父様もお婿さんとなれば引立ててくれるはずよ。(Ⅱ・9)

およそ二十年という短い間ではあったが、このような社会全体を覆う倦怠を打ち破ったのはナポレオン・ボナパルトである。

一七九六年五月七日、ボナパルト将軍がフランス軍を率いてミラノに入城する。『パルムの僧院』の話者によれば、「イタリアが数ヶ月にわたって目のあたりにした勇猛と天才の数々の奇蹟は、眠りこけていた民衆を目覚めさせた(Ⅰ・1)」。

この思いがけない幸福と陶酔の時期は二年足らずしか続かなかった。狂乱はあまりに鮮烈で、あまりに広範にわたっていたので、私にはその概略を示すことすらできない。次のような深い歴史的考察を除いて——すなわち、この民衆はそれまでの百年間、倦怠に悩んでいたのだ。(Ⅰ・1)

このように、ナポレオンの進攻まで、イタリアの民衆は神聖ローマ帝国の支配に甘んじて「幸福も陶酔も」味わうことなく、無気力に過ごしていたとみなされている。

ここで、『赤と黒』の話者による十九世紀の結婚生活についての考察を引いておきたい。

十九世紀がついにそうしたのだが、結婚の奇妙な効果！ 結婚前に恋愛があった場合、結婚生活の倦怠が必ず恋愛を消滅させるが、〔……〕結婚はまた、働かずにいられる金持ちの場合、穏やかで落着いた家庭生活の喜びにあきあきさせてしまうのである。〔……〕この哲人の考察を味わうと、私にはレナール夫人の行動が許せると思うのだが、許してくれないのはヴェリエールの町である。（Ⅰ・23）

そんなわけで、「この秋、町の人は例年ほど退屈しない日を送っていた（*Ibid.*）」。夫人とジュリヤンの醜聞は、事件の乏しい地方都市の退屈な住民の気晴らしになる。

パルムは架空の公国であるが、パルマがモデルといわれる。この小さな都市国家にも、倦怠がはびこっている。サンセヴェリナ夫人やファブリスらの政敵ラヴェルシ侯爵夫人が大公に追放されたとき、そのニュースが、

街のあちこちに、またカフェのなかにも伝わり、誰もが口々にこの大事件のことを取り沙汰していた。侯爵夫人の追放は、小さい街や小さい宮廷にはおなじみの難敵を、一ときにしろパルムから追い払った——すなわち倦怠を。（Ⅱ・14）

市民や宮廷人だけでなく、パルム大公エルネスト四世も首相のモスカ伯爵も退屈している。サンセヴェリナ夫

人は「君主の移り気（Ⅱ・27）」をよく知っていて、ファブリスに忠告する。

ああいうちっぽけな専制君主は、どんなにまともでも、流行のように変わりやすいのよ。退屈という同じ理由でね。（Ⅱ・27）

ボードレールの散文詩「英雄的な死」*Une Mort héroïque* に登場する「君主」も、倦怠に苛まれている。

人間と道徳に関してはかなり無頓着で、自身が真の芸術家である彼は、〈**倦怠**〉よりも危険な敵を知らなかった。そして、世界を支配するこの暴君を逃れるために、あるいは打ち負かすために彼が払った数々の奇異な努力をみれば、厳格な歴史家でも必ずや彼を「怪物」と形容したにちがいない〔……〕。

『パリの憂愁（小散文詩）』（一八六九）27

「君主」にとって、そしてボードレールにとって、〈**倦怠**〉は「世界を支配する暴君」ともいうべき「危険な敵」である。

同じように倦怠を病む君主が、「憂愁」*Spleen*（『悪の花』再版〔一八六一〕77）にも登場する。ソネット「敵」*L'Ennemi*（*Ibid.*, 10）における敵は「時間」という説が多数派であるが、「倦怠」あるいは「悔恨」とも考えられる。『悪の花』の序詩「読者に」*Au Lecteur* は、この詩集全体を貫く根本的な主題が「倦怠」であることを予告している。この詩に登場する擬人化された「倦怠」は魔王「サタン」であり、この「怪物」は、

大きな仕種もせず大きな叫び声もあげないが
気が向けば地球を廃墟にするだろう
あくびで世界を一呑みにするだろう

（全十節の第九節）

この「倦怠」によって荒廃させられ、呑みこまれようとしている「地球」あるいは「世界」とは、ボードレールの眼に映った十九世紀当時の世界、狭義にはヨーロッパの姿といえよう。彼はまた、「憂愁」*Spleen*（*Ibid.*, 76）で、「陰鬱な無関心の果実である倦怠が／不滅のもののように拡がる」と、「倦怠」が世界を覆うほどにまで蔓延する恐怖を描いている。「倦怠」は「無関心」incuriositéすなわち「知らないことに対する好奇心や関心の欠如（『ロベール小辞典』）」の結果であるとする詩人の分析は、スタンダールが作中人物たちの会話や仕種、特に目の表情をとおして描こうとした倦怠にもあてはまると考えられる。

十九世紀の倦怠の推移については、アダンAntoine ADAMが『悪の花』の註で、ボードレールの友人モンテギュMontégutの興味ふかい言葉を引いている。少し長くなるが、

我々の世紀の初め頃、倦怠はほとんど一つの宗教であり、永遠的なものについての高貴な不安と混同された。それは探し求めていた、それは夢見ていた、それどころか希望を抱こうとさえした。今日、倦怠はかつて以上にのさばっているが、それはもはや高貴な苦悩ではなくて、重苦しい、疲れさせる、単調な病いである。それはもはや魂を酔わせるだけでは満足せず、魂を殺す。(2)

この世紀初頭の倦怠は、モンテギュのこの言葉を引用したアンウィンも言うように、前ロマン派、ことにシャトーブリヤンFrançois-René de CHATEAUBRIAND（一七六八—一八四八）の『ルネ』*René*（一八〇二）に典型的にみられる、貴族階級のロマンティックな「憂愁」spleenである。(3) スタンダールが『赤と黒』や『僧院』で扱う貴族階級の倦怠はこれに近いが、世紀後半のフロベールやボードレールが苦しみ、捉えようとする倦怠、小市民のあいだに蔓延する日常ありふれた病いではない。いずれにしろ、十九世紀は上流階級も中産階級もそれぞれに倦怠を病んでおり、これが作家や詩人の大きな主題の一つになったことは確かである。

2　さまざまな倦怠

（1）ラ・モール家の社交界——「豪奢と倦怠」（Ⅱ・4）

いうまでもなく、『パルムの僧院』の脱獄の主題は『ヴァニナ・ヴァニニ』のそれと結びつく。騎士道風の英雄的な冒険を夢見る高慢な貴族の娘たちが低い階級の若者との恋におちるのは、取巻きの貴公子たちの無気力さに飽き足らず、倦怠を感じているからである。『赤と黒』のマチルドがそうである。

クロワズノワ侯爵〔後の婚約者〕が人ごみを突っ切れず、笑みを浮かべてマチルドを見ているあいだ、彼女はその青い大きな眼で侯爵や辺りの人々を眺めていた。《あのお仲間の面々ときたら、あれ以上に薄っぺらな人たちがあるかしら！〔……〕》（Ⅱ・8）

何気ない描写であるが、侯爵が社交界の礼儀からか、それとも気弱さからか「人ごみを突っ切れず」じっとしているのが、彼女には物足りないのである。対照的に、『クレーヴの奥方』（一六七八）のヌムール公は、シャルトル侯爵令嬢とクレーヴ公爵の婚約を祝うルーヴル宮殿の舞踏会で、椅子の列を「軽々と跳び越えて（Ⅰ）」シャルトル嬢の前に現れたことを思い出そう。公はもともと宮廷の注目の的であったにせよ、その大胆でしなやかな身のこなしがシャルトル嬢と周囲の宮廷人らの讃嘆の眼差しを集めたことは想像に難くない。

マチルドの目から見たクロワズノワ侯爵は、家柄、財産、容貌、才知、社交界の作法のどれをとっても「非の打ちどころがない（Ⅱ・11）」。にもかかわらず「優柔不断で、いつも極端を避けている」男、要するに「普通でないこと、並はずれたこと」は厭い、「偉大なこと」をやってのける「活力」も「大胆さ」もないが故に退屈極まりない男である。生まれのよさのせいでもあり、時代の教育のせいでもある。

> 高い家柄に生まれたら、気骨が奪われる。気骨なしにはとうてい死刑宣告を受けることも叶わないのに！（Ⅱ・8）
>
> あの人は非の打ちどころがない男（un homme parfait）じゃない？ 今世紀の教育の傑作ってとこだわ。〔……〕でも、あのソレルって、変わってるわ。（*Ibid.*）

マチルドの恋愛の相手は、まず「気骨」la force de caractèreがあり、「特異な」人間でなければならない。そうと決めて、彼女は意図的にジュリヤンと結ばれる。物語の最後に、下層の生まれのジュリヤンが進んで死刑を受ける「気骨」に恵まれていたのはマチルドの見込みどおりであり、彼女の少女時代からの夢が完成したことになる。

＊

「抗しがたいあくび（Ⅱ・8）」に襲われるマチルドの「パリでまた始まる生活の退屈でたまらないイメージ（*Ibid.*）」への苛立ち、それが眼に表われる。

> 底知れぬ倦怠と、もっと悪いことには、喜びを見出せない絶望の色を浮かべたそのすこぶる美しい眼が、ジュリヤンの上に留まった。（*Ibid.*）

ジュリヤンに会う「数ヶ月前まで、マチルドはありふれた型とは少しでも違った人物とめぐり合うことには絶望していた（Ⅱ・14）」。取巻き連中とは「まるで別種の存在（*Ibid.*）」と映るジュリヤンを初めて強く意識したとき、彼女の眼を占めていたのが深い倦怠と絶望であったことは覚えておきたい。彼の方も、最初の出逢いからこのことに気づいている。

> しかしながら彼女を見ていて、こんなに美しい眼には一度もお目にかかったことがないと思った。だがその眼は、恐るべき魂の冷ややかさを物語っていた。後で分かったことだが、その眼には、じろじろ観察はしても、威厳を保たねばと思い直す、そんな倦怠の表情があった。（Ⅱ・2）

ジュリヤンは侯爵家の図書室でピラール師に、侯爵夫人と晩餐を共にする耐え難さを訴える。

> 神学校でも、こんなに退屈したことはありません。ラ・モール嬢まで時々あくびなさるのを見かける始末で

す。お屋敷の常連客のお愛想には慣れておいでのはずなんですが。（Ⅱ・4）

これを立ち聞きしたときを境に、マチルドは上流社会の者にへつらわないジュリヤンに興味を抱きはじめる――「彼女はジュリヤンを少し尊敬する気になった（*Ibid.*）」。

大きな情熱、すなわち熱烈な恋愛を渇望している彼女は、あくびをさせる退屈に悩まされている――「あくびに襲われるのをどうすることもできない（Ⅱ・8）」。

あくびを誘う恋愛にどんな値打ちがあるの？ 尼寺へゆくのとおんなじだわ。（Ⅱ・11）

大きな情熱にも出会わず、あたら人生の美しい盛りに、十六からはたちまで、あたしは退屈に悩まされどおしだった。あたしはもう、あたしのいちばん美しい年月を失ったんだわ。（Ⅱ・12）

マチルドは、「パリじゅうの女の羨望の的（Ⅱ・8）」の舞踏会の女王に選ばれ、貴公子たちにもて囃されても、次のように独りごつ。

あたしは美しい、スタール夫人がどんな犠牲を払っても欲しがったこの恵みがあたしにはある。だのに、紛れもなくあたしは死ぬほど退屈している。名前をクロワズノワ侯爵夫人に変えたら、退屈が減る理由ぐらいにはなるのかしら？（Ⅱ・8）

尊大な彼女はまた、貴族の若者の無気力と倦怠にも気づいている——「ブローニュの森にたむろするハンサムな騎士たちに対してずいぶん理不尽だった（Ⅱ・11）」。

あの連中はみな、おんなじ申し分のない人間なの。〔……〕あたしにはとうてい無理、クロワズノワやケリュス、**その他大勢**を相手に恋する気になんかなれないわ。連中は申し分ない、たぶん申し分なさすぎる。とどのつまり、あたしには退屈なの。（*Ibid.*）

ジュリヤンも、マチルドをめぐるライヴァルの貴公子たちについて、「そもそもあの連中は情熱を持ち合わせているのか？（Ⅱ・13）」と、疑う。

マチルドは知らずして新奇な刺激、ロマネスクな事件を心の底で待ち望んでいたともいえる。一言で言えば、「情熱恋愛」を渇望しているのである。『カストロの尼』のエレーナや『ヴァニナ・ヴァニニ』のヴァニナも例外ではない。貧しい生立ちでも彼女に劣らず強烈なジュリヤンの自尊心と、社交界のしきたりに染まっていない不器用な言動（自分の落馬を恥じずに話題にするなど）の底に隠された彼の暗い野望に、マチルドは危険だが新鮮な興味をそそられる。

〔……〕彼女はジュリヤンから話しかけられるたびに新しい理屈を考えたので、それまであんなに悩まされていた退屈を追い払ってしまった。〔……〕あたしはジュリヤンを愛してやるわ、そう決心した瞬間から彼女はもう退屈しなくなった。（Ⅱ・12）

スタンダール自身、「この恋愛はレナール夫人の、まことの、純真な、**自意識のまじらない**恋愛とは好い対照をなすものです。それは心情の恋愛に対する頭脳の恋愛です[4]」と述べている。話者によれば、マチルドをはじめ支配階級の倦怠の原因の一つは、持てる者への周りからのへつらいにある。

こういう不幸は、決して後から償うことができない。生まれも財産もあらゆる好条件がそろっているのだから、誰よりも幸福でなければいけないと教えこまれていた。こういうことがまた、君主たちの倦怠と、乱行の原因になる。(*Ibid.*)

ラ・モール侯爵夫妻も退屈している――「この家の主人夫婦の性格にはあまりに自惚れと倦怠があり過ぎた（Ⅱ・4）」。

フランス革命までの旧体制における貴族の結婚生活は、総じて社交の享楽に明け暮れ、夫婦共に束縛のない放縦なものだった（これについては、例えばテーヌ（一八二八―九三）の『近代フランスの起源』（一八七五―九三）に詳しい）。十九世紀になり、ブルジョワ階級が台頭してくると、王政復古で実権をとり戻した貴族階級はともかく、少なくとも表面的には堅実な夫婦生活が尊重され、求められるようになる。裕福なブルジョワは社会の秩序を壊すような情熱や革新を厭い、「穏やかで落着いた家庭生活の喜び（Ⅰ・23）」を手にいれるが、まさにその安定の単調さから生じる倦怠に悩まされるようになる。この情況は、貴族のレナール家やラ・モール家のそれと奇妙なほど似通う。双方の家庭に充満するのは、極端な保守性と倦怠である。

ジュリヤンはラ・モール邸での最初の晩餐の一皿目から、侯爵の「退屈そうな顔（Ⅱ・2）」に気づく――「この議論を聞いて、食事の初めから退屈でぼんやりしていた侯爵は眼が覚めたようだった（*Ibid.*）」。それ故マチルドと同様、夫妻にとってもジュリヤンの出現は新鮮だった。あるいはそこにこそ、ジュリヤンがつけ入る隙があったともいえる。とはいえ当初、ラ・モール夫人は彼をからかう。

感受性の鋭さが生みだす《意想外のこと》は貴婦人たちがいちばん怖れるものであった。それが礼節の真反対だからである。（Ⅱ・5）

先に引いたマチルドの言葉にならって言えば、彼は「突拍子もないことをしでかしそうな（Ⅱ・11）」若者である。これに続くマチルドとジュリヤンの交情を考えれば、夫人の予感は当たっていたことになる。

前述のアルタミラ伯爵は自国スペインで死刑宣告を受けた謎の自由主義者で、ジュリヤンに親しく接するが、当代のフランスを次のように批判する。

「それというのも、老衰したフランスの社会では何より礼儀が重んじられるからです――ただ戦争で勇気を示すだけで、決してそれ以上ではない。ミュラ〔ボナパルトの義弟〕は出てもワシントンは出ない。フランスは、どこを向いても虚栄ばかりじゃありませんか」。（Ⅱ・9）

そんな侯爵に、「死ぬほど退屈している（Ⅱ・8）」マチルドが好奇心をそそられるのは当然であろう。彼女は、「一人の男を立派にするものは死刑宣告くらいだわ。これだけはお金で買えないもの（*Ibid.*）」、と考える。物語の終わりごろ、ジュリヤンが公判廷に引き出され、死刑になっても、彼女は少しも恥ずかしいとは感じない。むしろそれは、彼女の願いどおりなのだ。

『赤と黒』の第一部第六章と第二部第二九章は共に「倦怠」と題されているが、第一部第六章には何故か「倦怠」に関する叙述はない。第七章「親和力」に、ジュリヤンの出現が「どうやらレナール家から退屈を追い払った（I・7）」とあり、この章で、平穏にみえるレナール夫人の生活の底に潜む倦怠や憂鬱が語られる。

(2) レナール家

娘時代に恋をしたこともなく、ヴェリエール町長の夫とのあいだに三人の子どもをもうけ、「実に仲むつまじく暮していた（I・3）」レナール夫人——

これは純朴な魂で、育ちがよく、一度たりとも夫を批判しようとしたり、夫に嫌気が差すなどと思ったことはない。そうと自覚はしていないが、自分たち夫婦のあいだほど優しいまじわりは他にあるまいと思っていた。〔……〕つまるところ、彼女には、レナール氏がどんな知り合いの男よりずっと好ましかった。(*Ibid.*)

倣岸不遜なマチルドとは正反対の性格のようにみえるが、夫人も「きわめて高慢な気性（I・7）」で、「あまりに誇り高い（*Ibid.*）」女性である。裕福な貴族の生まれだからであろう。しかし、彼女は「完璧な謙遜と、自己犠牲のうわべ（*Ibid.*）」をよそおっている。

たまたま粗野な連中の真っただなかに投げこまれているが、鋭敏で気位の高い魂に恵まれた夫人は、あらゆる存在に生まれつき具わるあの幸福に向かう本能から、ほとんどいつも、そういう連中の行為には全然見向きもしない。（I・7）

無意識であったにしろ、こうした周囲への無関心は傲慢ととられても仕方がない。

その傲慢さのために引き合いに出されるような大公妃でも、周囲の貴顕紳士たちの振舞に、見かけはいかにも優しげで慎ましそうなこの女よりはるかに多大な注意を払っている。しかるに彼女は、夫のどんな言動にもてんで関心を持たない。（I・7）

世間知らずで貞節な夫人は、おそらく無意識のうちに夫の卑俗さへの嫌悪を胸底に押しこめていたと考えられる。女は愚かと決めつけて嘲笑する夫への諦めもある。スタンダールの自作解説によれば、夫人のような女性は「たいてい恋愛を知らずに死んでいく」[5]のである。

粗野さ、それに金銭、位階、勲章に関わらないあらゆることへの極めてあからさまな無関心、自分たちに都合の悪い論証そのものへの盲目的な憎悪――これらは男性にはあたりまえの事柄で、ブーツを履くことやフェルト帽を被ることと同じだと彼女には思われた。

長年こういった金亡者に囲まれて暮らさねばならなかったが、レナール夫人はやはりその連中に馴染めずにいた。（I・7）

引用の前半には、地方の上流階級（成上り貴族や上層ブルジョワ）に対する話者の辛辣な視線が窺える。夫人は、粗野で低劣な俗人のあいだに流された堕天使に他ならない。子供の発熱に脅えたときなど、夫人は結婚して初めの数年間は、この種の痛みを胸にしまっておけず、夫に打明けたこともあるが、粗野な高笑いと肩をすくめる仕種に続いて、女の狂気に関するつまらない格言の類いが、判で捺したように返ってくるのだった。（Ⅰ・7）

ジュリヤンが家に来て二週間、彼への恋心を自覚しはじめた夫人が、夫への言い訳に内心で次のように呟くとき、押し隠していた夫への嫌悪が知らぬまに頭をもたげているといえよう。

レナールは、あたしがジュリヤンとする空想的なお喋りなんか、退屈がるに決まっているわ。（Ⅰ・11）

シャルルとの結婚に幻滅しはじめた『ボヴァリー夫人』のエンマが思い出される——「彼の胸の上で火打石をカチカチッと打合わせてみても火花一つ生じない（Ⅰ・7）」。ただ、レナール氏と違ってシャルルは妻を蔑んでおらず、嘲りもしない——「彼は母を敬い、妻を限りなく愛していた（Ⅰ・7）」。だが、マチルドと同じように騎士道の世界に憧れ、スコットが描くような中世の情熱恋愛に焦がれるエンマの夢想にはまるで鈍感である。

しかしながら、シャルルさえその気になってくれたら、気づいてくれたら、彼の眼差しが、たった一度でいいから、この思いとゆきあえたら、今にも溢れそうな思いがこの胸からもげ落ちるのにと思われた。垣根の熟した果実が、手をそっと触れるだけで落ちるように。けれど、夫婦の仲がむつまじくなればなるほど、ある内面の隔たりが拡がり、エンマを彼から解きはなしていった。（Ⅰ・7）

妻の心の葛藤に気づくほどの内面の眼差しも、退屈な日常から飛翔したいというロマネスクな想像力も皆無なのは、シャルルもレナール氏も同じである。否、この二人は、およそ倦怠らしきものさえ感じていない。平穏な幸福に満足しているともいえるし、ロマネスクな想像力、一言でいえば夢想の能力に欠けているからこそ幸福でいられるのかもしれない。いずれにしろ彼らは、妻に、というより自らのそうした資質そのものに裏切られたとき初めて、不安と懊悩に投げ入れられる。

少し横道に逸れたが、そんな日常に埋もれかけていたレナール夫人がジュリヤンに魅かれたのも、無理はない。

百姓の小せがれジュリヤンの成功はそこに由来する。彼女はこの高貴で誇り高い魂への共感のうちに、新たな魅力の輝きにあふれる、甘美な喜びを味わった。（I・7）

後に、ジュリヤンとの恋愛をとおして大胆な言動を見せるようになった夫人は、彼への手紙で、ヴァルノやヴェリエールの他の市民を「あの下品な連中（I・20）」と言い切る。彼女の、自分と同じように「高貴で誇り高い〔ジュリヤンの〕魂への共感」こそ、この章の題名の「親和力」Les affinités électives に他ならない。

(3) パルムの宮廷

クレリアもレナール夫人に似た境涯にある。コンティ長官は娘が金持ちの貴族と結婚し、自分が栄達することしか望んでいない。彼女はそんな父親も、虚飾と策謀が渦巻く社交界も好きになれず、官邸に閉じこもりがちである。

「おかわいそうに、お嬢さんはここでとても退屈しておいでです」、と指物師は付け加えた――「小鳥相手に暮しておられます」。(Ⅱ・18)

この退屈は、五年ぶりに再会したファブリスが同じ城塞に幽閉されるときまで続く。スタンダールの小説は、多くの場合、主人公たちが退屈しているという前提の上に成り立つ。特に女性の主人公を男性的な行動に掻き立てるものは、この倦怠ないしは退屈のエネルギーである。十九世紀の作家についていえば、倦怠と悔恨の詩人ボードレールはもとより、スタンダールとフロベールは想像力の源にこのエネルギーをみているといえよう。退屈しているのは女性ばかりではない。絶対君主も変わらない。パルム大公エルネスト四世は「退屈して立腹している」とき、おそらくルイ十四世を真似て、「ある日、二人の自由党員を斬首刑にする(Ⅰ・6)」。寡婦になったピエトラネーラ伯爵夫人について言えば、ファブリスがフランスへ発ってからというもの、

その活発な心は田舎の単調な生活に飽きあきしていた。これでは死なないようにしているだけで、生きているんじゃあない〔……〕ファブリスのいない湖畔の散策が何になろう?〔……〕彼女は未来に何の希望も感じられず、その心に慰めと新奇な出来事が必要になった。ミラノに着くと当時流行のオペラに熱中しはじめた。(Ⅰ・6)

そんな夫人に、スカラ座で、モスカ伯爵は「パルムで私は死ぬほど退屈なんです(*Ibid.*)」と告白する。小さ

な公国とはいえ、パルムの「全能の為政者（*Ibid.*）」と自任するモスカも、仕えている大公とかわらない。それを口実に、彼は夫人に、彼女の恋人役を演じさせてくれと頼む。これが発端になり、彼は夫人にサンセヴェリナ老公爵と名目だけの結婚をさせてパルムに来させ、最後に彼女と結ばれる。

彼らの最初の出逢いが、スカラ座で起ったことは重要である。オペラは、退屈している人間を、少なくとも日常のありふれた世界とは異質の世界へ運んでくれる。

3　倦怠の想像力——ジーナ、エンマ、マチルド

ナポレオン軍に加わったファブリスの身を案じるジーナが、ミラノで、

ナポレオンとその軍隊の情報欲しさにわざわざ会った連中は下品で粗野だった。部屋に帰ると、ピアノに向かい朝三時まで即興で弾いた。（Ｉ・6）

エンマも、ノルマンディーの「退屈な田舎や愚劣な小市民、生活の凡庸さ（Ｉ・9）」に耐え切れず、エラールのピアノを夢中になって弾く（Ｉ・7）。だが凡庸な夫に失望し、修道院時代の上流階級の同窓生たちの恵まれた結婚と華やかな社交生活を想い描いて羨む。

なのにこのあたし、あたしの生活は天窓が北に向いた納屋のように冷たくて、倦怠の黙した蜘蛛が、あたしの心の暗がりに隅なく網を張りめぐらしている。（Ｉ・7）

エンマはやがて「なんで弾くの？ 誰が聴くというの？（Ⅰ・9）」と、ピアノも放擲する。同じように、ジーナも鬱状態に陥る。

ファブリスがフランスへ出発してほどなく、伯爵夫人は、はっきりとした自覚はないけれど彼のことが気がかりでならず、深い憂愁にしずんでいた。何をするにしても楽しくない、しいていえば味気ないように感じられるのだった。

〔……〕ファブリスが発ってしまい、未来にほとんど希望が持てない。夫人の心は慰めと目新しいことを欲しがっていた。ミラノに着くと、彼女は流行のオペラに情熱を燃やした。（Ⅰ・6）

夫人の「深い憂愁」には、エンマのそれと共通するものがある。結婚生活への夢も破れ、一年間待ち詫びていたダンデルヴィリエ侯爵邸の舞踏会への二度目の招待状も来ない。

このあてはずれによる倦怠のあと、またしても彼女の心は虚ろのまま残された。こうしてまた、何のへんてつもない日々の連続が始まった。

では今から、毎日がこんな風に、縦一列に並んで、いつもおんなじで、数かぎりなく続いていくのだろうか、なんにも運んでこずに！〔……〕未来は一筋の真暗な廊下で、しかも突当たりの扉はぴったり閉ざされている。〔……〕

この惨めな状態がずーっと続くの？ あたしはそこから脱け出せないの？ だってあたしは値打ちの点で、

幸せに生きている女の誰にもひけはとらないのに！（I・9）

エンマの眼差しは闇に阻まれ、未来に出口を探しても無駄である。いわば二重の盲目状態にある。それは展望のない目前の快楽――二人の男との情事、倦怠を紛らす浪費に溺れてゆくしかない。

ジュリヤンが家に現れるまでのマチルドもまた、「あたしの一日一日が前の日と同じように冷たく過ぎてゆく（II・11）」ことを怖れている。「生まれ、財産、その他あらゆる恩恵のおかげで、誰よりも幸福なはず（II・12）」なのに、「底知れぬ倦怠（II・8）」l'ennui le plus profondをかこち、退屈に悩まされている。それが彼女の唯一の不幸なのだ。

運命はどんな恩恵をあたしにくれなかったというの。名声、財産、若さ！ああ！何でもくれた、幸福だけを除いて。（II・8）

身分こそ違え、三人の女性はみなロマネスクな想像力に恵まれ、その故に退屈極まりない日常に耐え切れず、そこから自分を連れ出してくれる「特異な」人物や「新奇な」事件を熱望する。彼女らの夢想は倦怠を肥やしとして大きく膨れあがり、いわば「倦怠の想像力」ともいうべき負のエネルギーを育んでゆく。

新婚生活を物足りなく感じはじめたエンマは、「**至福、情熱、陶酔**という、本のなかではあんなに美しく思われた言葉が、本当のところ世間ではどんな意味で使われているのか（I・5）」知ろうとする。この三つの語は、スタンダールの主人公たち、ファブリスとクレリア、あるいはサンセヴェリナ夫人、ジュリヤンとレナール夫人、あるいはマチルドらが追い求めるものを的確に指し示している。ただし、それが虚栄のためではなく、「自然であること」[6]こそ、作者が常に彼らに課す、根本的な条件である。

V　自意識

1　世間の目と義務

生涯を通じて、ジュリヤンが気にしている目がある。貴族階級のファブリスやオクターヴならほとんど意識せずに済む、世間の目である。それは、実在というより想像上のものである。彼の強烈な自意識が生み出したともいえる、田舎町ヴェリエールとパリにおける社交界と庶民の目である。それは、彼の自尊心と恥の意識に根ざしている。彼はそれを「**義務**の観念（Ⅱ・44）」と名づけて、ほとんど意識的に自分自身に課している。

彼の自尊心と野心の強さと弱さ、また成功と挫折も、この世間の目を絶えず過度な自意識によって呼び出さざるをえなかったことに基因している。マチルドの部屋へ忍びこむ前に、彼は家人に見つけられた時のことを想像し、その後の社交界の噂を気にかける。

《〔……〕あんなに皆から嫉妬されているラ・モール嬢のことだ。明日は四百のサロンが彼女の醜聞でもちきりになるだろう、どんなに喜んでしゃべりまくることだろう！》（Ⅱ・15）

《〔……〕今度の場合は、ショーヌ、ケリュス、レーなどの屋敷のサロンで、つまり至る所でどんな不愉快な話がされることか。おれは後世、人でなしの男とされるんだ》。（*Ibid.*）

身分違いを鋭く意識しているジュリヤンは、絶えず社交界の好奇に満ちた視線に晒され、当然ながら屈辱と反発を覚える。

そして彼は、ラ・モール夫人や、特にその友人の**奥方ら**が自分に向けた、あの侮蔑に満ちた眼差しを思い出した。（Ⅱ・13）

興味ふかいのは、彼がこの徹底した自意識によって石像にも叱責の視線を感じることである。

部屋にはリシュリユー僧正のすばらしい大理石の胸像が置いてあったが、それが妙に彼の眼を惹いた。ランプに照らされたその石像は、厳しい眼で彼を睨んでいるように思われた。（Ⅱ・15）

ジュリヤンは、マチルドの誘惑に応じることをためらう臆病な自分を胸像の眼が咎めていると感じるのだが、この場面は、石像に打殺されるドン・ジュアンの最期を暗示している。ちなみに、リシュリユー枢機卿の顔について、スタンダールは『南仏旅日記』に「ルーヴルの一階、時計のほぼ下のみごとな胸像を見ること（一八三八年三月）[1]」と記している。

ジュリヤンを裁く公判廷で陪審員長を務めるのは、ヴェリエールの貧民収容所長ヴァルノ氏で、運悪くレナール夫人を挟んだ恋敵である。いわゆる「**成上り貴族**（Ⅱ・44）」で、「田舎でいう男前だが、がさつで、面の皮が厚く、口うるさい（Ⅰ・3）」。ジュリヤンは弁護士の雄弁と傍聴席の女たちの同情の涙にもらい泣きしそうになるが、この俗物の眼を見ることでそれを抑える。

胸をふさぐ涙ぐましい思いに負けそうになったまさにそのとき、幸運にも、ふと彼はヴァルノ男爵の傲慢な眼差しにゆきあたった。

《あの知ったかぶりの眼ときたら、ぎらぎら燃えていやがる》と、彼は自分に言った――《あの下劣な魂はさぞや凱歌を挙げているんだろう！》（Ⅱ・43）

マチルドからの情報で、彼の憶測は当たっていたと後で分かる。判決当日、ヴァルノは知事任命書を懐に入れており、「ぬけぬけと彼に死刑を宣告することでほくそえんでいた（Ⅱ・44）」のである。いずれにしろジュリヤンは、ヴァルノの偽善を目に焼きつけている。「全陪審員を従え、重々しい芝居がかった足取りで」法廷へ戻り、「いかにも慙愧に堪えないといった猫かぶりの様子で死刑につながる答申を読みあげた」彼が、世間の目の代表であることに変わりはないからである。

おれがあまりの絶望や悔悛をみせると、ヴァルノやこの地方のどんな貴族の目にも、死に対するさもしい恐れと映るだろう。（Ⅱ・42）

このように、地下牢で処刑を待つあいだも、ジュリヤンは世間の目を意識せずにはおれない。死を前に、弱気や臆病に捉われるときも、それが世間に知られることは彼の誇りと自尊心が許さない。

公衆の目が誇りの刺激になってくれたことだろう。〔……〕しかし、誰もそれ〔＝おれの弱さ〕**を見なかったはずだ。**（Ⅱ・44）

マチルドも世間の目を気にするが、それはジュリヤンのように自分の弱さが見抜かれるのを怖れてではなく、自分の大胆な行為を認めてもらいたいからである。ジュリヤンから見ても、彼の減刑嘆願のために狂奔するマチルドは「英雄趣味（Ⅱ・39）」に夢中になっているにすぎず、「いつも公衆と他者という観念が必要なのである（*Ibid.*）」。ジュリヤンが処刑されれば後追い自殺すると本気で考えるときも、彼女は世間の評判が気になる。

あたしのような身分の娘が死ぬ定めの恋人にこんなにまで夢中になっている姿を目にしたら、パリのサロンでは何と言うかしら？（*Ibid.*）

いつも他者を見下しているサンセヴェリナ夫人も公衆の目を意識することがある。パルム宮廷でもてはやされた昔を思い出しながら、「あの頃、自分の幸福を見るには他人の羨望の眼を覗きこむ必要があった（Ⅱ・23）」という「悲しい独白（*Ibid.*）」にそれが認められる。

2　恋愛における義務

ファブリスには貴族としての国家的かつ個人的な義務意識、すなわちノブレッス・オブリージュがある。マチルドは、ファブリスと似ているが、女性であるがゆえに、個人を離れた価値へのノブレッス・オブリージュは稀薄である。だが二人に共通するものは、中世まで遡る輝かしい貴族の家系である。マチルドはナヴァル王妃マルグリットの名を与えられ、父侯爵の夢は彼女を公爵夫人にすることである。家族内でも絶えず先祖のことが話され、彼女がそれを聞かされながら育ったことは明らかである。ジュリヤンはそれを目の当たりにしており、だからこそ彼女の眼のなかに「家族の目論見を読み取ろうと」する。サンセヴェリナ夫人の夢の一つは、ファブリスをデル・ドンゴの家系のなかに何人も輩出している大司教にすることであり、それは専ら彼女の犠牲的な献身によって実現される。マチルドは、貴族の身分はさておき、自分自身が女であるがゆえに果たせない社会的な栄達をジュリヤンに託しているという点で、夫人に似ている。

レナール夫人もジュリヤンの栄達を願っているが、それは義務感というより愛情からである。彼女が自分の子供たちに寄せる自然な心情とあまりかわらない。だが夫のレナール町長に対しては通り一遍の愛情しかない。そのレナール氏には、子供たちを立派な軍人に育てるという、貴族としてのノブレッス・オブリージュが認められる。クレリアは家族、すなわち父に対する義務感が強い。

そうした社会的な、あるいは家族の伝統に根ざさない義務感が持ち出されるのは、専らマチルドとジュリヤンの恋愛の場である。彼らの義務感は極めて個人的な、特殊なものである。自分で自分に課す、行動の規範である。「**義務**の観念が一瞬たりとも頭を去らない。〔……〕実地にやると決めていた理想のモデル（I・15）」から離れられない。

実をいえば、二人の陶酔はちょっと**わざとらしかった**。情熱的な恋愛は、依然として、現実というよりむしろ摸倣されるモデルであった。

ラ・モール嬢は、自分自身に対しても愛人に対しても一つの義務を果たす思いだった。（Ⅱ・16）

少なくともこの最初の密会は、愛情から出たものではない。マチルドの手本となる恋愛はナヴァル王妃マルグリットとボニファス・ドゥ・ラ・モールの悲劇、あるいはアベ・プレヴォの『マノン・レスコー』（一七三一）に描かれたようなデ・グリユーとマノンの情熱恋愛であるが、ジュリヤンの手本は必ずしも明確ではない。ナポレオンとボーアルネ夫人の恋愛か、モリエールの『ドン・ジュアン』（一六六五）のそれが挙げられるくらいである。

レナール夫人とジュリヤンの恋愛においては、ジュリヤンだけが自分に課した義務の観念に引きずられて行動している。というよりむしろ、この観念を想起しなければ行動できないと言った方が正しい。最初の密通が行われるのはジュリヤンの愛情からではなく、義務の観念からである。彼はヴェルジーの庭での夕涼み中、初めてレナール夫人の手が自分の手に委ねられた翌朝、愛情というより義務を果たした満足感に浸る。

レナール夫人が知ったらさぞかしつれないと思ったろうが、彼は夫人のことなどろくすっぽかえりみもしなかった。おれは**自らの義務を、それも英雄的な義務**を果たしたんだ。そう意識すると幸せいっぱいになり、彼は部屋に鍵をかけてこもると、まるで新しい喜びを覚えながら崇拝する英雄の武勲談に読み耽った。（Ⅰ・9）

ジュリヤンの通例として、恋愛は戦闘行為である。恋愛の成就、少なくとも肉体的なそれは、戦いの勝利に優るとも劣らない。しかも彼の場合、それがナポレオンの戦果と比べられるのだからほほえましい、というかむしろ滑稽である。レナール夫人と結ばれた後も、自分に言い聞かせる。

一つの戦闘には勝った。でもこれを活かさない手はない。あの尊大な貴族奴〔レナール町長〕が退却している間に、鼻っ柱をへし折ってやらないといけない。それでこそ、まことのナポレオンなんだ。（I・11）

後に、ラ・モール邸で初めてマチルドと結ばれたあと、彼は馬上で「何か目ざましい手柄を立て、総司令官から一足飛びに大佐に任命されたばかりの若い少尉」のような幸福感に浸る。（II・16）

一般に「義務（感）」は、「自然さ」の対極にある。レナール夫人から侮蔑されていると思いこみ、自尊心を傷つけられたジュリヤンは、「この女をものにすることがおれの義務だ」Je me dois〔……〕de réussir auprès de cette femmeと策を練る。ジュリヤンの心理について、話者は次のような説明を加えている。

このようなのが、ああ！過度の文明がもたらす不幸である。そこそこの教育を受けた青年の魂は、二十歳になると、成行きにまかせる鷹揚さなどおよそ眼中にない。しかるに、それがなければ、恋愛は往々にして退屈極まりない義務に成りさがる。（I・13）

教育という文明は、計算づくなコチコチの精神を生む。恋愛の場でも、自然らしさを失わせる。そんなジュリヤンも、野心や作戦を忘れるときだけ「素直な態度にかえる（I・15）」が、死を前にしたときを除き、それは稀である。自尊心を傷つけられたが故に相手との恋にのめり込むのは、マチルドも、レナール夫人に対するジュリヤンも同じである。つまり、頭のなかで意図され、決意された、意識的・人工的な恋にすぎない。二度目の逢引の前にジュリヤンはマチルドに「貴女がわたしを呼ぶのは、貴女の傷ついた虚栄心からで愛情からではない」と言う。彼がこう言えるのは、レナール夫人との恋愛で、自分が同じ経験をしていたからであろう。マチルドの恋の特徴は、次の一節にはっきりと表われている。

あたしはジュリヤンを愛してやるわ、そう決心した瞬間から彼女はもう退屈しなくなった。来る日も来る日も彼女は、大きな情熱に身を投じることに決めて、自分ながらよいことをした、と思うのだった。《このお遊びはずいぶん危険だけど》と彼女は考えた――《その方がいい！ずっとずっといいわ！》（Ⅱ・12）

確かに彼女はジュリヤンに強い好奇心をかき立てられているが、恋心を抱いているわけではない。彼も同じ状態である。にもかかわらず、彼女は「愛してやる」と決意する。ついで、その決意に自ら酔っている。そして、この恋は真正なものではないと自覚していて「お遊び、お楽しみ」cet amusementと呼び、危険の予感を楽しんでいる。

＊

ファブリスを自然児とすれば、ジュリヤンは反自然児である。ジュリヤンは恋人や唯一の友人フーケの前で、野心を忘れるときだけ、自然に還る。レナール夫人はファブリスに劣らず自然な存在である。とりわけそれは、ジュリヤンとの恋愛において認められる。スタンダールは自作の解説で、

この〔マチルドとジュリヤンの〕恋愛は、レナール夫人のまことの、純真な、**自意識のまじらない**恋愛とは好対照をなすものです。それは心情の恋愛に対する頭脳の恋愛です。〔……〕要するに、頭脳の恋愛なの

です。(2)

　つまり、夫人の愛は、無意識的な、ごく自然発生的な愛なのである。ジュリヤンは「夫人がそうと自覚せぬまま熱愛している男（Ⅰ・11）」である。「そうと自覚せぬまま」sans se l'avouer を直訳すると「自分自身にそのことを告白せずに」となる。心の底の夫に対する罪悪感から、ジュリヤンへの恋情を認めたくない意識が働いたのであろう。少なくとも義務感からの、あるいは何かの手本を真似る「頭脳の恋愛」ではない。

3　偽善

――《めったに口を開くな、めったに動くな、これが唯一の救いの道だ》（Ⅱ・30）

　ここで確認しておきたいのは、ジュリヤンの極度の自意識を根底から律する哲学というか処世術である。彼の言動は「陰謀と偽善の（Ⅱ・1）」近代都市パリ、「壮麗と倦怠（Ⅱ・4）」の上流社会で失敗を重ねるうちにますます慎重に、狡猾になってゆく。「第二二章　一八三〇年の行動法」のエピグラフは、彼の言葉に対する考え方を端的に示している――「言葉は考えを隠すためにある。マラグリダ神父」。「隠す」とは、言うべきときに言わないか、本心を偽って言うことに他ならない。

　偽善は強靭な自意識なしには成立しない――「偽善というものは気づかれぬようにやらねば効き目はない（Ⅱ・10）」。ジュリヤンの不幸は、自らの偽善をはっきり意識している点にある。しかし、それを意識していないと、「気づかれぬようにやる」ことはできない。

《〔……〕おれの生活、それは偽善の連続だ。それも、パンを買うために、年に千フランのお金がないばかりに》。(*Ibid.*)

ジュリヤンの生涯の恩師シェラン司祭は、彼が行いすましていてもその本性を見抜いている。

わしの目にはちっとばかし、お前さんの性格の奥の方に暗い熱情が透けてみえとる。そいつは、神父が欠かすわけにはいかん節制と、地上の価値とはすっぱり縁を切る姿勢につながるとは思えんのじゃ。(Ⅰ・8)

自分の「秘密の熱情(Ⅰ・8)」を見透かしている師の訓戒に対してさえも、ジュリヤンは巧妙に受答えする。

ジュリヤンはこのあらためての戒めにも、言葉の上面では実にうまく応じた。彼は熱烈な若い神学生が用いそうな言葉を見つけたが、それを口にする際の調子、その眼のなかに輝く隠せない火に、シェラン師は不安を覚えた。

ジュリヤンの将来をあまり悲観するにはおよばない。彼はずる賢くて用心深い偽善の言葉を正確に考え出しており、年の割には悪くない。(Ⅰ・8)

失業しかけたジュリヤンに別の家庭教師の口を紹介するため、郡長のモジロンが彼の部屋を訪れたとき、

彼の返答は完璧だった。特にその長ったらしさは司教の教書のようだった。聞いていると、何もかも言っ

ているようで、実は何一つ明確なことは言っていないのである。〔……〕郡長はこの青年が自分より一枚上手の偽善者であることに驚き、何か要領を得た返答を引出そうとしたが、全く無駄であった。〔……〕ジュリヤンはこの種の弁舌では目覚しい進歩を遂げた。帝政時代にはやった行動の敏速さに取ってかわったのがこの雄弁である。あまりに巧みなので、自分自身の言葉を聞いていて嫌気がさすほどだった。
（I・22）

彼が自分の言葉を充分に意識して操っていることがよく分かる。言葉だけが彼の野心を実現する唯一の武器であり、それを妨げる障害と闘うとき、用い方を間違えると彼自身を破滅に導くことを知っているからである。『恋愛論』の「眼差しについて」には、「ローマのミラボーといわれたG伯爵〔おそらくイタリアの喜劇作家ジロード伯（一七七六―一八三四）〕」の巧妙な話し方が紹介されている。

つまり、全てを語りながら実は何にも言わないように、細切れの言葉で話す。しゃべることは全部分かるのだが、誰も彼の言葉をそのまままくり返せないので、尻尾を掴むことができない。（I・27）

上記のジュリヤンの話し方に酷似している。「誰も彼の言葉をそのまままくり返せないので、尻尾を掴むことができない」――これは、同じ章の「眼差しをそのまま再現することはできないから」、眼で何を語っても後で打ち消せるという考察に呼応する。眼による表現が言葉による表現と同等に捉えられている。どちらも、ほしいままに本音を隠蔽することもできる。少なくともジュリヤンは、このことを骨身に沁みて知っていた。そうでなければ、下層階級出身の若者は王政の階級社会でのし上がれない。

ブザンソン神学校に入学してからも、彼の態度は一貫している。神学生のなかで「唯一誠実な男（Ⅱ・22）」を見つけたときも、

ジュリヤンは自分自身にも嘘と思われることしか口にしない、と自らに誓っているので、このグロ氏に対してもやはり警戒心を棄てられなかった。（Ⅱ・22）

そんな彼を、ラ・モール侯爵の密命を帯びて出入りするロンドンの社交界で「上流紳士らしくする（Ⅱ・7）」手ほどきをしてくれたロシアの青年貴族らは羨む。

「ソレル君、あなたはよい星のもとにお生まれだ。あなたは**生《なま》の感覚はみじんも窺わせない**冷めた顔つきを、生まれながらにお持ちだ。我々はそれを身につけたいばかりにこんなに苦労しているのに」。（Ⅱ・7）

ジュリヤンがそのときそのときに感じたことを隠せるのは、言い換えれば嘘偽りのない印象や思いをそのまま顔に出し、相手の視線に見抜かれることがないように操作できるのは、決して生まれつきではない。少年時代、親兄弟や仲間からの虐待に耐え、レナール夫人との醜聞を辛うじて逃れ、パリの社交界で「修行を積んだ（Ⅱ・13）」結果にすぎない。従って、他者に本心を覚られないと確信するときにのみ、彼は自意識の枷をはずして己の感覚や情念に身を委ねることができる。

ジュリヤンがすばらしい幸福に思うさま溺れるのは、マチルドが彼の眼のなかにそんな気持ちの表われを

読み取れぬときに限られていた。〔……〕自分で自分を抑えきれなくなりそうなときは、勇気を振りしぼってだしぬけに女から離れるのだった。（Ⅱ・32）

わざとフェルヴァック夫人に言寄る彼の策略に負けて、マチルドがもう一度自分を愛してくれと哀願するときも、彼は折れる一歩手前で踏みとどまる。

彼女はゆるやかに彼の方へ顔を向けた。彼はその眼のなかにありありと浮かぶこの上ない苦悩に驚いた。いつもの眼の面影は認められない。〔……〕《もしおれがずるずると恋の幸福に溺れでもしたら、この眼はすぐまた凍るような侮蔑の色しか見せなくなるに決まっている》、とジュリヤンは思った。（Ⅱ・30）

珍しく弱気になったマチルドが、ジュリヤンの視線に対して己の真情を眼にはっきりと表わしたために、彼に屈服しているのである。それを、彼女の眼のなかに読み取った後ですら、ジュリヤンは警戒を弛めない。マチルドの心変わりの激しさを骨身にこたえて知っているからである。ここで思い出されるのが、モスカからのファブリスへの忠告である。サンセヴェリナ夫人は、彼がナポリの神学校で勉強し直す決心をしたとき、これを伝える。

頭に何か人をアッと言わせるような理屈や、その場の話の方向を変えるような立派な返答が浮かんでも、決して目立とうという誘惑に負けないで、黙っていること。聡明な人なら、あなたの才能をあなたの眼のなかに読み取ります。才知を発揮するのは、司教になってからでも間にあいます。（Ⅰ・6）

才知は抑えていても眼のなかに必ず表われ、いずれ優れた人の眼にとまるので、鋭い閃きも安易に口に出すべきではない。ここには、欲望と策謀の視線が絡み合うパルム社交界を生き抜いてきた宰相モスカの処世術の一端が窺える。ファブリスもジュリヤンも、それぞれの美しい眼が言葉よりも先に他者を魅了する。だがファブリスは幼年時代からまず行動の人であって、彼の雄弁が公国を席捲するのはモスカからの忠告どおり大司教代理になってからである。ジュリヤンにもシェラン師やピラール師のような先導者がいるが、彼は父親が罵るように「本の虫」lizardであり、尻尾を掴ませない巧妙な弁舌は、彼自身が虐待を受けた幼少年期に会得したものである。

既にみたように、彼が何よりも怖れているのは「本心がばれてしまう（Ⅱ・25）」ことである。そうなると、自分が他者をではなく、他者が自分を支配することになる。「人生と呼ばれるこの利己主義の砂漠では、めいめいが自己中心に決まっている（Ⅱ・13）」からである。

ナポレオン時代なら、軍隊で上流社会の若者とでも対等に軍功を競うことができたはずである——「《ああ！二十年昔〔一八一〇年頃〕なら、奴ら〔＝上流社会の若者〕と同じ軍服が着られたのに！そうなれば、おれみたいな男は殺されるか、**三十六で将軍だ**》（*Ibid.*）」。だがボナパルトの時代が終った今、ジュリヤンは「自分のようなジュラの土百姓（*Ibid.*）」が王政復古の階級社会でのし上がるには、軍人ではなく僧侶になるしかない、と考える。彼は僧職の黒服を身に纏い、上流社会で貴族の人妻や令嬢を踏み台に、才知と弁舌だけで生き抜くしかない。

《おれは奴らより才知が優れている。現代流の軍服を選ぶことも心得ているんだ》。そう思うと、彼は己の野心と僧服への執着が倍加するのを感じた。《おれより卑しい生れでも、世を支配した大僧正が何人あることか！　例えば、同郷のグランヴェル》。（*Ibid.*）

ニコラ・ペルノ・グランヴェル（一四八六―一五五〇）は聖職者でシャルル五世の宰相である。「世を支配する」という野望を持つ限り、ジュリヤンに残された道は僧服のタルチュフを手本として、その美貌と才知を武器に社交界を狡猾にかつ如才なく泳ぐことである。同時に、恋愛においては上流女性を籠絡する戦略を周到かつ大胆に実行すること――それだけが彼の生存理由になるのは当然である。彼はそれを、基本的に《戦闘》とみなしている。僧服を「現代流の軍服（*Ibid.*）」と捉える所に、既にそれが表われている。驚いたことに、彼はこの誘惑の「作戦計画（Ⅰ・14）」plan の戦況を「攻囲日誌（Ⅱ・25）」un journal de siége に記しさえする。陣頭指揮を執るボナパルトか、作戦を練る参謀にでもなったつもりであろう。

《これから火蓋を切る戦闘では、生れの誇りはまるで小高い丘のように、おれとあの娘〔＝マチルド〕との間に一つの陣地を形作る勘定になる。そいつを攻撃せねばならない〔……〕（Ⅱ・14）

未熟なタルチュフともいうべきジュリヤンは、レナール夫人との情熱的な恋愛、またマチルドとの狂熱的な恋愛の最中に、また処刑前のブザンソンの牢獄で、彼女らに何度か自分自身の偽善を打明けずにはおれない。自らの言動が偽善であることを意識せねば、偽善を成功させることはできない。しかし、それが偽善であることを明確に意識して行動し続けることは至難の業である。

とはいえ、マチルドに対する次の告白は、実は彼女の愛情をとり戻すための巧妙な罠にすぎない。

「私は嘘をついているんです」と、ジュリヤンは不機嫌に言った。「こともあろうに貴女に嘘をついているんです。自責の念にかられています。〔……〕貴女は私を愛され、犠牲を捧げておられる。だから、貴女の気に入ろうとして言葉を飾る必要などないのに」〔……〕

「あの言葉は、かつて私が、愛してくれたけれどうっとうしかった女のためにでっち上げたものです——このことは私の性格の欠陥なのです。自分の口から貴女に白状します。お許しください」。（Ⅱ・31）

いかにもしおらしく、真情を吐露しているように聞える。しかし、「昔の女」というのが口から出まかせではなくレナール夫人を指すのであれば、彼が恥知らずの裏切者にまでなって再度マチルドを欺こうとしているのは明らかである。ジュリヤン自身、こうした画策を「辛い六週間のお芝居（Ⅱ・28）」と呼んでいるからである。

このように、強い自意識が彼自身の偽善を絶えず彼に見せつける葛藤は、処刑前の獄中でも消えない。

《こうやって死の二歩前のところで自分と語り合っていても、おれはまだ偽善者だ——おお、十九世紀よ！》（Ⅱ・44）

ジュリヤンがここで、自らの偽善を、当時の悪弊として捉えているのは興味深い。十九世紀は、少なくとも彼のような下層階級の若者にとって、偽善の行動なしには成功も幸福も得られない時代であると、彼は自覚していたのである。だが、その自覚そのものに裏切られて、彼は破滅する。

Ⅵ　芝居

一生を通じて喜劇作家になりたいと思っていたスタンダールの諸作品は、演劇的プロットに満ちている。作品の空間そのものが劇場であり、作中人物たちはその舞台で、主役から脇役までみな、多少を問わず演技をしている。また多くの場合、彼らは「作りもの」、「虚偽、欺瞞」という意味での「(お) 芝居」を演じている。

視覚の対象に新しい要素を加えて自分の夢想を補完するジュリヤンの想像作用は、文学作品の創作者のそれに通じるといえよう。ラ・モール侯爵邸で、二階の寝室へ忍んでくるように誘うマチルドの手紙にどう対処すべきか、彼は長々と思い悩む。自分を愚弄しているのか、破滅させる罠か? だが「ひょっとしてマチルドが真剣だったら! それこそおれは、あの人の眼の前でこの上ない卑怯者の役を演じることになる (Ⅱ・15)」と、自分の役者としての演技を想像し、「おれはあの人の眼に卑怯者と映るだろう (*Ibid.*)」と、それを見る相手、つまり観客の視線に与える効果を推測する。彼は、令嬢の寝室への侵入が露見したときの顛末を事細かに想い描く。

彼は小型ピストルを取り出し、雷管は発火できるようにしておいたのに、新しいのと取り替えた。〔……〕彼の頭〔imagination〕はさっき自分で作った物語が気にかかり、悲劇的な予感でいっぱいになっていた。自分が召使いどもに捕まり、縛り上げられ、口に猿轡をかまされて地下室へ放り込まれるのが目に見えた。そこでは、召使いの一人が彼を見張っている。もし相手が貴族の家名にかけてこの色恋に悲劇的なけりをつけたくなれば、みじんも痕跡を残さない毒薬で一件落着にするのは造作もないこと——その場合、彼を病死ということにして、死体を彼の部屋へ運びこむだろう。

劇作家に似て、自作の物語に胸をうたれたジュリヤンは、食堂へ入るとき本当にびくびくしていた。彼は立派なお仕着せ姿の召使いたちを見やった。彼らの顔色を詮索した。（Ⅱ・15）

ジュリヤンは自作の戯曲を自演する劇作家であるだけでなく、その劇の観客にもなって「本当に」réellement喜怒哀楽を感じている。この場面に限らず、彼はほとんどいつも自分の演技の効果を計算している役者である。事実、彼は短い生涯のあいだずっと自作自演の芝居を演じているようにみえる。だが自意識の鋭い彼は、時々そのことに、演出家もしくは批評家のように目覚める瞬間がある。ラ・モール家の夜会で、

《おれはこんな所で不甲斐ない役を演じている》、突然そう思った。〔……〕何をやっても裏目に出て、それがありありと皆の目に映る。彼は一時間たらず前から邪魔な下っ端役を演じていたが、そういう者に対しては誰も自分の思いをわざわざ隠そうなどとはしない。（Ⅱ・20）

社交界の作法に疎いジュリヤンは、侮蔑の眼差しを浴びながら端役を務めるしかない。しかし彼は、自らの反逆の眼差しによって「さっきまで恋敵らに加えていた批判がましい観察のおかげで、自分の不幸をさほど悲劇的には受け止めずに（Ⅱ・20）」いられる。自分に冷たくあたる上流社会の青年らを「不幸が生む厳しい眼（*Ibid.*）」で一年ほど観察し、「ようやく彼らの本性が彼の眼にくっきりと映し出される（*Ibid.*）」。彼はこのように辛辣な視線によって自尊心を保ち、己の役割を演出家の目で見つめながら巧みに演ずる技を身につけてゆく。

ジュリヤンに限らず、スタンダールの主要人物は大てい、作家・演出家であると同時に役者でもある。極度の

自意識家のスタンダール自身が既にそうであったからといえるかもしれない。ヴァレリー Paul VALÉRY（一八七一—一九四五）は、次のように述べている。

しかしその彼、内面では俳優である作者の彼は、一つの舞台を組み立てる——自らの精神のなかに——あるいは自らの魂のなかに、あるいは自らの脳のなかに——（言葉は何だっていい、大切なのはただ、各人が唯一の目撃者であるようなことが——あるいはそこに見えることと彼が欲し彼が為すことの区別がほとんどつかないようなことが起る、そのような《場所—時間》を指し示すことだから）。

この私的な見世物舞台で、彼は休みなしに《自分自身》の芝居を上演する。彼は自らの生涯から、経歴から、恋愛から、実に様々な野望から、一つの切れ目なく続く脚本を自分のために作る。彼は仕種を演じ、台詞を、つまり自らの衝動とか、無邪気さとか、様々な類いの《しくじり》などへの応答を読み上げる。(1)

ここでのヴァレリーは、「エゴティストのエゴイスム」の主題について語っているので、スタンダールのあらゆる作品を、彼自身の実生活と内面の遍歴に強く結びつけて捉えようとしている。言いかえれば、どの作品も「エゴティスト」としての作者自身の「自伝」と考えている。これについては語り尽された感があるにせよ、なお慎重な検討がなされるべきであろう。いずれにしても、スタンダールが自作自演の劇作家とみなされている点は諾うことができる。『パルムの僧院』についていえば、彼はこの作品を、ほとんど口述筆記によって五十日あまりで書き上げている。つまり、地の文章も、作中人物の会話も独白も、作者兼役者としてすべてはっきりと声に出している。このこともヴァレリーの頭にあったのではなかろうか。

スタンダールは早くも七歳頃から作家兼俳優のモリエールのようになる夢を抱き、喜劇の試作を続けたがどれも未完に終る。それでも『赤と黒』出版の四七歳（一八三〇）頃まで劇作の志を捨てない――彼自身の言葉に従えば「四十六年を通じて変ることがなかった」のである。[2] では、なぜ劇作品一つ書き上げられなかったのか。ヴァレリーも次のような推測しか述べていない。

なぜスタンダールが演劇に身を投じなかったのかははっきりしない、すべてがそう運命づけていたのに。この空白について夢想することはできる、暇があればの話だが。その時代はまだ、おそらく、アンリ・ベイルの手になるドラマや喜劇が運よく気に入られるような時代ではなかった。[3]

ごく大まかにではあるが、一つの理由を推定することはできる。彼の文章に頻出する作中人物の内面の独白がそれである。「自分自身に言う、思う」se direで示されるこの独白の多用によって人物の心理を分析し、表現する手法は、プルースト（一八七一―一九二二）やジョイスJames JOYCE（一八八二―一九四一）の実験的小説を経て、ベケットSamuel BECKETT（一九〇六―八九）らの現代劇では当り前になっているが、当時の演劇には尚早だったのではなかろうか。

ここには詳述しないが、スタンダールの作品では多くの場合、《se dire》を介して挿入される独白が人物の行為の代わりをしているように思われる。ある人物が行動を起こそうとするとき、彼（女）はしばしばその行動を前もって細かく想像し、なぞる。内省が行為に先んじているともいえる。先行する内省のなかで、行為は既に半ば、あるいはほとんど終わっている。例えば、ジュリヤンがレナール夫人と客間に二人きりでいたとき、レナール夫人の問いかけにちゃんと答えられなかった間の悪さから、ジュリヤンは深い屈辱感を噛みしめていた。

《おれほどの男なら、このしくじりを取戻すのは義務なんだ》――そこで彼は、別の部屋へ移る瞬間を捉えてレナール夫人にキスをするのが自分の義務だと思った。

彼にとっても夫人にとっても、こんなに思いがけない、こんなに不快な、はたまたこんなに軽はずみなことはない。二人はあやうく見つかるところだった。彼はてっきり気が狂ったんだ、とレナール夫人は思った。

（Ⅰ・14）


カッコ内は明らかにジュリヤンの独白であるが、「自分に言った」se dit-il という主節が省かれている。また、彼が頭のなかで立てる「誘惑作戦（Ⅰ・14）」は記述されるが、実現した行為には言及していない。行為は行われたものとして、ただちにそれに続く二人の心理が述べられている。スタンダールの場合、こうした手法による表現は枚挙にいとまがない。

1　『パルムの僧院』における芝居

内務大臣邸の夜会で、ファブリスの投獄を知ったサンセヴェリナ夫人は、帰館するとダイヤで飾った衣裳も脱がず寝台に身を投げ、狂乱状態に陥る。「ファブリスが敵の手に落ちた、たぶんあたしへの腹いせに毒を盛られる（Ⅱ・16）」と喚く。彼女は、「もしも大公が例の饐えたような口説き文句でまたぞろ言寄ってきたら、もしもあたしに《貴女の奴隷からの敬意をお受けなさい。さもないとファブリスはお終いですよ》と言ったら――まあ！ユディットの昔話もいいところ（*Ibid.*）」などと想像する。夫人は精根尽きてうとうとするかと思えば、大公が自分の目の前でファブリスを斬首させる夢を見て飛び起き、「錯乱した眼で（*Ibid.*）」周囲を見回し、失神しかける。何度も泣きくずれる。延々と続くこの夢うつつの情景は、イタリア・オペラにおける女主人公の《狂乱の場》に似ている（例えばドニゼッティ（一七九七―一八四八）作曲『ランメルモールのルチア』〔一八三五〕第三幕のアリア「香炉はくゆり」）。だが夫人は、夜明けには冷徹な現実家に戻り、ファブリスの脱獄と大公の毒殺を決意する――「いずれこの借りは返してやる（*Ibid.*）」。

パルムの宮殿でフェランテ・パラ探索の書類焼却と彼の助命をかち得た後、公爵夫人はモスカ首相に、「あたし、疲れてへとへとなの。舞台で一時間、居間で五時間、立て続けにお芝居したんだから（Ⅱ・24）」と打明ける。夫人は実際に宮廷の「舞台」に立ち、新大公の相手役をこなしている。ひき続き母后の居間で、パラの助命（真意は大公毒殺の陰謀の露見阻止）を賭けて新大公と母后の説得を試みたのである。愚物とはいえ専制君主をラ・フォンテーヌの寓話を借りて操り、しかもその駆引きを「芝居」と捉えているところに、夫人の高慢でロマネスクな性格と、それとは一見矛盾する透徹した知性が鮮やかに表われている。つまり、自分も含めて全てを見くだすシニカルな視線がここにはある。宮廷の人たちが夫人のことを、「全てを超然と見くだすあの古代ローマ人の魂（Ⅰ・6）」と噂するのも故なしとしない。

夫人はまさに宮廷全体を舞台とみなし、そこでの出来事をすべて芝居のように眺めている。副司教としてパルムに来たばかりのファブリスにもそれが分かる――「宮廷の大がかりな権謀術策〔intrigues = 筋書き〕も、説明してくれるのがあの人だからこそ喜劇みたいにおもしろおかしいんだ！（Ⅰ・7）」。

モスカ伯爵（当時、パルム公国の陸軍・警察・財務大臣。この役職の多さが公国の小ささを示す）も、上述のスカラ座の場面で、「自分は年齢と、振り粉を振りかけた髪のおかげで、まるでカッサンドルみたいに愛嬌がある（Ⅰ・6）」と自嘲する。カッサンドルは子どもらに騙されるイタリア喜劇の滑稽な老人。ピエトラネーラ伯爵

（後のサンセヴェリナ公爵）夫人に、伯爵は「たった一晩、その場かぎりでも結構ですので、貴女のおそばで恋人役を演じさせてください。（*Ibid.*）」と頼む。後に、夫人がパルムの自邸の夜会で大公と一悶着あったとき、モスカは彼女を守るためなら何でもすると約束する。

　さあ、あちらへ戻って、唾棄すべき大臣の職務を思うさま自由に、遠慮なしにやっつけてしまいましょう。たぶんこれが、この町で我々がうつ最後の公演になりますよ。（*Ibid.*）

彼がこう言い切れるのは、パルムがミラノやローマ、フィレンツェやナポリに比べて小さな君主国であるからではない。「イタリア第一の外交官といわれる（*Ibid.*）」彼は、どこへ行っても世界を舞台のように捉え、あらゆる人間の営為を演劇と見下すことができるからである。もっとも、彼のこうした見方は決して独創的ではない。例えば、人生を悲劇に喩えるパスカル Blaise PASCAL（一六二三—六二）の次の断章はよく知られている。

　最後の幕では血が流される。劇の他の幕がどんなに美しかろうと。ついに頭の上に土がかけられ、それで永久にお終いなのだ。

『パンセ』ブランシュヴィック版・二一〇[4]

小さな絶対君主国で宰相の地位にあるが故に、絶えず演技を強いられているモスカも、気に入った相手には自然に振舞う。ファブリスにとって、彼は「目上の人のなかで、お芝居ぬきに話しかけてくれた初めての人だった（I・7）」。

脱獄に成功しながらクレリア見たさにファルネーゼの塔へ舞い戻ったファブリスは、特赦を受ける。その後、改めて副司教に任命されたとき、ランドリアーニ大司教の許へ挨拶に行かせようとするサンセヴェリナ夫人に、彼は即座に「分かりました。その坊さんはタルチュフですね（I・7）」と皮肉る。いうまでもなくモリエールMOLIÈRE、本名Jean-Baptiste POQUELIN（一六二二—七三）の喜劇『タルチュフ』*Tartufe*（一六六四—六九）の主人公で、偽善の代名詞である。少し先で考察するように、ジュリヤンの手本である。

君主らにも歴史や文学のなかに摸倣すべきお手本があり、そのせいもあって彼らの言動はしばしば演技を思わせる。サンセヴェリナ公爵夫人に恋慕している大公エルネスト四世は、彼女がファブリスの特赦を願いにくると、ルイ十四世の肖像に視線を投げてから、「夫人をこれへお通ししなさい」と「芝居がかった態度で（II・14）」d'un air théâtral言う。それから、夫人に気圧されないように、「眼の前のルイ十四世の肖像と見まがうばかりの威風堂々とした態度（*Ibid.*）」をとる。そして、「ルイ十四世の幸福な時代をそっくり真似た、鷹揚で上品な微笑を浮かべ、《**友が友に語るように**》（*Ibid.*）」夫人に話しかける。更に、彼女に「思いきり艶っぽい目つきをつくると同時に芝居のセリフを引用するような口調で、《**その美しい眼を喜ばすには、何をしたらよいのであろうか？**》（*Ibid.*）」と問いかける。演技するとき、眼差しの役割が何よりも重要であることを、大公はよく知っている。演劇の主要な目的が、観衆の目と耳をとおして彼らを喜ばせ、彼らを内面から揺り動かし、支配することにあると心得ている。彼の言動は彼なりに計算し尽した演技であるが、驚くほどルイ十四世の摸倣に終始している。ために、それを見透かしているサンセヴェリナ夫人には功を奏さない。同様に、老獪な首相モスカは、猜疑心の強い狷介な絶対君主でも、ルイ十四世を持ち出して自尊心をくすぐれば籠絡できることを知り抜いている。

モスカは君主の自尊心を慰めたいと思った。それで、先ほど殿下が未来の歴史家たちに提供なさったほどの見事な一ページはルイ十四世の逸話史にもありません、と大公に説き、それが功を奏したのを見届けてやっとお暇した。（*Ibid.*）

摸倣は既に演技、芝居であって、スタンダールの作中人物で芝居をしないような者は一人もいないといっても過言ではない。モスカは、宮廷における最大の敵ファビオ・コンティ将軍は「ばか〔あるいは道化師〕」（I・6）で、「生涯にたぶん一日そこそこ戦場に立ったぐらいで、フレデリック大王〔フリードリヒ二世（一七一二―一七八六）・プロイセン王（一七四〇―一七八六）〕の態度を真似だした変り者です。その上、奴さんはラ・ファイエット将軍の貴族らしい慇懃さも躍起になって摸倣する始末です（*Ibid.*）」と、パルム宮廷へ迎えたばかりのサンセヴェリナ夫人に教える。モスカや夫人は、大公も含めた政敵の連中の芝居が摸倣であることを見抜いているだけでなく、自分たちが芝居をするときは、それが作り物であることを意識して演技している。彼らの政治的な、また精神的な優位は、こうした相手と自分を見とおす力に支えられており、それなくしては専制君主の支配する都市国家の政界・社交界を生き抜いていけないことを、彼らは骨身に沁みて知っている。演劇と政治は別物ではない。サンセヴェリナ夫人やモスカ首相がファブリスに、またアルタミラ伯爵やコラゾフ公爵がジュリヤンに教えるのも、このことである。

2　『赤と黒』における芝居

（1）十九世紀パリ——「虚言の劇場」（I・25）

『赤と黒』初版のサブ・タイトルは「十九世紀年代記」であったが、以後の版からは「一八三〇年年代記」に変わる。そこで、この小説の背景をなす一八三〇年前後の社会についてごく簡単に述べておこう。

一八一四年、《フランス国民の皇帝》に委ねられる共和国という政体を有していたボナパルトの第一帝政が崩壊し、ルイ十八世を《フランス国王》とする王政復古が始まる。形の上では憲章を承認し、制限選挙による議会政治を導入する（ちなみにルイ十八世の名スタニスラス・グザヴィエは、レナール夫人の末っ子の名前に採られている）。しかし、帰国した亡命貴族と聖職者を核とする急進王党派は共和派とボナパルト派への容赦ない報復（「白色テロル」）を行う。一八年にはかなり温和な政策に反発した一部の極右王党派がクーデターを画策し、「密書」事件を惹き起す。この陰謀は『赤と黒』第二部第二一章から二五章において、一八三〇年の事件として展開され、ジュリヤンはラ・モール公爵の命令で書記兼使者としてこれに加わる。

ルイ十八世死去の一八二四年、王位を継いだシャルル十世は徹底した専制政治を推し進め、急進王党派とイエズス会修道会が実権を掌握し、選挙法制限と言論弾圧が行われる。これが三〇年の七月革命を招いた結果、シャルル十世は英国へ亡命し、ルイ＝フィリップを《フランス国民の王》とする七月王政が始まる。制限選挙に基づくこの立憲王政は中道路線をとるものの、四八年、二月革命で《市民王》と親しまれたルイ＝フィリップは追放され、終焉を迎える。

スタンダールは一八三〇年、七月革命が生んだ新政府によってトリエステ領事に任命される。その年十一月三日には『赤と黒』の初版を、翌三一年三月、再版を刊行する。彼は四二年に五九歳で亡くなるので、晩年の十二年間は七月王政に当たる。

レナール夫人の気持ちがジュリヤンに傾きはじめたころ、話者は二人の交情の緩やかだが自然な進行について次のように語る。

パリでなら、レナール夫人に対するジュリヤンの立場はずっと早くありふれたものになっていただろう。それにひきかえ、パリでは恋愛は小説の子どもなのである。若い家庭教師と内気な奥様は小説を三、四冊読めば、否ジムナーズ座で台詞を聞くだけでも、そこに二人の立場がちゃんと説明されているのが手にとるように見えたはずだ。小説は彼らに演ずべき役割りを描き出し、真似るべき手本を示せたはずだ。（Ⅰ・7）

小説や芝居が恋愛に及ぼす役割りの大きさが指摘されている（ジムナーズ座の名は『南仏旅日記』[5]にも出てくる。また、フロベール『感情教育』（Ⅱ・1）の仮装舞踏会には、ジムナーズ座の元女優でパラゾ伯爵の愛人ヴァンダエル夫人がポンパドゥール風の侯爵夫人に扮して登場する）。

レナール夫人に会うまでのジュリヤンは、老司祭シェランの許でラテン語と神学を学んでいたが、「聖書以外のラテン語（Ⅰ・6）」はほとんど読んだことがない。彼の聖典はルソーの『告白』（「彼の想像力が上流社会を思い描くための唯一の種本（Ⅰ・5）」）、ナポレオンの『セント・ヘレナ日記』とナポレオン軍の戦報集である――「彼はこの三冊の本のためなら死も怖れなかったであろう（*Ibid.*）」。レナール家では世俗的な本や自由主義の新聞類の購入が禁じられており、ジュリヤンは読みたい本も夜、隠れるようにして読むしかない。レナール氏は妻に「小説なんかあの男は全然読まん。わたしもそれは確かめている（Ⅰ・21）」と言う。仮にこの言葉どおりで、小説の手本は真似なかったとしても、タルチュフとドン・ジュアンを模範とする彼の生の軌跡はすべて芝居のように感じられる（この点では、先祖のボニファス・ドゥ・ラ・モールとナヴァル王妃マルグリットの恋や小説の情熱恋愛をモデルにしているマチルドも、ジュリヤンに似ている）。ナポレオンという歴史上のお手本がいるからでもあるが、彼はほとんどの言動を過剰な自意識で計算しながら演じているからである。ジュリヤンが、彼に不足していた教養を本格的に身につけるのは、ラ・モール侯爵に雇われて以後の読書や観劇をとおしてである。秘書の彼は侯爵邸の立派な図書室へ自由に出入りできたし、マチルドが通うオペラにお供しているからである。

＊

ヴェリエールのレナール夫人の寝室で一年二ヶ月ぶりに夫人と密会した後、ジュリヤンはパリ行きの郵便馬車に乗る。相客はレナール氏の旧友ファルコスと印刷屋のサン＝ジローで、二人の十九世紀初頭のフランス社会についての会話、特に聖職者と貴族の横暴への痛烈な批判と、ナポレオン・ボナパルトの功罪を述べるくだりが面白い。この箇所だけでも、スタンダールがジュリヤンやファブリスのようにはナポレオンを手放しで讃美していないことがよく分かる。「すがすがしい森や静かな田園が好きで〔……〕ロマネスクな（Ⅱ・1）」サン＝ジローは、次のように十九世紀のフランス、というよりヨーロッパの代表的な都市パリを喝破する。

> パリでぼくは、十九世紀文明と称する奴が無理やり演じさせるあの絶え間ない茶番劇に飽きあきして、ひたすら純朴と素朴が恋しくなった。そこで、ローヌ川のほとりの山あいに、この世にこれ以上美しいところはないという場所をみつけて、地所を買った。(*Ibid.*)

自然の美や田舎の純朴さの対蹠的なものとしての近代文明に踊らされる都市の人工性、欺瞞性をひっくるめて「茶番劇」comédieの暗喩で捉えている。ここでの「ロマネスク」は「田園の、牧歌的な」pastoral, idylliqueの意である。しかしサン＝ジローは、彼の理想郷を近代都市と変らない卑俗な人間喜劇によって追い出され、パリに舞いもどるところである。ジュリヤンの師ピラールは、パリを「新しきバビロンともいうべき歓楽の都（Ⅱ・2）」と切捨てる。

既にブザンソンの神学校入学の日、うわべに囚われやすい彼を、校長のピラール師が戒めている。

「それこそ世間の虚飾に染まったからじゃ。たぶんきみが見慣れてきたようなにこやかな顔など、まさに虚言の劇場そのものなんじゃ」。（Ⅰ・25）

「虚言の劇場」véritables théâtres de mensongeが指すものは、広義には当時の社会で一般的に見うけられる顔、狭義にはレナール家を中心とするヴェリエールの上流社会の人々の顔であろう。この忠言どおり、パリに出たジュリヤンは他者の外観や表情には欺かれないように警戒を怠らず、同時に自らの美貌を武器にしながら表情には本心を出さず、ヴェリエールで出遭ったアグドゥの司教のような演技者として「虚言の劇場」が犇く社交界を泳ぎ抜こうとする。

(2) タルチュフとドン・ジュアン

ジュリヤンは常々タルチュフを自分の師と仰いでいる。《タルチュフ》Tartufeという語は最初、社交界の《笑い種（Ⅱ・4）》plastronにされている醜男に用いられる――「誠実のタルチュフと言われる誠実なるバラン氏（*Ibid.*）」。マチルドから恋文を受取ったジュリヤンは、「いかに優しい言葉でもうっかり心は許せない（Ⅱ・13）」というタルチュフのセリフ（第四幕第五場）を口ずさみながら、マチルド籠絡の策を練る。

《タルチュフも女一人のために破滅したが、……おれの返事も他人に見られるおそれがある……それを防ぐ手立てをみつけなければ》と、ゆっくりとながら抑えた酷薄な口調で言葉を継いだ――《高慢なマチルドの手紙の一番強烈な文句を書出しに頂こう》。（*Ibid.*）

彼がタルチュフの役を自らに重ねているのは明らかである。ただし、最後に野望が露見するこの師の二の舞を踏まないように立ち回るためであるが。ということは、そこに偽悪の意図が透けてみえるにしても、彼は自らを偽善者と自覚していたことになる。妊娠したマチルドからの手紙で、娘とジュリヤンの関係を知ったラ・モール侯爵に罵倒されるときですら、ジュリヤンはタルチュフを真似て土壇場を切り抜ける。

その返答は、タルチュフ役を演ずることで間に合った。

「**私は天使なんかじゃありません**……お役目の方はちゃんと務めましたし、貴方さまからも過分の待遇を頂きました——ずっと感謝しておりましたが、私もまだ二十二の若さです」。（Ⅱ・33）

「私は天使なんかじゃありません」——これは第三幕第三場で、タルチュフがオルゴンの妻エルミールに言い寄るときの台詞である。

このジュリヤンが、物語の後半（Ⅱ・36）でタルチュフと同じように復讐される。レナール夫人が彼の正体を暴くラ・モール侯爵宛ての手紙には、「無欲そうなうわべと、小説風の文句を隠れ蓑にしていますけれど、あの方の大きな唯一の狙いは、その家のご主人と財産を好き勝手に操ることでございます（Ⅱ・35）」とあり、これはそのまま彼が密かに師と仰ぐタルチュフの姿にぴったりと重なるからである。皮肉と言う他はない。手紙を書くとき、夫人の脳裡にはこの戯曲があったのではなかろうか。とすれば、自分はタルチュフが手に入れようとするエルミール夫人、ラ・モール侯爵（あるいは夫のレナール町長）はタルチュフがたぶらかすオルゴン、マチルドはオルゴンとエルミール夫人の娘マリアンヌ（マチルドと異なるのは、タルチュフとの縁談を娘に無理強いしているのがオルゴンであること）ということになる。

夫人の暴露が正鵠を射ているのは、ジュリヤン自身、劇や小説から言葉や言い回し、仕種などを借りた己の弁舌の巧みさを初めから自覚していることからも明らかである。例えば、群長のジロモン氏に対する自分の受答えが「あまりに巧みなので、自分自身の言葉を聞いていて嫌気がさすほど（Ｉ・22）」である。また、ラ・モール家の社交界で、マチルドを争うライヴァルの貴公子たちを観察して、

そもそも、あの連中が情熱を持ち合わせているだろうか？　人をかつぐのには長けているが。連中はおれの弁舌の方がちょっとばかし優っているので嫉妬している。嫉妬するのがまた、一つの弱点なんだ。（Ⅱ・13）

と、弁舌の才能を誇りにしている。

モリエールとワイルドの主人公のなかで、ジュリヤンが当然のように手本にするもう一人はドン・ジュアンである。ブーツでレナール夫人の「きれいな足（Ｉ・14）」に触れた動作をたしなめられて、

ジュリヤンはドン・ジュアンのような役を演じることにしがみついた――実際は女などこさえたこともないのに。その日いっぱい、彼はそれほどまでうつけ者だった。（Ｉ・14）

（3）情熱と滑稽

マチルドとの交情のなかで最も典型的に舞台上の芝居を思わせるのが、「古剣」の章である。図書室でジュリヤンは、「行きあたりばったりの人に身を任せたのが厭でたまらない（Ⅱ・17）」と自分を侮辱したマチルドを骨

董品の中世の剣で殺そうとするが、彼女はこの反撃にむしろ快感を覚える。

彼が古風な鞘から四苦八苦して剣を抜いた瞬間、マチルドは滅多にない新しい感覚がうれしくて、肩をそびやかしながら彼の前へ進みでた。涙はもう涸れていた。〔……〕《あたしはあやうく恋人に殺されるところだった！》と自分に言った。そう思うと、彼女はシャルル九世とアンリ三世の世紀の一番はなやかな頃へ連れていかれるのだった。

(*Ibid.*)

ジュリヤンが憤怒に駆られてつかんだ剣にひるむどころか、逆に近づいていくマチルドは、明らかにマゾヒスティックな快感に身を委ねている。彼の姿に、中世の闘う騎士の幻を見たからに違いない。ところが彼女自身、既にみたように「騎士的な性格（Ⅱ・11）」を自任しており、その蒼白な顔は、ジュリヤンの眼にも「中世の容貌そのもの（Ⅱ・15）」と映る。彼女は少女時代からずっと中世の騎士道における情熱恋愛の王女になりきって、それを演じている。

剣を元へ納めたばかりのジュリヤンの前に、彼女はじっと立ちつくし、彼を見つめた。その眼にはもう憎悪はない。この瞬間、彼女はすこぶる魅惑的だったと認めねばならない。（Ⅱ・17）

この場面では、ジュリヤンよりもマチルドの方が雄々しい男性のように見える。彼に弱さを見せまいとしてこの場を走って逃げた後も、「ラ・モール嬢はうっとりとして、殺されかかった幸せのことばかり思いうかべていた（Ⅱ・18）」。ジュリヤンと散歩しながら、彼女は「朝には自分を殺そうとして剣を握った手を、好奇の眼で眺めた（*Ibid.*）」。

彼女は物語の最後まで、ジュリヤンに自分の祖先の英雄を重ねて見る。彼がレナール夫人殺害未遂で投獄されたときも、

> 彼女は恋人をためつすがめつ眺め、胸に描いていたよりもはるかにすてきだと思った。まるでボニファス・ドゥ・ラ・モールが生き返ったようで、しかも彼の方がずっと英雄らしくみえた。（Ⅱ・38）

彼がマチルドの夢見る騎士と異なるのは、自省が働いて殺害を思いとどまることである（別の場面では、彼女と逢引きした後、再び梯子で登りたい衝動に駆られるが、「理性に押しとどめられる（Ⅱ・19）」）。侯爵が敵視する貴族階級の象徴的存在であるとはいえ、彼から受けた恩顧をジュリヤンは忘れていない。

> 恩人ラ・モール侯爵のことがジュリヤンの頭に閃いた。《その令嬢を殺そうとするなんて、何と恐ろしい！》彼は剣を投げ捨てようとして、ちょっと身動ぎした。《女め、おれがこんな芝居じみた仕種をするのを見たら、ゲラゲラ笑いだすだろう》——そう思ったおかげで、彼はすっかり冷静さを取り戻した。（*Ibid.*）

彼がマチルドを刺すという決意を翻して剣を捨てようとし、それを思いとどまるのは、嘲笑されることを怖れたからである。この場面では、彼のぶきっちょさが滑稽である。まず、古剣とはいえ彼がそれを鞘から抜くのに手間取ったこと。次に、抜けにくかった理由を確かめるためか、というよりむしろ斬りかからずに終るふがいな

さを取繕うためか、「彼は何か錆でも見つけようとするかのように、珍しげにその古剣の刃を眺めてから」それを鞘に納めたこと、そして、わざとらしく「落ち着き払って」それを元の位置に戻すとき、動作が「ごく緩慢でたっぷり一分かかった」ことがそれである。

ヴェルジーの館で、恋愛経験に乏しいレナール夫人も、恋するジュリヤンの滑稽さに気づいている。

> レナール夫人は彼がひどく不器用なくせにひどく大胆でもあるのを目のあたりにして、あいた口がふさがらなかった。《あれって、才知ある男でもとりつかれる恋の臆病さなのね！》、やっとそう呟きながら、えもいわれぬ喜びを味わった。（Ⅰ・14）

スタンダール自身、『恋愛論』で次のように述べている。

> 私は大いなる情熱のあかしとしては、その情熱から生じる滑稽な結果しか認めない。たとえば、臆病さ、それは恋のあかし。（Ⅰ・5）

原文は少し分かりにくいが、その情熱から生じる結果（＝あかし）が滑稽なもの（過度な大胆もしくは臆病、極度の不器用もしくは逡巡）でなければ、それは大いなる情熱ではない、という意味であろう。つまり、人に笑われることを恐れて、極端な行動を控えるような情熱はちっぽけなもので、大いなる情熱の名に値しない。ここでの「大いなる情熱」(des) grandes passionsは、「趣味恋愛」l'amour-goûtではなく「情熱恋愛」l'amour-passionそのもの、あるいはその源を指す（「大いなる情熱」については「Ⅶ・2　視線の恋と障害」参照）。彼は更に「イタリアについて」の章で、情熱恋愛が生きられる唯一の国と考えるイタリアを礼讃する。

イタリアでは、情熱を抱くことはそんなにめずらしい美点ではないので、滑稽なことにはならない。（Ⅱ・43）

『赤と黒』の話者は、パリを批判して次のように分析する。

すべての真の情熱は、我が身のことしか考えない。情熱がパリであんなに滑稽にみえるのはそのためだろう、と私は考える。（Ⅱ・1）

特にマチルドが育った上流階級では、恋愛に情熱を注ぐことが滑稽に見えるのを怖れて大胆な行動を慎む。彼女が取巻きの貴公子たちに飽き足らず、ジュリヤンに傾く所以である。

マチルドが生きてきたパリの上流社会では、情熱が慎重さの皮を脱ぐことなど、ごく稀にしかありえない。人が窓から身投げをするのは、六階からと決まっている。（Ⅱ・38）

「六階」はアパートの上階に暮す下層階級を指している。ちなみに、エコール・ド・パリの画家モディリアーニが貧窮のうちに死んだとき、妻のエビュテルヌが後を追うように身を投げたのも、アパートの六階（あるいは五階）からである。

3　眼差しの演技

(1) アグドゥの司教

我々は自分の眼を、自分の眼でじかに見ることはできない。仮に鏡などで自分の眼の魅力に気づいていても、そこには必ず強い自意識や自己愛が働いていて、客観的な判断は望めない。また、他者がそれをどう見ているかも正確には判断できない。レナール家の家庭教師に雇われて間もない頃のジュリヤンがそうである。

しかし彼に見えなかったもの、それは彼自身の眼の表情だった。その眼はすこぶる美しかった上に、大そう熱烈な魂を宿していた。おかげで、眼そのものが名優そっくりに、無意味なものにも魅力的な意味を与えるようなことがままあった。（Ｉ・7）

ブザンソン神学校の峻厳なピラール校長に対しても、「ジュリヤンの眼は動作よりずっと雄弁（Ｉ・29）」である。

国王シャルル十世のヴェリエール行幸の折、ジュリヤンの眼はラ・モール侯爵の甥にあたるアグドゥの若い司教を初対面からたちまち魅了し、彼の申し出は快く受け容れられる。

「猊下、わたくしめが司教冠をとりにまいりましょう、お許しいただけますならば」
ジュリヤンの美しい眼がものを言った。

「そうしてください、貴方」と、司教は魅力あふれる丁重さで答えた。（I・18）

ヴェリエールの市民も、彼の眼の魅力をよく知っている。彼が親衛隊に抜擢されたことについて、「あのお高くとまった女、レナールの奥方がこの度のごり押しの張本人だとさ。その訳かい？　あのソレルの小坊主のきれいな目と、ツヤツヤした頬っぺたを見りゃー、後は言わずもがなじゃないか（I・19）」と噂するが、これは正鵠を射ている。とはいえ、彼の他者への影響力は、その眼がただ美しいからだけでなく、強い意志を秘めていることにもよると思われる。

彼が上流社会への階段を上るのに演技が必要なことをはっきりと自覚するのは、このアグドゥの司教との出遭いのときである。司教は、ブレ・ル・オー修道院における国王の聖クレマンの遺骨参拝を司式する。ジュリヤンは、大広間の「マホガニーの移動鏡（I・18）」の前で司式の仕種をくり返す司教を目にする。

そしてこの若者が祝福をゆっくりと、だが何度も何度も、一瞬たりとも休まず与え続けているのを見つめた。（I・18）

鏡を用意させたのは司教であろう（「きっと町から持ちこまれたに違いない（I・18）」）。彼はまた、ミトラ（司教冠）の繕いを命じている。ジュリヤンが彼の振舞いの意味をはっきりと悟るまでには、不自然なくらい時間がかかっている。彼にはこんな若者が高位に上りつめるとは信じられず（「あんなに若い、おれよりせいぜい六つか八つ上だけなのに！（*Ibid.*）」）、また聖職にある者が儀式の所作を俳優のように下稽古するとは考えられなかったのであろう。

司教は、ジュリヤンが探してきた司教冠をかぶってからも祝福の練習を長々と続け、冠が似合うかどうかしつこく尋ねる。この司教の若さに、彼の野心は掻きたてられる。

《社会の最上層の方へ上がれば上がるほど、こんな魅力溢れる立ち居振舞に立ち会えるんだ》、とジュリヤンは考えた。（Ⅰ・18）

「社会の最上層」の原文は《le premier rang de la société》。聖職者のいわば舞台裏を目の当りにして、宗教の儀式もこうした演技に支えられていることを思い知らされたジュリヤンは、自分も計算しつくした演技をすれば上流社会に近づけると確信する。彼が支柱の一本を支える天蓋のなかで、

本当に司教は、老けた感じをうまく出していた。我らの主人公は手放しで感激に浸った。《器用に演じれば、何だって出来ぬことはあるまい！》と、彼は考えた。（Ⅰ・18）

爾後、彼にとって生きることと芝居をやることとの境界は失せ、このときのアグドゥの司教の演技が彼のすべての挙措の規範になっていく。後にラ・モール家の晩餐の席で、ジュリヤンは司教に再会するが、司教は彼のことを少しも憶えていない（Ⅱ・2）。

（2）ジュリヤンとマチルド

ジュリヤンはマチルドが自分に夢中になりはじめた頃、生来の用心深さから彼女を突き放そうとする。

彼女はジュリヤンを奇妙な目つきで見つめた。《あの眼差しもたぶん芝居だろう》、とジュリヤンは考えた。《それにしてもあのせわしない息遣い、それにあの取り乱しようはどれも！　ばかな！》と、自分に言った。《〔……〕あのせわしない息遣いにおれはあやうくほろりとするところだったが、これもご贔屓のレオンティーヌ・ファイの舞台から学んだに違いない》。（Ⅱ・13）

彼はシニカルな視線で、マチルドの「眼差し」そのものを舞台上の「芝居」と同一視している。しかし、彼女はいつも記憶にある過去の人物を演じている訳ではない。その視線には「未来のこと、変った役割りを演じてみたいという憧れ（Ⅱ・19）」が宿っている。このことにジュリヤンはまだ気づいていない。

沢山の視線の集まりである社交界において、またそれらの視線をくぐり抜けながら企てる恋愛のなかで自分の眼の魅力を知ったジュリヤンは、コラゾフ公爵の指南どおりに、その眼差しで芝居をするようになる――「《今は、目つきをどうするかだ》、と彼は思った（Ⅱ・25）」。とはいえ、鏡や窓、あるいは相手の反応を見る以外に、自分で自分の眼の表情を確かめることは難しいが、ジュリヤンはパリの社交界で自分の眼の効果を絶えず推測し、計算するように鍛えられていく。彼はクーデターの密議の集まりで、自分を目にとめた上述のアグドゥの司教の「びっくりした眼差し（Ⅱ・21）」に苛立つ――「この若い司教の眼差しはおれを凍りつかせる！（*Ibid.*）」。

困ったことに、おれの目つきにはどこか詮索するような、敬意に欠けたところがあるから、一座の連中はきっと気まずくなるはずだ。でもこれみよがしに目を伏せたら、会話までいちいち憶えこんでいるとみられるんじゃないかな。(*Ibid.*)

彼がどんなに執拗に自分の眼と眼差しに内面の眼差しを集中させ、それらを操ることにどんなに腐心しているか——それが心理の屈曲に沿って繊細に、鮮やかに記述されている。続いて首謀者らしき某公爵が現れると、

ジュリヤンは目を上げ、すぐさま伏せた。新しい人物の大物ぶりが手にとるように分かったので、自分の目つきが不謹慎にならないかと怖れたからである。(Ⅱ・22)

同じ場面で、自分を密議の書記として同道させたラ・モール侯爵が熱弁を振るうのを見て、彼は「この芝居はお上手だ(*Ibid.*)」と思う。ふだんは演技をしない侯爵を知っているジュリヤンは、その変わりようを滑稽に感じる(semblait bien plaisant)が、同時に芝居の使い分けが他者を説得するのに肝要であることを学んでいる。一度は身を任せた自分に辛くあたるマチルドを嫉妬で苦しめるため、彼はわざとフェルヴァック元帥夫人を誘惑しようとする。同時に、その真意がマチルドに覚られないよう、わざと自分を疲れさせる。

これが最初の成功だ、と彼は痛切に感じた。《おれの目つきは光を失い、おれを裏切ることはあるまい!》(Ⅱ・25)

我々は眼差しをとおして不用意に本心を洩らし、相手に利用されるおそれが常にあることを、ジュリヤンは身に沁みて知っている。フェルヴァック夫人に言い寄るとき、彼は、公爵が手紙の欄外に添えたト書きを忠実に演

じる――「手紙は痛ましい様子で門番に渡す。その際、眼に深い憂愁を湛えること。もし小間使いなど見かけたときは、そっと眼を拭うこと（Ⅱ・26）」。

このようにあからさまな眼による芝居を続けると、辛抱強いジュリヤンも憔悴は避けられない。

マチルドには、悩みなどはとっくに忘れたという風に見せかけねばならぬ。そんな無理な努力のために彼の精神力はすっかり使い果たされ、元帥夫人の傍にいても、やっと息をしているでくの坊さながらであった。彼の眼まで、極度の肉体的苦痛の場合と同じく、全く輝きを失ってしまった。（Ⅱ・25）

重要なのは、眼という小さな器官が、肉体全体に等しい重みで捉えられていることである。スタンダールは、眼の演技に俳優の身体全体の演技と同じ重みを与えている。

（3）ファブリス

ジュリヤンに劣らず、他者を魅惑する美しい眼を持つファブリスは、政治上の駆引きの場は別として、その眼で演技をすることはほとんどない。下層階級の女性の眼にも、彼の眼は好もしく映る。ワーテルローで、従軍酒保の女は「ファブリスの蒼白な顔と美しい眼に胸をうたれる（Ⅰ・3）」。モスカ首相から見ると、「ファブリスの眼と顔色には、恋敵を絶望させる爽やかさがあった（Ⅰ・7）」（シャペル版は「雄弁な眼」des yeux parlant。決定版では「恋敵を絶望させる爽やかさ」を、眼と顔色の両方にかけている）。この描写は、上記のヴェリエール市民が認めるジュリヤンの眼と顔色の魅力を思い出させる。

ミラノの司教会員ボルダは、ファブリスの叔母のピエトラネーラ伯爵夫人ジーナに恋慕している。夫人が甥に寄せる異常なまでの愛着に気づき、「苦々しく（I・5）」胸に呟く。

《〔……〕何もかも今になって腑に落ちる！　思いかえせば、あの若いファブリスのやつ、優美そのもので、背も高い、風采もいい、いつもにこやかだし――それにもまして、あの、どこか甘い官能性を秘めた眼差し――顔立ちはコレッジョ風ときている》、司教会員は苦々しく付け加えた。(*Ibid.*)

えもいわれぬ優美な目鼻立ちを描くとき、スタンダールは偏愛するコレッジョの画風を何度でも持ちだす。何びとも抗しがたいファブリスの美しさは、彼を嫉視しているボルダによって語られるだけに、いっそう説得力を増すといえよう。彼は、恋敵の魅力の中心がその眼にあることをはっきり意識している。

ミラノのスカラ座でジーナを見初め、彼女をパルムへ呼ぶためにサンセヴェリナ公爵と名目だけの結婚をさせたモスカも、ファブリスに嫉妬する。彼の場合、「気が狂うほど（I・7）」で、「夫人の眼の前で彼を刺し殺し、自分も自殺すること（*Ibid.*）」を実行しかけるが、思いとどまる。彼もまた、ファブリスの、特に眼の魅力を認めざるを得ない。

〔……〕あの男は可愛い。とりわけ、あの素朴で優しい様子とあのほほえむ眼は、どちらもありあまる幸福を約束している！　それにしてもあの眼ときたら、公爵夫人があんな眼を我々の宮廷で見出せないのも無理はない！――あそこに今あるのは陰気な、でなければ冷笑的な眼差しばかりなのだから。（I・7）

モスカから見たファブリスの「ほほえむ眼」cet oeil souriantと宮廷人たちの「陰気な、でなければ冷笑的な眼差し」との対比が際立つ。彼の出現が夫人ばかりでなく、宮廷の退屈を追い払う新鮮な刺激になったことが窺える。既に、大公は初対面の折、彼の青年士官のように颯爽とした容姿に退屈を忘れている（*Ibid.*）。ちなみに『赤と黒』でも、ジュリヤンに出した誘惑の手紙への返信を受取るとき、マチルドは「ほほえむ眼（Ⅱ・14）」des yeux souriantsを彼に向ける。

＊

ジュリヤンはレナール夫人と逢引を重ねるうちに、「女といるときいつも輝いている男の役割（Ⅰ・15）」を演じるという、自分に課した「**義務**の観念（Ⅰ・15）」を「ほとんど全く」忘れることがある。処刑の直前、ブザンソンの高い塔にある獄舎で、ジュリヤンは改めて劇の役からおりようとする。

《まったく、おれの運命は夢を見ながら死ぬことらしい。おれみたいに世間に知られてもいない人間は、どうせ二週間もすれば忘れられるに決まっているのだから、正直なところ、お芝居めいたことをやるのは馬鹿げている――》。（Ⅱ・40）

とはいえ、この期に及んでも世間の受けとめ方を気にしているのは、いかにもジュリヤンらしい。

《これから先、芝居の大詰めがすぐそこまで迫っている。これ以上うまく本心が隠せないのもやむを得ぬ》。（Ⅱ・45）

『赤と黒』の場合、一貫して「芝居／（演）劇」には「コメディー」comédieという語が充てられていたが、ここで初めて「ドラマ」drame が用いられる。周知のようにユゴーやスタンダールは、「悲劇」tragédie と「喜劇」comédie を峻別しようとした古典劇の枠内ではもはや人間の全体像は描けないと考え、この区別を取り払った「ドラマ」を目標に掲げた。このようなロマン主義の演劇観・人間観をここに読み取ることができよう。

いずれにしろ、聴罪司祭が、芝居を止める気になったジュリヤンに「特赦を受けるには〔……〕派手に悔い改めをするのがよろしかろう（Ⅱ・45）」と説いたとき、彼は「派手にですって！」Avec éclat ! とくり返し、

「ああ！　これではっきりしました、神父さま、あなたもやはり布教師みたいに芝居をおやりになるんですね……」(*Ibid.*)

と、司祭を皮肉る。他方、名門貴族の子息で、大司教職に上りつめることが約束されているファブリスは、歴史に残る人物や英雄を手本にすることはあるが、タルチュフやドン・ジュアンといった役を姑息に演じることはない。

Ⅶ　視線の恋

——《人生はただ貴女を見られるがゆえに私にはかけがえがない》（『パルムの僧院』Ⅱ・19）

——《窓から窓にあの人を見るというただそれだけの幸福を求めて》（*Ibid.*, Ⅱ・20）

1　城塞屋上の恋人たち

（1）小鳥の楽園

まず『恋愛論』から、恋における眼の役割の重要性を示す考察を引いておこう。

恋する男の役どころはもっと単純である。すなわち愛する女の眼を見ることである。彼は、たった一つのほほえみで幸福の絶頂へのぼれるので、絶えずそれを何とか得ようとする。（Ⅰ・8）

いきなり「ほほえみ」が出てくるのでとまどうかもしれないが、もちろんこれは目のなかに読み取れる微笑である。『ロベール小辞典』の動詞「ほほえむ」sourire（名詞と同形）の項には「笑いや皮肉の表情を口と目のかすかな動きによって表わす」とある。例えば『広辞苑』では「にこりと笑う、笑（えみ）を含む、微笑する」、『岩波国語辞典』では「声を立てずにわずかに笑う、にっこりする」と定義されている。「声を立てずに」を除いては、どちらも同語反復的・感覚的であり、明らかにフランス語辞書の方が分析的である。また、日本語辞書には「口と目」、更に「皮肉の表情」という語句が見当たらない。日本人にとって、「ほほえみ」が目ではなく口もとに浮かぶのは自明のことで、また通常、「ほほえみ」が皮肉を表わすとは考えにくいからであろう。そういえば、モスカから見たファブリスの魅力の中心は「ほほえむ眼（Ⅰ・7）」であった。

さて、「たった一つのほほえみ」が、過ちへの赦しや願いごとへの許諾をあらわすとすれば、彼の幸福の、あるいは不幸の全ては恋人の眼のなかにこれを見つけることにかかっている。

あの人〔クレリア〕の眼差し一つで、わたしは恍惚としてしまう。（Ⅱ・26）

ファブリスのパルム城塞幽閉の場面に戻ろう。入獄の日の夕方、「ファブリスの眼は」向いの館の「三階の窓の一つに惹きつけられる（Ⅱ・18）」。そこに「きれいな鳥籠に入れられた色々な種類の沢山の小鳥（*Ibid.*）」が見える。彼の独房の二つある窓の一つは、この鳥部屋の窓からおよそ七・五メートル離れており、そこより一・五〜一・八メートル高い（*Ibid.*）。とすれば、官邸の高さは屋上から七メートルほどになる。後に二人は、闇に紛れて、独房の窓とその下とで紐に結んだ手紙や食料の包みのやりとりを始める。このとき二人を隔てると同時に結びつける高さは、九メートルを越す（Ⅱ・19）。ファブリスの脱獄のとき、「窓から長官邸のある露台までの三五尺（Ⅱ・21）」とあり、約一〇・五メートルになる。

最初の夜、彼は二人の住む高い屋上がいかに特権的な場所であるかに思い至る。

《これが牢屋だなんて》、とファブリスは自分に言った。〔……〕しかもこれが牢屋の第一夜だとは！　クレリアがこの空中の孤独を好むのはよく分かる。ここなら下界で我々につきまとう卑小なことや邪悪なことからずっと高く離れていられる。おれの窓の下にいるあの小鳥たちがあの人のものなら、あの人が見えるだろう……おれに気づいて赤くなるだろうか？（Ⅱ・18）

何といってもおれたちは二人きりでここに、しかも世間からはるか遠く離れた所にいるのだから！（*Ibid.*）

ファブリスは翌日も、その眼で麗しい隣人を見られるかという「大問題（*Ibid.*）」grande question（この語は次の第十九章でも用いられる）ばかり思いめぐらす。

《クレリアが見られるだろうか？》ファブリスは目を覚ましながら思った。はたして、あの小鳥たちは彼女のものだろうか？（*Ibid.*）

クレリア自身、ファルネーゼの塔の根方で暮すことは厭わない。

クレリアは、あんなに高い館に住める自分は幸せである、少なくとも憂いからは免れていると思った。巨塔の展望台上の長官邸へ帰るのに昇らねばならないあの恐るべき数の段々のおかげで、面倒な訪問客の足が遠のくからである。（Ⅱ・15）

この高い場所は、少なくともファブリスにとって楽園のように快適である。もちろん近くにクレリアがいるからである。だが、彼の身を案じるクレリアにとっては辛い場所でもある。ただし、ここには沢山の小鳥が飼われている。会話できない二人の気持ちを代弁するかのように、小鳥たちが鳴く。その鳴き声が、この高所を浄化する。ブロンバートも指摘するように、聖フランチェスコの故事が思いだされる(1)。

ファブリスは、小鳥たちが歌いながら夕暮れの最後の光に挨拶を送っているのを楽しく聞いていた。彼の周りでは、看守たちが盛んに動きまわっている。（*Ibid.*）

鳥は古来、諸民族のあいだで人間の魂と同一視されてきた。鳥はまた天と地をつなぐ神々の使いであり、死者の魂を天国に運ぶ霊的存在とみなされていた。したがって、鳥は楽園の生き物であり、翼を持つ天使とも同一視されることがある。クレリアが世話をする小鳥たちは、彼女の天上的な美しさや清らかさを暗示していると思われる。対照的に、その鳴き声に耳を澄ましている主人公の周囲は、卑俗な人間と物音に満ちている。

キリスト教の誕生前から、羽根の生えた人間が想像されている。古代ギリシャのある絵には空を飛ぶエロスが描かれ、人間の愛の昇華された姿を示している。[2] バシュラール Gaston BACHELARD（一八八四―一九六二）によれば、プラトン PLATŌN（前四二八頃―前三四七）は『パイドン』のなかで次のように述べている。

翼の力とは、本来的に、重さのあるものを神々の種族が住む高所の方へ昇らせ導きうることである。肉体に属するあらゆるもののなかで、神的なものに最も深く関わるのは翼である。[3]

キリスト教以前であるが、鳥たちの持つ聖性・天上性を見事に指摘している。その鳥たちの夕方と朝の鳴き声が、太陽（神）に「挨拶を送っている」と捉えられるのは極めて自然である。

〔翌朝〕小鳥たちはチッチッと鳴き声をあげ、歌いはじめていた。この高い場所では、これだけが大気中に聞える音だった。この高所を支配している広漠とした静けさは、ファブリスにとって新鮮で喜びあふれる感覚だった。彼は、隣人である小鳥たちが、きれぎれに耳をつんざくようなさえずりで太陽に挨拶を送るのにうっとりと聞きほれていた。小鳥がクレリアのものなら、彼女はあの部屋、おれの窓の下のあそこにちょっとでも姿を見せるだろう。（*Ibid.*）

視覚的にも、聴覚的にも澄みわたった広大な光景の、しかも無駄な修飾のない彫り深い描写である。ここには更に、巨視的なものと微視的なものをゆきききする、作者の確かな視線がある。この描写は次のように続けられる。

それから、パルム城塞が壮大なアルプス山脈の二層目と向き合い、前檣そっくりにそびえているようにみえる――そのアルプスをつぶさに眺める度に、彼の眼差しはレモン材とマホガニー材でできた華麗な鳥籠へと帰ってきた。それらは金の針金で飾られ、鳥部屋になった大そう明るい一室の中ほどに高く吊るしてある。

(*Ibid.*)

主人公が遠い雄大な自然と近くの小さな対象を同時に、あるいは交互に見るのは、スタンダールの全作品を貫く原型である――「彼は十一時ごろ、窓際に立っていた。すばらしい景色を眺めながら、クレリアが見られる幸せな瞬間を待っていた（Ⅱ・20）」。

後に詳しくふれるように、小鳥はクレリアが鳥部屋の窓から囚人に姿を見せる口実にもなる。

ファブリス自身が鳥や天使に喩えられることがある。彼を苦しめたクレリアの結婚後しばらくして、「彼はもう自分の翼で飛ぶことができた（Ⅱ・26）」。「自力で飛ぶ」というほどの意味であるが、このときの彼に鳥はもちろん天使の姿を重ね合わせることもできよう。

副司教としてパルムに赴任したファブリスは、大公に謁見する。叔母のサンセヴェリナ公爵夫人から事前に教えられたとおり、如才なく受答えする彼に、大公は警戒心を強める。

《こ奴！》と、大公は舌打ちした——《小賢しい**鷹め**！　全くもって、うまく仕込まれた鳥だ。サンセヴェリナの精神ここに極まれりだ》。（I・7）

「**鷹**」*sacre* は「鷹狩用の鷹」（『ロベール小辞典』）。「クリュニー版」の註によれば、「鷹の一種ではない（ビュフォンBUFFON〔一七〇七—八八〕）」。転義は「どんなあこぎなこともやってのける人」（『リトレ・フランス語辞典』）。スタンダールは愛読していたサン＝シモンSaint-SIMON公爵（一六七五—一七五五）の『回想録』*Les Mémoires*（一七四〇—五〇）の一節を想起している。

「うまく仕込まれた鳥」とは、揶揄の決り文句であるが、大公は予想と違うファブリスの颯爽とした外見に驚いており、無意識的にしろ、彼が地上を離れて飛ぶ鳥のように見えたのではなかろうか。

この会見後、彼はモスカに「私は呆気にとられています（I・7）」Je tombe des nuesと言うが、直訳すると「雲海から落っこちる」である。この決り文句にも、天使か鳥の落下するイメージが隠されている。

(2) 赤くなるクレリア

ファルネーゼ塔の窓と向かいの長官邸の鳥部屋の窓をとおしてなされる恋人同士の視線と視線の交渉にとって、看守や歩哨、あるいは父親の目は絶えざる障害になる。しかし、彼らは色々と工夫して交信しあう。ところが早速、この高所での窓越しの恋の駆引きに邪魔が入る。コンティ長官はまだ娘と囚人の恋には気づいていないが、独房の窓を日よけで覆う策に出る。

看守と同様、指物師も話すことは厳禁されていた。だがこの男は囚人の若さに同情して教えてくれた——

その巨大な日よけは二つの窓の手すりに取りつけられ、壁から離れてせりあがるので、囚人には空しか見えないことになる。これを作らせる目的は精神修養にあり、囚人の魂のなかですこやかな悲しみと悔い改めの欲求を強めるためだという。将軍は牢屋の窓ガラスをはずして油紙に替える案も出されたんですよ、と指物師は付加えた。（Ⅱ・18）

視線を透す窓ガラスを油紙で張りかえることまで考えたのは、如何にも猜疑心の強い長官らしい（後に、結婚したクレリアを向かいの家の窓から見るために、ファブリスは窓の油紙をガラスに替えさせる〔Ⅱ・26〕）。日よけを付ける表向きの理由は上記のとおりとしても、彼が囚人とその救出を目論む勢力との窓越しの接触を怖れているのは明らかである。ファブリスは、日よけが出来あがるまでにクレリアを一目でも見たいと願う。独房の窓から鳥部屋を見下ろしながら、彼女が小鳥の世話に現れるのを辛抱づよく待ち受ける。

《けれど、二日したらもうあれ〔＝小鳥たち〕が見られなくなるんだ！》そう思うと、彼の眼差しに不幸のかげが差した。だがとうとう、言葉にならぬほど嬉しいことに、長時間一心に眼差しをこらして待った挙句、正午ごろにクレリアが小鳥の世話をしにやってきた。ファブリスは身じろぎもせず息をとめ、窓の巨大な格子にくっつかんばかりに身を寄せて立っていた。（Ⅱ・18）

ファブリスの全存在はほとんど視線と化している。一方、クレリアにとって小鳥の世話は日課であるが、今やそれはファブリスを見たい、彼に見られたいがための口実でもあると思われる。

彼は娘がこちらへ目を上げないことに気づいた。だがその動作には、誰かに見られていると感じる者のぎこちなさがあった。かわいそうに、娘は、きのう憲兵に身柄を連行されてきたとき、囚人の口もとに浮かぶのがみえた気品あふれる微笑を、忘れたくとも忘れられなかったのだろう。

どうみても、彼女は一挙一動に細心の注意を払っていたが、鳥部屋の窓に近づいたとき、目にみえて顔を赤らめた。(*Ibid.*)

彼女は明らかに塔の上階の窓を意識している。ファブリスが、自分に対するクレリアの恋心をほとんど確信する瞬間である。この場面は、視線と視線のやりとりがどんなに多くの深い意味をもっているか、そして、それを許す窓が二人にとってどんなに重要であるかを教えてくれる。

作者は『恋愛論』の「羞恥について」で、羞恥心が恋愛の幸福には不可欠であると断言する――「これはおそらく文明の娘である法のなかで、幸福を生みだす唯一のものだ(I・26)」。この場合の幸福は、あくまで男の目から見たもので、愛する女性の羞恥の表情から得る喜びが問題なのである。

内気な優しい女にとって、男の面前で、何か顔を赤らめねばならないようなことをあえてやるほど辛いことはない。女が少しでも誇り高ければ、千の死を選ぶと私は確信する。ちょっぴり出すぎた振舞いを愛する男が愛情のしるしにとると、彼女は一瞬はげしい喜びを感じる。(*Ibid.*)

クレリアが辛いけれど思いきってする行為を、ファブリスは愛情の表われとして受けとめていることを隠さない。彼女は内心それが嬉しいけれど、言葉では確かめられない。ファブリスに、はしたないと思われるかもしれないという怖れもある。彼への恋心は、父に対する裏切りでもある。鳥部屋に来て、ファブリスに見られていることを意識する度に彼女は赤くならずにはいられない。

上の引用に続く一節からは、息づまる視線のやりとりをする二人と、それを語る著者の幸福な息遣いが伝わってくる。少し長くなるが、何度読んでも眼が洗われるように爽やかな情景なので引用せずにはおれない。

彼は胸を熱くしながら娘を眼で追った。《まちがいなく、あの娘はこの哀れな窓へは一瞥もくれようとせずに去ってしまうだろう。せっかく、真正面にいるというのに》と、自分に言った。ところが、クレリアは部屋の奥からひき返してくるとき―ファブリスにはその部屋が、高い所にいるおかげで手に取るように見える――歩きながら彼を上目づかいに見ずにはおれなかった。それだけでファブリスは、挨拶しても許されると思い込んだ。《ここにいるのはおれたち二人きりじゃないか?》、彼は自分を励ますように独りごちた。この挨拶に、少女は立ちすくみ、目を伏せた。それからファブリスは、その目がまたとてもゆっくりと上げられるのを見た。明らかに彼女は、自分で自分に鞭打って、とことん真面目くさった**とりつく島もない**身ぶりで囚人に挨拶した。が、眼まで沈黙させることはできなかった。たぶん彼女自身の知らぬうちに、眼には一瞬、心底からの思いやりが表われたのである。娘がひどく顔を赤らめ、ばら色がさっと肩口まで拡がるのをファブリスは目にした。さっき鳥部屋まで来たとき、暑くてレースの黒いショールを肩からはずしたばかりだった。挨拶に思わず応えたファブリスの眼差しは、ますます娘を狼狽させた。（Ⅱ・18）

これは、この小説の最も美しい場面の一つである。クレリアの眼に「心底からの思いやりが表われ」、彼女が「ひどく顔を赤らめ、ばら色がさっと肩口まで拡がるのを」見たときのファブリスの喜びはどんなにはげしかったことだろう。この情景は、作品中でいちばん瑞々しい官能性を湛えていると思われる。彼女が「肩からレースの黒いショールをはずしていた」のは、仮に意図的ではなかったとしても、露わな肩をファブリスに見せたい気持ちがどこかにあったためではないか、と少し勘ぐりたくなる。

ファブリスは、彼女が退室するときもう一度挨拶したいという淡い望みを抱いていた。が、クレリアはその二度目の礼を避けるため、籠から籠へとだんだん巧みにあとずさりした。扉にいちばん近い鳥たちの世話がお終いに、来るようにあとずさりしていき、ついに部屋から出てしまった。娘が消えたばかりの扉を、ファブリスは身動ぎ一つせずに見つめていた。彼は別の人間になっていた。(*Ibid.*)

愛しい人や美しい物を見る喜びの極みはおよそこのようであるだろう。戸口の小鳥の世話が最後になるように、「籠から籠へとだんだん巧みにあとずさり」しながら鳥小屋から自室へ退いてゆくクレリア――そのういういしい、愛くるしい仕種を目のあたりにしてファブリスが有頂天になり、「別の人間になっていた」のは、無理もない。この一瞬の生まれ変わりは、スタンダールの主人公の男たちにはお馴染みの情景である。

上に引いた「羞恥について」には、「羞恥心は恋に想像力の助けを貸し与え、恋に生命を吹きこむ(I・26)」とある。既に指摘したように、ここでは専ら女性の羞恥心について語られており、この羞恥心を目にして想像力を膨らまし、恋に夢中になるのは、男性の側であろう。男にとって、女性の羞恥は快楽と幸福の約束であり、そこから恋が生まれることがある。

羞恥心の効用といえば、それが恋愛の母になることだ。(*Ibid.*)

クレリアは、ファブリスの自分への愛を少しも疑わない。ファブリスは、クレリアの自分に対する同情と羞恥を彼女の眼の表情と仕種に見るという幸福を九ヶ月間も味わう。しかし、彼女の自分への愛を確信するには至らない。言葉による対話も抱擁もできないからである。彼がそれを信じるのは脱獄後である。もっと正確にいえば、クレリア見たさに元の牢屋へ舞い戻ったファブリスが毒殺されるのを案じて、彼に会いにきたクレリアと結ばれるときである。

くり返しになるが、ファブリスに声をかけられたり、見られたりするだけで顔を赤らめるのはクレリアの愛らしい癖である。彼は初対面のときからこのことに気づいており、それ見たさに色々と「無遠慮な（Ⅱ・18）」合図を送るのではないかとさえ思われる――「おれを見て顔を赤くするかしら？（*Ibid.*）」、「おれのあてにしている清らかで考えぶかそうな、こちらを見てぽっと赤らむあの顔（*Ibid.*）」。

五年前コモ湖畔で、ファブリスは旅券を所持していなかったため、母やピエトラネーラ夫人と共に憲兵に捕まる。近くで、クレリアも同じ容疑で父コンティ将軍と逮捕され、護送されることになる。ファブリスが娘を自分たちの馬車に乗せようとしたとき、父親がそれに待ったをかける。

　ファブリスはこの言いつけが耳に入らなかった。娘の方は降りようとしたので、支えている彼の腕のなかへ落ちかかった。彼はにっこりとし、彼女は真赤になった。娘は彼の腕をすり抜けたが、一瞬二人は眼と眼でじっと見つめ合った。（Ⅰ・5）

初対面で互いの眼を見つめ合うこの情景は、少しあとでふれるジュリヤンとレナール夫人の場合とそっくりである。

一緒に護送される馬車で、二人はお互いを見ずにはいられない。

> クレリアは、今なおその眼が行動の火に燃えたぎっているかにみえるこの若い英雄に、驚きの眼を向けていた。彼のほうは、この十二の少女の大そう特異な美貌に茫然自失しかけていた。その眼差しに彼女は赤くなった。(*Ibid.*)

ファブリスの雄々しい眼に魅かれ、その自分に対する感嘆の眼差しに羞恥を覚えて赤くなるクレリア。ファブリスの眼が「行動の火」に燃えていたのは、彼がナポレオン軍に志願してワーテルローで戦い、敗れて戻ったばかりの時期だったからである。

五年後の再会は、逮捕されたファブリスが城塞の入口の詰所で尋問を受け、そこを出たときである。ちょうど父親と出かけようとしていたクレリアは、馬車の窓から彼を見る。

> 〔……〕彼はクレリアの天上の美しさに恍惚となり、その眼は驚きをそのまま表わしている。娘のほうは、すっかりもの思いに沈んで、窓から顔を引っ込めるのを忘れていた。彼は無上の敬意をこめた微笑を送りながら、一礼した。それからちょっと間を置いて、「お嬢様には、前に湖のそばで憲兵たちとご一緒だった折にお目にかかったような気がしますが」、と言った。
>
> クレリアは赤くなった。すっかりどぎまぎして、返事の言葉がみつからない。〔……〕自分が黙っていることを意識して、またいっそう赤くなった。(*Ibid.*)

九ヶ月後、脱獄したファブリスは、コンティ将軍に宛てた手紙のなかに、クレリアも読むかもしれぬと思い「自由になってみると、ファルネーゼ塔のあの小部屋を懐かしがることが度々あります（Ⅱ・22）」と書くが、これは出さない。彼の脱獄に手を貸した教誨師のドン・チェーザレ（将軍の弟）に借りていた本を返すが、書き込みで汚したからと同じ本の豪華版を贈る。後者にファブリスの筆跡を認めたクレリアは、「すぐ真赤になった（*Ibid.*）」――嬉しさと恥しさからであろう。彼女のクレセンツィ侯爵との結婚前のことである。

2　視線の恋と障害

――《何て優しい瞳だろう！》 *Quelle pupille tenere !*（Ⅱ・26）
――《わたしに愛することを教えてくれた麗しい眼よ》（*Ibid.*）

（1）日よけ――第二の窓

ここで、惹かれあう二人がお互いの《眼のなか》に、どんなに多くのことを読み取ろうとしているかをみておきたい。もちろん、公国での立場が敵対していて、塔の上と下に引き裂かれている二人には、この視線による方法でしか互いの気持を確かめるすべはない。ファブリスが投獄されて三日目、彼の独房の窓を蔽う日よけの取付け工事が始まる。

《日よけは正午までに用意されるのだろうか？》これが、その永い朝の間ずっとファブリスの胸をどきどきさせる大問題だった。彼は、城塞の大時計が十五分ごとにうつ鐘の音を数えていた。ついに十一時四十五分の鐘が鳴ったとき、日よけはまだ届いていなかった。クレリアが再び姿を見せ、小鳥の世話をし始めた。切羽つまった必要から、ファブリスは思いきり大胆な行動に出た。もう彼女が見られなくなる懸念はどんなことよりも優先されるような気がして、彼は、クレリアを見つめながら、指を使って日よけを鋸で切る仕種をやってのけた。牢屋では不穏すぎるこの仕種を目に留めるとすぐ、彼女はあたふたと会釈して、姿を消した。（Ⅱ・18）

クレリアにとって、ファブリスの大胆さはうれしくもあるが、交信が父親か看守に見つかれば二人は引き離されるに決まっているのだから、気が気ではない。彼女がファブリスの仕種に驚いて退室すると、彼は自分に言う——「あの人におれは、小鳥の世話をする間、たとえ大きな木の鎧戸に目隠しされてもやはり牢屋の窓を時には見てください、と懇願したかった。何とかあなたが見られるのであれば、どんなことでもするという気持を伝えたかっただけなのに（*Ibid.*）」。いかに窓が、たとえ日よけで視界を遮られるにしても重要な役割りを果たしているかよく分かる。彼は、自分の「無遠慮な仕種（*Ibid.*）」のせいで彼女がもう現れないのではないか、と眠れないほど気をもむ。クレリアは彼の危惧したとおり姿を見せないが、自室で、近く死刑になると噂されている彼の眼を思い出す。

もうすぐ閉じるかもしれないあの眼のなかの、何という優しさ、何という雄々しい晴れやかさ！（Ⅱ・18）

クレリアを見られさえすれば幸福になるファブリスも、この日、姿を見せない彼女に腹を立てながらその眼差しを思い出す。

心ならずもおれは、憲兵に衛兵詰所から連行されるときクレリアが注いでくれた優しい思いやりの眼差しを思い浮かべている。あの眼差しが、過去のおれの人生をすっかり消してしまった。ああした場所であんなに優しい眼に出会うと誰がおれに言えただろう！　しかも、おれの眼差しがバルボネと長官の将軍の顔によごされたちょうどそのときに。空があんな下卑た連中の真中にぽっかりひらけた。どうしたら美しい女に恋もせず、もう一度見ようともせずにいられよう？　(*Ibid.*)

一瞬のうちに相手の過去を忘れさせ、別人に生まれ変わらせることができる眼差し——地上の「下卑た連中」を見て「よごされた」ファブリスの眼には、その「優しい思いやりの眼差し」が開けた空のように見えたという暗喩は、彼のロマネスクな想像力をよく示している。見る者を浄化する「天上の美」をそなえたこの娘は、この世の汚辱のなかへ舞い降りた「天使」のような存在に他ならない。その故にクレリアの眼は、神の住まう「空」に喩えられるのである（「空」は、娘の「眼差し」だけでなく、存在全体を指すとみなしてもよい）。

十五時間もかけて日よけに小さな穴を開けたファブリスは、クレリアを思いきり見ることができる。しかし、恋する男がそれだけで満足できるはずもない。彼は、自分が見ていることを相手に知らせずにはおれない——

あくる日、彼ははるかに幸福だった（恋は、どんなに惨めなことでも幸福に変えないだろうか！）。彼女が悲しげに巨大な日よけを見つめているあいだ、彼は鉄の十字架で作った穴に小さな針金を何とか通し、いろんな合図を送った。彼女がそれを理解したのは明らかである——少なくともそれが言おうとしている《私はここにいて、あなたを見ています》という意味を。(*Ibid.*)

不充分ではあってもこの手段による合図のお陰で、クレリアは次第に心を許し、彼に応えるようになる。彼女は日よけのおかげで次第に恥じらいを忘れるようになる。日よけの穴から針金で合図が送られると、「もう彼女はわざと眼を伏せたり、鳥を見る振りはしなくなった（Ⅱ・18）」のが、ファブリスには手に取るように分かる。だが、クレリアには彼の眼が見えない。

　四人がもう見られなくなってからというもの、クレリアは鳥部屋へ入るとほとんどすぐ、彼の窓の方へ眼を上げるのだった。（*Ibid.*）

もちろんファブリスは、針金による交信だけで済ますことはできない。自分の気持ちを彼女にはっきりと伝えねばならない。彼は日よけにもっと大きな穴を開けようと決心する。こののち一週間は、日よけとの格闘に費やされる。彼の生きがいは今やこのことだけで、外のことは一切、頭にない。

　《うまくやれば、日よけの樫板を、窓の手すりに取り付けたあたりで真四角に切り取れるだろう。その小さな板きれを臨機応変にはずしたりはめたりしよう。グリロにはおれの持ち物を全部やって、このちょっとした細工は見て見ぬふりをしていただこう》。この後、ファブリスの幸福の全てはこの仕事をうまく運べるかどうかにかかり、何もほかのことは考えなかった。《あの人が見られさえすれば、おれは幸せになる……いや、あの人も、おれが見ていることをぜひ知らなくては》。一晩中、指物師のような工夫が頭にいっぱい浮かび、彼はパルムの宮廷や大公の怒りなどは一度も考えなかった。何を隠そう、彼は公爵夫人が沈んでいるにちがいない苦悩のこともまた考えなかった。(*Ibid.*)

「あの人が見られさえすれば、おれは幸せになる……いや、あの人も、おれが見ていることをぜひ知らなくては」――いかに主人公が、恋する相手を《見る》幸福に全存在を賭けているかが分かる。また、同時にその相手から《見られる》喜びも諦めることができない。今はいつ身に降りかかるかもしれぬ処刑や獄中での暗殺より、相手の視線と自分の視線が出会い、互いの思いが視線によって確認される「幸福」の方がずっと大切なのである。

クレリアには心にもない薄情さを見せつけるような嘆かわしい勇気などなかったので、鳥部屋で一時間半も過ごし、彼からのどんな合図も見逃さなかった。それから何度も彼の問いに答えるのだった。熱烈で真情あふれる気遣いを何とか表情に込めて。幾度かは、涙を隠すために彼の前から離れることもあった。その、相手の気に入りたいという女らしい気持ちは、用いていることばの物足りなさを身に沁みて感じていた。(*Ibid.*)

「用いていることば」とは、眼の表情や手の仕種による合図のことである。この後、恋人たちは色々と別の交信手段を案出していく。いわば視線の足りない部分、というよりむしろ延長部分の具体化、限りない欲求の視線の肉化である。

独房の窓に日よけが取り付けられると、ファブリスの《見ること》と《見られること》への欲求はだんだんエスカレートしてゆく。

彼は巨大な日よけから掌大の板を切り取り、いつでもはめ直せるようにしたかった。そこから見ることも見られることもできる、つまり魂のなかに去来することをせめて合図によって語れるようにしたかった。だが、時計のゼンマイに十字架でぎざぎざをつけて作った小さい鋸が実にいびつで、その音が気にかかるらしく、グリロは彼の部屋に入ってきて長々と居坐るようになった。（*Ibid.*）

そして、この第二の窓ともいうべき日よけの穴を通して、彼の最大の欲求は叶えられる。驚いたことに、その至福の瞬間、彼は牢屋から解放されることを望まない。もしそうなれば、クレリアを《見る》、そして彼女に《見られる》機会がなくなるからである。長くなるが、この一節を引かないわけにはいかない。

ファブリス幽閉の八日目、クレリアは実に恥ずかしい羽目に陥った。彼女はじっと眼を据えて、悲しい思いに耽りながら、囚人の窓を隠す日よけを見つめていた。その日、彼はまだ、そこにいるという合図を全然していなかった。突然、日よけの板の、掌より大きな部分が彼の手ではずされた。彼は愉快そうに彼女を見た。眼で挨拶しているのが見える。この降ってわいた難儀に耐えられず、彼女はそそくさと小鳥の方を向き世話をしはじめた。が、震えているので小鳥にやる水をこぼしてしまった。それでファブリスは、娘の心の昂ぶりを細大もらさず見届けることができた。彼女の方はこんな事態にとても我慢できず、駆けて逃げることにした。

この一瞬こそファブリスの一生でいちばん美しい、およそ比類のないものだった。この瞬間、誰かに自由を与えられても、彼はそれをどんなにむきになって拒絶したかしれない！（*Ibid.*）

愛しい人を隠している窓を、誰からも見られていないと確信して思うぞんぶん見ているとき、従って自己の内部をさらけ出しているとき、突然日よけに穴が開いた瞬間のクレリアの驚きと喜びと狼狽は想像に難くない。「震えているので小鳥にやる水をこぼしてしまった」クレリア——その慌てふためく様を「すっかり見ることができた」ファブリスの歓喜は、作者の歓喜でもあっただろう。

九ヶ月（ブロンバートは胎児の胎内期間と指摘する[4]）後、叔母のサンセヴェリナ公爵夫人とクレリアの懸命な奔走のおかげで脱獄の手はずが整ったときも、ファブリスはその決行をしぶる。

私たちのアルファベット通信——今や一瞬たりともやめられない——を使って貴女に語りかける幸福を手に入れるためとあらば、私は毎日千回、死にそうな目に遭ってもかまいません。（Ⅱ・20）

恋しい相手と眼で会話できる機会でもあるこのアルファベット通信を、ファブリスは殺される危険を冒しても手放したくない。

《〔……〕何もかも、吸う空気まで足りない、ぞっとするような追放の身になるというのに、最高の幸せに恵まれている場所から、誰がわざわざ逃げ出すだろうか？ひと月フィレンツェで過ごしたとして、おれは何をしているだろう？きっと変装してのこのこと舞い戻って、この城塞の入口あたりで、一つの眼差しをうかがい見たくてうろうろしているにちがいない！》（Ⅱ・20）

下界のおびただしい卑俗な視線から遠く離れた高い場所で、窓と窓を通して、ファブリスとクレリアの恋は一つの頂点に達する——「この一瞬こそファブリスの一生でいちばん美しい、およそ比類のないものだった」。しかしいうまでもなく、これは肉体的接触では全くない。視線は目と対象を結ぶ想像上の線、実際には目に見えない架空の線にほかならない。その視線と視線のゆききによる互いの愛の確認である。だが、もちろんこれは二人の声による確認ではない。耳に聞こえる言葉を交わして互いの愛情を告白したわけではなく、意思の疎通が不十分なことはいうまでもない。そこで二人は、互いの愛情を更に確かめるために、独房の窓と鳥部屋の窓を通して情報を伝え合うことは変わらないにしろ、視線以外の手段を色々と考案してゆく。ファブリスの入獄後二ヶ月余りして、クレリアは鳥部屋へピアノを据えつけさせ、その音や自分の歌にメッセージを紛れこませる。

キーを叩きながらその音で自分がいることを知らせ、窓の下をゆききする歩哨を引きつけておき、眼でファブリスの様々な問いに答えるのだった。(Ⅱ・18)

問いかけといっても、眼差しや手の仕種によるものである。ファブリスはしかし、三ヶ月後には、暖炉の炭のかけらで掌に書いたアルファベットを組み合わせて、窓の向うのクレリアに伝える。

《私はあなたを愛している。そして、人生はただ貴女を見られるがゆえに私にはかけがえがないのです。どうか、紙と鉛筆を届けてください》。(Ⅱ・19)

なぜもっと早くこうした手段を考えなかったのか、理解に苦しむが、それほど視線による対話が二人には充実した喜びだったのであろう――「既に彼女は牢屋での最初の二ヶ月をこよない幸福で充たしてくれていた（II・18）」。作者は彼らに、とりわけファブリスに困難を伴う対話の方を選ばせて、そこから生じる喜びをわざと引きのばしているかのようである。

社交界の会話がいったい何だろう、二人がアルファベットで交わしているこの対話に比べたら? この楽しくてならない生活、このまたとない幸福のチャンスを手に入れるのにちょっとした危険を冒したところで、それのどこが悪いというのか? それに、俺の愛情の証しをあの人に届けるかすかな機会をこんな風に掴むのもまた、一つの幸福ではなかろうか?（II・20）

スタンダールによくみられるこうした不自由な交信については、ジュネットによる細かい分析がある。

スタンダール的恋愛は何といっても記号のシステムと交換である。そこでの暗号は単に情熱の補助手段ではない。恋の思いはいわば自然に暗号伝達を目ざすようになる――まるで一種の根深い迷信に引きずられるかのように。恋における伝達はそれゆえ好んで、緩やかなこともある禁錮（修道院、牢獄、家内幽閉）を媒介に果たされる。手段は電信記号であるが、その巧妙さはかなりなまでに欲望の巧妙さをなぞっている(5)。

快楽と障害について、モンテーニュはセネカ Lucius Annaeus SENECA（前五頃―後六五）の言葉を引いている。

どんな場合にも快楽は、これを我々から遠ざけようとする危険の度に比例して強まる。

（『随想録』Ⅱ・15）

また、同じセネカの「失ったという悲しみと、失うだろうという心配とは等しく我々の心を損なう」という格言に対して、モンテーニュは次のように反論する。

我々は、この幸福が不確かであると見るからこそ、また、それがやがて奪いとられるのを恐れるからこそ、それだけしっかりと、それだけ慈しみ、それを抱きしめるのだ。（Ⅱ・15）

この考察は、パルム城塞屋上の恋人たちの心情の一側面を照らしだしてくれる。視線と仕種だけの交信の後、ピアノと消し炭に続き、クレリアから密かに届けられる紙と鉛筆など、他にも色々な対話の方法が編みだされてゆく。ファブリスが暗殺される不安に四六時中怯えながら、だがその故にというべきか、幸せともいえる六ヶ月あまりを、二人は下界から隔絶した空中で過ごす。地上からも、互いの肉体からも距離を置いた彼らの不安と合一感の交錯は、天上の喜びに近づく。これがスタンダールの描きたかった恋愛の幸福の、究極の形ではなかろうか。

他方、彼らの恋の駆引きが肉体的な接触を伴わず、抽象的であればあるほど、重力から解放された透明な官能がいっそう濃密に感じられる。

＊

ここで、よく知られたスタンダールの小説観にふれておきたい。『赤と黒』第一部第十三章のエピグラフに引かれたサン＝レアル Saint-RÉAL（一六三九—九二）の言葉「小説、それは人が道に沿って持ち歩く一枚の鏡である」はよほど彼の気に入ったらしく、何度も繰りかえされる。

ところで、あなた、小説は大道の上を往き来する一枚の鏡なのだ。あなたの目に、あるときは空の青を、あるときは道路のぬかるむ水溜りを映し出す。それで、鏡を負いかごに入れて運ぶ者があればあなたに不道徳だと非難される！その鏡が泥水を映すと、あなたは鏡を非難するだろう！それより、ぬかるむ大道を強く非難しなさい、いやそれ以上に、水が澱んでぬかるみができるままに放置している道路監督官を強く非難しなさい。（Ⅱ・19）

この鏡の比喩は第二部第二二章、『アルマンス』（一八二七）と『リュシヤン・ルーヴェン』（一八九四）の序文でも用いられる。これについてゾラEmile ZOLA（一八四〇—一九〇二）は、「しかしこの鏡は人間の頭脳という高貴な部分しかうつさず、肉体もまわりの場所も示してくれない」[6]（『自然主義の小説家たち』）と指摘している。彼の批判は、例えばファブリスとクレリアの視線の恋についてはあたっていなくもない。しかし、空中の楽園ともいうべき高所で展開される二人の恋の駆引きが肉体的な接触を伴わず、天上的で抽象的なものであればあるほど、重力から解放された透明な官能がいっそう濃密に感じられることは確かであり、それが作者の描きたかった世界であるというしかない。

（２）恋と障害——「大いなる情熱」

先ほどの引用に、「恋は、どんなに惨めなことでも幸福に変えないだろうか！（Ⅱ・18）」とあった。この一行の少し後には、「恋は、無関心な眼には見えないもろもろのニュアンスをも注意深く見て、そこから数かぎりない結論を引きだす（*Ibid.*）」とある。相手の表情のどんなにかすかな兆候からも引きだされる「結論」は、恋人たちの内部に、希望にも絶望にもつながる不安と猜疑心を際限なく生み出すであろう。そして、障害が増せば増すほど恋人たちの情熱はよりはげしく燃え上がる。これはおそらくあらゆる恋愛小説に共通の力学であり、その例は枚挙にいとまがない。

事実、彼〔ファブリス〕には、どんな交信にも真向から立ちふさがる具体的な困難が増すにつれ、クレリアの気難しさが目に見えて和らぐように思われた。（Ⅱ・18）

思うに、哀れな囚人〔ファブリス〕が頼れる手段の貧弱さゆえに、クレリアにはますます憐憫の情が湧きおこったに違いない。（*Ibid.*）

『アルマンス』（一八二七）の話者は、オクターヴとアルマンスの恋について次のように述べている。

こよなく幸せな恋も嵐に見舞われる。恋は、幸福と同じくらい、戦慄を糧にしても生きるといえる。（Ⅸ）

『カストロの尼』（一八三九）の、山賊の子ジュリオと領主の娘エレーナの許されざる恋についても、同じような記述がある。エレーナの父と兄に見つかれば、ジュリオの命はない。

危険が付きまとうので若い娘は悔やむひまがない。しばしば危機一髪になることもあったが、危機は二人の

心を燃えあがらせるばかりだった。二人には、恋から生まれる感覚のどれをとっても幸福ならざるものはない。（Ⅱ）

もちろんこのような恋愛観とその表現はさほど独創的なものではなく、フランス文学の伝統に連なっている。モンテーニュ Michel de MONTAIGNE（一五三三―九二）は『随想録』*Essais*（一五八八）の「我々の欲望は困難に逢うといや増さること」の章で、欲望と障害について次のように考察している。

火が寒い風にあおられるとますます燃えあがるように、我々の意志もまた反対に遭うとますます強くなる。（Ⅱ・15）

ラ・ロシュフコー LA ROCHEFOUCAULD（一六一三―八〇）も、『箴言と考察』*Réflexions ou Sentences et Maximes morales*（第五版・一六七八）のなかで、恋と障害を火と風に喩えている。

恋は火と同じで、絶えず揺れ動いていないと生きつづけられぬ。その故に、希望を抱いたり、疑惑を抱いたりするのをやめるとすぐに、恋は生きるのをやめる。（75）

ここでは「希望」と「疑惑」が、炎を揺らす風や嵐の暗喩になっている。このどちらか一方、あるいは両方が欠けると、恋は消滅する。むしろ、希望と疑惑のあいだを揺れ動くことが、恋の生きる糧であり、必須条件なのである。

脱獄したファブリスがファルネーゼ塔の牢屋へ舞い戻るまでのあいだに、クレリアはクレセンツィ侯爵との結婚を決意する。だが、このファブリスの不在という障害も、二人の恋を冷ますことはない。その後、彼女の結婚に打ちひしがれたファブリスが山中の僧院に引きこもり、しばらくして宮廷の夜会に出るまでの不在も、同様である。再び『箴言と考察』によれば、

不在によって、並みの情熱（les médiocres passions）はしぼむが、大いなる情熱（les grandes）は募る——颪によって蠟燭は消え、火事は燃えあがるように。（276）

フロベールが月並みな表現や常套句、陳腐な言い回しを嫌悪したことは知られている。彼が作中人物にこうした紋切り型の言葉に頼った会話や考え方をさせるときは、密かに彼らを戯画化し、その凡庸さや愚鈍さに皮肉や嘲笑を浴びせるためである。だからといって、彼も、常套的な形容や比喩をいつも避けられるわけではない。しかしそんな場合も、新しい要素を加えるなど、紋切り型を脱する工夫をしている。例えば『ボヴァリー夫人』において、作者が熱烈な恋情の比喩として火や炎、火事や焚火を選ぶのはモンテーニュ以来の伝統に従っており、常套的と言わねばならない。エンマの充たされぬ情欲が、レオンのパリ遊学に伴っていっそう燃えさかる様子は次のように描かれる。

それからというもの、レオンの思い出が彼女の倦怠のいわば中心をなした。その思い出は、ロシアの大草原で、旅人らが雪の上に捨てていった焚火よりも勢いよくパチパチとはぜた。（Ⅱ・7）

「大草原」の原語は《steppe》、「焚火」は《feu》。情欲を「焚火」に喩えるのは陳腐だが、それを想像上のロシアの雪原におくことによって、ありふれた隠喩が空間的な広がりとともに感覚的な説得力をとり戻している。そのようなエンマの情火も、時間が経つにつれ弱まってゆく。レオンの不在によって彼女の恋の火が消えるとすれば、それは並みの情熱であって、大いなる情熱ではないことになる。

ところが、炎は衰えてきた。焚き木の蓄えが自ずから底を突いたためか、あるいはその山があまりにうず高かったためだろうか。恋は、少しずつ、不在によって消え、未練は習慣の重みで息が塞がれた。すると、彼女の蒼白な空を真紅に染めていたあの火事の明りはますます影に覆われ、だんだんと消えていった。（Ⅱ・7）

ここでも「焚き木の蓄え」やそれを積み重ねた「山」、火事が「真紅に染めていた」ヒロインの内面の「蒼白な空」などの具体的なイメージを提示することによって、隠喩の常套性を拭い落そうとしている。ところが、スタンダールにはこれがない。人物の外観や表情を描くとき、彼は紋切り型を厭わない。彼の関心はもっぱら、人物の行為のすばやい推移と心理の屈折した動きの明快な分析に集中するからである。

伯爵がラッシに、大公の面前で、大公が朝署名した勅令に副署させたときのラッシの憤激ぶりを語るのはさぞ愉快であろうが、諸々の出来事が我々を急きたてる。（Ⅱ・24）

少し横道に逸れたが、既にふれたように、『赤と黒』でマチルドが夢見る「大いなる情熱（Ⅱ・11）」la grande

passionは、アンリ三世（在位一五七四―八九）とバソンピエール元帥François de BASSOMPIERRE（一五七九―一六四六）のいたフランス・ルネサンス時代の英雄的な恋愛を指す（ホーフマンスタールに短篇小説『バソンピエールの体験』〔一九〇〇〕がある）。ジュリヤンに対する恋心に気づいたあと、マチルドは彼と恋愛することを意識的に決意する。すなわち「自分に大いなる情熱を与える決心をする（Ⅱ・12）」のである。「若くて美しい、才気ある娘（Ⅱ・11）」を自任する彼女にとって、「淡い恋」、「あくびを誘うような恋愛」など、眼中にない。真の恋愛は、なし遂げられたあとで「凡人」にもできると思われるような「**極端**」*un extrême*を企てる「偉大な行為」、「そういった奇蹟をすべてともなう恋愛（*Ibid.*）」でなければならない。したがって、クロワズノワ公爵のような「優柔不断で、いつも極端を避ける人物（*Ibid.*）」には、とうてい恋心を抱くわけがない。

どんなに光の消えた人生を、これからあたし、クロワズノワのような人と送るのかしら！（Ⅱ・8）

一方で、早くから彼女は、平民のジュリヤンに、周りの貴族の若者たちには見出せない「天才（Ⅱ・12）」を認め、大いなる情熱に価する偉大なことをなすようにと願ってきた。彼女にとっての「天才」は、「活力」と「才知」、「野心」と「大胆さ」、要するに「偉大なこと（Ⅱ・11）」をなし遂げ、「大いなる情熱」すなわち「情熱恋愛」l'amour-passionを恐れない能力のことである。これらの能力は、マチルドが持ち合わせているもので、彼女自身もそのことに気づいている。

あえて平民のジュリヤンを愛することのなかに、マチルドは自ら「偉大さ」と「大胆さ」を認めている（Ⅱ・11）。彼女には、二人の恋愛に関わる「全てが英雄的であり、全てが偶然の子になるだろう（Ⅱ・12）」と見える。つまり、この愛し合う二人の未来に何が起こるかわからないような恋愛こそ、彼女が求める「大いなる情熱」なのである。危険な賭けであり、冒険である。他方で彼女は、ジュリヤンが自分のことを「気高い魂（Ⅱ・12）」の女と思い込んでいることに気づく。彼の方はともかく、マチルドは、自らが自分のなかに認める偉大なものをすっかり彼のなかに見出す。エキセントリックな思い込みである。その結果、彼に過剰な、極端な期待をかける。

仮にもし、ジュリヤンが、貧乏なのはいいけれど貴族だったら、あたしの恋はありきたりのへま、ただの不釣合いな縁組みに終わってしまう。そんなのはまっぴらだわ。あたしの恋は、大きな情熱（les grandes passions）の特徴などどこにもないことになる。乗り越えなきゃならないとてつもない困難とか、大事件にはつきものの暗い不安もないことになるわ。（Ⅱ・12）

何度かふれたように、彼女の狂熱的な恋への渇望の底には、抜きがたい倦怠がある。

そのすこぶる美しい眼、底知れぬ倦怠と、更に悪いことには、喜びを見出せない絶望がにじみ出ているその眼が、ジュリヤンの上に留まった。（Ⅱ・8）

もともと彼女は中世の騎士を自任するほど冒険好きの男性的な「女王」である。ジュリヤンは「あらためて女王を愛しているのだと思った（Ⅱ・38）」。

物語の終章で、ジュリヤンがブザンソンの牢内でマチルドに、自分の死後リュスと結婚するように勧めると、

「それも大いなる情熱なぞ軽蔑している未亡人とでしょ」と、マチルドは冷たく言い返した。(Ⅱ・45)

明らかに、最初の面会で、ジュリヤンが「その魅力的な未亡人の気高いけれどちょっぴりロマネスクな魂(Ⅱ・38)」と言ったことを逆手にとって揶揄している。彼女は「大いなる情熱」を讃美こそすれ、軽蔑はしていない。その情熱のために貴族の誇りを犠牲にした自分ではなく、レナール夫人しか愛さないジュリヤンが許せないのである。彼女は、恋愛小説の伝統どおり、障害が大きくなればなるほどジュリヤンへの愛情が募る。「Ⅵ　芝居」の「情熱と滑稽」でもふれたが、『恋愛論』によれば、「大いなる情熱」(des) grandes passionsであることを証拠立てるものは、その「滑稽な結果」のみである。

私は大いなる情熱のあかしとしては、その情熱から生じる滑稽な結果しか認めない。たとえば、臆病さ、それは恋のあかし。(Ⅰ・5)

『赤と黒』と『パルムの僧院』、また『アルマンス』も、この「大いなる情熱」が十九世紀に成り立つかという問いに答えようとする試みでもある。

3　闇のなかの視線・視線のなかの闇

パリへ出発する前、ジュリヤンがブザンソンの神学校からヴェリエールへ戻り、レナール夫人の寝室に忍びこむ場面は既にみた。夫人は初め、ジュリヤンの前に「白い影のようなもの」、「白い亡霊」として現れる(Ⅰ・30)。

これはナイト・ガウンの色であろうが、作品を通じて強調される彼女の顔や肌の白さも表わしている。この色はまた、古屋健三の指摘にもあったように、ジュリヤンにとっての天使あるいは聖母の象徴とみなせよう(7)。彼の懇願に負けて夫人が灯りをともすのは、久しぶりの語り合い（三時間もの！）と抱擁が暗闇のなかで行われた後のことである。

クレリアが卑屈を覚悟で獄吏のグリロに手引きを頼んだおかげで、ファブリス幽閉八ヶ月目のある夜遅く、二人は黒大理石の礼拝堂で会い、「中央の常夜灯」の明かりで互いを見ることができる――「ファブリスはまずクレリアの美しさに眩惑された（Ⅱ・20）」。

この一夜から、

> ファブリスの生活にはずっと熱狂的な喜びが続いた。もちろん、彼の幸福の前にはまだ大きな障害が立ちはだかっているようにみえる。だがとうとう、自分のあらゆる思いを占めている神々しい存在に愛されるという、ほとんど望外の至福に恵まれたのである。(*Ibid.*)

明らかにクレリアは、ほとんど神聖視されている。ファブリスにとって、彼女は自分を牢獄から救い出すだけでなく、地上の汚辱から天上へ引上げてくれる天使のような存在なのだ。五日後にも二人は同じ場所で会うが、クレリアはこのとき、彼に逃げる約束をさせるだけである。

ファブリスは脱獄に成功した後、元の独房へ舞い戻る。彼が毒入りの食事で暗殺されるのを恐れたクレリアは、看守らの制止をおし切って独房へ駆けつけ、そこで結ばれる（Ⅱ・25）。その直後、サンセヴェリナ夫人の新大公への働きかけでファブリスは特赦される。

クレセンツィ侯爵との結婚を控えたクレリアが、ファブリスを避けて叔母のコンタリーニ伯夫人の屋敷に隠れると、彼は真向かいの家の二階に小さな部屋を借りる。

一度クレリアは、宗教行列が通るのを眺めるため、何気なく窓に寄りかかったが、とたんに、肝をつぶしたように身を引っこめた。見えたのはファブリスで、服は黒いが、大そう貧しい労働者風の装いで、目の前の隠れ家の油紙を張った窓の一つから、ファルネーゼの塔の部屋からのように、彼女を見つめているのだった。（Ⅱ・25）

このとき、隠れ家の窓はあいていたと思われる。そうでなければ、お互いが見えないからである（このあと、ファブリスは油紙を板ガラスに替えさせる）。大岡昇平は、原文どおり塔の部屋の窓にも油紙が張られていたように訳しているが、これはスタンダールの思い違いであろう。コンティ長官がそうする案を思いついただけで、実行されていない。入獄後のファブリスの行動からして、独房の窓ガラスが油紙に張りかえられていたとは考えられない。彼は、「油紙」を破らずにクレリアと視線を交わしているからである。生島遼一訳はこの観点に立っている。

この情景は、『クレーヴの奥方』で、ヌムール公が自分を避ける奥方見たさに彼女の館の向かいの家に部屋を借りる挿話を思い出させる。彼女はこの「絹の細工師」の許を訪ねたとき、誰かが借りたと言う部屋があることに気づく。

奥方が窓のそばへ行って向きを調べると、自邸の庭と母屋の正面がちょうど見える。ここへ来る男がいつも寄っているという窓はすぐ分かった。その男がヌムール公だとはっきり思ったとたんに、奥方の今までの気持ちに大きな変化が生まれた。そのころようやく浸り始めていた少しもの悲しさを帯びた静かな心境がどこへやら去り、代わりに落着かない乱れた気持ちが波立ってきた。（Ⅳ）

ファブリスはクレリアの召使に嘘を言って彼女に会う。「一本の蝋燭を灯した小机の前のクレリア」は、客がファブリスと分かると「客間の奥まで逃げる（Ⅱ・26）」。しかし彼が蝋燭を消すと、その腕のなかに飛び込む。だが、この幸福も長くは続かない。嫉妬に駆られたサンセヴェリナ夫人が彼女の結婚を急がせるからである。ところで、ファブリスは何度か小さな灯りの前でクレリアに逢っている。ほとんどは蝋燭であると思われるが、スタンダールはその光線を受けるクレリアの聖性にみちた美しさを強調したかったのであろう。作者の頭にあったのは、例えばカラヴァッジョやジョルジュ・ド・ラ・トゥールの絵における灯りの効果ではなかろうか。

電灯のない聖堂では、聖母の絵や彫刻は、ステンドグラスを透る上方からの光りを除くと、しばしば下からの蝋燭の灯りに照らされて薄闇のなかにほんのりと浮かびあがる。『赤と黒』にも、面白い場面がある。ジュリヤンがフェルヴァック元帥夫人に言い寄ろうとしているとき、彼は「どの位置からだと、灯りの具合いで、フェルヴァック夫人にそなわっているような美しさがよく映えるのかを知っていた。彼は前もってそこに坐るのである（Ⅱ・26）」。作者はこうしたジュリヤンの視点に身を置いて、作中人物の美を描こうとしているのであろう。

結婚したクレリアは、自分に会いたがるファブリスを無視しようと努めるが、自らその禁を破る。パルム中を熱狂の渦に巻きこむ彼の説教（実際は不在のクレリアへの語りかけ）を聴きにゆき、翌日、手紙で彼を自邸に誘う。真夜中の門口で、彼女はファブリスに次のように誓わせる。

「あなたも知ってらっしゃるように、あたしは二度とあなたを見ないと聖母様に誓いました。だからこんな深い暗がりのなかでお会いしますの。もしあなたが無理やりに明るいところでお姿を見させようとなすったら、あたしたち二人のあいだはすっかりお終いになるってことをぜひ知っておいてもらいたいの」。（Ⅱ・28）

ここで想起されるのは、作者が全く異なる二つの部屋、すなわちクレリアの鳥部屋とファブリスの独房「木造の部屋」を「鳥籠」の比喩によって結びつけていたことである。

彼の木造の部屋はかなり鳥籠に似ていて、しかも実によく反響する。（Ⅱ・18）

「鳥籠」cageにはもともと「牢屋」の意味もある。実際、この部屋は少し先で「かなり小さな鳥籠〔＝牢屋〕(*Ibid.*)」une assez petite cageとも呼ばれる。つまり、二人とも、囚われた小鳥であることが暗示されている。いうまでもなく、クレリアの鳥部屋には沢山のきれいな鳥籠が吊るされていて、小鳥たちの世話は彼女の日課である。ジュリヤンとじかに接することが許されない彼女にとって、籠のなかの小鳥は愛しい人の代わりでもある。事実、入獄後三ヶ月ほどして、ジュリヤン暗殺を恐れたクレリアは小包みを紐に結んで、あるいは味方につけた看守の手で水やチョコレート、パンなどを彼に届ける。これは、小鳥の世話とかわらない行為とみなせよう。他方ジュリヤンにとっても、鳥部屋のなかのクレリアは肉体的に触れることがかなわない鳥籠の小鳥に似ている。ただし、彼がクレリアのために何か世話をすることは、生涯を通じてほとんどない。

更に興味ふかいのは、二つの部屋がファルネーゼ塔の「影」によって一つに結びつくことである。

ファブリスは後で知ったのだが、この鳥部屋は十一時から四時まで影になる、館の三階では唯一の部屋だった。つまり、ファルネーゼの塔が陽をさえぎるのである。（Ⅱ・18）

なぜ、わざわざこのことに言及したのだろうか。

この、ファブリスの囚われた塔の影が昼間クレリアの鳥部屋を覆うという、さりげない情景は、二人の闇のなかの逢引とその悲劇的な結末を予示しているように思われる。この影の中の結合は、明るい陽光のなかでは見つめあうことが許されない二人の恋の宿命を暗示しているのではなかろうか。事実、後にクレセンツィ侯爵と結婚したクレリアは、「ファブリスの眼から逃れるために〔……〕自邸を牢獄として（Ⅱ・27）」閉じこもる。しかし上述のとおり、灯りをともさぬ彼女の部屋で二人の逢引が始まる。

闇のなかの逢瀬は長く続く――「この三年の天にも昇る幸せ（*Ibid.*）」。クレリアは、愛する人と光のなかで見つめあう喜び、いってみれば《眼の幸福》を自らに禁じている。ただし、彼女の《*ne jamais te voir*》という誓言が「あなたに会わない」という意味でもあるのに、「あなたを見ない」という意味にだけとって自らの背徳行為を正当化しているのも事実である。

闇はまた、その罪深い行為を互いに《見ること》から免れさせてくれる。二人とも、夜の闇のなかで、それぞれの闇を宿した暗い視線によってしか恋を完遂できなかった、と考えることもできる。ファブリスは毎晩恋人に迎えられるが、「驚いたことに、好奇心と倦怠にうずうずしている宮廷のさなかにありながら（*Ibid.*）」、この逢瀬は、上述のように三年ものあいだ、誰にも気づかれない。これは少々、不自然に思われる。もしかして、二人の子サンドリーノの生と死を最後の挿話として入れるためではなかったか。これにより、彼らの闇のなかの闇の視線による恋は、いっそう罪深い、哀しいものになる。

クレリアは、「恋人に会えない昼間の長いあいだ」、逢引が始まって一年後に生まれたサンドリーノ（「罪の果実（Ⅱ・28）」）ということで慰められる。もちろんこの子の目鼻立ちに、ファブリスの面影を《見ること》ができるはずである。ファブリスは、昼の光のなかでクレリアと会えない不幸を嘆く。彼女の顔、とりわけ眼を見ることに彼は至福を感じるからである。

私の子供は私をちっとも愛さないでしょう。あの子は一度も私の名が呼ばれるのを聞くことがない。〔……〕ほんの時たまこの子に会うとき、私はその母に思いをはせる。だのにあの天上的な美しさを思い出しても、私はその人を見ることができないのです。（*Ibid.*）

子供が病気になると、彼はこの子の傍に忍びこむ。その結果、二人は蝋燭の灯りで互いを見ることになる。ファブリスはともかく、クレリアは罪の意識に苛まれる。にもかかわらず、彼に強いられると、夫の侯爵を欺いてサンドリーノをある豪邸に隠すが、子供は再度病気になる。

彼女は度々ファブリスを灯火の下で見た。二度も白昼に見た。それも狂熱的な忘我の状態で、しかもサンドリーノの病気のあいだに！（*Ibid.*）

かなり抽象的な描写（「狂熱的な忘我の状態で」）であるが、クレリアは病んだ息子の傍らでファブリスと抱擁を交わしたのであろう。彼女は母親であることを忘れており、その罪は深い。数ヶ月後、子供は死に、更に数ヶ月後、彼女も子供のあとを追うように息を引き取る。

闇のなかの、視線を消した逢引が続いた三年後に、ファブリスはその闇のなかでできた子供とその母を失う。ただし、クレリアが亡くなる前、昼の光のなかで二人は思うぞんぶん相手を《見ること》ができる。このときのクレリアは、天使でも慈母でもなく、ファブリスを狂熱的に恋する一人の地上の女にすぎない。いずれにしろ、クレリアは天上の美を具えた存在として、サンドリーノもまたその美を受け継いだ存在として、ファブリスに楽園の幸福をかいま見させたといえる。

Ⅷ　眼の圧制

1　フェティシスム

（1）手と腕

スタンダールは男女を問わず様々な人物の美しい眼を描き出す。あるいは、彼のほとんどの人物の美しさを形成する主な要素は眼であるといえる。身体の部位で、胸や腰が対象にされることはあまりないが、初めてブザンソンのカフェに足を踏み入れたとき、カウンターの「美しい娘（Ⅰ・24）」の「見事なヒップが丸見えになった。ジュリヤンは見逃さなかった（*Ibid.*）」。神学校を脱走して、一年二ヶ月ぶりに梯子でレナール夫人の部屋に忍び込んだとき、彼は夫人の「ほっそりとした腰つきに見惚れる（Ⅰ・30）」。

ジュリヤンには、女性の足に対する偏執が認められる。マチルドの「華奢な身体つき（Ⅱ・13）」の魅力について思いめぐらすときも、足が対象になる――「これよりきれいな足がこの世にあろうとは思えない（*Ibid.*）」。

既にふれたが、ヴェルジーの館のサロンで、

真っ昼間なのに、我らの主人公は足を前に伸ばして、ブーツをレナール夫人のきれいな足に押しつけてもかまわないと思ったが、その網目の靴下とパリ製のきれいな靴はもちろん好色な郡長〔モジロン〕の視線を惹きつけていた。（I・14）

ここには二人の男のフェティシスムと窃視がある。覗き見ているモジロンの視線を追って、ジュリヤンも覗き見ている。傍らに坐っていたデルヴィル夫人は、二人の窃視に気づいていたと思われる。彼女はジュリヤンの足がレナール夫人の足に触れるのを見ていたからである。

スタンダールの作中人物は手と腕、ことに女性の白い腕に対して、足以上に強い執着を示す。ただし、彼は手と腕に同じ重みを与えており、厳密には区別していない。

《それにしてもきれいだなあ、あの手は！何という魅力！あの女の眼差しのなかの何という気高さ！》（I・13）

このように、マチルドの「手」と「腕」へのジュリヤンの偏執の根深さは、「眼」を対象とする場合に劣らない。そして、手も腕も白くなければならない。

「自分の手が触れても、夫人の手が引っこめられないようにするのは自分の**義務**である（I・8）」と考えるジュリヤンは、第九章「田園の一夜」でそれに成功する。次の手に関するワイルドOscar WILDE（一八五四―一九

○○）のエピグラフは、第十一章「ある晩」に置かれている。

その小さな手は優しくおののきながら
彼の手を離れるときもかるく握りしめる。

『ドン・ジュアン』（第一篇第七一節）

ジュリヤンはいつもタルチュフかドン・ジュアンを意識しながら行動している。モリエールの『タルチュフ』の一場面は、それを証しすると思われる。オルゴンをすっかり丸めこんだタルチュフは、彼の妻エルミールを籠絡するため、まず彼女の手に触れる。

エルミール　私もそう思っていますの。私の魂を救おうとなさって、色々とお気遣いくださるのね。
タルチュフ　（エルミールの指先を握って）そうです、奥様、もちろんですとも。この燃えるような情熱――
エルミール　まあ、痛い！　そんなに強くお握りになって。
タルチュフ　熱意のあまりなのです。奥様を痛い目にあわせるなんて、思いも寄らぬこと。そのくらいなら、いっそ――
（手をエルミールの膝にのせる）
エルミール　そのお手で、何をなすっていらっしゃいますの？
タルチュフ　お召物にさわっているのです。柔らかい布地ですなあ。
エルミール　まあ、お願い、おやめになって。くすぐったいわ。

（彼女は椅子を後にずらす。タルチュフは、自分の椅子を近づける）

タルチュフ　（エルミールの肩掛けにさわりながら）これはまた、見事な仕事でございますなあ！　近頃はすばらしいものが出回るようになりましたけれど、これほど出来栄えのいいものを拝見するのは、これが初めてでして。

（第三幕第三場）

ジュリヤンの頭には、こうした場面が浮かんでいたのではなかろうか。彼のレナール夫人に対する誘惑と、夫人の抗いがしばらく続く。

やがて闇が深くなってきた。彼はずっと前から自分の眼前の、椅子の背にのせられている白い手を取ろうとした。すると、その手は少しためらって、怒ったように引っこめられてしまった。〔……〕闇がこういう振舞いをすっかり隠してくれた。彼は夫人の着物からあらわに出ている美しい腕の間近へ大胆に手を伸ばした。うろたえて、頭の中はめちゃくちゃだった。彼は頰をその美しい腕に寄せ、思い切ってそこに唇を押しあてた。（Ⅰ・11）

あのきれいな手が忘れられなかった。〔……〕ジュリヤンは彼女に近づいた。彼女があわてて引っ掛けたショールの下に覗く、二の腕の美しさに見惚れた。（Ⅰ・12）

先ほどもふれた一年二ヶ月ぶりの再会の折、ジュリヤンはレナール夫人にこの好みをはっきり口にする。暗闇のなかで、夫人はどうしても豆ランプを灯させない。

「じゃー、貴女を見たという思い出をぼくに一つも残したくないんですね？　あの愛らしい眼に浮かんでいるはずの恋の思いも、もうぼくには見せてくれないんですか？　この白いきれいな手も、もう見られないんですか？　ねえ、僕と貴女はたぶんずっと離れ離れになるんですよ！」。（Ｉ・30）

ここでも恋人の魅力の主要素として、「眼」と「手」が選ばれている。なお、暗闇のなかの逢引は、『パルムの僧院』で重要なモティーフとしてくり返される。

その後パリでラ・モール侯爵家の秘書に雇われてから、令嬢のマチルドに対しても、「その手の白さ、二の腕の美しさ（Ｉ・13）」を夢想のなかで弄ぶ。彼女の部屋に梯子で忍びこみ、結ばれた後、

マチルドという女が彼には神以上の存在に思われた。彼の極端な讃美の気持ちは言葉ではとうてい言い表わせない。肩を並べて散歩しながら、彼は彼女の手や腕、女王のようなその姿を密かに眺め続けた。（Ⅱ・18）

ここにも窃視とフェティシスムが認められる。彼女が婚約者に優しく接するのを見て、自殺を考えたときでさえ、「マチルドの袖口と手袋の間に二の腕が覗いているのを見ると、我らの青年哲学者はすぐやるせない思い出の中に沈みこみ、やはり命を棄てることはできない（Ⅱ・28）」。

「Ⅵ・3　眼差しの演技」でもふれたが、「我らの青年哲学者」はロンドン社交界でコラゾフ公爵からフェルヴ

ァック元帥夫人に近づく手管を教わっている。ロンドンから帰ると晩餐に顔を出し、極端な高慢と隷属で自分をもてあそぶマチルドを前に、公爵の脚本どおりに行動する。

彼女はジュリヤンを見て真赤になった。彼が戻っていたことをまだ知らなかったのだ。ジュリヤンはコラゾフ公爵の勧めたとおり、彼女の手をじっとみつめた。その手は震えていた。(Ⅱ・25)

演技者ジュリヤンの場合、女性の手への執着でさえ、いつも自発的な欲求に根ざしている訳ではなく、大ていい何らかのモデルの摸倣である。

死刑判決を下されたジュリヤンは、自分の処刑後のレナール夫人の姿を想像する。それも、マチルドが彼に控訴を迫っているあいだのことである。

彼はブザンソンの新聞をオレンジ色のタフタ織の刺し子布団の上に見ていた。彼は痙攣しながらそれを握りしめているあの白い手を見ていた。彼は泣いているレナール夫人を見ていた……彼はあの美しい顔にしたたる涙の道すじを目で追っていた。(Ⅱ・42)

ジュリヤンはヴェリエールの寝室を思い出し、そこにいるレナール夫人が新聞で彼の死を知り、嘆く姿を想像している。それだけでなく、三度くり返される「彼は見ていた」Il voyaitと「目で追っていた」Il suivaitという表現は、この情景が単なるジュリヤンの夢想ではなく、彼自身も寝室にいて、レナール夫人を見ていることを示している。また、この文章は自由間接話法で書かれている(そのことは、「自分は……を見ている〔と彼は思った〕／

と彼は想像した〕」のように、〔　〕内の語句を加えて直接話法にすると了解される）。この話法によって、描かれる情景は臨場感を強めることになる。

彼の視線は、もちろん内的な視線だが、死後の世界にまで伸びている。そして、この場合でさえ夫人の「白い手」が視野を占めるところに、彼の偏執的な執着がかいま見える。この執着は、彼の処刑直前まで続く。処刑を待つなかで、彼はレナール夫人に語る。

私の唇のすぐ傍にあったこの美しい可愛い二の腕を胸にじっと押し当てることもせずに、将来のことばかり考えて貴女を忘れていました。（Ⅱ・45）

『パルムの僧院』では、サッカの森のサンセヴェリナ夫人の所領に隠れ住む山賊詩人フェランテ・パラが、夫人に次のように告白する。

奥様のあとを付けてまいりましたのは、施しを頂こうとか、盗みをしようとか考えてではありません。ただ、天使のようなお美しさに魂を奪われた野蛮人のようにふらふらとやってきました。そんなに白い美しい手を見るのは、ずいぶん久しぶりのことです。（Ⅱ・21）

明らかに女性の手へのフェティシスムが認められる――「男が公爵夫人の手に見入るので、彼女は背筋が寒くなった（*Ibid.*）」。

上記の引用でも明らかなように、スタンダールの場合、女性美に不可欠の条件として手や腕、肌の白さが挙げられる。古屋健三によれば、

ジュリヤンが夫人の肉体に眼を向けたとき、彼の眼をうつのは、「まばゆいばかりの肌の白さ」である。彼は夫人を、生身の肉体をもった人間としてみることはできない。たとえば、耳の形のよさ、鼻筋、唇の恰好など、肉体の細部が彼にはみえてこない。まばゆいばかりの肌の白さが彼の視線をはねかえしてしまう。レナール夫人は光り輝く、優しい天使としてジュリヤンのまえに現れる。(1)

これは卓見である。ジュリヤンは初対面のマチルドと対面しても、まず捉えるのは全体の背格好のよさと金髪である（Ⅱ・2）。レナール夫人との恋愛体験を経ているとはいえ、社交界の晩餐の席で、しかも秘書でしかない平民（マチルドは一度、「お父様の召使い風情（Ⅱ・24）」と吐きすてる）が、貴族の女性を肉体の細部まで見つめるわけにはいかない。彼はピラール師から、社交界では相手をじろじろ見てはいけないと忠告されている（Ⅱ・2）。ただ、マチルドの眼だけは細かく観察され、詳述される（*Ibid.*）。夢想のなかで彼女の姿態を思い浮かべるときも、手脚を除き、体つきや衣裳や動作が大まかに捉えられるだけである。手足の描写にしても、せいぜい白いか、美しいかに限られる。マチルドが自らの高慢を詫びて「彼の足許に身を投げた（Ⅱ・30）」ときも、そうである。

彼女は長椅子に腰をおろして、ジュリヤンに寄り添った。彼は女の髪と純白の頸を眺めていた。（*Ibid.*）

いずれにしろ、マチルドはサディスティックで自己陶酔的な、尊大で気まぐれな女王として（「Ⅷ・3（2）女王か奴隷か」参照）、レナール夫人は優しい慈母としてジュリヤンの前に現れる。

（2）衣服など

スタンダールの作品では、愛する人間の衣服やその人が触れた物へのフェティシスムも認められる。

野心を忘れたときなど、ジュリヤンは、レナール夫人の帽子や着衣のようなものにまで我を忘れて見惚れるのだった。飽かずそれらの匂いを嗅ぐ喜びに浸った。彼は鏡付きの衣裳戸棚を開いて、仕舞われている全てのものの美しさと整頓ぶりに目を奪われて、何時間もたちつくすのだった。（Ⅰ・16）

マチルドに対しても同じ傾向が窺える――「思い切り肩をむき出しにしたマチルドのドレスを目にしたとたんに高まる快感――これは本当のところ、彼の自尊心にとってあまりうれしいことではない（Ⅱ・8）」、「この恋心の源は、マチルドの類い稀な美貌、というよりむしろその女王のような所作とほれぼれするような装いにすぎない（Ⅱ・13）」。馬を厩舎へ戻すときも、彼は「マチルドのドレスを見かけはしないかという期待（Ⅱ・27）」を抱く。まず見たいものが、対象の肢体でないのは興味ふかい。

ジュリヤンと初めて結ばれた後、マチルドは彼に嫌われるように振舞う。不幸に沈んだジュリヤンは、部屋に閉じこもる。

彼はマチルドが長いこと庭を散歩するのを見ていた。ようやく彼女が庭を離れると、彼は下りてゆき、彼

女が一輪の花を摘んだ薔薇の木に近寄った。（Ⅰ・19）

彼女はジュリヤンに見られていることを知っていて、「長いこと」longtemps庭にいたのかもしれない。彼女がいつも身につけているものではないが、彼の何気ない動作に薔薇の木に対する淡いフェティシスムが認められる。

ラ・モール家のサロンには、彼女がいつも女王然と坐る長椅子がある。もちろん、次のような行為は、見られていないからできるのであるが――

そこには誰もいなかった。例の青い長椅子を見かけると、彼は思わず跪き、マチルドが肘を掛ける所に接吻した。涙が流れ、頰が火のように熱くなった。（Ⅱ・25）

続いて彼は、庭番が鎖で繋ぎとめた梯子を見にいく。二度目にマチルドの部屋へ忍びこむとき、鎖の環をピストルの撃鉄でねじ曲げていたのだが、

あのとき彼がねじ切った鎖はまだそのまま修理されずにあった。ああ、事情はもうすっかり変ってしまった！　気が狂ったように、ジュリヤンは鎖を唇に押し当てた。（*Ibid.*）

この梯子にも鎖にもマチルドは触れていないが、ジュリヤンを彼女に結びつける重要な道具であることに変りはない。

傍にいない恋人が身につけたり触れたりした物を媒介にその不在の恋人を喚び起こし、それらの物に視線や手や唇で接触しながら所有欲を充たす。スタロバンスキーがルソー『新エロイーズ』*Julie ou la Nouvelle Héloïse*（一七六一）におけるサン＝プルーのジュリーに対するフェティシスムについて述べているとおり、この所有の悦びは夢想のなかで完結する一方的なもので、相互的な充足による終りがないために欲望は持続し、孤独な行為は際限なく反復される。これは、主体の内部に不在の肉体を喚起させ、主体に倒錯した行為を促すに至る、想像力の重要な働きの表われである。

それらの抵抗せずに見られさわられ愛撫される物は、彼にジュリーの存在をよりよく想像させる。愛する身体の形が、それらの物を通じて、とはいえ《内的視線》のひそかな目標にとどまりながら自らを推測させる。(2)

ただしジュリヤンの場合、そうした行為は自己完結に終らず、必ずと言っていいほど対象の所有を目ざす冒険に己を駆りたてる契機になっている。

2　窃視

スタロバンスキーが「ラシーヌと視線の詩法」のなかで『ブリタニキュス』*Britannicus*（一六六九）と『バジャゼ』*Bajazet*（一六七二）について指摘したとおり、宮廷や後宮は恋や嫉妬、誘惑や陰謀の無数の視線に満ちている。どんなに密かな恋も、誰かの視線に捉えられ、見張られずにはいない。だがそうした障害が、愛し合う者たちの恋情をいっそう烈しく燃え立たせる。

ラシーヌの悲劇には、何度もくり返し「見つめられる視線」regard regardéのテーマが現れる。視線のやりとりが、近いか遠いかはともかく、第三者の目に支配されずに進行することは稀である。ラシーヌがある悲劇〔*Bajazet*〕をコンスタンティノープルの後宮に設定するのは、後宮はあらゆる視線が他の視線によって探りみられる一世界の完璧な典型だからである。(3)

ファルネーゼの塔に戻ろう。クレリア見たさに、ファブリスは鉄の十字架で日よけの板に小さな穴を開けようとする――「この無謀をやらなくちゃ明日はもうあの人が見られないんだ。そんな! 自分の手抜かりで一日じゅうあの人が見られないなんて!」。もちろん「手抜かり」はない。その粘りづよい穴開け作業は報われる。

十五時間も働いた末に、彼はクレリアを見た。しかも、何とも幸せなことに、彼女は見られているとは夢にも思わなかったので、ずっと身動きもせず、眼差しをこの巨大な日よけに据えていた。彼には、娘の眼の中に極めて優しい思いやりのしるしを読み取る暇がたっぷりとあった。訪問の終りには、明らかに小鳥の世話まで放りだして、しばらくじっと窓を見つめていた。(Ⅱ・18)

見られていると気づかないクレリアは、ファブリスを慕う気持ちが漏れ出るにまかせている。ファブリスは、自分が日よけの小さな穴から見ていることを知らせずにクレリアを眺め、その姿と本心の表れを無警戒な、いわば裸形の状態で確かめることができたのであるから、これ以上に純粋な幸福はない。とはいえ、この行為は窃視

以外の何ものでもない。スタロバンスキーによれば、

スタンダールには窃視症の一面があり、時おり鍵穴から覗き見て楽しむ。そんなとき、彼はその場面にすっかり吸いこまれて「視線そのもの」tout regardになってしまうので、自分自身を観察する必要からは解放される。この純粋に官能的な好奇心に捉えられると、彼は自分がより自然に返ったと感じる。なぜなら、彼はもはや他者の視線にも、彼自身の意識の監視にも立ち向かう必要がないからである。(4)

ラ・ファイエット夫人Madame de LA FAYETTE（一六三四―九三）の『クレーヴの奥方』*La Princesse de Clèves*（一六七八）で、ヌムール公がクロミエの別荘にくつろぐ奥方を覗き見る場面（Ⅳ）、またルソーJean-Jacques ROUSSEAU（一七一二―七八）が自伝的作品『告白』*Les Confessions*（一七八二・死後出版）で、自室のバジル夫人を盗み見る場面（Ⅱ）が思い出される。面白いことに、ヌムール公もジャン＝ジャックも、覗き見ている自分に相手が気づく。このうかつさは、密かに慕っている女性に自分が禁忌を犯して《見ている》姿を《見られる》こと、すなわち恋慕の気持ちがその相手に知られることを、おそらく無意識のうちに望んだ結果ではないかと思われる。

ヨーロッパでも名高い宮廷小説『源氏物語』は『クレーヴの奥方』よりおよそ六百七十年前の恋愛絵巻であるが、作中人物の出逢いの多くが覗き見に始まるといっても過言ではない。『源氏物語』においてそうした覗き見や盗み見がヨーロッパに比べてかなり容易に許されるのは、日本家屋のゆるやかな構造によるとも考えられる。典型的な情景は「若紫」の巻に見られる。瘧病《わらはやみ》に罹った十八歳の光源氏は北山の聖《ひじり》のもとへ加持を受けにゆく。高所から僧房の散在する山道を見下ろしていた源氏は、ある僧都《そうづ》の小柴垣をめぐらした小綺麗な庵室に出入りす

る可愛い少女たちの姿を目にする。意図的ではなかったとしても、これは既に一種の覗き見である。翌日、春の夕暮れの深い霞に紛れてこの僧房を訪れ、一人だけ残した供の惟光と小柴の垣根からなかを覗く。他の供を帰したのは、この行為が目立つことを避けるため、また心ゆくまで庵室を観察するためであろう。簾を少し巻き上げて、仏前に花を供えたりしている尼のもとへ顔を泣きはらしながらやってくる十歳くらいの美少女に、源氏は目を奪われる。彼が恋い慕う藤壺の女御にそっくりだったからである。これが若紫で、泣いていたのは、召使いの童女が伏籠《ふせご》に飼っていた雀の子を逃がしたからである。源氏はなおしばらく覗き見を続けるが、その観察の執拗な細やかさには目を見張らざるをえない。

『源氏物語』五十四帖の正確な執筆時期は不明であるが、『紫式部日記』の寛弘五年十一月一日の記事には、「佐衛門の督《かみ》」藤原公任《きんとう》が式部のいる部屋の御簾《みす》の隙間から覗いて、「あなかしこ。このわたりに、わかむらさきやさぶらふ」と問うので、彼女は「源氏ににるべき人も見えたまはぬに〔……〕」と答えたとある。[5]明らかに公任は「若紫」冒頭の源氏を真似て覗き見をしている。とすれば、その頃すでに「若紫」の巻は後宮で評判になっていたはずで、『源氏物語』はおそらく寛弘五年（一〇〇八年）を挟んで五年ほどの間に執筆されたと推測される。

窃視は、『赤と黒』第一部第八章「小さなできごと」のエピグラフに出てくるが、これはワイルドの『ドン・ジュアン』***Don Juan*** 第一篇第七四節からの引用である。

するとため息は抑えようとすればするほど深く
盗み見は隠そうとすればするほど甘く
疚しくないのに頬が紅く燃える（I・8）

ファブリスは知らないが、日よけが取り付けられるあいだ、クレリアも独房の愛しい囚人を盗み見ている。

実は、自分の部屋の鎧戸の裏に隠れて、クレリアは胸を痛めながら職人の一挙一動を見守っていた。ファブリスの極度の不安は手に取るように見えていたが、かといって自分に課した誓いを破る勇気はやはりなかった。（Ⅱ・18）

このような窓の鎧戸の隙間からの覗き見は、スタンダールが何度も繰りかえす構図である。レナール夫人も、恋しい家庭教師を盗み見る。

しかし、もしジュリヤンが彼女を本当に恋していたら、彼は二階の半ば閉まった鎧戸の後ろで、ガラス戸に額をくっつけている彼女の姿を認めたに違いない。夫人は彼をじっと見つめていたのだ。（Ⅰ・12）

他の男との恋愛の打ち明け話で自分を苦しめるマチルドを避けて、ジュリヤンはなるべく館の一番高い部屋にこもる。

館の屋根裏部屋にいるあいだ、彼は小窓にもたれて日を過ごした。鎧戸は気をつけて閉めておいたが、ラ・モール嬢の姿は、庭に現れさえすればどうにかそこからかいま見ることができた。（Ⅱ・18）

ジュリヤンは鎧戸の隙間から遥か下の恋人を盗み見ずにはおれない。彼がフェルヴァック元帥夫人に言い寄るのは、マチルドに嫉妬させるためである。夫人がラ・モール侯爵夫人を訪ねてくると、

そのときは、元帥夫人の帽子の縁にまぎれて、マチルドの眼をかいま見ることができた。(Ⅱ・27)

マチルドはほとんど盗み見をしない。大ていの場合、興味を覚えた相手を、むしろ遠慮会釈なしに正面から凝視する。

彼女はジュリヤンを眺めては、そのちょっとした仕種にも魅惑的な優美さを感じた。(Ⅱ・19)

そんなマチルドも、コラゾフ公爵の「去った恋人を断じて見てはならない」という教えを守って自分に目を向けようとしないジュリヤンを、カーテンの陰から盗み見る。

だが耳慣れたあの馬の足音が響き、ジュリヤンが馬丁を呼ぶために鞭で厩舎の戸を叩くと、マチルドは時どき惹かれるように窓のカーテンの向こうに現れた。モスリンの布地がとても薄いので、ジュリヤンは透かし見ることができる。帽子の縁の下からそーっと覗くと、マチルドの身体は目に映っても、その眼を見ることはできない。《ということは》と彼は考えた——《あの人もおれの眼を見られないんだから、これはちっとも彼女を見ていることにはならない》。(Ⅱ・26)

ここには、パルム城塞屋上のファブリスとクレリアと同じように、相手の眼を見たいという欲求に衝き動かされて互いに覗き見を試みる、視線による恋の駆け引きがある。モスカはサンセヴェリナ（前ピエトラネーラ）夫人とファブリスをパルムに呼んだ直後、二人の親密さに嫉妬して夫人に会いにゆく。

今夜は公爵夫人の所へは行かないと心に誓っていたが、我慢できなかった。一度たりとも彼の眼がこれほど彼女を見たいと渇望したことはなかった。（I・7）

恋しい相手を《眼が見たいと渇望する》という表現は面白い。如何にスタンダールが欲望の原点に眼を置いているかが窺えよう。ここでは、見たいという眼の欲求が嫉妬によってますますかき立てられている。スカラ座のモスカは、既にふれたように三列目の桟敷席から二列目のピエトラネーラ夫人を「全然見られていないと安心して（I・6）」オペラ・グラスで盗み見る。

ついに夫人が現れた。オペラ・グラスで武装して、女を夢見心地でつぶさに眺めた。若い、輝いている、小鳥のように軽やかだ、と思った。歳も二十五まではいかない。(*Ibid.*)

彼は夫人を「いくら見ても見飽きない（*Ibid.*）」。既に「武装して」arméという表現に、ジュリヤンの場合と同じくモスカの恋愛も、戦闘に他ならないことがほのめかされている――「彼は眼の下に見える幸福を勝ち取ること（*Ibid.*）」しか頭にない。『新エロイーズ』（一七六一）の、ジュリーを望遠鏡で覗くサン＝プルーの姿を想起させる。ただし、ジュリーを慕っていながらその所有を諦めているサン＝プルーと異なり、モスカはこの「眼の下に見える幸福（*Ibid.*）」、すなわちサンセヴェリナ夫人を所有することしか考えていない。事実、物語の終りごろ、彼は夫人との結婚にこぎつける。ところで恋する相手を「幸福」と抽象語で捉えることは、却って生々しいエロスを感じさせる。この抽象語が具体的に何を指すのかを想像させるからである。ジュリヤンがレナール夫人の部屋に初めて忍びこみ、結ばれたとき、彼にとって夫人は「足下に置かれた幸福（Ｉ・15）」に他ならない。

ミラノのピエトラネーラ夫人は、ファブリスがナポレオンのスパイ容疑で逮捕されるのを阻止するために奔走する。彼女は自分を慕う司教会員ボルダを下劣な男として嫌っているが、屈辱を忍んで彼に助力を頼む。ボルダは「虚栄心がどんな感情よりも勝る国ではめったに見られない（Ｉ・5）」優しさを示す。ここでいう国とはイタリア以外の国、例えばフランスを指す。一人になると、彼は次のように考える。

よろしい！　思いきって夫人のお役に立とう。そうすれば少なくとも、あの人にじかに会う喜びが味わえる。オペラ・グラスの先っぽに覗き見ずに済む。（*Ibid.*）

ボルダがスカラ座で今までずっと、恋しい夫人をオペラ・グラス越しに盗み見ていたことは明らかである。いうまでもなく劇場や歌劇場は、観客が舞台上の人物の視線と心理の絡みあいを公然と覗き見て楽しむ装置である。同時にまた、社交界と公衆が一堂に会する場であり、観客同士で互いに盗み見ることが許される空間でもある。

考えてみると、芸術の根底には窃視がある。小説や絵画、特に映画は、窃視行為なしには成立しない。小説家や画家は、ある人物の外観や内面、更にその人物の言動や他の人物との絡みあいを覗き見ている。そして、我々読者や鑑賞者は、作者の眼をとおして、それを覗き見ている。別の見方からすれば、そのとき、我々は《覗き見している作者の内面を覗き見ている》のであり、また同時に、覗き見している我々自身を我々は覗き見てもいるのである。演劇や歌劇や映画は、そうした小説や絵画の要素を総合する芸術であり、その観衆や聴衆はある特定の空間で、多くの他者とともに公然と窃視の逸楽を味わう共犯者である。この視点から、例えばパリ・オペラ座でのジュリヤンとマチルド、あるいはパルム宮廷の音楽会や大劇場でのファブリスとクレリアの情景を考察することもできよう。

3　眼のサディスム

(1) パルム大公とサンセヴェリナ夫人

クレリアとサンセヴェリナ公爵夫人、更にパルム大公の眼と視線については、内務大臣ツルラ伯爵邸の夜会の場で次のように集中的に語られる。

> この夜、クレリアの美しさは公爵夫人をしのいでいた。娘の眼には実に異様で深い、ほとんど無遠慮なまでの表情があった。その眼差しには憐憫の思いがあり、憤懣や怒りも混じっていた。〔……〕あの人に死刑を宣告した君主のあの眼差し！〔……〕クレリアは内務大臣邸の客間の豪華絢爛な灯火に、嫌悪の視線を投げつけた。〔……〕娘の眼は美しい公爵夫人の眼より激しく燃え、しかも、こういってよければ、もっと強い情熱に溢れていた。（Ⅱ・15）

「あの人に死刑を宣告した君主のあの眼差し！」――これは、クレリアが少し前に父のコンティ城塞長官から聞いた話に基づく――「お言葉は《禁錮》！　眼差しは《死刑》！（Ⅱ・15）」。眼は本心を隠すことも、本心を告げることもできる。表向きの言葉とは異なる意志を秘め、その意志を無言で伝えることができる。クレリアは、自らの「高慢な眼差し（*Ibid.*）」の表情とは異なる言葉を口にする。大司教に、ファブリスの処刑決定の噂を知っているか、と訊ねられると、

はや娘の眼はまるで別の表情になっていた。だが、父親が何度も口をすっぱくして教えたとおり、しらっぱくれて答えたが、その様子は、眼の言葉とはまるっきり反対だった！

「何にも存じません、司教様」。（*Ibid.*）

クレリアはこの夜、ファブリスへの恋をはっきり自覚したおかげで賢くなり、眼差しで演技をしはじめている。夜会の終りごろ、サンセヴェリナ夫人は友人からファブリスの入獄を囁かれて「顔面蒼白になる（*Ibid.*）」。ずっと夫人を見守っていたクレリアは、「眼を涙でいっぱいに」しながら次のように思いめぐらす。

さっきこの眼で見たことを、あたしは一生忘れない。あの急なお変りよう！　N侯爵が来て致命的な伝言を告げた後、公爵夫人のあんなに美しくかがやく眼が何と陰鬱になり、光も消えはてたことでしょう！……ファブリスはよほど愛される値打ちがある人に違いない！……（*Ibid.*）

クレリアが夫人に初めて嫉妬を覚えるのは、このときである。

大公エルネスト四世はもともと「威圧的な鋭い眼差し（Ⅰ・6）」をもっている。話者は大公を「餌食とじゃ

れるのが好きな虎（I・7）」に喩えているが、ファブリスも初対面から彼の残忍さを見抜き、「あの動物（*Ibid.*）」cet animal-là（「この野郎、あん畜生」の意）と蔑む。ところが、死刑を眼で命令できる大公も、サンセヴェリナ夫人が美しい眼から尊大な視線を浴びせると、臣下のように卑屈になる。彼女に懸想している弱みもある。絶対君主を支配さえする夫人の眼の圧制から逃れるためにも、大公はファブリスの抹殺を望む。

大公は眼を憎悪で燃やしながら、ファブリス・デル・ドンゴが生きているかぎり余は余の国の支配者にはなれない、と叫んだ。

「余は公爵夫人を追い払えないが、さりとてあれがおるだけで辛抱もできんのだ。あれの眼差しは余に牙をむき、余が生きていく邪魔をするのだ」。（II・20）

このことには、既に第十四章（第二部の初章）でふれている。夫人は自分が嫌悪する大公に膝を屈して、再逮捕されたファブリスの助命を請う。

大公はといえば、この謁見の願い出に少しも驚かなかった。腹を立てることもさらさらない。《あの美しい眼から涙がこぼれ出るのを見てやろう》と、手をすり合わせながら呟いた――《〔……〕少しでも気に染まぬことがあると、あの全くもって雄弁な眼が、いつも余に「ナポリやミラノは、貴方様のちっちゃなパルムの町とはずいぶん違った形で感じのいい所ですよ」、と言っているようにみえるのだ》。（II・14）

ここには大公のサディスムが認められる。日ごろ夫人の「雄弁な眼」に気後れを感じているだけに、いっそう嗜虐的になるのであろう。彼の優越は「輝く眼（*Ibid.*）」に表われるが、いざ夫人の眼に出あうと、形勢はたちまち逆転する。

「思いますに、殿下は私の身なりの無作法をお許しくださるでしょうね」——こう話しながら夫人のからかうような眼が実にするどく輝いたので、大公はそれに耐えられなかった。彼は天井を見上げたが、それは困り果てたときのしるしであった。（*Ibid.*）

大公が譲歩すると、夫人は「その眼差しの厳しさを和らげ（*Ibid.*）」る。ここでの視線の駆引きには、大公の内面におけるサディスムとマゾヒズムの共存、と同時に夫人の生まれながらの高慢さと裏表のサディスムが認められる。彼女は自らの眼の他者への影響力をよく知っている。衆目が認める天上の美と古代ローマ人のような誇り高さに加えて、ロマネスクな熱情を秘めた夫人の眼が、いかに周囲の者を威圧し、支配する力を持っているかがはっきりと読み取れる。ここで強調しておきたいのは、夫人はファブリスの抹殺を願う大公を視線の力で圧し、自分の要求が叶うとすぐに視線を和らげながら、眼の奥底で大公の暗殺計画を練っていることである。大公の抹殺なしには愛するファブリスに未来がないことを、彼女は熟知しているからである。

このような夫人の視線が横暴さを忘れ、ロマネスクな幸福を夢見てうっとりしたり、絶望や嫉妬に苛まれるのは、身近にファブリスを見ているとき、あるいは不在の彼を想い描くときだけである。そして、彼を自分の理想の姿に仕立て上げるために熱烈な想像力と行動力の限りをつくすときだけである。

(2) 女王か奴隷か

ジュリヤンは何度もマチルドを女王と感じる。

彼女は、取巻きの貴公子やジュリヤンに対して絶えず冷酷で気まぐれな女王のように振舞い、彼らを「笑い種(Ⅱ・4)」にしている。それが彼女の仕種と眼差しに集中的に表われる。レー公爵邸の舞踏会に誘われたとき、ジュリヤンは反発を覚える。

《〔……〕あのお辞儀の仕方と目つきときたら、何て横柄なんだろう！　まるで女王の振舞じゃないか！》(Ⅱ・8)

だがその夜、実際にマチルドは、『ヴァニナ・ヴァニニ』のヴァニナと同じように「舞踏会の女王」に選ばれる。彼女に反発するのは、惹かれているからでもある。しかし、疑りぶかいジュリヤンは相手にたやすくは靡かない。

このなやましい疑いがジュリヤンの心境を一変させた。いろいろ考えると、心のなかに恋の芽生えがあることに気づいたが、それは苦もなく潰すことができた。この恋心の源は、マチルドの類い稀な美貌、というよりむしろその女王のような所作とほれぼれするような装いにすぎない。(Ⅱ・13)

彼女は「才知で相手の自尊心を責めつけ、深手を負わす手際に鼻高々だった(Ⅱ・20)」。最初の逢引に続く日々、彼女はジュリヤンにそれまでの取巻きとの交際をあからさまに話して彼を責めさいなむ。充分にサディスティックな仕打ちである――「そうした残酷な親密ぶりはたっぷり一週間続いた（*Ibid.*）」。

そして話題は――二人とも一種残忍な快感と共にそこへ立ちかえるらしかったが――いつも彼女が他の男に感じた愛情の問題だった。自分の書いた手紙について語り、その文句をすっかり暗誦して聞かせたりした。（*Ibid.*）

ここで分析されているように、二人の交情に一種の共犯性が認められるのは興味をそそる。マチルドのサディスティックな行為に、ジュリヤンも抗いがたく加担している。

お終いには、彼女は一種意地の悪い喜びを持ってジュリヤンをしげしげと眺めているようにみえた。彼の苦しむのが、彼女にはたまらない喜びだった。（*Ibid.*）

ところがマチルドは、相手が果敢な英雄のように反撃してくると、たちまち自分を奴隷の位置に置く（ジュリヤンのように大胆に行動する貴公子は一人もいない）。最初の逢引を境に自分を愚弄するマチルドの部屋へ、ジュリヤンはもう一度、死ぬ覚悟で梯子づたいに忍び込む。「……」で示される抱擁の後、

「あたしのひどい高慢を罰してちょうだい」と、彼女は息も詰まるほど彼をもろ手に抱きしめながら言った――「あなたはあたしの主人、あたしはあなたの奴隷よ、なのに反抗しようとして――膝をついて謝らなければいけないわ」。彼女は男の腕をすり抜け、足許に跪いた。「そうよ、あなたはあたしの主人なの」と、

相かわらず幸福と恋に酔ったまま言うのだった――「いつまでもあたしを支配してちょうだい。あなたの奴隷が反抗でもしたら、厳しく罰してちょうだい」。（Ⅱ・19）

この態度は充分にマゾヒスティックといえる。彼女は頭髪の片側を切り落とし、それを部屋から梯子で「すべり落ちた（*Ibid.*）」ジュリヤンに窓から投げ与え、「あなたの召使からの贈り物よ。永遠の服従のしるしよ（*Ibid.*）」と告げる。この後、驕慢なマチルドの移り気が眼の表情によって示される。

その日の昼餐のとき、「こんなにも美しい人の眼のなかにはじける愛情（Ⅱ・19）」を見て、ジュリヤンは幸せになる。マチルドから「**あたしのご主人様** *mon maître*」と呼ばれ、彼は「眼の白い所まで」赤くなる。ところが、早くも翌日の昼餐の席で、彼女は「幸福の絶頂にあった」彼を「慇懃な落着いた眼で」チラッと見るだけで、「もはや**あたしのご主人様**と呼ぶなど論外だった（*Ibid.*）」。彼はたちまち「恐ろしい疑惑、驚きと絶望（*Ibid.*）」に苛まれる。ジュリヤンは彼女に眼で支配されている。

マチルドは物語の最後まで、ジュリヤンとの愛憎の日々を通じて加虐と被虐のあいだを激しく揺れ動く。彼は、高慢な恋人の移り気な性格に翻弄される。

〔……〕何て恐ろしい性格だろう！
そして、マチルドの性格を呪いながら、その分だけ彼女が百倍もいとおしかった。腕のなかに女王を抱いているように思われるのだった。（Ⅱ・29）

『恋愛論』の「両性における恋の誕生の相違について」によれば、身体を許した女性には第二の結晶作用が現れる。しかしこれには、「自分がただ男の征服のリストに書き加えられるだけではないのか」という激しい疑惑が伴うので、「女性は女王から奴隷になったと思いこむ（Ⅰ・７）」。

他の作家から一例を挙げよう。フロベール『ボヴァリー夫人』（一八五六）のエンマは、情人のロドルフが家に忍んでくるとき、「君主を待つ愛妾のように、部屋と身なりを（Ⅱ・12）」整える。彼をかき口説くときは、自分を極端に卑しめる。

「〔……〕あたしよりきれいな女のひとはいます。けどあたしの方がずっと愛情が深いの！あたしはあなたのはした女だし、あなたの側女なの！あなたはあたしの王様、あたしの偶像なの！あなたは優しい！あなたはハンサム！あなたは賢い！あなたは強い！」

こうした言い種を聞かされるのは毎度のことで、彼には珍しくも何ともなかった。エンマはざらにいる情婦たちにそっくりで、新品のもつ魅力は、少しずつ着物のように脱げ落ちて、常に同じ形と同じ言葉しかもたない情熱のあの永遠の単調さをむきだしに見せはじめていた。（Ⅱ・12）

エンマがロドルフを偶像化すればするほど、彼のエンマに対する愛着は薄れてゆく。それだけでなくここには、真剣な恋の思いですら紋切り型の表現に陥らざるを得ないことへの、フロベール独特の嫌悪感とアイロニーが吐露されている。興味ふかいのは上記の『恋愛論』（Ⅰ・７）の原注で、そこには「この第二の結晶作用は浮気な女には起きない。彼女たちは、そうしたロマネスクな観念とはおよそ縁が遠い」とある。考えてみると、スタンダールの女主人公たちには、マチルドのような移り気な者はいても、浮気者はいない。レナール夫人もクレリアも決して浮気な女ではない。他方、脇役を務めるブザンソンのカフェの女店員、フェルヴァック元帥夫人、旅芸人のマリエッタ、「天使のような美声」の歌手ファウスタなどは、浮気な女といえる。
ヴェリエールの牢獄でジュリヤンに初めて面会するマチルドは、彼のレナール夫人狙撃を犯罪ではなく英雄的な行為とみなしている。

あなたが罪悪と呼んでるものは高貴な復讐でしかないのよ。あたしには、あなたのこの胸に脈打つ心の気高さがすっかり見えるわ。それが、ヴェリエールに来てやっと分かったの……（Ⅱ・38）

ジュリヤンは、自らの狂熱的な言動に陶酔しているマチルドに心底から恋しているわけではない。にもかかわらず彼は、その気狂いじみた行為に引きずられる——「まるで狂気の沙汰だ。が、おれには止められなかった（*Ibid.*）」。最期まで彼は、女王と奴隷の関係から脱けられない。

こうした行動の仕方、話し方の一つひとつに高貴な、損得抜きの心情、ちっぽけで低俗な魂にはとうてい及びもつかない心情をどうして見ずにおれようか？　彼はまたもや女王を愛していると思いこんだ。（*Ibid.*）

Ⅸ　眼の色——青と黒

1　スタンダールの作中人物

スタンダールは人物の眼の色をどんな意図で選んだのだろうか。あまり効果は計算せず、好みや直感で選んだのか。いずれにしろ、彼の魅力的な主人公たちの眼はほとんどみな大きくて美しい。そして、彼らの眼の色は大てい青か黒である。彼はまた、黒い眼に青い眼よりも特殊な意味を与えているように思われる。ジュリヤンは大きな黒い眼、レナール夫人とマチルドは青い眼である。マチルドは地上性の優る女性であるが、その大きな眼は「天空の青（Ⅱ・8）」d'un bleu célesteである。

レナール夫人の眼に似たフェルヴァック夫人の眼、ブザンソンのカフェの女店員の眼も青くて美しい。『ヴァニナ・ヴァニニ』*Vanina Vanini*（一八二九）のヴァニナは燃えるような黒い眼、恋人のピエトロ・ミシリッリは美しい青い眼をもつ。『アルマンス』のオクターヴの大きな美しい眼は黒、アルマンスの眼は暗い青である。

スタンダールは、小さい眼にはあまりよい感じを与えていない。例えば、ジュリヤンの狡賢い父親の「鼠色の小さな眼」である。ブザンソン神学校長のピラール師は厳格で高潔な人柄であるが、その「小さい黒い眼」には「どんなに肝のすわった者でも震えあがらせる（Ⅰ・25）」力がある。神学校の入口で門番の無感動な「猫の瞳に似た円い緑の瞳（*Ibid.*）」に怯えていたジュリヤンは、ピラール師の「恐ろしい眼差しに射すくめられて（*Ibid.*）」失神する。もっともこの反応は、早くもジュリヤンの偽善が師の眼によって見抜かれていたからでもあろう。

残念なことに、『カストロの尼』のジュリオとエレーナにはあまり眼の描写がなく、その色も示されていない。同じように、ファブリスとクレリアの眼も、あんなに何度もくり返し描出されるのに、なぜか色が指定されていない。ただファブリスが、パルム城塞に幽閉されて三日目、入獄の日に見たクレリアの眼を思い出す場面がある。前にも引用しているが、もう一度読み直そう。

あの眼差しが、過去のおれの人生をすっかり消してしまった。ああした場所であんなに優しい眼に出会うと誰がおれに言えただろう！　しかも、おれの眼差しがバルボネと長官の将軍の顔によごされたちょうどそのときに。空があんな下卑た連中の真中にぽっかりひらけた。（Ⅱ・18）

この「空」は、クレリアの存在というより、その存在全体に等しい重みをもつ彼女の眼を暗示していると思われる。とすれば、ファブリスの濁った眼との対比で、これは晴れた青空と考えられる。それゆえ、クレリアの眼の色は青と推定できるのではなかろうか。

だからこそ、クレリアの眼は、ファブリスに神の住まう大空を連想させたのである。更に、青い眼は空を映す海や湖、河川などを想起させることもあろう。

青い眼は、その濃淡によって違うかもしれないが、黒い眼より光に透けやすくて、そこに内面の動きが比較的はっきりと覗くかもしれない。対照的に、黒い眼は光を吸収し、透明でないので、その裏の闇が濃く感じられ、見る者の視線が奥深くまで入りこめない。従って、後者は前者より内面が掴みにくく、それだけ神秘的にみえるかもしれない。だからといって、青い眼の方が本心や真意を捉えやすい訳では決してない。双方とも内面の深みに拡がる闇を、同じように表わすことも隠すこともできる。眼の奥の深層でうごめく欲望や情念はいつも不可解で、謎に満ちている点では、どちらも似ている。

ラ・モール邸の社交界に出入りするスペイン系のアルタミラ伯爵は、祖国で死刑宣告を受けた謎の人物で、よく輝く黒い眼をしている。マチルドは彼を「陰謀家」で「憩うライオンのような顔つき（Ⅱ・8）」だと思う一方で、彼の精神の本質は**「実利、実利讃美」**であると見抜いている。伯爵と同じ黒い眼のジュリヤンは、彼に惚れこむ。伯爵は「敬神家」でありながら、ジュリヤンのフェルヴァック夫人誘惑を手伝う俗物でもある。アルタミラ伯は確かに、多重に屈折した不可解な人格である。

ヴァニナの「大きな黒い眼」には、ジュリヤンの「大きな黒い眼」、またマチルドの青い眼と同じように熱情と誇りの火が絶えず燃えており、時に「極めて深い侮蔑の辛辣な微笑を湛える」こともある。ただし、彼女は恋人のピエトロを救うために彼の手下の炭焼党員を密告する。彼にそれを打明け、罵倒されたヴァニナは「魂が抜けたように」なり、馬鹿にしていた貴族の息子と結婚する。この狂熱的な恋に、彼女の黒い眼の「乾いて燃えている」火が対応しているように思われる。この火は、地獄の業火を暗示していないだろうか。ボードレールの「サレド女ハ飽キ足ラズ」*Sed non satiata*（『悪の花』再版・26）の二行が思い出される。

おまえの魂の風穴　その二つの大きな黒い眼から
おお無慈悲な悪魔よ！そんなに炎を注がないでくれ

この「おまえ」と呼びかけられる女は「悪魔」démonであり、次の節では「みだらなメジェール」と呼ばれる。メジェール〔メガイラ〕は三人の復讐の女神エリニュスの一人である。キリスト教の伝統において黒は地獄の闇の色であり、そこに住む魔王サタンと手下の悪魔たちの色である。それはまた夜と死の色でもある。一例を挙げれば、カトリックの作家モーリヤックFrançois MAURIAC（一八八五—一九七〇）の小説『愛の砂漠』*Le Désert de l'amour*（一九二五）には、次のような暗喩が見られる。

シャン・ゼリゼ大通りの弱々しい並木のあいだを、黒い舗装道路が冥界のように流れている。（XII）

「流れている」という表現は、「三途の河」Styxを想起させる。「冥界」と訳した《Erèbe》はギリシャ神話の「エレボス」——地下の闇を支配する男性神で、夜の女神ニュクスとともにカオスから生まれた。この比喩によって、作者はこの世の黒がそのまま冥界の闇につながることを示している。

『アルマンス』のオクターヴの「世にも美しい大きな黒い眼（I）」と、アルマンスの「あの魂を奪うような眼差しの大きな暗青色の眼（V）」ほど、主人公の眼のイメージが細かく執拗に描出された例は、スタンダールはもちろん、他の作家にもあまりないと思われる。

オクターヴの眼はいかにも人を愛せそうな表情に溢れており、時として大そう優しくなるのだった！（III）

それで、従妹のアルマンスは彼に心を奪われる。息子の「あんなにも美しいあんなにも優しい眼（*Ibid.*）」、そして「あんなに優しいこの眼の中に刻印された、なにか暗いもの（*Ibid.*）」が、母のマリヴェール侯爵夫人には不安でならない。

時おり彼の眼は空を見上げ、そこに見える幸福のかげを映すかのようだった。が、一瞬後には、その眼に地獄の責苦が読み取れるのだった。（*Ibid.*）

天国の幸福をかいま見るかと思えば地獄の不幸を覗かせることもあるオクターヴの眼は、「心おだやかなときはあらぬ幸福を夢見ているかのような気がする（*Ibid.*）」。だが別の時には、「ちょっぴり悪魔的な喜び（Ⅵ）」や「**反逆心**（*Ibid.*）」に輝く。このように複雑で捉えがたい彼の眼は、次に採りあげる『カルメン』で、話者がホセを喩えるミルトンのサタンを思い出させる。要するにオクターヴの黒い大きな眼は、彼がこの地上に流しものにされた堕天使に他ならないことを暗示している。

ところで、『アルマンス』の話者は、オクターヴの大きな黒い眼には「他のどんな所よりもおそらくフランスでの方がしっかりと感じられるあの魅力があった（Ⅵ）」、と考察している。アジアやスペインでは多い「黒い眼」の魅力は、どちらかというとそれが珍しいフランスにおいてこそよりよく感得される、というのである。そもそも眼と眼差しの限りない表情を解明し、表現しつくすことは不可能であろう。特に測り知れぬ魅力を湛えた黒い眼にスタンダールは強く執着し、その描写に夢中になる。

ここで、アルマンスの「大きな青い眼（Ⅴ）」について補足しておきたい。この青は「暗青色（*Ibid.*）」bleu foncéと明示されている。一方、レナール夫人、マチルド、クレリアらの眼の青が明るいかどうかは判らないが、少なくとも「暗い」とは指示されていない。しかも、このようなアルマンスの眼は、社交界を好意と敵意を抱く二派に別れさせる特異さを秘めている。

彼女の目鼻立ちの魅惑はフランス人にとっては極めて捉えがたく、作者は「どこかアジア的なところ（*Ibid.*）」、「生粋のサーカシア的美貌とちょっぴり早く現れすぎたドイツ人風の体つきとの、特異な混合（*Ibid.*）」という風に、様々な描写を重ねている。彼女の「ロシヤ的な美しさ（*Ibid.*）」、「これは、色々な特徴の集合である。その特徴は、文明の進みすぎた国民のあいだではもはや見出せない、ある種の素朴さと誠実さをかなり鮮明に表わしている（*Ibid.*）」。

心底から真面目なこの顔立ちの輪郭には、ありふれたものは一つも見当たらなかったが、落着いているときですら少し表情が出すぎるため、フランスで若い娘らしい美しさについて人々が抱く理念とは、正確には合致しない。（V）

アルマンスの神秘的な眼と眼差しを描くのに、スタンダールが如何に腐心していることか――少し長くなるが次の引用にもそれが窺える。

アルマンスの表情で一つだけ、まさしく敵につけ入る隙を与えるかもしれないもの、それは、そんな気はさらさらないのに時おり奇妙な目つきをすることだった。その据わった深い眼差しは、張りつめた注意力を証しするものに他ならない。この眼差しは、この上なく繊細な心でも傷つけそうにないことは確かである。媚も、自信も見られないのに、この眼差しはやっぱり奇妙で、その故にうら若い娘には不釣合いなことは否定できない。アルマンスに見られていると確信したときなど、ボニヴェ夫人の取巻きたちはこの眼差しを時おり真似ながら、口々に彼女の噂をするのだった。（*Ibid.*）

このように、「文明の進みすぎた」フランスのような国には稀な、異国的な要素が複雑に入りまじったアルマンスの美貌と眼差しの妖しさは、その「素朴さと誠実さ」にもかかわらず、というかその故にボニヴェ夫人とその取巻きに代表される社交界では、戸惑いだけでなく、反感や悪意さえ招く。作者が委細を尽して述べる彼女の「暗青色」の眼には、ジュリヤンやアルタミラ伯爵、オクターヴやヴァニナの黒い眼に劣らず特異で神秘的な魅力がある。

2　メリメ『カルメン』

ビゼーの名高い歌劇『カルメン』*Carmen*（一八七五）の原作は、スタンダールの二十歳年下の友人メリメ Prosper MÉRIMÉE（一八〇三―七〇）の同名の小説（一八四五）である。話者によれば、スペインにおける美人の条件は、十の形容詞のそれぞれにあてはまる三つの身体の部分を具えていることである。例えば三つの黒いものとは「眼、睫毛、眉」les yeux, les paupières, et les sourcils である（黒い「瞼」paupières は想像し難いため、「睫毛」cils と訳した）。カルメンの「実に大きな眼（Ⅱ）」は黒くて、悪魔的な魅力がある。話者は初対面のときからこのジプシー女の「異様な野性的な美しさ（*Ibid.*）」に魅了されるが、特にその黒い「実に大きな眼（Ⅲ）」の獣性に驚いている。

女の眼はやぶにらみだが、ほれぼれするような切れ長だった。〔……〕わけてもその眼ときたら、なまめかしくてしかも獰猛な表情〔une expression farouche〕を湛えているが、その後こんな表情はいかなる人間の目つきにも見かけたことがない。ボヘミアンの眼、狼の目――これはスペインの言いならわしであるが、なかなかよく観察している。（Ⅱ）

カルメンは野獣の目を具えている。彼女は、自分を見ないように目を伏せていた（「鼻をくっつけんばかりにして鎖をいじっていた（Ⅲ）」）純朴な若者ドン・ホセを誘惑し、密輸団に引き入れて破滅させる。ホセは青い眼であるが、カルメンと過ごすうちに、彼女と同じような「獰猛な眼差し（Ⅰ）」son regard farouche に変わっていき、彼が逮捕・処刑される前に出会った話者から「ミルトンのサタン（*Ibid.*）」、すなわち『失楽園』*Paradise Lost*（一六六七）の堕天使に喩えられる。ホセはスペイン北部のナヴァラ地方の寒村から大都市セヴィリヤに出て、順調な軍隊生活を送っていたが、「不運にも（Ⅲ）」カルメンの目に留まる。

わたしは目を上げました。そして女を見たのです。その日は金曜日にあたっていました。それは金輪際、忘れられるものじゃありません。わたしは見たんです、旦那もご存知のあのカルメンを〔……〕。（Ⅲ）

ホセにとってはもとより、カルメンにとっても宿命的な視線の出逢いが強調されている。このときを境に、彼は転落の人生を辿りはじめる。女をめぐって軍の上官を殺害し、金品を奪うために女と殺傷を重ね、女を奪うためにその亭主を刺殺する。後にホセがカルメンに「お前は悪魔〔le diable〕だな（Ⅲ）」と言うと、彼女は「そうさ（*Ibid.*）」と応じている。

最後に彼は、淋しい谷間で、自分に愛想をつかした女も刺し殺す。

女の大きな黒い眼がわたしをじっと見つめているのが、今でも眼に見えるような気がします。（Ⅲ）

カルメンの「大きな黒い眼」は死ぬまで獣性を失わず、死んでからもホセを支配しつづけている。その眼の黒は悪魔の色、地獄の色に他ならない。彼はこの眼に見られたばかりに女と同じような悪魔に成りさがる。お尋ね者として放浪の生涯を送った果てに、女を殺害したその足で自首し、絞首刑に処される。

堕天使ドン・ホセの後半生は、カルメンの悪魔的な黒い眼にとり憑かれたものといえよう。ある意味でこれは、レナール夫人とマチルドの眼から離れることのできなかったジュリヤンの後半生と似ていなくもない。もちろんレナール夫人はほとんどいつも天使のような、同時に慈母のような存在であった。ただし、告発の手紙でジュリヤンを死に追いやるときを除いて。マチルドは、ジュリヤンと結婚するまでは彼や取巻きの貴族の若者たちを退屈しのぎに翻弄する社交界の驕慢な女王、魔性の女であった。ただし、ジュリヤンの子供を身ごもり彼と結婚してからは、彼を母親のように見守ったといえないだろうか――その処刑まで。

X　詩と音楽

1　ペトラルカ

『カストロの尼』（一八三九）の主人公エレーナは、カストロ女子修道院（後に彼女はここの院長になる）で寄宿生として八年間学び、生まれ故郷アルバノに帰る。父親がローマから呼んだ著名な老詩人チェキーノは、「詩聖ウェルギリウスと、その高弟たるペトラルカ、アリオスト、ダンテのこよなく美しい詩句でエレーナの記憶を飾った（Ⅱ）」。

エレーナが習わされた詩は恋愛をうたっていて、しかもその恋愛は、もし我々が一八三九年の今出くわせばすこぶる滑稽にみえそうな代物である。いってみれば情熱的な恋愛で、大きな犠牲を糧とし、神秘に包まれることでしか生き延びられず、常に悲惨この上ない不幸と隣りあわせの恋愛である。（Ⅱ）

この「情熱的な恋愛」l'amour passionnéは、スタンダールが讃美する「情熱恋愛」l'amour-passionといえよう（このような恋愛にはつきものの「滑稽さ」については、「Ⅵ・2（3）情熱と滑稽」で考察した）。エレーナがサンセヴェリナ夫人やマチルドと同じようにロマネスクな理想と感覚を培ったことは、想像に難くない。彼女の恋人ジュリオ、ヴァニナの恋人ピエトロも、ジュリヤンもファブリスも、このような「情熱恋愛」を渇望する美女たちとの恋に落ち、それぞれが「悲惨この上ない不幸」に翻弄される。

ルネサンス最初期のユマニストとして知られるペトラルカPETRARCA（一三〇四―七四）はアヴィニョンの聖職者で、一三四一年にはローマで桂冠詩人とされた。彼が確立したソネット形式は、ヨーロッパ詩の重要な伝統になる。また、一三二七年にアヴィニョンで出遭うラウラ（ユーゴ・ド・サードの妻ロール・ド・ノーヴLaure de NOVES）を理想の恋人として永遠化した彼の恋愛詩は、ヨーロッパ諸国の文学に大きな影響を及ぼすことになる。このソネット形式をフランスに移入した最初の詩人については諸説あるが、現在のところマロClément MAROT（一四九六―一五四四）が最も有力である[1]。

『パルムの僧院』のロマネスクは、この詩人に深く関わっている。脱獄後ファブリスは、マジョーレ湖の畔からペトラルカの詩句を印刷した絹ハンカチをクレリアに送る。「一つだけ言葉が変えてある（Ⅱ・23）」が、その言葉がどれかは説明がない。ただし彼は、入獄中クレリアの叔父ドン・チェーザレに借り、脱獄後に返した本の余白に毎日の出来事をノートしている。

大きな出来事は、「**神聖な愛**」*amour divin* の恍惚（この「**神聖な**」の語は、書きたくても書けない別の語の代わりだった）にほかならなかった。（Ⅱ・22）

ファブリスは《Clélia》と記したかったのだが、もしそれが別の人の目に留まると彼女に累が及ぶかもしれない。それ故「**神聖な**」*divin* と書いたのである。

この日記をチェーザレは一瞥するだけであるが、クレリアは歓喜とともに読む。そこに挿入されたペトラルカのソネットを、クレリアがファブリスのいた窓に向かって歌う場面は心に残る。

その日すぐに、彼女はソネットを憶えた。いつもの窓に寄りかかり、もう無人の窓を見上げながらそれを歌った。そこの日よけに、小さな穴がぽっかりはずされるのをあんなに度々見たものである。（Ⅱ・22）

ここで、ファブリスが上記の日記のあとに記したソネットについて確かめておこう。内容（「二三年間」、「牢獄」など）からみて、これはペトラルカの詩ではなく、ファブリス自身（脱獄時の年齢は二二歳か二三歳）が作ったものであろう（サンセヴェリナ夫人も手紙のなかで「あなたはとても上手に即興詩を作られる（Ⅱ・27）」と、彼の作詩能力を評価している）。この詩の主題は「**愛する者の傍らで死ぬこと！**」であり、内容は次のとおりである。

〔……〕ひどい責苦のあと、魂は、一度存在したものみなに元からそなわるあの幸福の本能に押しやられ、二三年間そのなかに宿っていた脆い肉体から離れて自由になり、恐ろしい審判が諸々の罪を許したからといって、すぐに天へ再び昇ることも、天使の合唱隊に加わることもないだろう。だが、死後に生前より幸福になったその魂は、あんなに長いこと苦しんだ獄舎から数歩の所に行き、この世で愛したものとぴったり一つになるのだ。そして、《こうして、私は地上に楽園をみつけるのだ》と、ソネットの終行は告げていた。（Ⅱ・22）

明らかにファブリスは、この死後の魂についての夢想がクレリアの目に触れることを期待している。死後、己の魂がクレリアと「ぴったり一つになる」ことで「地上に楽園をみつける」という願いを、脱獄前に書いたとき、ファブリスは夢想のなかであれ天国を一瞥したといえるのではなかろうか。この詩を読んだクレリアは、天上的な存在（クレリア自身）をとおして恋人のファブリスに啓示される天国の至福について知ることになる。このソネットは、『パルムの僧院』の主題の一つを鮮明に描き出している。

後にファブリスは、宮廷の夜会で今は人妻のクレリアに出会ったとき、前述のマジョーレ湖畔から彼女に贈ったペトラルカの詩の二行を口ずさむ。

俗人に不幸者と思われていたとき　私の幸福はいかばかりであったことか！
そして今　私の運命はいかに変わり果てたことか！（Ⅱ・26）

ファブリスは恨み言を述べたつもりであったが、これを聞いて彼の変わらぬ思慕を知ったクレリアは、同じ詩の別の二行を独り繰りかえす。

《そうよ、この人、あたしを忘れてなんかいなかった》、と狂喜しながら自分に言った。この美しい魂〔＝クレリア〕は少しも移り気ではない。

いな　よもやわが心変わるを見たもうことあらじ
われに愛することを教えたまいし麗しの眼よ（*Ibid.*）

「麗しの眼」は、ペトラルカの詩によって永遠化された恋人ラウラはもちろん、クレリアその人を指している（ここでは、ファブリスの眼ともとれる）。恋人の眼に捧げるこれ以上の讃美はないであろう。ファブリスの一生は、クレリアの天上の美を宿した眼に憑かれ、導かれたものとみなすことができる。

サンセヴェリナ夫人の計画どおりフェランテ・パラが毒殺したエルネスト四世と同じく、子息のエルネスト五世も夫人に恋している。夫人をサン＝ジョヴァンニ公爵夫人に叙し、母（前大公妃）の女官長に任命する親書に、五世は手紙を添える。

母と私は、いつか貴女が、かつてペトラルカの所有であったと言い伝えられているサン＝ジョヴァンニの**別荘**からの美しい眺望を愛でておられたことを思いだしました。母は、あのささやかな領地を貴女にさしあげたいと望んでおります。（Ⅱ・23）

現パルム大公とその母が、父であり夫であった四世暗殺の首謀者サンセヴェリナ夫人を疑うどころか、その当人を厚く処遇するつもりでいる。小さな公国とはいえ暗愚な絶対君主への痛烈な皮肉である。夫人はかつて、義姉デル・ドンゴ侯爵夫人とその子ファブリスとの三人でグリアンタからミラノへ向かう途中、この「サン＝ジョヴァンニの魅惑の丘と森（Ⅰ・5）」のふもとを迂回したことがある。三人とコンティ父娘がともに憲兵に逮捕され遭遇したのは、ちょうどこのときである。

手紙の言葉どおり、夫人はこの領地を与えられる。晩年の彼女は、モスカの計らいで手に入れた眺めのよいサッカの森と館についで、同じように高所にある美しい土地を所有することになる。

夫人と結婚することになったモスカ伯爵は、ファブリスに次のような提案をする。

ご存知のように、公爵夫人と私はポー川に近い森のなかの美しい丘の上にある、ペトラルカの旧居を手に入れています。妬みからこせこせした意地悪をされて嫌になられたら、あなたはペトラルカの後継者になられるがよかろう、と考えてね。彼の名声が加われば、あなたの名もいっそう高まりますよ。（Ⅱ・26）

この旧居は、サン＝ジョヴァンニの館とは別のものであろう。モスカと結婚したサンセヴェリナ夫人はパルマには帰らず、ポー川左岸の所領ヴィニャーノの宮廷で社交界の女王として君臨し、そこにはファブリスも顔を出している。夫人は「外から見るかぎりあらゆる幸福を一身に集めていた（Ⅱ・28）」とある。しかし、ファブリスの視線はクレリアに、その死後も生前と変わらず注がれていたに違いない。とすれば、夫人は心底から幸せを感じていたとは思われない。その晩年は、諦めとむなしさに満ちていたのではなかろうか。

罪の子サンドリーノとクレリアの相次ぐ死の少し後、ファブリスは、エルネスト五世とモスカ首相の厚遇によるすべての地位を辞し、サンセヴェリナ夫人の所領サッカから二里ほど、ポー川に近い森のなかの《パルムの僧院》へ退く。だが、「彼の僧院で、わずか一年しか過ごさなかった（Ⅱ・28）」。夫人も、「心から愛しんだファブリスの死後、ほんのしばらくしか生きていなかった（*Ibid.*）」。

サン＝ジョヴァンニの別荘もサッカの森のモスカ夫妻の館も、本当にペトラルカの旧居であったかどうかは定かでないが、物語の最後にペトラルカの名が出ることで、この小説全体に文字どおりロマネスクな枠組みが与えられる。どちらの館も主人公たちが好む高所にあり、美しい眺望に恵まれている。そこにはいつも、ポーの流れが見え隠れしている。しかもこの高所は、ソネットによって恋人の眼を讃えた詩人の名と共に聖域化されている。悲劇的な結末を迎えたファブリスとクレリアの恋も、この高所で永遠化されることになる。

ふりかえってみると、夫人もクレリアもファブリスのために身を犠牲にしている。にもかかわらず、というべきか、ファブリス自身は、二人のためにほとんど何も犠牲を払っていない。彼をめぐる他の女たち――従軍酒保の女、フランドルの牢番の妻、瀕死の彼を介抱するフランドルの宿屋の女将と二人の娘、旅芸人マリエッタとその母親がわりの**小母さん**（*mammacia*）、歌姫ラ・ファウスタも同様である。恋敵のモスカとボルダ、さらに大公父子でさえファブリスの天性の魅力には抗えず、彼を憎みきれない。その魅力については、すでに彼の美しい眼を中心に考察してきたが、ファブリスには、スタンダールが南仏旅行で魅了されたボルドーの女性、殊にスミレとオレンジの花売り娘に見られる三つの美点「**無邪気、自然な振舞、気取りのなさ**[2]」がすべて具わっている。別の見方からすれば、ファブリスには、作者が偏愛するモーツァルト自身の、よく知られた天衣無縫の性質と天真爛漫な行状も付与されているように思われる。彼はやはり、天使のような存在というしかない。

小林秀雄は『モオツァルト』（一九四六年七月十日）のなかで、エゴティスト、スタンダールについて次のように述べている（旧字・旧仮名遣いは新しいものに変えた。以下同様）。

虚偽から逃れようとする彼の努力は凡そ徹底したものであり、この努力の極まるところ、彼は、未だ世の制度や習慣や風俗の嘘と汚れとに染まぬ、言わば生れたばかりの状態で持続する命を夢想するに到った。極度に明敏な人は夢想するに到る。限度を超えて疑うものは信ずるに到る。こゝに生れた、名付け難いものを、彼は、時と場合に応じて「幸福」とも「精力」とも「情熱」とも呼んだ。(3)

透徹した分析である。小林の言う「生れたばかりの状態で持続する命」は、ファブリスという存在、モーツァルトという存在とその音楽を見事に表わしているといえよう。

2　モーツァルト――「軽やかに歩むかなしみ」

その誕生から死まで、ファブリスは物語の空間を一筋の晴朗な光のように駆け抜ける。むしろ、この光輝の周りに物語の空間が形成されていく、と言うべきかもしれない。彼の短い一生は、スタンダールが大好きだったモーツァルトの音楽を思い出させる。次に挙げる小林の考察は、当時の音楽批評に衝撃を与えたと言われている。「ト短調クインテット、K.516」について、

ゲオンがこれをtristesse allanteと呼んでいるのを、読んだ時、僕は自分の感じを一と言で言われた様に思い驚いた。(Henri Ghéon, Promenade avec Mozart) 確かに、モオツァルトのかなしさは疾走する。涙は追いつけない。涙の裡に玩弄するには美しすぎる。空の青さや海の匂いの様に、万葉の歌人が、その使用法をよく知っていた「かなし」という言葉の様にかなしい。こんなアレグロを書いた音楽家は、モオツァルトの後にも先にもない。まるで歌声の様に、低音部のない彼の短い生涯を駆け抜ける。(4)

「行く、歩む」allerの現在分詞に由来する形容詞《allante》は「活発な、快活な」の意で、表面的には「悲しみ」tristesseと矛盾する。ゲオンは、この《allante》を「アンダンテ」andante（モデラートとアダージョの中間）の意味で用いていると考えられる。とすれば、《tristesse allante》は、例えば「軽やかに歩むかなしみ」と訳したい気がする。小林の「かなしさは疾走する」という受けとめ方はゆき過ぎであろう（これに関しては、高橋英夫に詳細な考察がある[5]）。

ここで思い出されるのが、ビゼーの『カルメン』に心酔したニーチェの「彼の音楽は汗をかかない〔……〕神的なものは軽やかにやってくる[6]」という評言である。この言葉は、モーツァルトの音楽の、また『パルムの僧院』の特質を評するのにもふさわしい。

ここで、モーツァルトの音楽とスタンダールの小説との関わりについて仮説を述べておきたい。高橋の次の考察は、『パルムの僧院』や『赤と黒』の構造にも当てはまるように思われる。

> モーツァルトはつねに下降を含んだ上昇として生れかわり、伸びあがってゆく。モーツァルトの音に打たれるとは、上昇に打たれたことなのか、それとも下降にであるのか、にわかには弁別しがたい経験である。人間的、現実的経験としては、そのときモーツァルトによって地上に打ち仆され、遺棄されるばかりか、地下の闇にまで追い落される怖れもありえた、ということに思いを馳せざるをえない筈のものだ。モーツァルト的上昇は人間的失墜に逆接されている[7]。

高橋の言う「人間的失墜」とは、モーツァルト自身あるいは彼の音楽のなかの失墜ではなく、その音楽を聴く者の「人間的、現実的経験として」の失墜である。ここで分析された「上昇」と「下降」の運動は、スタンダールの作品と登場人物の、外面と同時に内面の運動にもみられるのではなかろうか。これについては、改めて考えねばならない。

おわりに

スタンダールの人物たちは大てい善玉と悪玉にはっきり分かれており、それが作品を物足りなくしているとみなされがちである。だが悪玉にされている人物も、恋愛や政争のなかで主人公たちの敵であるが故にあるいは悪辣な権力者、あるいは愚かな俗物として描かれているにすぎない。彼らもそれぞれの立場で、それぞれの幸福を追求していることに変わりはない。一例を挙げればパルムの新大公エルネスト五世である。彼は「人の心を責めさいなむ術に長けている（I・7）」父の四世ほど酷薄ではなく、「幼稚な頭（II・25）」の持ち主であるが、彼なりに恋の喜びを執拗に求める。父と同じようにサンセヴェリナ夫人に恋し、結婚まで望む。夫人はファルネーゼ塔に舞い戻ったファブリスを救うため、五世が出した「必ずや貴女の一時間を私に委ねてわが生涯無二の幸福を賜り、すっかり私のものになってくださる（*Ibid.*）」という条件を呑む。彼は夫人を「自分のもの」にできる喜びで他の全てを忘れ、「別人になる（*Ibid.*）」。自分を「小ナポレオンと思いこむ（*Ibid.*）」。恋の幸福に恍惚として「別人になる」のは、ファブリスやジュリヤンと変わらない。

別の見方からすれば、こうした単純な人物の分け方がスタンダールの語り口に荒削りだがよどみない速度を与え、作品に明快な光と影を刻みつけていると考えられる。

ただ、スタンダールの悪玉はみな「熱狂と詩（『赤と黒』Ⅱ・24）」、「詩人の熱情と熱狂（*Ibid.*, Ⅱ・36）」を解さない、つまりロマネスクな魂を持たないちっぽけな俗物として、皮肉な視線で醜く滑稽に描かれる。例えば、ジュリヤンに恋愛指南をするアルタミラ伯爵である。彼は、故国スペインで死刑宣告を受けた人物であるが故にマチルドの興味を惹くが、実は抜け目のない俗物である。彼女はそれを見抜く――「彼の精神には一つの傾向しかない。すなわち、**実利、実利讃美**（Ⅱ・8）」。ただし、伯爵はジュリヤンのなかに同じ傾向を見出して、「あなたは**実利**の原理を解しておられる（Ⅱ・9）」と持ちあげる。アルタミラ伯のような俗物が求める幸福は地上の、虚飾に汚れた卑小なもので、ロマネスクな想像力に恵まれた主人公たちが風景や恋人や音楽や美術のもたらす天上の美をとおしてかいま見る、楽園の幸福とは異なっている。

ジュリヤンはそのことをはっきり意識していて、ブザンソンの獄中でマチルドに次のように述懐する（「情熱」はしばしば「熱烈な恋愛」を指す）。

ねえ君、情熱そのものは人生のなかの一つの偶発事だけれど、その偶発事は優れた魂のなかでしか起こらない――それは認めなきゃならない。（Ⅱ・39）

言いかえるなら、情熱（ここでは「大いなる情熱」）をそなえた人間だけが「優れた魂」les âmes supérieuresの名に値するのである。スタンダールが描こうとした主人公たちはこうした人物である。両作品のエピローグ〈幸福な少数の人々に〉TO THE HAPPY FEWは、この「優れた魂」を解する選ばれた読者に向けられていることは明らかである。

既にみたように、『パルムの僧院』第一部の後半は、ファルネーゼ塔のファブリスと鳥部屋のクレリアのあいだの視線による恋で一つのクライマックスを迎える。この地上高く離れた空中での視線と視線の融合は、肉体的な欲望や社会的な汚濁を限りなく排除した、透明で清浄な、ほとんど天上的なものである。第二部は、恋人たちがこうした楽園的な至福の時間（九ヶ月間！）をとり戻そうとする、地上の俗界での懸命な試みの軌跡である。第二部が第一部の繰り返しのような印象を受けるのは、このためである。クレリアとの再会を求めて、ファブリスはせっかく脱出した牢獄へ舞い戻るが、再開された視線の恋の喜びはつかの間に終る。クレリアの結婚による中断を経て始まる二人の逢引（肉体的な融合）は、闇のなかでしか許されない（ただし三年間も！）。再び陽光のなかで視線を交わす幸福が訪れるのは、二人のあいだの子供の死と、これに続くクレリアの死の直前である。

これまでほとんどふれなかったが、サンセヴェリナ夫人も第一部でファブリスと味わった牧歌的な幸福の時を、第二部で懸命にとり戻そうとする。夫人は「〔ファブリスの〕ヂレッティ殺害事件までは本当に幸福だった（Ⅱ・23）」が、ファブリスがクレリアを恋慕していることに気づいてからは、それも空しい。「ナポリから帰ったファブリスを迎えたとき、パルムの屋敷で幸福と子供っぽい喜びで夢中になっていた（*Ibid.*）」頃を懐かしむ。そして、クレリアへの嫉妬から彼女のクレセンツィ侯爵との結婚を早めさせるが、ついにファブリスの心をとり戻すことはできない。

『赤と黒』の第二部も、第一部で、ジュリヤンが生涯で初めてレナール夫人とともにかいま見た天上的な幸福の時を再び見出そうとする営為の跡に他ならない。レナール夫人の情熱とは異なる狂熱的な情熱でジュリヤンを翻弄するマチルドとの恋愛、また夫人の眼に似た青い美しい眼をもつフェルヴァック夫人との戯れの恋のうちにあっても、彼は故郷でレナール夫人の天上的でも地上的でもある視線に包まれて過ごした無上の幸福を忘れていない。くり返し彼に訪れるこのような至福の時の甦りは、プルーストの『失われた時を求めて』*A la Recherche du Temps perdu*（一九一三―二七）にみられる、間歇的に噴きでる無意志的記憶を思わせる。夫人を狙撃したかどでブザンソンの牢獄に収監されてから、彼はいっそう烈しくヴェルジーでの楽園状態を愛惜しはじめる。

《あのヴェルジーのようなどこかの山国で、静かに過ごせる二、三千フランの収入があればなあ！……思えばあのころ、おれは幸福だったのに……おれは自分の幸福がわかっていなかったんだ！》（Ⅱ・36）

マチルドとフーケが彼の助命のために走りまわっているあいだ、主塔の独房で、彼は生まれて初めて「悔恨」を味わう。

野望が彼の心のなかで死ぬと、別の情熱がその灰から生まれてきた。彼はそれをレナール夫人を殺害しかけた〔原文は「殺害した」d'avoir assassiné〕ことへの悔恨と呼んでいた。（Ⅱ・39）

そういえば、同じころ夫人も、自分の手紙がもとでジュリヤンに狙撃されかつ彼と一緒にいられない不幸を「**悔恨**（Ⅱ・36）」と呼んでいる。面白いのは、ジュリヤンが野望の生まれ変わりの悔恨をも「情熱」と名づけていることである。至福の楽園の時は、それを野望のために失ったことへの悔恨が深ければ深いほど無二の記憶としていっそう聖化される。

本当に、ジュリヤンは気も狂わんばかりに夫人が愛しかった。彼が異様な幸福を感じるのは、完全に一人っきりで邪魔の入るおそれがなく、かつてヴェルジーで過ごした幸せな日々に心ゆくまで浸れるときだった。あまりに速く飛び去ったあの頃のどんなに些細な出来事にも、彼はたまらない新鮮さと魅力を覚えるのだっ

た。一度もパリでちやほやされたことは考えなかった。そんなことにはうんざりしていた。（Ⅱ・39）

公判のときジュリヤンは次のように述べる。

レナール夫人は、わたくしにとって、母親のような方でした。（Ⅱ・41）

夫人も彼のことを、一人の成熟した男というより「子ども」のように受けとめていたと思われる。

《まあ！　あたしとしたことが》、と彼女は独りごちた――《人を愛するなんて、恋をするなんて！　このあたしが、人妻なのに、恋に落ちるなんて！　だってあたし、夫にはついぞこんな訳のわからない狂ったような思いを抱いたこともないのに、ジュリヤンのことはどうしても頭から離れないんだもの。何といってもあの人はほんの子どもで、ただあたしを目いっぱい敬愛しているだけなのに！　こんな狂ったような思いも束の間だろう。（Ⅰ・11）

モスカとサンセヴェリナ夫人も、ファブリスを勝手気ままな子どもと見ていたことが思い出される。先ほどもふれたように、自意識家のジュリヤンはともかく、ファブリスにはスタンダールが主人公たちに求める「**無邪気、自然な振舞、気取りのなさ**」[1]がある。これは「子どもっぽさ」ないしは「幼児性」にも関わる要素である。

死刑が確定すると、ジュリヤンは空中高い独房、「階段を一八〇も上がる、彼のきれいな部屋（Ⅱ・37）」から、地下牢へ降ろされる（Ⅱ・42）。そこは「悪い空気（Ⅱ・45）」（この語は二度くり返される）の充満する「ひどく醜悪な、ひどくじめじめした（*Ibid.*）」所である。楽園のような高所から地獄のような地下への落下である（地獄が地下のじめじめした泥濘として描かれるのはヨーロッパの伝統である）。しかしレナール夫人が面会に来はじめるのは、このときからである（Ⅱ・43）。彼はそこで、夫人の赦しの眼差しに包まれながらヴェルジーでの楽園の日々をくり返し噛みしめる。むしろ、夫人の存在そのものが楽園の思い出の現前であり、ジュリヤンは彼女を見るだけでもう一度天上の高みへ翔けあがることが許される。

最期の瞬間、彼が見るのも、この失われた楽園である。

この頭は、落ちようとする瞬間ほど詩的だったことはなかった。かつてヴェルジーの森で味わったこよなく甘美な一刻一刻が、群れをなし、すさまじい勢いでよみがえってきた。（Ⅱ・45）

この物語で初めて、「熱狂と詩（Ⅱ・24）」、「詩人の熱情と熱狂（Ⅱ・34）」を解する感性と想像力に恵まれた頭脳が「ロマネスク」romanesqueではなく、「詩的」poétiqueと形容されている。

振りかえってみると、歓喜であれ悲哀であれ、主人公たちの恋情が高まる場面に作者は好んでペトラルカの詩句やペルゴレージの歌曲、チマローザの歌劇やモーツァルトの音楽を登場させている。ファブリスのいない塔の窓に向かって、クレリアが彼から贈られていたペトラルカの詩を歌う場面を挙げてもよい。このとき詩に曲をつけたのは、おそらくクレリア自身であると思われる。恋人たちの哀感や幸福感を表わすには、音楽と、音楽に最も近い芸術である詩がふさわしい、とスタンダールは感じたのであろう。しかも、音楽と詩には、恋する気持ちをいっそう高める働きがある。このことは、『恋愛論』の次のような考察とつき合わせれば了解されよう。

〔……〕この世で音楽ほど恋をしたい気持ちにさせるものはなかろう。（Ⅰ・16）

魂のなかに恋の衝動にそっくりの衝動をかき立てる音楽への情熱。（Ⅱ・43）

ジュリヤンは己の野心と偽善に縛られた卑俗な打算に目が眩み、慈母でも天使でもあるレナール夫人とヴェルジーで浸った文字どおり地上の楽園のひとときを見失っていたが、死の間際に、これを再び見出すことができた——この時の主人公の内面こそ「詩的」と呼ぶにふさわしい、とスタンダールは考えたのだろう。『赤と黒』は、この瞬間を描くために書かれたともいえるのではなかろうか。

ジュリヤンの処刑が行われた季節は明示されていないが、少なくとも寒い季節ではないと思われる。彼が断頭台に向かうとき、「美しい太陽が自然を喜ばせていた（Ⅱ・45）」からである。明らかにジュリヤンの眼差しは陽光を浴びて嬉しそうにかがやく自然に包まれている。それと同時に、彼の「内面の眼差し」regard intérieur(2)も記憶のうちによみがえる至福の光景に満たされていたことは確かである。

註

はじめに

（1）通常「僧院」と訳されるchartreuseは「シャルトル〔カルトゥジオ〕会修道院」のこと。

（2）Jean STAROBINSKI, *L'Œil vivant*, Gallimard, 1970, p.11.

（3）「フェルヴァック元帥」le maréchal de Fervaquesという名は、ユゴー『レ・ミゼラブル』（Ⅱ・1—19）のフェルヴァック侯爵を想起させる（ただし、綴りはFervacques）。一五四四年、イタリアのチェレゾーレ村でスペインとの戦いに勝利した日の夜、侯爵はだまし討ちに遭う。スタンダールの頭にはこの名があったのではなかろうか。HUGO, *Les Misérables* (1862), Bibliothèque de la Pléiade, Gallimard, 1976, p.369参照。

Ⅰ　高所の幸福

（1）十六歳　ピエトラネーラ伯爵夫人の言による（Ⅰ・5）。別の箇所では、ワーテルローの戦いから帰ったときファブリスは十七歳だった（Ⅰ・16）と言うが、これは彼女（あるいは作者）の記憶違いであろう。

（2）十二歳　父コンティ将軍の言による（Ⅰ・5）。彼はなぜか「一八〇三年一〇月二七日」と娘の生年月日まで断言するが、本当は一八〇〇年生れの十五歳と考えられる（実際より幼くいうのは、ファブリスと恋におちるのを怖れたからかもしれない）。五年後、作品の話者とクレリア自身が「二十歳（Ⅱ・15）」と明言しているからである。ファブリスを脱獄させた後、サンセヴェリナ夫人も「あの娘は二十歳で〔……〕あたしは倍の歳！（Ⅱ・23）」と嘆く。

（3）この名前Mariettaは、『カストロの尼』（一八三九）と『惚れ薬』（一八三〇）にも出てくる。

（4）三七歳　夫人自身がモスカ伯爵に明かした年齢（Ⅱ・16）。新大公には「三八になる女（Ⅱ・24）」と言う。パルム公国に来て一年ほど経っているからである。

（5）ただし、ジュリヤンは一貫してこの英雄の女性遍歴を羨み、真似ているが、ファブリスにはそれがない。

（6）ナポレオン一世（一七六九—一八二一）は一七九五年、国内軍総司令官になる。翌九六年、イタリア派遣軍司令官としてオーストリア軍とピエモンテ軍を連破し、九七年、イタリア全土を制圧。一八〇四年、第一帝政を布くが、一四年に退位、エルバ島への流刑に処される。翌一五年三月、脱出してパリに上り復位するが、同年六月、ワーテルローの戦いに敗れ、セント・ヘレナ島へ流される。一八二一年、同地で没。ファブリスが参戦するのは、ワーテルローの戦いである。

（7）Georges POULET, *Qui était Baudelaire ?*, Albert Skira, 1969, p.130.
（8）『プルースト全集』15、筑摩書房、一九八六、一七五―一七六頁。
（9）ALAIN, *Les arts et les dieux*, Bibliothèque de la Pléiade, Gallimard, 1958, p.803.
（10）篠田浩一郎『フランス・ロマン主義と人間像』未来社、一九六五、三〇―三一頁。
（11）ALAIN, *op. cit.*, p.803.
（12）*Ibid.*
（13）Charles-Pierre BAUDELAIRE, *Œuvres complètes* II, Bibliothèque de la Pléiade, Gallimard, 1976, p.334.
（14）*Ibid.*
（15）Gérard GENETTE,《 *Stendhal* 》, in *Figures* II, Seuil, 1969, p.163.「間接的な伝達はスタンダール的話題の特権的な情況の一つである。ルソーによる言語の媒介機能に対する批判、また、彼にとっては二重の媒介である筆記の機能に対する批判は知られている。スタンダールは反対に、《魂が直接に魂に語りかける》といったルソー的な透明な関係ははねつけるか、少なくとも保留すると思われる。伝達の決定的な瞬間（告白、別れ、宣戦布告）は彼の場合、大てい筆記に託される」。

Ⅱ　目のなかを読む

（1）BAUDELAIRE, *op. cit.*, p.344.

Ⅲ　特異さと高貴さ

（1）古屋健三「『赤と黒』の演劇的空間」、『スタンダール研究』白水社、一九八六、一一九頁。

Ⅳ　倦怠の宿る眼

（1）スタンダール「『赤と黒』について」小林正訳、『赤と黒』下、新潮文庫、二〇〇五、四七九頁。

（2）BAUDELAIRE, *Les Fleurs du Mal*, édition annotée par Antoine ADAM, Garnier, 1988, p.261.
（3）Timothy A. UNWIN, *Flaubert et Baudelaire, —Affinités spirituelles et esthétiques*, Nizet, 1982, pp.27–28.
（4）スタンダール、前掲書、四九三頁。
（5）同書、四八三頁。
（6）同書、四七五頁。

Ⅴ　自意識

（1）スタンダール『南仏旅日記』山辺雅彦訳、新評論、一九八九、四七頁。
（2）スタンダール「『赤と黒』について」、前掲書、四九三頁。

Ⅵ　芝居

（1）Paul VALÉRY, *Variété* II (1929), in *Œuvres* I, Bibliothèque de la Pléiade, Gallimard, 1980, p.560.
（2）桑原武夫『桑原武夫集』1、岩波書店、一九八〇、二九頁。
（3）VALÉRY, *op. cit.*
（4）Blaise PASCAL, Pensées, Classiques Garnier, 1964, p.131.
（5）スタンダール『南仏旅日記』、前掲書、四六頁。

Ⅶ　視線の恋

（1）Victor BROMBERT, *Stendhal et les《duceurs de la prison》*, in *La Prison romantique —Essai sur l'imaginaire,* José Corti, 1975, p.76.
（2）ジャン=ポール・クレベール『動物シンボル事典』竹内信夫ほか訳、大修館、一九八九、二五〇頁。
（3）Gaston BACHELARD, *L'air et les songes*, José Corti, 1968, p.82.
（4）BROMBERT, *op. cit.*, p.75.
（5）GENETTE, *op. cit.*, p.165.

（6）石川　宏「同時代年代記と小説」、『フランス文学講座2・小説Ⅱ』大修館、一九七六、四六頁。
（7）古屋健三、前掲書、一一九頁。

Ⅷ　眼の圧制

（1）同上。
（2）STAROBINSKI, *op. cit.*, p.116.
（3）*Ibid.*, p.227.
（4）*Ibid.*
（5）石田穣二・清水好子校注『源氏物語 一』、『新潮日本古典集成』新潮社、一九九四、二八八頁。

Ⅹ　詩と音楽

（1）鈴木信太郎『フランス詩法』下、白水社、一九七〇、二五〇―二五六頁。
（2）スタンダール『南仏旅日記』、前掲書、四七頁。
（3）小林秀雄『モオツァルト』角川文庫、一九五九、三一―三二頁。
（4）同書、三八頁。
（5）高橋英夫『疾走するモーツァルト』講談社、一九九九、七二―七七頁。
（6）『カルメン』（『名作オペラ・ブックス』8）倉田裕子訳、音楽之友社、二〇〇四、二八七頁。
（7）高橋英夫、前掲書、五七頁。

おわりに

（1）スタンダール『南仏旅日記』、前掲書、四七頁。
（2）STAROBINSKI, *op. cit.*, p.116.

註記

スタンダールの作品の邦語訳には、主として下記のプレイヤード叢書（Bibliothèque de la Pléiade, Gallimard）所収の作品集を用いた。

Romans et Nouvelles, 2 vol., 1952.

Correspondance, I : 1962, II : 1967, III :1968.

Voyages en Italie, 1973.

Œuvres intimes, I : 1981, II : 1982.

また『パルムの僧院』・『赤と黒』・『カストロの尼』・『ヴァニナ・ヴァニニ』・『恋愛論』の邦訳にはクリュニー叢書（Bibliothèque de Cluny, Armand Colin）、『アルマンス』にはClassiques Garnier版を参照した。

ラ・ファイエット夫人『クレーヴの奥方』*La Princesse de Clèves*、パスカル『パンセ』*Pensées*, フロベール『ボヴァリー夫人』*Madame Bovary*、メリメ『カルメン』*Carmen* の訳はいずれもClassiques Garnier版に拠る。

ルソー『告白』*Les Confessions* および『新エロイーズ』*Julie ou La Nouvelle Héloïse* と、モーリヤック『愛の砂漠』*Le Désert de l'amour* はプレイヤード叢書に拠る。

邦訳に際し、次の訳を参照させていただいた。訳者の方々に謝意を表する。

（1）『世界文学大系』21、筑摩書房、一九七八（『パルムの僧院』（生島遼一訳）／『カストロの尼』（小林正訳）／『アルマンス』小林正・冨永明夫訳）／ヴァレリイ「スタンダール」（桑原武夫・生島遼一訳））

（2）『世界文学大系』22、筑摩書房、一九八〇（『赤と黒』（桑原武夫・生島遼一訳）／『恋愛論』（生島遼一・鈴木昭一郎訳）／アラン「スタンダール」（鈴木昭一郎訳））

（3）大岡昇平訳『パルムの僧院』上・下、新潮文庫、一九五一。
『恋愛論』新潮文庫、一九七〇。

桑原武夫訳『カストロの尼　他二篇』岩波文庫、一九八三。

小林　正訳『赤と黒』新潮文庫、（上）一九五七、（下）一九五八。

高橋英郎・冨永明夫訳『モーツァルト』東京創元社、一九八八。

山辺雅彦訳『南仏旅日記』新評論、一九八九。

参考文献

あらためて申すまでもなく、スタンダールに関する書誌は膨大な数に上る。わが国における一番まとまった書誌としては、栗須公正氏の労作が挙げられる（桑原武夫・鈴木昭一郎編『スタンダール研究』白水社、一九八六、四二五—七三〇頁）。以下に記す文献は筆者が参照したものの一部である。雑誌論文と、全集・校訂版・訳書などの解説は原則として省いた。

I　外国語文献

ALAIN, *Les arts et les dieux*, Bibliothèque de la Pléiade, Gallimard, 1958.

BACHELARD (Gaston), *L'air et les songes —Essai sur l'imagination du mouvement*, José Corti, 1943（宇佐美英治訳『空と夢—運動の想像力にかんする試論—』、法政大学出版局、一九六八）

BARDÈCHE (Maurice), *Stendhal romancier*, La table ronde, 1947.

BAUDELAIRE (Charles–Pierre), *Œuvres complètes*, Bibliothèque de la Pléiade, Gallimard, I : 1975, II : 1976.

BLIN (Georges), *Stendhal et les problèmes du roman*, José Corti, 1978.

BROMBERT (Victor), *La Prison romantique —Essai sur l'imaginaire*, José Corti, 1975.

BUTOR (Michel), *Fantaisie chromatique à propos de Stendhal*, in *Répertoire* V, Les Editions de Minuit, 1982.

GENETTE (Gérard), 《*Stendhal*》, in *Figures* II, Seuil, 1969.

LAMARTINE (Alphonse de), *Œuvres poétiques*, Bibliothèque de la Pléiade, Gallimard, 1963.

MAURIAC (François), *Œuvres romanesques et théâtrales complètes* I, Bibliothèque de la Pléiade, Gallimard, 1978.

POULET (Georges), *Mesure de l'instant —Etudes sur le temps humain* IV, Plon, 1968.

Qui était Baudelaire ?, Albert Skira, 1969.

PÉVOST (Jean), *Le chemin de Stendhal*, Paul Hartmann, 1927（加藤民男訳『スタンダール論』審美社、一九六九）

La création chez Stendhal, Mercure de France, 1951.

RICHARD (Jean–Pierre), *Connaissance et tendresse chez Stendhal*, in *Littérature et Sensation*, Seuil, 1954.

ROUSSEAU (Jean-Jacques), *Œuvres complètes*, 2 vol., Bibliothèque de la Pléiade, Gallimard, 1999.

STAROBINSKI (Jean), *Stendhal pseudonyme*, in *L'Œil vivant*, Gallimard, 1970（大浜甫訳『活きた眼』理想社、一九七一）

La transparence et l'obstacle, Plon, 1957（山路昭訳『透明と障害―ルソーの世界―』みすず書房、一九七三）

TAINE (Hippolyte), *Ancien Régime —Les Origines de la France contemporaine* I・II, Hachette, 1920（岡田真吉訳『近代フランスの起源―旧制時代―』上・下、角川文庫、一九六三）

THIBAUDET (Albert), *Stendhal*, Hachette, 1931（河合亨・加藤民男訳『スタンダール論』冬樹社、一九六八）

UNWIN (Timothy A.), *Flaubert et Baudelaire —Affinités spirituelles et esthétiques*, Nizet, 1982.

VALÉRY (Paul), *Œuvres* I, Bibliothèque de la Pléiade, Gallimard, 1957.

II　日本語文献

桑原武夫・鈴木昭一郎編『スタンダール研究』白水社、一九八六。

（所収論文は八篇。『赤と黒』が中心で、『パルムの僧院』についての研究は収録されていない）

日本スタンダール研究会編『スタンダール変幻―作品と時代を読む―』慶應義塾大学出版会、二〇〇二。

（所収論文は十七篇。本書にも『パルムの僧院』についての研究は収録されていない）

*

安斎千秋『フランス・ロマン主義とエゾテリスム』近代文藝社、一九九六。

生島遼一『フランス小説の「探求」―『クレーヴの奥方』からヌーヴォー・ロマンまで』筑摩書房、一九七六。

大岡昇平「わがスタンダール」、『大岡昇平集』17、岩波書店、一九八四。

岡田直治『フランス小説の世紀』（「第三章　虚栄から情熱へ―スタンダール」）ＮＨＫブックス、一九八三。

荻野昌利『視線の歴史―〈窓〉と西洋文明―』世界思想社、二〇〇四。

オットー・ベッツ『象徴としての身体』西村正身訳、青土社、一九九六。

片岡美智『スタンダールの人間像』白水社、一九五七。

加藤民男『スタンダール「赤と黒」』小沢書店、一九九一。

黒川哲郎ほか編『まど―日本のかたち―』板硝子協会、一九九七。

桑原武夫『フランス文学論』筑摩書房、一九六七。スタンダール論は「スタンダールの芸術について」、「スタンダール」、「ヴァレリのスタンダール論」、「『イタリア絵画史』のスタンダール」の四篇。

桑原武夫『桑原武夫集』1、岩波書店、一九八〇。上記論文のうち、「『イタリア絵画史』―」を除く三篇と「スタンダール遺跡めぐり」を収録。ただし、「ヴァレリの―」は「ヴァレリーの―」に変更されている。

小宮正安『オペラ 楽園紀行』集英社新書、二〇〇一。

ジャン゠ポール・クレベール『動物シンボル事典』竹内信夫ほか訳、大修館、一九八九。

鈴木信太郎『フランス詩法』白水社、(上)一九七七、(下)一九七〇。

デイヴィッド・コノリー『天使の博物誌』佐川和茂・佐川愛子訳、三交社、一九九四。

中川久定『自伝の文学―ルソーとスタンダール』岩波新書、一九七九。

西川長夫『ミラノの人スタンダール』小学館、一九八一。

松原雅典『スタンダールの小説世界』みすず書房、一九九九。

室井庸一『スタンダール評伝』読売新聞社、一九八四。

第二章　『カルメン』における視線のドラマ
――小説と歌劇の比較をとおして――

はじめに

メリメProsper MÉRIMÉE（一八〇三―七〇）の小説『カルメン』*Carmen*（一八四五）では、カルメンとドン・ホセの視線のやりとりが彼らの存在と行為を根底からつき動かしていると思われる。このモティーフの働きと意味について、原作と、その脚色に基づくビゼーの歌劇『カルメン』（一八七五）とを比較しながら考えてゆきたい。この視線のドラマには登場人物の魔性または獣性と聖性、都市と田園、エロスとタナトスのテーマが関わってくる。

〔**註記**〕引用文末の（　）内のローマ数字は小説の章または歌劇の幕、アラビア数字は歌劇の場を示す。原文において最初が大文字またはすべて大文字の語句は〈　〉でくくり、イタリック体のものはゴシック体で示す。強調の傍線はすべて筆者による。

Ⅰ　黒い眼と青い眼

まず、主人公の眼の色について述べておきたい。メリメが一八二二年に出会い生涯の友になる、二十歳年上のスタンダールは、黒い眼の捉えがたい魅力に憑かれた作家である。スタンダールは、ジュリヤン（『赤と黒』*Le Rouge et le Noir* 一八三〇）、アルタミラ伯爵（*Ibid.*）、オクターヴ子爵（『アルマンス』*Armance* 一八二七）やヴァニナ（『ヴァニナ・ヴァニニ』*Vanina Vanini* 一八二九）らの黒い眼を、レナール夫人（『赤と黒』）、マチルド（*Ibid.*）、アルマンス（『アルマンス』）やピエトロ（『ヴァニナ・ヴァニニ』）らの青い眼よりも神秘的で、より深い謎を秘めたものとして描いている。『カルメン』の作者も同様である。

フランス・ロマン主義の特色の一つ、スペイン趣味を体現する妖艶なジプシー女カルメンの「実に大きな眼（Ⅱ）」の色も黒である。物語の初めに、カエサルの古戦場を求めてコルドヴァ南南東のモンティーリャ市に近いカチェナ平野をさまよっていた話者（＝作者とみてよい）は、とある高地の「細い峡谷（Ⅰ）」でお尋ね者のホセ・マリア、通称ドン・ホセに出遭う。彼の眼は人相書どおり青いが、その眼差しは「翳りがあって誇り高い（*Ibid.*）」。

　小卓の上に置かれたランプの光を浴びている彼の顔は、高貴でしかも獰猛なため、私はミルトンのサタンを思い浮かべていた。おそらくサタンと同じように、私の道連れも離れてきた故郷、一度の過ちが招いた流離の日々に思いを馳せていたのだろう。（*Ibid.*）

ミルトンJohn MILTON（一六〇八―七四）の叙事詩『失楽園』*Paradise Lost*（一六六七）に登場する魔王サタンは、天国から地上へ流された天使である。ホセが「離れてきた故郷」はサタンが追われた天上の楽園のようなもの、と話者の「私」は考えている。高みから低みへの落下の典型として、フランス・ロマン派の作家たちがイカロスとともに好んだミルトンのサタン像を、ボードレールCharles-Pierre BAUDELAIRE（一八二一―六七）は理想美のモデルにしている。

私は〈喜び〉は〈美〉と両立できないと言い張るつもりはないが、〈喜び〉は〈美〉の通俗極まりない飾りの一つでしかないと言いたい――しかるに〈憂愁〉は〈美〉のいわば隠れもない伴侶であり、私には（私の脳髄は魔法にかかった鏡なのか？）〈**不幸**〉が影を落とさぬ類いの〈美〉はまず想い描けないほどなのだ。〔……〕私は、男性的な〈美〉の最も完璧な典型は**サタン**――ミルトン風の――である、と結論づけないわけにはゆかない。

「火箭」16(1)

ホセの「特異な悲しみの表情を湛えた（*Ibid.*）」風貌には、確かに憂愁の影が濃く刻まれている。ボードレールを偏愛するルドンOdilon REDON（一八四〇―一九一六）は、『悪の花』*Les Fleurs du Mal*（初版一八五七）の詩篇をモティーフに石版挿画を制作したが、そのなかで堕天使サタンも描いている(2)。

地獄についての概念は、「天国・煉獄・地獄」の三層構造を初めて明確にしたダンテDante ALIGHIERI（一二六五―一三二一）の前と後とでは異なるが、天使の転落は次の三つの型に分けることができると思われる。

（1）天上から地下

（2）天上から地上（空中も含む）

（3）地上（空中も含む）から地下

すなわち堕天使には、天上から地上を経ずにいきなり地下（の地獄）へ転落する者、地上へ転落してそこにとどまる者、地上を経て更に地下へ転落する者がある。こうした段階を基にホセの失墜の生涯をたどり直すと、（1）はなくて、（2）と（3）にあてはまると考えられる。そして「（2）天上から地上」へ転落したホセの、地上生活における更なる転落については、二つ（第二・第三）の段階が認められる。

スペイン北部バスク地方ナヴァラの山村エリソンドに生まれたドン・ホセは純朴な、しかし直情径行の若者である。最下級とはいえ貴族「ヒダルホ」hidalgoの末裔で誇り高かったホセは、ポームの勝ち負けで刃傷沙汰を起し、アンダルシア地方の大都市セヴィリアへ逃れる（最初の転落）。歌劇ではホセがスニーガ中尉にこの経緯を語る（Ⅰ・3）。騎兵隊で順調に出世し伍長になったホセは、軍曹に昇進の内示を受ける（歌劇では、彼を追ってセヴィリアから四十キロメートルほどの村へ移り住んだ母もその知らせを喜ぶ）。だがそれも束の間、彼は「運悪く（Ⅲ）」護衛に回された煙草工場でカルメンの眼の虜になる。傷害で捕縛された彼女の逃走を助けたかどで、ホセは降格と営倉の懲罰を受け、爾後、失墜の闇を歩みはじめる（第二の転落）。吉田秀和の言葉を借りれば、「まじめ青年がカルメンにとりつかれ、一直線に恋に突入した。あとで、いくら愛想づかしをいわれようと、ひたすらまといつき、懇願することしか知らず、ついに涙と共に相手を刺し殺すほかない（歌舞伎にもよくある）人物[3]」である。先にふれた話者との邂逅までに、彼は中尉を殺害している（第三の、この世の地獄への転落）。軍にいられなくなったホセは、カルメンの密輸団に加わるが、そこでも彼女の亭主〈片目のガルシア〉を決闘で刺殺する。加えて、カルメンが仕組んだ追剥（ホセは「手荒な真似は控えた（Ⅲ）」と言うが）や追手の騎兵との戦闘で、彼が殺傷した人間の数も少なくないと推測される。この第三の転落後、彼の「獰猛な見かけ（Ⅰ）」、「高貴でしかも獰猛な顔（*Ibid.*）」のなかの「獰猛な眼差し（*Ibid.*）」は、カルメンの「なまめかしくてしかも獰猛な表情（Ⅱ）」を湛えた眼差しに急速に近づいている。同時に、「陽に焼けて、その金髪よりも黒ずんできた（Ⅰ）」彼の顔色も、女の「銅色にすこぶる近い肌（Ⅱ）」と似通う。彼はまた「飢えた狼（*Ibid.*）」に喩えられるが、ここにも、自分で自分を「狼」と認める女（Ⅲ）との一体化がある。

カルメンの転落は「（3）地上（空中も含む）から地下」にあてはまるだろう。彼女は生まれたときから天上の楽園には縁がなく、この世の地獄ともいうべき境涯に育ち、ホセと出遭ったときは既に地下の地獄に棲む悪魔と変わらない存在になっている。また、彼女はそのことをはっきりと自覚していて、隠さない。

最後にホセはカルメンを刺殺して自首し、絞罪を科される（最終の転落＝（3））。物語は処刑の執行前に終るが、話者は、獄中のホセと、「彼の魂の救済のために（Ⅱ）」ミサを挙げる約束をしている。話者がそれを破るとは考えられない。とすれば彼の死後、その魂が地獄落ちになるとは限らず、処刑が最終の転落といえるかどうかは分からない。

ところで、多用される形容詞《farouche》はすべて「獰猛な」と訳したが、『ロベール小辞典』*Le Petit ROBERT*には「飼い慣らされておらず、人が近づくと逃げる、野性の粗暴さを持つ」とある。この定義はそのまま、初登場のカルメン（メゾ・ソプラノ）が歌う世に知られた名アリア「ハヴァネラ」*Havanaise*にあてはまる。

（彼ら〔若者たち〕を眺めて）	*(les regardant)*
いつあんたらを好きになるかって 　そんなこと　分かるもんか	Quand je vous aimerai, ma foi, je ne sais pas.
見込みなしかもよ　あしたかもよ	Peut–être jamais, peut–être demain;
けど今日じゃない　それだきゃ確かさ	Mais pas aujourd'hui, c'est certain.
〔第四番・ハヴァネラ〕	〔No.4 : Havanaise〕
恋は逆らう小鳥だよ	L'amour est un oiseau rebelle
誰にも飼い慣らせやしない	Que nul ne peut apprivoiser,
〔……〕	〔……〕
あんたが捕まえたと思っても　逃げる	Tu crois le tenir, il t'évite,
あんたは逃げたくても　捕まるのさ	Tu veux l'éviter, il te tient.
恋はボヘミアンの子どもだよ	L'amour est enfant de Bohème,
きまりもへったくれもありゃしない	Il n'a jamais connu de loi;

（I・5）

この自己紹介ともいうべきアリアには、カルメンの生き方と考え方がすべて凝縮されている。彼女は初め、自分に言い寄る若者全体に視線を投げながら歌うが、途中から、自分に渇望の視線を向けないホセ――「むっつり屋」の気を惹こうとする。

口説き上手もいりゃ　むっつり屋もいる　L'un parle bien, l'autre se tait:
あたしゃむっつり屋の方がお好みさ　Et c'est l'autre que je préfère,
黙りこくっちゃいても　お気に入りさ　Il n'a rien dit, mais il me plaît.

（Ⅰ・5）

カルメンの登場前、ホセの幼なじみのミカエラが兵士たちの欲望の視線をかわして去ると、モラレス伍長は娘を「小鳥」に喩えて「小鳥が飛んでく／諦めるとするか（Ⅰ・1）」と言う。この隠喩が示す未だ近代都市の悪弊に染まっていない純朴な娘の天上的な清らかさは、特にミカエラのアリア「主よ、あたしをお守りください（Ⅲ・5）」の清澄で流麗な旋律に聴かれる。歌詞の二番ではカルメンへの精一杯の敵愾心が吐露されるけれど、それもホセを慕う彼女の一途さの表われである。対照的に、「ハヴァネラ」の「小鳥」（恋の隠喩）はカルメンの奔放でしたたかな動物性・地上性を示している。

少し横道に逸れたが、ドン・ホセのように高みから低みへ転落する不運な人物はロマン派の世界にはおなじみである。ミルトンのサタンを思わせるホセの青い眼は、彼が遠く離れてきた天上の青を想起させずにはおかない。この眼とは対蹠的なのがカルメンの切れ長で斜視の大きな黒い眼である。その色は地下の闇に通じており、これに見入る者を蠱惑し、地獄に誘いこむ悪魔の魅力を秘めている。[4]

Ⅱ　悪魔の色

二度目にサタンの名が出てくるのは、女工同士の喧嘩のときである。カルメンは、「箒と言われたって何のことやらさっぱり――お生憎さま、あたしゃボヘミア女でも、サタンの名付け子でもないんでね（Ⅲ）」とあてこすった女工を葉巻造りのナイフで傷つける。カルメンが逆上したのは、相手が彼女の魔性を見抜いているからである。

三度目はホセ自身の口から出る。カルメンは、自分を逃がしたかどで営倉入りし、ひと月後に放免されたホセをカンディレホ通りの隠れ家へ連れこむ。「借りを返す（Ⅲ）」ためである。二人を迎えるボヘミアンの老婆ドロテアは、彼の目に「正真正銘サタンの召使い（*Ibid.*）」と映る。残念ながら老婆の容貌は示されていないが、少なくともその肌の色は悪魔のように黒かったと推測される。ホセと二人きりになりたくて老婆を外に出すとき、カルメンは「その背中に自分のマントを（*Ibid.*）」着せかけるが、このマントの色も黒であろう。話者と初対面のとき、彼女は「ほとんどの女工の夕方の装いと同じ黒ずくめだった。良家の女性は黒衣を朝方しか身に着けない（Ⅱ）」からである。この邂逅の前、セヴィリアの煙草工場の入口で、彼女は「マンティーラ用に黒いレースを七オンス編んどくれ（*Ibid.*）」と、初対面のホセをからかっている。「マンティーラ」は頭と肩を覆う絹かレースのスカーフで、一般に黒色である。とすればこのマントをかけてやる何気ない行為は、彼女と老婆の同一性を暗示しているといえよう。ドロテアはカルメンと組んでホセを悪の世界へ引きずりこむ、サタンの手下の悪魔に他ならない。

ちなみに老婆（ここでは取持ちばばあ）と若い娼婦の組合わせはスペイン絵画の伝統の一つであり、ゴヤFrancisco de GOYA（一七四六—一八二八）やピカソPablo PICASSO（一八八一—一九七三）もこのモティーフを繰りかえし採りあげている。小説の冒頭でホセが話者を案内するみすぼらしい宿の切盛りをしている老婆と小娘も「煤のような顔色（Ⅰ）」で、ジプシーに違いない。上述の逢引の前、ホセがカルメンの指示で立ち寄る揚物屋（歌劇では酒場）の老主人リリヤス・パスティヤもジプシーで、「ムーア人のように色が黒い（Ⅲ）」。

話者によれば、ジプシーたちはしばしば〈**カレ**〉*Calé*〔黒〕と自称している（Ⅳ）。カルメンの亭主〈片目のガルシア〉は、仲間から見ても「悪どさときたら女房とどっこいのボヘミアン（Ⅲ）」で、ホセはこの「ボヘミアンが育んだ最悪の怪物、肌が黒く、魂はもっと黒い札付きの悪党（*Ibid.*）」を「地獄のガルシア（*Ibid.*）」cet infernal Garciaと呼ぶ。肌の黒さが地獄に住む悪魔の邪悪さと結びつけられている。後にホセは、カルメンを奪うために〈片目〉を殺し、この男と同じ悪魔のような存在に成り下がる。

キリスト教において悪魔の身体が黒色とみなされるようになったのは、いつ、どこで、また誰の考えに基づくのか。これについては諸説があり、確定できない。悪魔の色は多くの場合、赤か黒とされる。悪魔への言及が『旧約聖書』より圧倒的に多い『新約聖書』では、「ヨハネの黙示録」だけが悪魔の色を赤としている。悪魔が黒色とされるのは、彼らには善と光が欠如しているからであり、また、天界から追放されたサタンが統治する地獄は夜や死の恐怖を象徴するからである[5]。

さらにラッセルによれば、中世の悪魔の肌は大てい黒色だが、青や紫、時には茶色や灰白色のこともある。初めて悪魔を明確に黒いものとして描いたのは、シュトゥットガルト詩篇である。また、悪魔が血液あるいは地獄の業火を象徴する赤色で描かれはじめるのは、中世後期の美術からである[6]。

現在知られている世界最古の悪魔の絵は、アダムとイヴの傍らにサタンの化身として描かれる蛇を除けば、ラブラ福音書（シリア語）の彩色挿画（五八六、メディチ家図書館）の悪魔祓いの情景に見られる。[7] 一組の男女の身体から頭上へ脱け出した小柄な悪魔は、両手を万歳のように挙げ、掌をいっぱいに拡げているが、全身真黒で、やはり黒い小さな翼を両脇に覗かせている。

小説『カルメン』の始めから終りまで、ホセの周辺にはいつも、黒い肌のジプシーの影が彼をこの世の地獄に誘いこむサタンの手先のように見え隠れしている。

カンディレホでの最初の逢瀬の翌朝、カルメンは「ちょっぴりまじめな口調で（Ⅲ）」ホセを突き放そうとする。いっときかもしれないが、彼を真剣に好いているからであろう。

ちっ！ねえ坊や、ほんとにさ、あんた、すんでのところで命拾いしたんだよ。あんたは悪魔〔le diable〕にでっくわしたんだよ、そう、悪魔にね。だって、そいつはいつも黒んぼとはかぎらないんだからね、そいつがあんたの首を絞めそこねたってわけ。あたしゃ羊の毛はまとってるけど、羊じゃないんだよ。〔……〕さあ、もう一ぺん言うよ、あばよって。カルメンシータのことはもう考えるんじゃないよ。でないと、あんた、木の脚のやもめと結婚させられちまうよ。（Ⅲ）

「木の脚のやもめ」は絞首台のこと（原注）。カルメンは、せっかく隠れ家へ連れこんだホセの身ぐるみを剥がすことも命を奪うこともしなかった、と明かしている。彼女の肌はその言葉どおり、黒というより「銅色にすこぶる近い（Ⅱ）」。だけど自分は悪魔で、狼のような獣なんだよ、と自らの正体をほのめかしてホセを遠ざけようとしている。爾後、カルメンは何度も同じ警告をくり返す。歌劇では、早くも最初のアリア「ハヴァネラ」で「あんたが惚れなきゃ　こっちが惚れてやる／あたしが惚れたら　気をつけな！（Ⅰ・5）」と、釘を刺している。

なのにホセは、女が首魁の密輪団にずるずると引きこまれていく。
　カルメンは悪魔の化身を自認している。騎兵に追われたとき、まだ優しさを残すホセは負傷した若い仲間を担いで逃げるが、カルメンは「そんなの捨てておしまい（Ⅲ）」と叫ぶ。その若者の頭に〈片目のガルシア〉が「弾丸を十二発（*Ibid.*）」も撃ちこんだまさにその夜、女はカスタネットを打ち鳴らしながら歌い、嫌がるホセに接吻する（「女がカスタネットを鳴らすのは、何か面倒な考えを払いのけたいときの癖（*Ibid.*）」である）。彼が「お前は悪魔〔le diable〕だな」と言うと、カルメンは「そうさ」と答える（*Ibid.*）。女は、そうなるように生まれ、生きるしかなかった宿命を引き受けている。それをホセに隠さないのは、彼に本気で惚れこんだからに違いない。
　二十世紀の代表的なメゾ・ソプラノ、黒い大きな眼をした美貌のベルガンサ Teresa BERGANZA（一九三五―）は、カルメンがジプシー女に設定され、「どんな具体的な文化にも、またどんな社会にも全く属していない[8]」ことに改めて注意を促す。そして、彼女を「真に解放された女の理想型を体現し〔……〕、自由で、自信を持っていて、自分のことは自分で決める人間[9]」として擁護するかたわら、ホセの主体性のなさ、決断力のなさを断罪している。こうした見方は十分に成立つ。また、後にふれるニーチェ Friedrich NIETZSCHE（一八四四―一九〇〇）やアドルノ Theodor ADORNO（一九〇三―六九）のカルメン観とも一致している。とはいえ、次のような考えはどうであろうか。

　　カルメンは軽率な女でも、浅薄な女でもないし、気まぐれでも、無分別でもありません。まして売春婦などでは絶対にありません。あまりにもしばしば彼女はそう解釈されます。でも絶対に違います[10]。

スペイン人の歌手として従来の解釈に強い反発を覚えるのは理解できる。しかし、この考えがタイトル・ロールを美化しすぎていることは否めない。少なくとも小説では、目をつけた男から金品を強奪するための売春行為、仲間への手引きと殺人教唆を重ねているからである。中尉を刺してお尋ね者になったホセをカルメンは密輸仲間に誘い、「あたしがあんたに惚れてるのが分からないのかい？　一ぺんだってあんたにお金をせびっちゃいないだろ（Ⅲ）」と洩らす。言いかえれば、彼女にとり、惚れた相手以外の男はみな金蔓にすぎないことになる。

Ⅲ　ミカエラと故郷の楽園

小説『カルメン』を脚色したのは、オッフェンバックJacques OFFENBACH（一八一九―八〇）の『地獄のオルフェ〔天国と地獄〕』*Orphée aux Enfers*（一八五八）などを共作したメイヤックHenri MEILHAC（一八三一―九七）とアレヴィLudovic HALÉVY（一八三四―一九〇八）のコンビである。この台本を基にビゼーGeorges BIZET（一八三八―七五）が作曲した歌劇『カルメン』は、オペラ・コミック座での初演（一八七五年三月三日）が不評に終わる。三ヶ月後、ビゼーは失意のうちに亡くなるが、歌劇は次第に大きな人気を得てゆく。

第一幕で、ホセの母に育てられたみなしごのミカエラがセヴィリアまでホセに会いにくる。二人はホセの後を追い、北スペインの村を出てセヴィリアから四十キロメートルほどの村に移住している。ミカエラは原作には存在しない。この青いスカートに長いお下げ髪の純朴な村娘と、その口づてに描かれるホセの母の姿は、彼が失った楽園時代を象徴している。彼の幼少年期は幸福であったに違いない。それは、小説でも歌劇でも、彼が故郷の村を心底なつかしんでいることからも窺える。

ホセ　どうしろとおっしゃるんで?……この手のアンダルシア女はおっかないです。とてもじゃないが、敵いっこありません。からかってばかりで……まともな言葉のかけらもありゃしません……
中尉　おまけに、自分らは目がないときてるからなあ、青いスカートにも、肩にかかるお下げにも……
ホセ　（笑って）ははあ！　中尉殿はモラレスと自分の話を耳にされたんですね?……
中尉　したとも……
ホセ　否定はしません。青いスカート、お下げ髪……ナヴァラの装束なんです……あれはくにを思い出させるんです……
（Ⅰ・3）

中尉もおそらく田舎の出で（「自分らは目がないときてるからなあ」）、ホセの望郷の思いが分かるのであろう。上記の会話（音楽なし）は、原作の次の言葉に呼応している。

自分はあの頃、まだ若造でした。いつもくにのことで頭がいっぱいで、青いスカートと肩にかかるお下げの娘をおいて、ほかに綺麗な娘がいようなどとは思いもしませんでした。（Ⅲ）

歌劇のミカエラはこの内容に即して創作された人物である。彼女は、まだ近代文明に汚れていない田園の質朴なイメージを体現している。この点について、小宮正安は次のように述べている。

彼〔＝ホセ〕が幸福にひたれるのは、故郷の娘を前にした時だけだった。いいかえれば、ホセにとっての楽園とは、生き馬の目をぬくような大都市セヴィリアではなく、のどかな故郷の村だった[11]。

そんなホセは、煙草工場の衛兵詰所で、はすっぱなアンダルシア女たちを見まいと「鼻をくっつけんばかりにして鎖をいじっていた（Ⅲ）」が、たまたま女工をしていたカルメンの「大きな黒い眼（*Ibid.*）」に見られ、彼女を見たために転落のぬかるみを辿ることになる。

わたしは目を上げました。そして女を見たのです。その日は金曜日にあたっていました。それは金輪際、忘れられるものじゃありません。わたしは見たんです、旦那もご存知のあのカルメンを〔……〕。（Ⅲ）

明らかに「わたしは見た」je visが強調されている。小説では大ていの場合、カルメンが先にホセを見つける。女と喧嘩別れしたホセは「狂人みたいに」街をさまよう。

そのあげく教会に入り、いちばん暗い隅っこに坐って熱い涙にくれました。と、だしぬけに一つの声が聞えるんです。

「龍の涙じゃないか！　あたしゃそいつで惚れ薬をこしらえたいよ」

目を上げると、何とカルメンが真ん前に立っていたんです。（Ⅲ）

「龍」dragonはもちろんホセを指している。《dragon》は龍騎兵も意味するからである。更に「龍」はキリスト教図像学で悪魔を表わす。ただし、彼はまだカルメンの密輪団に入っておらず、女と同じ悪魔にもなっていない。女がホセを見つけたのは、彼の後をつけたか、ジプシーの緊密な情報網のおかげであろう――「ボヘミア女はどこへゆこうがちゃんと安全な隠れ家をめっけるんです（Ⅲ）」。同時に、彼女の数ヶ国語を操る能力と優れた情報収集力のおかげと考えられる――「〔密輸団の〕どの遠征でも、あの女がスパイ役でしたが、あれより優秀なのはいたためしがありません（*Ibid.*）」。

カルメンを探しに出かけたジブラルタルでも、とある通りをぶらついているホセに、頭上の窓から女の声が呼びかける。

「オレンジ売りさーん！……」わたしが顔を上げますと、何とバルコニーからカルメンが覗いているじゃありませんか。並んで肘をついているのが赤服の士官でして、金の肩章、縮らせた髪、いでたちは大身のイギリス貴族なんです。（Ⅲ）

ここでも、相手を先に見つけるのは女の方である。また二人の出会いでは、このようにほとんどいつもホセの方は低い所にいて、女が高い所から声をかける。カルメンの《見下ろす視線》は、自分でも熟知している肉体的な魅力に加えて、自分を取巻くどんな男にも劣らない情報収集力、決断力、行動力を具えたこの女の、並はずれた、ほとんど動物的ともいえる他者支配の能力を表わしている。

演劇はもちろん歌劇でも、登場人物が目には見えない情念や心理の揺れうごきを表現するとき、視線の働きは台詞に劣らず重要である。歌劇では、女を見ようとしない男と男を見据える女――二人の対照的な視線がト書で強調されている。ホセには動物的で男ずれしたカルメンが「のっけから気にくわない（*Ibid.*）」。その彼が、女工仲間を傷つけた女の護送を命じられる――「**カルメンは目を上げて、ドン・ホセを見つめる。彼は顔を逸らすと**

何歩か遠ざかり、また戻ってくるが、カルメンはずっと彼を見つめている（I・10）」。逃がしてくれと頼む女に、「**ホセは答えず、遠ざかり、また戻ってくるが、相かわらずカルメンには視線を向けない**（*Ibid.*）」。爾後、彼女は絶えずホセの眼を覗き、そのなかに彼の本心を読み取り、自らの魔力の効果を確認しようとする。

えー！　そうとも、あんたはあたしに首ったけ——違うなんて言わせない、百も承知さ！　あんたの目つき、口の利きかた。それと、あんたが後生大事に持ってるあの花——おー！　あれだってもう捨てちまえばいいのに……どっちみち変わりっこないんだけど。けっこう長くあんたの心臓に貼りついてたんで、魔法〔le charme〕はばっちりさ——〔……〕（I・10）

（カルメンがドン・ホセを見つめると、彼は後ずさりする）

このようにホセはカルメンを見つめるどころか、その呪縛の視線に耐えられず目を逸らし、後ずさりさえする（小説では目を伏せるに止まる）。女の方は、男を誘惑するときも捨てるときも、また男に殺されるときも（小説では殺された後も）、決して相手から眼を逸らさない。

歌劇には（小説には何度か）、ホセがカルメンに魅入られた危険を自覚する瞬間がある。ミカエラが故郷の母に代わってホセに口づけしたときのことで、彼は「**娘の眼をしっかりと覗きこむ。——しばし沈黙。ミカエラを見つめつづけながら**（I・7・ト書）」。

俺の母さん　母さんが見える……　Ma mère, je la vois... je revois mon village.

俺の村も見えてくる
昔の思い出！くにの思い出！
おかげで胸に力と勇気が満ちてくる
おお　かけがえのない思い出！
〔……〕
（**目をひたと煙草工場に据えて**）
うかうかと　とんだ魔物の餌食に
なるところだった！
遠くにいても母さんは守ってくれる
それに送ってくれたこのキスが
危険を追っ払って息子を救ってくれる

Souvenirs d'autrefois ! souvenirs du pays !
Vous remplissez mon coeur de force et de courage.
O souvenirs chéris !
〔……〕
(*les yeux fixés sur la manifecture*)
Qui sait de quel démon j'allais être la proie !
Même de loin, ma mère me défend,
Et ce baiser qu'elle m'envoie
Écarte le péril et sauve son enfant.

（Ⅰ・7）

ホセが「目をひたと煙草工場に据え」ることができるのは、眼前にカルメンがいないからである。ミカエラの眼であれば、彼は怖れずに見入ることができる。娘の眼は、母親の面影と重なる。その眼は更に彼の生まれ故郷とも一体化し、幼年の楽園を取り戻す契機になっている。それにひきかえ、生来、故郷を持たないカルメンの眼に楽園の記憶はない。

ここでホセは無意識のうちにカルメンを肉食獣とみなし、その魔手から逃れたがっている（「とんだ魔物の餌食になるところだった！」）。だが、幼年期はおそらく天使のように無垢で、セヴィリアへ出ても男の欲情の眼差しに狎れた女たちの前では目を伏せるほどうぶだった若者が、意に反して、魔性の女の「大きな黒い眼」に憑かれる。これを境に、都会の安定した生活から引きずり下ろされ、女と同じような獣の目をした悪魔になり下がる。原作では、母親への言及は一度だけである。自首したホセが、処刑を待つ獄中で話者に頼みごとをする。

旦那にこのメダルをお渡ししますから（彼は首に吊るした小さな銀メダルを私に見せた）、紙に包んでいただいて……（彼はちょっと口をつぐんでこみ上げるものを抑えた……）あとで住所を言いますから、そこにいる婆さんにこれを、旦那が手ずからお届けくださるか、人をやってお届けください。わたしが死んだとお伝えいただき、どんな風に死んだかはおっしゃらないでください（Ⅱ）

前述のように歌劇では、母親がホセを悪魔から守る聖母マリアのような大きい存在に膨れあがっている。思い出されるのは、最初の逢瀬の翌朝、カルメンがホセを諭した言葉である。

あんたの**マハリ**さまの前に蝋燭をあげにいくんだよ。マハリさまはあんたをしっかりお守りくださったんだからね。（Ⅲ）

原註によれば、「**マハリ**」*majari*は「聖女、**聖処女**」を指す。カルメンの言葉どおりなら、ホセの守護聖人は聖母マリアであろう。彼は冒頭でも、後に獄中でも、人相書の「ホセ・マリア」は自分ではないと話者に語っているが、おそらく嘘である。ホセという人殺しの堕天使の名に「マリア」が含まれているのは皮肉というしかない。

カルメンは自分を聖女とは夢にも思っていないが、傷ついたホセを懸命に看病する彼女の姿に母性の表われを見ることも許されよう。最初は彼がカンディレホの家で、女の連れこんだ中尉に深手を負わされたときである。後で彼を密輸団に引入れる魂胆もあるが、女は「軍医顔負けの巧みな手当てを（Ⅲ）」施す。二度目は彼が騎兵に撃たれたときで、「二週間ぶっとおしで、わたしから片時も離れませんでした。眼も閉じませんでした。惚れぬいた男のために、どんな女も及ばない腕と心遣いで看病してくれました（*Ibid.*）」。少なくともこのときに限って、女の献身の真率さを疑う余地はない。このように、カルメンも、好きあった男に対しては「かつてなかった愛情（*Ibid.*）」や「堅気の女の慎み深さ（*Ibid.*）」を示すことがある。ことさらに強調している訳ではないが、作者は、ホセの語りをとおして、女の内面にかすかにでも残る聖性をほのめかしたかったのではなかろうか……

Ⅳ　定住と流浪

ホセは「定住民」sédentaireの生まれであり、幸福な幼年時代の記憶を持ちつづけている。成人してからの相つぐ転落のなかにあっても、その回復を諦めない。カルメンは生まれながらの「流浪の民」nomadeであり、故郷と呼べるものは持たず、おそらく幼年期の楽園の思い出もない。彼女自身このことをはっきりと意識していて、初対面の話者にも、自分が天上の楽園とは無縁の存在、地上をさすらうジプシーであることを隠さない。

「貴女は天国からほんの二歩の、イエスの国の生まれでしょう」

（この隠喩はアンダルシアを指すが、教わったのは友人の名だたる闘牛士フランシスコ・セヴィリアからである。)

「まあ! 天国だなんて——ここの人たち、言ってますわ、天国はあんたらのためにあるんじゃないって」(Ⅱ)

後にホセは次のように語っているが、これは当時のジプシーに関する通説であろう。

旦那、ご存知でしょうが、ボヘミアンて奴は祖国なんかありませんから、年がら年中旅の空でして、どんな言葉だってしゃべります。大概の奴にとっちゃあ、ポルトガル、フランス、いろんな地方、カタルーニャ、どこだってわが家なんです。ムーア人やイギリス人とも話が通じます。カルメンはバスク語がかなり達者でした。(Ⅲ)

ジプシーは十六世紀以来、詩や絵画の伝統的なモティーフである。特に十九世紀ロマン派の芸術家たちは、科学と物質文明の進歩に狂奔する社会の実権をブルジョワが掌握してゆくにつれ、ますますその周縁へ追いやられる下層民や流浪の民に、怖れとも憧れともつかない眼差しを注ぐ。当時、ユゴー Victor-Marie HUGO(一八〇二—八五)の小説『パリのノートル=ダム』*Notre-Dame de Paris*(一八三一)やボードレールの詩「旅のボヘミアン」*Bohémiens en voyage*(『悪の花』初版、一八五七)、ドーミエ Honoré DAUMIER(一八〇八—七九)のシリーズ『パリのボヘミアン』*Bohémiens de Paris*(一八四〇)など、ジプシーを扱った作品は多い。イタリアではヴェルディ Giuseppe VERDI(一八一三—一九〇一)が、中期の傑作『イル・トロヴァトーレ〔吟遊詩人〕』*Il Trovatore*(一八五三)で中世の血なまぐさい復讐劇を緊迫した音楽によって描き出す。舞台は終始「ロマの女」アズチェーナ〔メゾ・ソプラノ〕とその息子〔実は宿敵ルーナ伯爵の弟〕マンリーコ〔テノール〕が率いるジプシーの群れの暗い輝きに浸される。

少し後にもふれるボードレールは、文明の発展を支える進歩思想に烈しい嫌悪を抱いているが、それに比例して「野蛮人」barbareや「流浪の民」nomadeに強い共感を寄せる。

流浪の民、牧羊の、狩猟の、農耕の民、さらに食人種でさえ、みなが、個々人の生命力の面でも、品位の面でも、われわれ西洋人種より優れている可能性がある。(12)

文明人が失いつつあるこの「生命力」l'énergieと「品位」la dignitéこそ、メリメがカルメンをとおして描きたかったことではなかろうか。ビゼーが共鳴し、音楽によって表わしたかったのも、この二つの面ではあるまいか。

最初の逢引の翌朝、カルメンは暗にホセを犬〔この場合は「飼い犬」すなわち定住者〕に、自分を狼〔流浪者〕に喩える。

分かるかい、坊や、あたしゃどうやらあんたに惚れちまったらしい? けど続くもんか。犬と狼じゃ、いい仲だって長くはもちゃしないさ。〔Ⅲ〕

この考えは、次節でもふれる「ボヘミアンの眼、狼の目」というスペイン人の見方をジプシーの側から裏付けている。メリメの『カルメン』発表の二年前、ヴィニーAlfred de VIGNY〔一七九七―一八六三〕は長詩「狼の死」

La Mort du loup（一八四三）[13]のなかで、猟犬どもを「奴隷の動物」les animaux servilesと呼んで卑しむ。犬どもは温かいねぐら欲しさに人間たちと「都市の契約」le pacte des villesを結び、彼らの手先になって狼たち——「森と岩の最初の所有者」——を狩りたてる。犬どもは、不断の飢渇を免れる代わりに、野生の誇りと自由を捨てた卑屈な定住者にすぎない。

一八六六年、英国からカナダに移住したシートンErnest Thompson SETON（一八六〇—一九四六）は、開拓と乱獲で急速に追いつめられてゆく野生動物の未来を憂え、「眠れる狼」（一八九一、油彩）を制作する。パリのサロンに初めて応募・入選したこの作品の画面いっぱいに描かれた一匹の狼の寝姿に潜む野生の生命力と、しなやかな肢体の品位ある美しさは、物質文明の進歩に酔い痴れる世紀末の聴衆に新鮮な驚きを与える。しかし、翌年出品の「狼の勝利」（一八九二）は、人間に対する野獣の優越を強調しすぎているとの非難を浴びる。ヴィニーが「狼の死」を書いてほぼ半世紀後のことである。その十年後、米国の小説家ロンドンJack LONDON（一八七六—一九一六）は『野生の呼び声』*The Call of the Wild*（一九〇三）で、橇犬バックの内面ふかく眠る狼の血への郷愁を骨太く描く。この荒々しいエネルギーに満ちた作品は、急激に肥大する産業社会の管理システムにおとなしく繋がれ、野生の本能を磨り減らしてゆく近代人を無言のうちに告発している。

ボードレールは、その先駆的なポー論（一八五六、ポーEdgar Allan POE〔一八〇九—四九〕の死の七年後）のなかで、十九世紀初頭のアメリカ合衆国を痛烈に批判する。

合衆国は幼年期にある巨大な国であり、当然ながら旧大陸に対し妬むところがある。異常でほとんど怪物じみた自らの物質的発展を誇りにして、歴史へのこの新参者は工業の全能に素朴な信頼を抱いている。われわれの間にもいる何人かの不幸な者たちと同じく、工業がついには〈悪魔〉をも食べてしまうであろうと確信していのるだ。時と金とが彼の地ではかくも大きな価値をもつ！　物質的活動が、国民的偏執の規模に達するほど熾烈化されて、人々の精神のうちに、この世のものならぬ事物の入りこむ余地をほんのわずかしか残さない。

阿部良雄訳「エドガー・ポー、生涯と作品」(14)

ボードレールの考えでは、ポーを自滅的な死に追いやった元凶は、「工業の全能」を盲信し、物と金の追求を至上の目的とし、詩人の高貴な魂と鋭敏な精神が生み出す天上の美には無感覚な新興大国である。ここで逆説的に言及される「悪魔」は、対蹠的な「天使」と等しく、人間の内的な営みから生まれる「この世のものならぬ」存在である。

スタンダールの『パルムの僧院』*La Chartreuse de Parme*（一八三九、ポーの死の十年前）では、ニューヨークへ行きたがるファブリスを叔母のサンセヴェリナ公爵夫人がたしなめる。夫人の考えでは、合衆国には「エレガンスも音楽も恋もなく（I・6）」、「ドルの**神**の崇拝と、何でも投票で決める町の職人風情に払わねばならない敬意（*Ibid.*）」しか求められないからである。夫人に恋するモスカ首相も、「この共和国では、一日中うんざりしながら通りの商売人のご機嫌を真面目に取り、連中とおんなじ馬鹿にならねばならぬ。そもそも、あそこには《オペラ座》がない（II・24）」と断定する。夫人の言う「ドルの**神**の崇拝」は、人間の精神的活動を軽侮し、衰退させる。同様の批判が『赤と黒』（一八三〇）の冒頭や『リュシヤン・ルーヴェン』*Lucien Leuwen*（一八九四）第六章にもみられる。(15)これはスタンダールの固定観念であり、『ある旅行者の手記』*Mémoires d'un Touriste* の冒頭には、「私は馬車に戻りながら、フランスで今年始まったばかりの選挙の習慣によって我々もいずれ、アメリカみたいに、民衆の最下層の者にもご機嫌取りをせねばならなくなるのではないかと思った（一八三七年四月十日)」とある。

ボードレールやスタンダールの批判は、今日の合衆国の独善的なグローバリズムを早くも予見している。

サンセヴェリナ夫人を美の女神のように慕い、彼女の計画どおり大公を暗殺した山賊詩人フェランテ・パラは、逃亡先から夫人に「半年後、私は顕微鏡を手に徒歩で、アメリカの小さな町々を経巡り、私の胸のなかにいて貴女を争う唯一の恋敵〔ファブリス〕をなお愛すべきかどうか見極めたい(Ⅱ・24)」と書き送る。パラはもともと医者でもあり、合衆国が近代科学の発達した民主国家とみなして「顕微鏡」を持ち出したのであろう。フロベールの『感情教育』*L'Education Sentimentale*(一八六九)では、主人公フレデリック・モローの友人デローリエが「一年後、運勢が変わってなかったら、アメリカへ船出するか、脳髄を吹っ飛ばすよ(Ⅱ・6)」と、フレデリックに言う。

アベ・プレヴォーAbbé PRÉVOST〔Antoine François PRÉVOST d'EXILES〕(一六九七—一七六三)の小説『マノン・レスコー』*Manon Lescaut*(一七三一)終結部の主な舞台はルイジアナ州ニューオーリンズ(Nouvelle-Orléans)、一七一八年に創設されたフランス人の入植地である。ただし、作者はアメリカには行っていない。シャトーブリヤン(一七六八—一八四八)の小説『アタラ』*Atala*(一八〇一)と『ルネ』*René*(一八〇二)は、フランス人入植者とアメリカ・インディアンのナチェズ族の物語である。この二作は小説『ナチェズ族』(一八二六)の挿話として書かれ、『キリスト教精髄』(一八〇二)に組み入れられた(『アタラ』は第三部第六篇、『ルネ』は第二部第四篇)。作者は一七九一年に五ヶ月間、北米を旅行しているが、自然やインディアンの描写の多くが当時の旅行記や見聞録からの借用である。しかし、最初独立して刊行された『アタラ』は成功を収め、ヨーロッパ諸国で翻訳されて大きな反響を巻き起こしている。

ちなみに、一八三〇年代からのヨーロッパ諸国の産業革命の拡がりは蒸気や電気、石油などのエネルギー源を活用する科学技術に支えられ、近代資本主義を急速に発展させてゆく。これに伴う生産の過剰と人口の増加は海外への移民を促し、汽車や蒸気船の普及もこの動きに拍車をかける。十九世紀後半、ヨーロッパから北米、オーストラリア、ニュージーランドなどへの移民は飛躍的に増え、約四千万人に及ぶ。全体的な経済不況だけでなく、アイルランドの飢饉やロシアのユダヤ人迫害がその主な原因である。彼らはまた、それぞれに新天地での成功を夢見ていたと考えられる。一八二一年から一九二〇年までの合衆国への移民はおよそ三千三百六十万人に上る。

騎兵の銃撃で深手を負い、カルメンの手厚い看病で快復したホセは、彼女に「〈新世界〉で地道に暮らそう（Ⅲ）」ともちかける。彼の視線は未知の土地アメリカでの再生、楽園の復活を夢見ている。だが女は、

あたしらはキャベツを植えるように生まれついちゃいないんだよ。あたしらに釣りあう定めといっちゃ、ペイロ〔男〕らをおまんまのタネに食いつなぐことさ。（Ⅲ）

と、定住生活を嫌っている。彼が「一緒に過ごした幸せな時を余さず思い出させ（Ⅲ）」ても、またカルメン自身が「ハヴァネラ」で歌ったとおり、「脅したってすかしたって　効き目なんかありゃしない（Ⅰ・5）」。失われた幸福、故郷での幼年期の、また女とむつまじかった頃の幸福を取りもどそうとするホセの望みは絶たれる。ここに、定住民の楽園回復の夢と流浪の民の自由への欲求との相克が典型的に表われている。

V　野獣の目・悪魔の目

初めてホセの眼に映ったカルメンは、一匹の動物そのものである。

> 女はマンティーラを拡げていましたが、両の肩と、肌着に挿したカッシーの大きな花束を見せびらかすためです。もう一本カッシーの花を口のはじにくわえ、コルドヴァの種馬飼育場の若い牝馬よろしく腰を振りふりやって来るじゃありませんか。（Ⅲ）

「カッシー」cassie は金合歓（金ねむ）のこと。ホセがカルメンの眼に初めて獣性を認めるのは、彼女が女工仲間をナイフで血まみれにしたときである。なおも相手に襲いかかろうとするが、仲間に抱きとめられ、

> カルメンは何にも言いません。歯を食いしばり、カメレオンみたいに眼をグリグリ回していたんです。（Ⅲ）

獲物を仕留めそこねて苛立つ野獣そのものである。《caméléon》の語源はギリシア語の《khamailéõn》（khamai〔地面に〕+léõn〔ライオン〕）で、十二世紀にラテン語《camœleon》からフランス語に入った。そういえば話者がジプシーの隠れ家でカルメンに占いを頼んだとき、小道具のなかに「カメレオンの干物（Ⅱ）」があった。おそらくこれはメリメの作り話ではなく、実際の見聞に基づくと思われるが、この不気味な品はカルメン

の悲惨な最期を暗示しているのではなかろうか。

カルメンの獣性は、近代人が失ってきた動物的な生命力を偲ばせる。ボードレールは『エドガー・ポーについての新しい覚書』（一八五六）で、文明人である「われわれのなまった眼、われわれの鈍った耳[16]」に比して、野蛮人の「靄をも刺しつらぬく眼、草が伸びる音も聞きとるような耳[17]」を讃えている。更に、近代の文明人は「空の色彩も、植物の形態も、動物らの動きと匂いも忘れた[18]」と批判する。カルメンは「動物らの動きと匂い」を捉える鋭敏な感覚を失っていない。というより、彼女自身がこの動物性を体現する存在に他ならない。ひるがえってホセもまた、女に劣らず俊敏な動きと野生の匂いに恵まれている。ポームにも喧嘩にも強く、優秀な龍騎兵にもなれる。しかしこの能力も、ひとたび出世の階梯をはずれると、反体制の暴力として噴き出すようになる。既に述べたとおり、カルメンを独占したくて上官を殺害し、殺人に慣れた〈片目のガルシア〉との決闘にも勝つ。ホセはうまく立ちまわる抜け目なさには欠けるが、ホセのなかに潜む自分と同じ野性を見抜いているカルメンは、彼を悪の仲間に誘い込もうとする。

あんたときたらよっぽど抜作なもんで、おつむの要る盗っ人稼業にゃ向かないね。けどあんたははしっこいし、くそ力ときてる。度胸さえありゃ、浜までひとっ飛びしてさ、密輸人になるんだね。（Ⅲ）

ホセの心底に潜んでいた獣性はカルメンの獣性によって目覚め、闇から引き出され、牙を剥きはじめたともいえる。

後にジブラルタルで、彼がカルメンの待つ隠れ家へ駆けつけると、半開きの鎧戸から「女の大きな黒い眼が自分を窺っている〔guettait〕（Ⅲ）」のが見える。女の眼は獲物を待ち伏せる肉食獣の目にそっくりである。

二人きりになったとたん、女は鰐みたいな笑いを爆発させてわたしの首にかじりつきました。後にも先にも、あれがあんなに別嬪に見えたことはありません。マドンナのように着飾って、香水をふりかけて……〔……〕猿でもあんなに飛び跳ねたりおどけ面をみせたり、悪ふざけはやりません。〔……〕「でもね」と、何かの拍子に見せる悪魔のほほえみを浮かべて女は言い足しましたが、そのほほえみときた日には、真似たい人がいたらお目にかかりたい、そんなしろものでした。(Ⅲ)

鰐の暗褐色の膚と白い鋭い歯がカルメンのそれを浮き出させる。彼女の獣性と魔性はスペインなど南欧でよく見られる極彩色の、装飾性の強い聖母像(「マドンナ」une madone)との対比で強調されている。ちなみに「悪ふざけ」と訳した《diablerie》には「魔術」、「悪魔の出てくる聖史劇」の意もある。

ラッセルによれば[19]、四世紀から五世紀にかけて、ラテン教会のアンブロシウスSt AMBROSIUS(三三九頃—三九七)やヒエロニュムスSt HIERONYMUS(三四二頃—四二〇)、アウグスティヌスSt AUGUSTINUS(三五四—四三〇)らが悪魔について盛んに論じたころから、文献に現れる悪魔はしばしば蛇・龍・ライオン・犬・狼・鰐などに擬される。コプト人の想い描く悪魔は、人間の身体にトキ・鰐・サソリ・驢馬・犬・ライオンなどの頭がついている。小説『カルメン』では、鰐のほかに犬や猫、狼、龍が悪魔の隠喩として登場する。

コルドヴァのグアダルキヴィル河の岸辺でカルメンを初めて見た話者が、女の「異様な野性の美しさ(Ⅱ)」のなかで特に魅かれるのも「実に大きな黒い眼(*Ibid.*)」である。

女の眼はやぶにらみだが、ほれぼれするような切れ長だった。〔……〕わけてもその眼ときたら、なまめかしくてしかも獰猛な表情を湛えているが、その後こんな表情はいかなる人間の目つきにも見かけたことがない。ボヘミアンの眼、狼の目——これはスペインの言いならわしであるが、なかなかよく観察している。もし貴方に《植物園》へ行って狼の目つきを研究なさる暇がなければ、雀を狙っているときのお宅の猫をじっくりご覧いただきたい。(*Ibid.*)

パリの《植物園》には大きな動物園がある。ここはリルケRainer Maria RILKE（一八七五―一九二六）の名作「豹」*Der Panther*（『新詩集』一九〇七）の舞台である。要するに、カルメンの眼は肉食獣の目と少しも変わらないのである。

小説の終章には作者のジプシーに関する全般的な考察が披瀝されているが、そこで語られるこの種族の眼の特徴は、カルメンのそれとぴったり一致する。

彼らのかなりやぶにらみの眼は、切れ長で、とても黒く、長い濃い睫毛の陰になっている。その目つきを比べることができるのは、野獣の目つきだけである。(Ⅳ)

カルメン自身、その獣的な眼の魅力を充分に意識している。小説で初登場のときも、彼女はきわどい言葉を浴びせる男たちの「一人ひとりに流し目を送る（Ⅲ）」。ホセに護送されるとき、

女はマンティーラを片方の眼だけのぞくように頭にかぶると、羊みたいにおとなしくわたしの二人の部下についてきました。(Ⅲ)

他の場面ではマンティーラを「鼻の前で合わせる（*Ibid.*）」。カルメンはこうしたかぶり方が自分の眼をいっそう妖しく際立たせ、男の眼を惹きつけることは本能的に知りぬいていたと思われる。ここで、野獣の眼差しをもち、狼を自認する女が「羊みたいに」おとなしいのは、直後の逃走に備えてそう装っているだけである。

グアダルキヴィルの河岸で、話者は「狼の目つき」を「雀を狙う猫の目つき」と同一視している。ホセの言葉「呼ばれたときはやって来ないで、呼ばれないときにやって来る女と猫（Ⅲ）」が想起される。この言葉はそのまま歌劇の台詞（Ⅰ・6・ホセの独白）に採り入れられるが、ここにみられる「対句交差法」chiasmeには、彼にしては辛辣な諧謔がある。カルメンと猫の同一視により、彼女の勝手気ままな生き方が鮮やかに捉えられているが、これは「ハヴァネラ」の内容にも反映している（「そいつ」は「小鳥」で、カルメン自身を暗示する）。

そいつは呼んだってむだ骨さ　Et c'est bien en vain qu'on l'appelle
お気に召さなきゃ来やしない　S'il lui convient de refuser.
（Ⅰ・5）

ユダヤ＝キリスト教の伝統では、猫は女性の官能性と魔性のすべてを具えていると考えられていた。民間信仰では魔術と結びつけられ、魔女は好んで牝猫に変身する。猫はまた悪魔の化身ともされる。カルメンの連合い、残虐な〈片目のガルシア〉も猫に喩えられる。ホセとの決闘のとき、「ガルシアは早くも体を二つに折り屈めていましたが、二十日鼠に跳びかかろうとする猫そっくりでした（Ⅲ）」――この男とカルメンとの類似は明らかである。

確かに、従順な飼い犬とは異なり、飼い猫は野生のしなやかさと惨酷さをしっかり残している。例えばゴヤの肖像画「マヌエル・オソーリオ」*Manuel Osorio De Zuñiga*（一七八八頃）では、猫が三匹、ゴヤの名刺を銜えた鵲を凝視している――その大きな鋭い目をご覧いただきたい。ただし猫たちの目は、鵲を狙うというより、その妙技への驚きを表わしているようにも見えるけれど。

ところで、猫の隠喩で女性を風刺したホセであるが、ジブラルタルの英国士官の宿舎では「何て間抜け面なんでしょう？ まるで食品戸棚でみつかった猫みたい（Ⅲ）」と、カルメンにからかわれる。これは小さな挿話であるが、メリメの冷徹な視線を裏付けている。この猫の隠喩によってホセも揶揄の対象にされ、彼の偏った女性観が相対化される。スタンダールにも認められるこうしたバランス感覚こそ、作品に客観性を与えるもので、同時代のロマン派の作家とメリメとを分かつ、根本的な要素に他ならない。ラマルチーヌAlphonse de LAMARTINE（一七九〇―一八六九）を例に採ろう。周知のように、彼は『瞑想詩集』*Méditations poétiques*（一八二〇）によってフランス・ロマン主義の黎明を告げたが、流麗な音楽性に支えられ、清新な情感を湛える幾つかの詩篇は評価されてよい。だが『グラズィエラ』*Graziella*（一八五一）のような小説は、自己批評に欠ける作者のとめどない感傷に浸されていて読むに堪えない。ひるがえってメリメに認められる相対的な視線は、没個性を目ざし、努めて主観を抑制するフロベールGustave FLAUBERT（一八二一―八〇）の写実性を予告している。

十九世紀当時にはまだ、猛獣を悪霊や悪魔の化身とみなす作家がいたようである。ユゴーによれば、「動物は眼前をうろつくわれわれの美徳と悪徳の具現、われわれの魂の目に見える亡霊に他ならない[20]」。ボードレールは次のような考えを何度も記している――「悪魔ら〔les satans〕は、獣の姿かたちをとるのではないか？[21]」。『悪の花』の「読者に」*Au Lecteur*（*Préface*〔第三版・一八六八〕）の八～十節では、動物園が悪徳と結びつけられて内在化する。それと同時にわれわれのおぞましい内面が動物園の隠喩で外在化される。

ジャッカルや豹や牝狼
猿や蠍や禿鷹や蛇ども
鳴きしきり　吼えたて　唸り　這いずる怪物どもにまじって
われわれの悪徳のおぞましい動物園には

もっと醜い　もっと邪悪な　もっと穢らわしい怪物がいる！

〔……〕

ボードレールにとって、獣たちは「悪徳」が具現化した「怪物」に他ならない。なかでもいちばん醜悪な「怪物」は擬人化された〈倦怠〉l'Ennuiで、この詩では〈サタン〉とも同一視されている。後にホセは、処刑を待つ牢獄で、かつての営倉入りの思い出を話者に語る。「あまっちょ」と訳した語は「悪魔のような娘」cette diable de fille-làである（この語diableはカルメンを名指すとき何度もくり返される）。護送中、女は突き倒したホセを跳び越えて逃げる。

逃げる拍子に鼻先にひらめいた穴のあいたストッキングが、ずっと目の前にちらつく始末です。鉄格子の隙間から通りを眺めたものですが、どんな女が通りすぎても、あのあまっちょに敵うようなのは一人も見かけません。それからというもの、ついふらふらと、あれが自分に投げつけたカッシーの花を嗅いでおりました。花は、干からびちゃーいましたが、ずっといい匂いを残していたんです……もし魔女がいるんでしたら、あのあまはその一人だったんです！（Ⅲ）

ホセにとって、カルメンはまだ「魔女」sorcièreで、「悪魔」diableではない（第二章でカルメンに占いを頼んだ話者も、彼女を二度「魔女」sorcièreと呼んでいる）。彼は自覚していないかもしれないが、ここには、「すばしこいだけでなく形のいい（*Ibid.*）」脚と「穴のあいたストッキング」に対する偏執の視線が認められる。彼が初対面のカルメンについて思い出すのも、まず「とても短い赤いペチコートからのぞく幾つも穴のあいた白い絹ストッキングと、火の色のリボンで結んだ赤いモロッコ革の可愛い靴（*Ibid.*）」である。また、既にふれたように、ペチコートと靴の赤色、リボンの「火の色」は悪魔を暗示していると考えられる。

ところで上記引用の下線部の原文は次のとおりである。

Et puis, malgré moi, je sentais la fleur de cassie qu'elle m'avait jetée, et qui, sèche, gardait toujours sa bonne odeur…

歌劇の舞台では、カルメンがホセに投げつける花にはしばしば赤い薔薇が使われるが、原作では「カッシー」cassie、「金合歓」の黄色い花である。干からびても芳香を保つこの花には性的なアリュージョンが読み取れる。この一行はホセのアリア、通称「花の歌」*Air de fleur*にほぼそのまま生かされる。密輸団の根城リリヤス・パスティヤの酒場（小説では揚物屋）で、帰営ラッパの音にそそくさと発ちかけるホセをカルメンがなじる。すると彼は、変わらぬ恋心を女に切々と訴える。前奏の不吉な愛の暗いテーマは、まず開幕前の前奏曲に、ついで終幕まで何度も現れる循環主題である。アリアを締めくくる《Carmen, je t'aime !》の《t'ai—》は、八拍も伸ばされる。歌手の力量にもよるけれど、他のどんな愛のアリアにも類例のない長さでありながらホセの純一な思いを弛みなく伝える。数あるテノール・アリアのなかでも、詩と音楽が濃密に照応する白眉の名曲である。

お前が投げつけた花を　俺は
営倉でも手放さなかった
萎れ干からびていても　この花は
ずっと甘い匂いを残していた
それで何時間もぶっ続けに
まぶたを閉じて　眼の上にただよう
この匂いに酔い痴れていた
夜は夜でお前を見ていた
〔……〕
けれど俺が胸のうちに感じていた
願いはたった一つ　望みはたった一つ
お前にも一度会うこと　おおカルメン
も一度会うこと
だってお前は姿を見せるだけで
ちらっと俺に眼差しを投げるだけで
すっかり俺を骨抜きにしたんだ

La fleur que tu m'avais jetée,
Dans ma prison m'était restée,
Flétrie et sèche, cette fleur
Gardait toujours sa douce odeur;
Et pendant des heures entières,
Sur mes yeux, fermant mes paupières,
De cette odeur je m'enivrais
Et dans la nuit je te voyais !
〔……〕
Et je ne sentais en moi-même
Qu'un seul désir, un seul espoir,
Te revoir, ô Carmen, oui te revoir !...
Car tu n'avais eu qu'à paraître,
Qu'à jeter un regard sur moi,
Pour t'emparer de tout mon être,

おお俺のカルメン！　俺はすっかり　Ô ma Carmen ! et j'étais une chose à toi !

お前のものになっちまった！

カルメン　俺はお前にぞっこんなんだ！　Carmen, je t'aime !

（Ⅱ・5）


台本作者はこのアリアで、「穴のあいたストッキング」のかわりに、原作の同じ場面にはないカルメンの眼差しを登場させることによって彼女の呪縛力を際立たせている。この眼差しの導入によってフェティシスムとエロティスムは弱まるが、これは当時の聴衆の中核を占めるブルジョワ階級への配慮にもよるのであろう。また近年の演出でも、前衛的なものは別として、カルメンには長いスカートを穿かせることが多いようである。それは、彼女がフラメンコを踊る場面があることにもよると考えられる――踊りは一人のとき（Ⅰ・フィナーレ「第九番・シャンソンと二重唱（セギディーリャ）」／Ⅱ・5「第十六番・二重唱」）と、フラスキータやメルセデスらジプシー女たちと一緒のとき（Ⅱ・1「第十一番・シャンソン」）がある。

少し脇道に逸れたが、ここでスタロバンスキーの『活きた眼』*L'Œil vivant*（一九七〇、一一六頁）から言葉を借りれば、ホセが記憶のなかでカルメンの眼差しに再び出会うのは彼自身の「内面の眼差し」le regard intérieur[22]の働きによる。爾後、彼は自らの「内面の眼差し」に棲み着いた女の呪縛の眼差しから逃れられず、この眼差しは、既にホセの脳裡に内在化されていたミカエラと母の慈愛の眼差しを覆い隠すことになる。

Ⅵ「黒い瞳がお前を見てる」

小説の大詰めで、もう一度むつまじく暮そうと哀願するホセを、カルメンは冷たくはねつける。殺されることも予感しているが、逃げようとはしない。

女は、野生の目つきでわたしをひたと見据えて、言い放ちました。

「いつだって思ってたよ、あんたはいずれあたしを殺るだろうってね〔……〕」。（Ⅲ）

一人の相手に飼い慣らされることも指図されることも我慢できないカルメンは、最期まで獣性を失わず（「野性の目つきで」de son regard sauvage）、魔性の存在であり続ける。

女はマンティーラをはずし、足許へ投げると、突っ立ったまま片っぽうの握りこぶしを腰にあてがい、わたしをひたと見据えながら言いました。

「あたしを殺りたいんだろ、みえみえなんだよ。そういう定めさ。だけど、あんたとよりは戻せないよ」。（Ⅲ）

ホセは、やり直しを懇願しても靡かない女（「あの女は悪魔〔un démon〕でした（*Ibid.*）」）を、決闘で倒した

〈片目〉から奪い、持っていたナイフで刺す。

> 女は二突き目に倒れました、悲鳴も上げず。あの大きな黒い眼がわたしをじっと見つめているのが、今でも目に見えるような気がします。（*Ibid.*）

死後もずっと、カルメンの眼はホセを支配している。その眼から逃れるためであるかのように、彼は自首する。かつて二度、瀕死のホセを懸命に手当てしたときの見開かれた眼と、自分を殺した男を凝視し続ける眼は、同じ「大きな黒い眼」である。この眼には、自らが虜にした男を死の淵から救うことも、殺人者に仕立て上げることもできる力がある。女は、英国貴族の士官を襲ったとき殺されかけたホセを助けている（Ⅲ）。密輸仲間と隠れていた岩山で、ホセに殺されかけたエスカミーリョの命を救っている（Ⅲ・6）。

カルメンはいつも野獣のように非情な訳ではなく、「小山羊みたいに軽やかに馬車に飛び乗る（Ⅲ）」ことも、「カワラヒワのように笑みこぼれる陽気なそぶり（*Ibid.*）」を見せることもある。ニーチェは自らのワーグナー崇拝に訣別するため、ビゼーを「対立教皇[23]」に選び、歌劇『カルメン』に心酔する。その解釈によれば、カルメンの情愛は、

> 自然の中へと翻訳し戻された愛！　それらは〈高貴な処女〉の愛などではない。ゼンタ式の感傷[24]などではない。そうではなく、それは運命としての、宿命としての愛であり、冷笑的で、無邪気で、残酷である——そしてまさにそれ故に自然なのだ。[25]

確かに彼女は〈高貴な処女〉、つまり聖母では決してない。しかし、魔性と聖性が矛盾なく同居した存在のように思われる。否、カルメンの場合、魔性と聖性の区別すらない。

嘘をついてピカドール（picador「突き手」）のルカスに逢いに出かけたカルメンを、ホセはコルドヴァの闘牛場まで追いかける。その目の前でルカスが馬もろとも牛に突き倒され、踏まれたとき、女は姿を消している。心配して負傷の具合を見にいったのか、不甲斐ない情人に愛想をつかしたのかは書かれていないが、おそらく前者であろう。そもそも小説では、カルメンとルカスの情交は小さな挿話に過ぎず、彼の風貌や言動は全く描かれていない。更に、彼のぶざまな滑稽さは歌劇における花形のトレアドール（toréador「闘牛士」、歌劇では牛にとどめを刺すマタドール〔matador〕）エスカミーリョにはない。つまりエスカミーリョはほとんど創作された人物であるが、歌劇全体を支えるほど巨きな存在に膨れあがっている。いちばん最後に、ホセがわが手で殺めたカルメンに縋りつくのを見届けるのも彼である。

あんたらの手で俺を捕まえるがいい——女を殺ったのはこの俺だ……

（エスカミーリョが闘牛場の階段に現れる——ホセはカルメンの死体に覆いかぶさる）

おお俺のカルメン！　俺の可愛いカルメン！

（Ⅳ・2・フィナーレ）

この台詞の「あんたら」vousは闘牛場から出てきた観衆である。ホセは公衆の視線の焦点で自らを断罪すると同時に、殺すことでしか女を所有できない己の情愛、私的で不条理なタナトスとエロスの合一を公衆の視線に投げ返している。これとは違って、原作の彼は自ら衛兵所へ出頭するにすぎない。

セヴィリアへ出奔するまでのホセは、母と故郷の人々の優しい視線に見守られる天使のような少年であったと思われる。だがカルメンと出会ってからは、ジプシーすなわち〈カレ〉〔黒い人々〕の悪魔的な視線に絡めとられ、公衆の視線を避けてこの世の地獄をさまよう夜の存在になる。零落したホセとは対蹠的に、エスカミーリョは都市で成功した英雄、常に公衆の讃嘆の視線を浴びる輝かしい昼の存在である。この対比に従えば、カルメンはホセと同じ夜に、ミカエラはエスカミーリョと同じ昼に属している。また、後者が二人とも歌劇のために創作されたのは、昼の存在と夜の存在という明快な対立によって直截で鮮烈な舞台効果を狙ったからであろう。カルメンを刺す直前、ホセは、隣の闘牛場でもてはやされるエスカミーリョに嫉妬する――「拍手喝采のあの野郎／きゃつめが今度のいろか！（Ｖ・２）」。

カルメンの殺害は、原作では「淋しい峡谷（Ⅲ）」une gorge solitaireで、歌劇ではセヴィリアの闘牛場前の広場で行われる。この「淋しい峡谷」は、話者が初めてホセに出遭ったカチェナ平野の「細い峡谷（Ｉ）」une gorge étroiteを想起させる。どちらもコルドヴァの郊外に位置しており、そうと明記されてはいないが同じ谷かもしれない。いずれにしろ、ここは小説の発端と結末の舞台になる場所であり、明らかに『旧約聖書』の「死の陰の谷（「詩篇」第二三篇）」を暗示している。

カルメンがキリスト教を信じているかどうかは不明である。[26] おそらくそうではあるまい。しかし彼女の殺害前、ホセは修道士に頼みごとをする。

「たぶん神の御前に出ることになる魂のために、ミサをあげていただけますか？」（Ⅲ）

森のなかで女の遺体を穴に埋めるとき、彼はかつて女に与え、さっき投げ返された指輪と小さな十字架を添える。こう考えてくると、少なくともホセは、キリスト教によるジプシー女の魂の救済を願っている。物語はホセの次の言葉で閉じられる。

修道士は聖者ともいうべき人でした。あの女のために祈ってくれた！　女の魂のためにミサをあげてくれたんです――かわいそうに！　あれがあんな風に育っちまったのも、罪は〈カレ〉どもにあるんです。（Ⅲ）

第二章の終りで、獄中のホセがこの物語を語りはじめたとき、彼は聞き手の話者に自分のためのミサを挙げるように頼んでいる（Ⅱ）。それ故、カルメンと共にホセの魂の救済も小説の隠された主題の一つではあるまいか。この主題は歌劇では立ち消えている。

終幕の「フィナーレ」に戻ろう。スタジアムで牛を仕留めたエスカミーリョを讃える歓呼の歌声が、最強音で奏される宿命の愛のテーマと交錯しながらカルメンとホセの最後のせめぎあいに降り注ぐ。この鋭い対照が舞台に、小説よりも祝祭的で強烈な効果をもたらすことは確かである。

カルメンが刺殺される瞬間を包みこむ観衆の合唱は、通称「闘牛士の歌（Ⅱ・2）」のリフレインの一節である。これは、かつてリリヤス・パスティヤの酒場でエスカミーリョ（バリトン）がカルメンと密輸仲間、居合わせた将校たちに贈ったアリアで、皮肉としか言いようがない。このアリアは女への愛の告白でもある。事実、アリアの終わりに、エスカミーリョとカルメンは互いに見つめあいながら「恋〔＝恋人〕よ！」l'amourという言葉を掛け合う（これは台本にはない）。二度目に歌われるのは、彼が密輸団の隠れる岩山までカルメンに会いにきて、下山するとき（Ⅲ・6）である。

しかし、鮮烈なリズムと官能的な光彩にあふれる「闘牛士の歌」のテーマが最初に提示されるのは、まず開幕前の「あの生命の火花がはじけ飛ぶように始まる（吉田秀和[27]）」前奏曲においてである。ビゼーの音楽の特質に関するニーチェのよく知られた評言、「それは軽やかに、しなやかに、にこやかにやって来る。それは愛嬌があり、汗をかかない[28]」にぴったりの曲である。

合唱　トレアドール　構えはよいか　Toréador, en garde,
闘うさなかも想い見よ　Et songe en combattant
黒い瞳がお前を見てる　Qu'un œil noir te regarde
恋がお前を待っている　Et que l'amour t'attend.

（Ⅳ・2）

剣を手に、黒い牡牛と命がけで闘う男を見つめる「黒い瞳」は広義には女性一般の眼を、狭義にはカルメンの眼を指す。同時に、闘牛士に挑み、とどめを刺される牡牛の黒い大きな眼とも重なる。カルメンの眼は男に恋の快楽を与えることも、男を楽園から地獄と死に引きずりこむこともできる。小説でも歌劇でも、彼女は自分のために命を投げ出す男しか好きになれない。カルメンが絶えず求めるのは暴力と死、血と逸楽である。ホセに愛着を覚えたのは、彼が女にそそのかされてその逃亡に手を貸し、軍の懲罰を受けたからである。女をめぐって中尉から一太刀浴びた上に、彼を殺害したからである（死んだとは書かれていないが、ホセ自身、「仲間はわたしに一目おく始末でして。それというのも、わたしが男を一人殺めたからなんです（Ⅲ）」と話者に断言している）。女を奪うためにその連合い〈片目のガルシア〉を刺殺したからである。密輸団の生き残りとして追手に撃たれ、「散弾を浴びた兎さながら（*Ibid.*）」瀕死の重傷を負ったからである。カルメンとホセとエスカミーリョの愛憎の絡み合いは、殺し殺される行為において一つに結びつく。このエロスとタナトスの相克と融合も、小説と歌劇の主要な主題である。この主題は、先ほど述べた宿命の愛のテーマと「闘牛士の歌」のテーマの交錯にもみられるように、特に歌劇においてより鮮明に浮き彫りにされている。

おわりに

歌劇では、野性を具現するタイトル・ロールの悪魔と地獄に通じる黒い眼が、小説と同じように、むしろもっと鋭く、その虚構の空間とともに背後の人間社会を負の光で刺しつらぬく。ニーチェのカルメン観を推しすすめたアドルノによれば、彼女の情愛は「太古から存在する、理性以前の性欲それ自体」[29]に他ならない。すなわち、文明の対極をなす動物的本能に忠実な、体制側からみれば不条理で盲目的な生命力の噴出である。いうまでもなく、カルメンが生まれ育ったのは非合法にしか生きられない最下層の社会である。そこには暴力と血はあっても、善も悪もない。ただ彼女は、その苛酷な条件を引き受け、そのなかでどんな隷属も拒んで勝手気ままに生き抜こうとしているだけである――「カルメンさまはてこでも譲るもんか／生まれたのも自由なら　死ぬのも自由ってわけさ（Ⅳ・2）」。この台詞は、小説の「カルメンさまはとことん自由でいるのさ。カリ〔黒〕[30]に生まれたんだし、カリで死ぬのさ（Ⅲ）」に呼応する。

既にふれたとおり、ホセはカルメンの亭主を殺害して後釜に坐る。ところが女は、数ヶ月後にはもうホセの束縛が我慢ならず、それを断ち切るためなら彼を殺すことも辞さない。

あたしゃしつこくされたかないんだ、何てたって指図されるのはまっぴらさ。あたしの望みといっちゃ、自由にほっとかれて好き放題をやることさ。気をつけるがいいよ、堪忍袋の緒が切れるから。あんたにうんざりしたら、ほかにいい若いのをめっけてやる――あんたが〈片目〉にやらかしたことを、そいつがやるって寸法さ。(Ⅲ)

事実、彼女は命令されることへの嫌悪を何度も口にする。ホセ自身このことはよく知っている。

あの女の種族にとっちゃー、自由が全てでして、一んちの豚箱入りでも免れるためとあらば、あいつらは町に火だってつけるでしょうよ。(Ⅲ)

にもかかわらず、彼は最期まで女の魔力あるいは女への執着から脱け出せない。いくら嘘をつかれても、「女が口を開く先からもう真に受けている始末でして、わたしの力を超えておりました(*Ibid.*)」。『パンセ』*Pensées*(初版、一六七〇)のパスカルに倣って「恋愛の原因と結果〔……〕クレオパトラの鼻[31]」を探るまでもなく、恋とはそんなものであろう。

十九世紀には、ブルジョワが実証主義に基づく進歩思想をばねに功利一辺倒の近代資本主義の社会を築きあげる。これは、もっぱら大ブルジョワ(上層中産階級、すなわち資本家、大企業家、大商人、高級官僚など)の実利追求を支える秩序の安定を乱すような下層の民衆や最下層の民を、富と権力を享受する仕組みから巧妙に排除してゆく体制である。だがカルメンはそれを恨む訳でも、あげつらう訳でもない。ただ彼女の動物のような性的魅惑、社会秩序とは無縁の奔放極まりない生き方が、陽のあたる中層・上層の市民を期せずして炙りだす。歌劇でこの市民層を形成するのは、老紳士と若妻、将校や兵士や警官ら体制の番人、闘牛士の一隊、警官隊に守られて闘牛見物にくる市長（alcade〔治安判事を兼ねる〕）などである。更に、歌劇場の聴衆もこれに含まれる。小説では、カルメンがジプシーの隠れ家で強奪をもくろむ（Ⅱ）話者の金時計に象徴される、裕福な有産階級である。

彼女の眼、悪魔的な野獣の生命力を秘めた大きな黒い眼の暗い輝きは、大ブルジョワの見えない手が操る生産と消費の緊密な管理の網の目に絡め取られ、おとなしい家畜として飼い慣らされ、野性の生命力を奪われてゆく中層・下層の中産階級、あるいは無産階級の姿を照らし出す。当時の舞台や小説に登場する娼婦たち、マリヨン[32]、マノン[33]、ヴィオレッタ[34]やミミ[35]ら、エステル（異名は「シビレエイ」la Torpille）[36]、ナナ[37]やエリザベート（異名は「脂肪の塊」la Boule de suif）[38]らが置かれていた社会の底辺よりも深い暗部から——あからさまな告発や教訓臭は一切まじえず、ただひたすら、はじける光彩と濃い影が絡みあい渦巻く、管弦楽と歌声とバレエの目くるめく逸楽とともに。

註

（1）Charles-Pierre BAUDELAIRE, *Œuvres complètes* I, Bibliothèque de la Pléiade, Gallimard, 1975, pp.657–658.

（2）堕天使サタンを描いたルドンの石版画には「『悪の花』Ⅷ—御身に栄光と讃歌あれ、サタンよ／御身が君臨した天の高みでも／御身が敗れ去り、黙想に沈んでいる**地獄**の深みでも！」（一八九〇、東京・個人蔵）、「『夢想』Ⅳ—影の翼を拡げ、黒い生きものが烈しく噛みついた」（一八九一、岐阜県美術館）などがある。前者のサタンは深い憂愁にみちて美しく、ミルトン風といえる。

（3）吉田秀和「音楽展望—永遠のカルメン」、「朝日新聞」朝日新聞社、一九九六（平成八）年十一月二一日。

（4）キリスト教美術において、悪魔の眼は黒や青、あるいは燃えさかる火炎の色に描かれてきた。文学や美術の歴史を通じて、サタン（Satan）あるいはルシフェル（Lucifer）、ディアーブル（diable）あるいはデモン（démon）の眼はどんな色とされてきたのか、またその根拠はなにか——筆者のこれからの課題である。

（5）ラッセル『悪魔—古代から原始キリスト教まで』（*The Devil: Perceptions of Evil from Antiquity to Primitive Christianity*）野村美紀子訳、教文館、一九九〇、二五三頁。

（6）ラッセル『ルシファー—中世の悪魔』（*LUCIFER: The Devil in the Middle Ages*）同上、一五四頁。

（7）ラッセル『サタン—初期キリスト教の伝統』（*SATAN: The Early Christian Tradition*）同上、九六頁。

（8）ベルガンサ「ピーター・ダイヤモンドへの手紙」（一九七七）倉田裕子訳、『名作オペラ・ブックス』8、音楽之友社、二〇〇四、二八七頁。

（9）同上。

（10）同書、二八六—二八七頁。

（11）小宮正安『オペラ楽園紀行』集英社新書、二〇〇一、三〇頁。

（12）BAUDELAIRE, *op.cit.*, I, p.697.

（13）死後出版の詩集『運命』*Les Destinées*（一八六四）所収（Alfred de VIGNY, *Œuvres complètes* I, Bibliothèque de la Pléiade, Gallimard, 1986, pp.143–145）

（14）阿部良雄全訳『ボードレール全集』Ⅱ、筑摩書房、一九八四、一三三頁（BAUDELAIRE, *op.cit.*, II, p.299）

（15）『赤と黒』の話者によれば、「世論の横暴——それも何たる世論か！——は、アメリカ合衆国と同じくフランスの小都市でも**愚の骨頂**である（第一部第一章）」。
（16）BAUDELAIRE, *op. cit.*, II, p.326.
（17）*Ibid.*
（18）*Ibid.*, p.577.
（19）ラッセル『サタン―初期キリスト教の伝統』、前掲書、二〇四―二〇五頁。
（20）Victor-Marie HUGO, *Les Misérables* (1862), Bibliothèque de la Pléiade, Gallimard, 1976, p.177.
（21）BAUDELAIRE, *op. cit.*, II, p.660.
（22）Jean STAROBINSKI, *L'Œil vivant*, Gallimard, 1970, p.116.
（23）アドルノ「カルメンをめぐる幻想」（一九五五）倉田裕子訳、前掲書、二六八頁。
（24）ゼンタはワーグナー『さまよえるオランダ人』（一八四三）のヒロイン。ノルウェー船の船長の娘で、オランダ人船長に誓った貞節に殉じて海へ身を投げ、昇天する。
（25）ニーチェ「ワーグナーの場合」（一八八八）倉田裕子訳、前掲書、二四八頁。
（26）話者によれば、「ボヘミアンの目立った特徴の一つに、宗教への無関心が挙げられる。さりとて彼らは無信仰主義者とか懐疑論者というわけでもない。一度たりとも彼らが無神論を公言したことはない。それどころか、現に住んでいる国の宗教を自分たちの宗教とする。だが彼らは、国を変えるとき宗教を変えてしまう（Ⅳ）」。
（27）吉田秀和、前掲記事。
（28）ニーチェ、前掲書、二四五頁。この評言は「第四番・ハヴァネラ」にも、「第九番・シャンソンと二重唱（セギディーリャ）」、「第十一番・シャンソン」、「第十六番・二重唱」にもあてはまる。
（29）アドルノ、前掲書、二六五頁。
（30）カロcaloの女性形がカリcalli、複数形はカレcalésで、直訳すれば「黒い、黒」noir。ボヘミアンは自分たちをこの名詞で呼びならわしている（原註）。
（31）ブランシュヴィック版『パンセ』*Pensées*（一八九七）、一六二・一六三および一六三の二。
（32）ユゴーの戯曲『マリヨン・ド・ロルム』*Marion de Lorme*（一九二九、初演一九三一）。
（33）マスネーJules MASSENET（一八四二―一九一二）の『マノン』*Manon*（一八八四）、プッチーニGiacomo

PUCCINI（一八五八—一九二四）の『マノン・レスコー』*Manon Lescaut*（一八九三）がある。原作はアベ・プレヴォー Abbé PRÉVOST（一六九七—一七六三）の自伝的小説『マノン・レスコーとシュヴァリエ・デ・グリユーの物語』*Histoire de Manon Lescaut et du chevalier des Grieux*（一七三一）。chevalierは「（爵位の）騎士、ナイト」。

（34）ヴェルディ Giuseppe VERDI『椿姫』*La Traviata*〔道を踏みはずした女〕（一八五三）。台本はデュマ・フィス Alexandre DUMAS fils（一八二四—九五）が自作の小説『椿を持つ女』*La Dame aux Camélias*（一八四八）を脚色した同名の五幕の戯曲（一八五二）に基づく。ヴィオレッタ・ヴァレリー（ソプラノ）はマルグリット・ゴーチエ、アルフレード・ジェルモン（テノール）はアルマン・デュヴァル。マルグリットのモデルは、パリ社交界に名を馳せた薄幸の高級娼婦（demi-mondaine）マリー・デュプレシ Marie DUPLESSIS（本名 Alphonsine PLESSIS 一八二四—四七）である。デュマ・フィスは一八四四年から四五年にかけて彼女の情人であったが、一年足らずのつきあいで三万フラン〔現在の額で約三千万円〕に近い負債を抱えることになる。

（35）プッチーニ『ラ・ボエーム』*La Bohème*（一八九六）。原作はミュルジェ Henri MURGER（一八二二—六一）の小説『放浪芸術家の生活情景』*Les Scènes de la vie de bohème*（一八四九）。

（36）バルザック Honoré de BALZAC（一七九九—一八五〇）『娼婦盛衰記』*Splendeurs et Misères des Courtisanes*（一八四七）。

（37）ゾラ Émile ZOLA（一八四〇—一九〇二）『ナナ』*Nana*（一八八〇）。

（38）モーパッサン Guy de MAUPASSANT（一八五〇—九三）『脂肪の塊』*Boule de suif*（一八八〇）。

底本

邦語訳には、ガルニエ版 *Carmen*（Classiques Garnier, 1960）を用いたが、次の訳書を参照させていただいた。

メリメ『カルメン』杉捷夫訳、『メリメ全集』2・小説②、河出書房新社、一九七七。

アンリ・メイヤック／リュドヴィック・アレヴィ『カルメン』（初版台本）安藤元雄訳、『名作オペラ・ブックス』8、音楽之友社、二〇〇四。

参考文献

阿部良雄全訳『ボードレール全集』II、筑摩書房、一九八四。

安藤元雄・倉田裕子訳『名作オペラ・ブックス』8、音楽之友社、二〇〇四。

小宮正安『オペラ楽園紀行』集英社新書、二〇〇一。

堀内　修『オペラ歳時記』講談社新書、一九九五。

吉田秀和「音楽展望―永遠のカルメン」、「朝日新聞」朝日新聞社、一九九六（平成八）年十一月二一日。

デイヴィッド・コノリー『天使の博物誌』佐川和茂・佐川愛子訳、三交社、一九九四。

ラッセル『悪魔―古代から原始キリスト教まで』野村美紀子訳、教文館、一九九〇。

ラッセル『サタン―初期キリスト教の伝統』同上。

ラッセル『ルシファー―中世の悪魔』同上。

ラッセル『メフィストフェレス―近代世界の悪魔』同上、一九九一。

BAUDELAIRE (Charles-Pierre), *Œuvres complètes*, 2 vol., Bibliothèque de la Pléiade, Gallimard, 1975.
HUGO (Victor-Marie), *Les Misérables* (1862), Bibliothèque de la Pléiade, Gallimard, 1976.
MILNER (Max), *Le Diable dans la littérature française*, 2 vol., José Corti, 1971.
PASCAL (Blaise), *Pensées*, Texte de l'édition Brunschvicg (1897), Classiques Garnier, 1966.
STAROBINSKI (Jean), *L'Œil vivant*, Gallimard, 1970.
VIGNY (Alfred de), *Œuvres complètes* I, Bibliothèque de la Pléiade, Gallimard, 1986.

第三章　ボヴァリー夫人エンマ　――馬と視線――

はじめに　――馬車から汽車へ

フランスで初めて蒸気機関車が牽引する車輛（陸蒸気）が走ったのは一八三一年、フロベール Gustave FLAUBERT（一八二一―八〇）十歳のときである。一八三七年、最初の旅客鉄道がパリから西郊のサン＝ジェルマン・アン・レイまでの十八キロメートルに敷かれ、三九年にパリ―ヴェルサイユ（十五㎞）右岸線、翌四〇年には同左岸線が開通する。四三年、パリ―オルレアン線（一一五㎞）とパリ―ルーアン線（一二三㎞）が開通。四七年、後者は英仏海峡に臨むル・アーヴル（ルーアンから八五㎞）まで延びる。このように鉄道網が拡がるにつれ、馬車の役割は徐々に小さくなってゆく(1)。

しかし、『ボヴァリー夫人』*Madame Bovary*（一八五六）の舞台であるノルマンディー地方のトスト（「トート」Tôtesがモデル）とヨンヴィル・ラベイ（「リ」Ryがモデル）のような寒村でも、ルーアンのような都市（作者によれば当時の人口は「十二万人（Ⅲ・5）」）でも馬と馬車が主な輸送手段であった。ところでこの物語（五一年秋、執筆開始）はいつごろに設定されているのであろうか。手がかりの一つはシャルルの医院開業と最初の結婚（相手は四五歳の寡婦エロイーズ・デュビュック）の時期で、一八四九年前後のことと推定される。その根拠は、シャルルとエンマ夫婦の到着を待つヨンヴィルの旅籠「金獅子」で薬剤師オメーが話題にする「リヨンの洪水（Ⅱ・1）」である。ソーヌ川の記録的な氾濫は五二年夏のことで[2]、夫婦のヨンヴィル移住（「三月（*Ibid.*）」と明記されている）は五二年ではなく五三年以降と考えられ、シャルルのトスト暮しは「四年間（Ⅰ・9）」だったからである。『感情教育』***L'Éducation sentimentale***（一八六九）の主人公フレデリック・モローは一八四〇年九月十五日、パリから故郷のノジャン・シュル・セーヌへ帰るとき、まず外輪蒸汽船（河蒸気）でサン・ベルナール河岸からモントローのシュルヴィル河岸まで下り、そこから馬車で帰館している。

『ボヴァリー夫人』に登場する雑貨商で質屋のルウルー（Lheureux「幸せ者」という皮肉な名）は、オメーに劣らず重要な脇役である。この「抜目のない小売商人（Ⅱ・5）」は、

ガスコーニュ生まれだが、ノルマンディー人になったので、南仏人の口先のうまさはもとより、コー地方の人のずる賢さもあわせ持っている。〔……〕確かなのは、〔収税吏の〕ビネですら怖気をふるうくらい込み入った計算でも、暗算でやってのけることである。卑屈なまでに慇懃で、いつも腰を半ば屈めているさまは、お辞儀をしているか、誘いかけている人のようである。（*Ibid.*）

もとは小間物の行商だった、いや金貸しだったと噂されるが、前身は闇の中である。彼は近代資本主義社会の土台を形成しつつあった当時の中産階級の典型である。エンマの奢侈欲に巧みにつけ込んでこれに浪費させ、夫のシャルルともども破産させる。

彼の夢はアルグイユ―ルーアン間に新しく駅馬車（diligence）の路線を敷くことだった。そうなれば〈**金獅**

子〉館のオンボロ馬車は早晩、廃業に追いこめるし、馬車のスピードを上げ、運賃を安くして積み荷を増やせば、ヨンヴィルの商いはこの俺様が一手に収めることになる。（Ⅱ・14）

《diligence》（「勤勉さ、迅速さ」）が「駅馬車、乗合馬車」carrosse〔voiture〕de diligenceの意で用いられ始めたのは一六八〇年（『ロベール小辞典』）。内部が二室または三室に分かれる四輪馬車である。物語の結末で、ルウルーは首尾よく駅馬車屋「**お気に入り商会**（Ⅲ・11）」*Favorites du commerce*を設立する。当時はまだ、馬車の事業に採算を見込めたことが窺える。(3) ルウルーやオメーは巧妙かつ狡猾な取引で利潤を太らせながら、「中層中産階級」moyenne bourgeoisieから「よき中産階級」bonne bourgeoisieへとのしあがる。更に、彼らの未来を望む視線の先には、明示されてはいないが「上層中産階級」grande bourgeoisie（大企業家、銀行家、高級官僚など）への梯子も見え隠れしている。旅籠〈金獅子〉の常連の一人ビネは重騎兵上がりの収税吏（中級官僚）で、「ブルジョワの利己主義（Ⅱ・1）」の塊りである。ビネのことを「想像力もない、才気もない、社交人たる資格がまるでない！（*Ibid.*）」とこきおろすオメーは、ビネと同じ中産階級でありながら、

「手広い商いの仲買人や弁護士、医者や薬剤師なら、仕事に打ちこみすぎて、変人はおろか、無愛想になっても無理はないがね」。（*Ibid.*）

と、シャルルや自分の階層の優越性を主張している。この階層が「よき中産階級」で、オメーが挙げる職業のほかに上級官僚なども含む。エンマは上流階級の娘たちと一緒に修道院の教育を受け、医師との婚姻によって中層中産階級から「よき中産階級」へと上昇するが、それはみな父テオドールの願望に基づいている。おそらくそう

とも知らず、彼女は更に上層に昇ることを夢見るが、正にその夢想そのものに裏切られて最下層へと転落する。そのようなエンマの短く激しい生涯は、天上を見上げる視線と地上を見下ろす視線の目まぐるしい交錯によって成り立っている。そしてそれぞれの視線が生まれる地点、また交わる地点にはほとんどいつも馬と馬車が密接に関わってくる。この視点から、エンマの社会的な、あるいは内面的な憧憬と幻滅、上昇と落下の軌跡をたどり直す。

あとで詳しくふれるが、エンマはダンデルヴィリエ侯爵のヴォビエサールの城館で舞踏会を夢心地で過ごした翌朝、侯爵に自慢の厩舎を見せてもらう。直後にシャルルとトストへ出発する場面は心に残る。二人は、自分たちのみすぼらしい「**ボック**」*boc*（無蓋軽馬車）に乗る（ただし、侯爵の美麗な馬や馬具との比較は一切述べられていない）。

エンマは、黙りこくって、車輪がまわるのを見ていた。（I・8）

彼女はこのとき何を考えていたのだろう。それについては何も書いてないが、彼女の思いのたけは、たったこの一行に込められているように思われる。彼女が、長年よく仕えた女中に些細なことでひまを出すのは、この日の帰宅の直後である。

〔**註記**〕引用文末の（　）内のローマ数字は小説の部、アラビア数字は章を示す。原文において最初が大文字またはすべて大文字の語句は〈　〉でくくり、イタリック体のものはゴシック体で示す。強調の傍線はすべて筆者による。

I　騎士への憧れ

裕福なベルトー農場の娘エンマ・ルオーは、平凡だが実直な「医師」officier de santé（博士号をもたない免許医）シャルル・ボヴァリーの二度目の妻になる。熱烈な想像力に加え、男性的な野心と行動力に恵まれたエンマは、凡庸な男たちや平板な日常に退屈している。このような特質はすべて、ピエトラネーラ伯爵夫人、後のサンセヴェリナ公爵夫人ジーナ（『パルムの僧院』）とラ・モール侯爵令嬢マチルド（『赤と黒』）の二人にも共通している。オメーやルウルー、ルウルーと結託している公証人のギヨマンなど、近代社会を牛耳るようになる市民は一様に勤勉で勘定高い。彼らに比べると、シャルルは勤勉だけが取得であり、エンマは情事以外のことにはおそろしく怠惰で不器用というしかない。物語の結末で、差押えの通告を受けたエンマがルウルーに助けを求めると、

「悪いのはどなたですかな？」皮肉にお辞儀しながらルウルーが言った。「わたしめが黒人奴隷のごとく汗水垂らして働いておりますときに、貴女さまは楽しいお時間をたっぷりと味わっておいでときている」

「ああ！　お説教は結構よ！」

「毒にもなりゃしませんよ」彼はやり返した。（Ⅲ・6）

この痛烈なあてつけは正鵠を射ている。エンマの怠惰は性の快楽と深く結びついているからである。十三歳で入れられた修道院の寮生時代、彼女はスコットWalter SCOTT（一七七一—一八三二）風の中世趣味の

物語や絵本に耽溺し、騎士道の世界に憧れている。その故にであろう、エンマの記憶と夢想のなかには実によく馬や馬車が登場する。十五歳のときに半年間、彼女が夢中になった小説や絵本には、

どの宿駅でも殺される御者が、どのページにも乗りつぶされる馬がいる。〔……〕彼女は長い胴衣に身を包んだ奥方のように、どこかの領主館に住みたかった。スペード型の尖頭アーチの下で、来る日も来る日も石の上に頬杖をついて、平原の奥から白い羽根飾りの騎士が黒馬を疾駆させてやって来るのを待ち暮らすのである。〔……〕作者不明の版画では、公園をすべるように走る四輪馬車（voiture）に女たち〔カールした金髪の英国の貴婦人たち（ladies anglaises à boucles blondes）〕がきらびやかに乗っており、白の半ズボンの少年御者が二人して速歩で駆けらせる馬たちの前で、一匹のグレーハウンドが跳びはねている。（Ⅰ・6）

トストでエンマは、狩場番人に貰った「イタリア産の小型グレーハウンド（Ⅰ・7）」を唯一の打明け話の聞き手として可愛がる。グレーハウンドは、狩猟を楽しむ上流階級の表象である。ところがヨンヴィル・ラベイへ引越している最中、この犬は駅馬車から逃げてしまう（Ⅱ・1）。この騒ぎは、ヨンヴィルでの新たな生活でも彼女の貴族への憧れは充たされず、渇望する幸せもすり抜けてゆくことを予告しているといえよう。また、後に詳しく述べるが、彼女は上流階級のように御者つきの馬車を持つ夢をみる。新婚生活に幻滅し始めた彼女が後悔とともに夢想するのは、南の官能的な国々、あるいは憂愁のスイスやスコットランドへの旅であるが、そこにも馬車が登場する。

蜜月の甘美さを味わうには、きっと、結婚に続く日々がもっと美味なけだるさに充たされる国々、あの名前

までが響きのよい国々に向けて旅立たねばならなかったんだわ！　駅馬車の座席で、青い絹の帳《とばり》に包まれ、御者の歌に耳を澄ましながら険しい道を並足で登ってゆくと、歌が、山羊の鈴の音と滝のこもった響きにまじって山のなかにこだまするのよ。（Ⅰ・7）

エンマには「絹の帳」への偏執がある（「絹の帳の寝室（Ⅰ・9）」）。こうした夢を、夫に失望し、単調な田舎生活への倦怠感に苛まれたエンマは、引越し先のヨンヴィル・ラベイでロドルフ（ルウルーと同様に、この男の前身も闇の中である）との駆落ちによって実現しようとする。プラーツ Mario PRAZ（一八九六―一九八二）は「エグゾティックなものへの愛は、概して性的欲求を想像の領域に投影したものだ(4)」と述べ、その註にマラルメ Stéphane MALLARMÉ（一八四二―一九八）の「海の微風」*Brise marine* を引いている。

肉体は悲しい　ああ！　それに私はあらゆる本を読んでしまった
逃げるのだ！　彼方へ逃げるのだ！　私は感じる　鳥たちが酔い心地なのを
未知の泡と大空に包まれて
〔……〕
私は出発する！　帆柱を揺らす蒸気船よ
錨をあげるのだ　どこか異国の自然に向かって！
〈倦怠〉は　残酷な希望に荒んでも
今なおハンカチを振る最終の別れを信じている！
〔……〕

エンマの「エグゾティックなものへの愛」には、確かに性的欲求が投影されているが、この詩ではそれが稀薄であり、プラーツの引用はあまり意味をなさない。「残酷な希望」とは、何度挫折を味わっても執拗に甦って、我々の内面を荒廃させる脱出の夢を指す。「あらゆる本」とは考えうるかぎりの知的遍歴を、また同時に、知的な好奇心を失くした主体の傲慢な決めつけを示している。このような内的情況はエンマにも当てはまる。代り映えのしない日常の連鎖のなかで「ますます重い倦怠（Ⅰ・9）」に囚われたエンマは、ピアノも写生も刺繍もやめる。

《あたしは全部読んでしまった》と、彼女は呟いた。
それからいつまでも火箸を赤く焼いたり、雨が降るのを眺めたりしていた。（Ⅰ・9）

この「全部」toutは書物――エンマにとっての書物といえば、ほぼ騎士道風の大いなる情熱をめぐる恋愛物語に限られるのであるが――だけでなく、彼女の送ってきた生活全体を指すのであろう。彼女の呟きはボードレール Charles-Pierre BAUDELAIRE（一八二一―六七）の詩「憂愁」*Spleen*（『悪の花』76）の一行「倦怠　陰鬱な無関心の果実」を想起させる。この「無関心」の原語は《incuriosité》、すなわち「好奇心喪失」の意であり、エンマとマラルメにおける「倦怠」を照らし出すといえよう。

Ⅱ　見下ろす視線

馬と馬車は、エンマの実生活でも大きな役割を果たす。彼女がシャルルに惹かれた理由の一つは、脚を骨折した父テオドールの治療に彼が馬で通ったからであろう。また、医術に自信のない彼にとって幸運だったのは、骨折が単純なものでうまく治ったこと――そのおかげで村人が「腕っこき」と認め、父親が「救世主」と呼ぶシャルルの乗馬姿は、エンマの目にも颯爽とした騎士のように輝かしく映っていたに違いない。この若い医者は、片田舎に埋もれようとしている自分を中世の英雄のように救い出し、美貌も教養も具えた女にふさわしい境遇に置いてくれるかもしれない。

この小説で何度もくり返される、エンマが窓辺に姿を見せる情景にはどんな意味があるのだろうか。ルーセJean ROUSSET（一九一〇―）は、「閉塞と開放、桎梏と飛翔、部屋の中へのひっそくと戸外への伸張とを結合する。つまり、限界の中の無限」[5]に他ならない「窓」と、フロベール的人物の関わりを犀利に分析している。

新婚の頃、エンマは往診に出かけるシャルルを窓辺から見送る。

彼女は窓枠の上、二つのジェラニウムの鉢の間に肘をついていたが、化粧着をしどけなく身にはおっている。シャルルは通りに出ると車除け石に足をかけ、拍車の留金を締める。彼女は上からぺちゃくちゃと話しかけながら、口で花や葉っぱをむしりとって夫の方へ吹きつける。するとそのかけらはひらひらと舞い飛んだり、浮かんだり、小鳥のように空中を半旋回しながら落ちる途中、門口にじっと佇む老いた雌の白馬のちゃんと梳かれていない鬣にひっかかったりする。シャルルは馬上から妻にキスを投げる。彼女が身振りで応え、窓を閉めると、彼は出発するのだった。（I・5）

結婚後のエンマは、昼間でも化粧着（peignoir）や部屋着（robe de chambre）姿で描かれることが何度もある。

朝から晩まで寛ぐ暇などない小市民の妻の服装ではなく、ここにも彼女の上流階級の生活への憧れが表われている。窓枠に肘をついて騎馬姿のシャルルを見下ろしながら、芝居じみた別れを演じるエンマは、バルコニーの縁石に頬杖をついて騎士を待つ城主の奥方を真似ているのであろう。またこのとき、彼女は村人らの視線も意識していると推測される。彼らは時々「人々」onとして登場する。例えば、山中でロドルフと結ばれたエンマが馬で村へ帰ると「人々が窓から彼女を眺めていた（Ⅱ・9）」。彼女は「自分で正しいと信じこんだ理論どおりに（Ⅰ・7）」展開する恋愛を求め、「自分が実感しないことは理解できず、何でも型どおりに現れないと信じることができない（*Ibid.*）」。新婚生活の場でも、騎士道風の情熱恋愛のパターンを再現することに懸命である。可愛くもあり、滑稽でもある。とはいえこの箇所は、夫婦が和合しているかにみえる数少ない情景の一つである。

エンマは窓辺に肘をついて（彼女はよくここに姿を見せた。田舎では窓が劇場と散歩道の代わりをする）、田舎者の群れを眺めては楽しんでいた。（Ⅱ・7）

エンマにとって窓は桟敷席の役割を果たすだけでなく、周囲の窓や往来から視線を集める舞台にもなっている。彼女は観客であると同時に俳優・演出家でもある。シャルルは彼女の演出どおりに騎士役を、同時に村人と同じ地平にいる観客役を演じさせられている。だが、妻の真意は理解できないままである。惹かれあうエンマとレオンにとっても、窓は視線を交わす絶好の場になる。

明くる日、目が覚めると、彼女は広場に立っている書記を見かけた。彼女は化粧着をはおっている。彼は頭を上げて挨拶した。彼女はすばやく会釈して窓を閉めた。（Ⅲ・3）

彼女は窓際に手すりのある棚を取付けさせて、中国磁器の鉢を載せた。書記も吊り棚をしつらえた。二人はそれぞれの窓辺で花に手入れしながら、たがいの姿を眺めるのだった。（Ⅱ・4）

ここでも、先に舞台装置を設け、男を誘導するのはエンマの方である。村田京子はバルザック Honoré de BALZAC（一七九九―一八五〇）の『人間喜劇』に現れる「窓辺の娘」のパターンを指摘し、『鞠打つ猫の店』*La Maison du chat-qui-pelote*（一八三〇）について次のように述べている。ラシャ商人ギヨームの店で早朝、美しい娘オーギュスチーヌが四階の窓を開ける。

彼女がふと下に眼をやると、若い男〔画家ソメルヴィユ〕の熱い視線に出くわすのだ。この時の彼女は、男の眼差しの対象として、「ネグリジェ姿を見られる」という無防備な立場に立っている。この眼差しは官能的な欲望と密接に結びついたものであり、リュース・イリガイの言葉を借りれば、「ファルス的な眼差し」と言える。(6)

この場面のように「ファルス的な眼差し」が男性の眼に現れるのは当然ながら、同じような眼差しは女性の眼にも認められる。村田によれば、この眼差しはバルザックの「クルチザンヌ」courtisane――「父権的な社会の枠を逸脱したエネルギーの持ち主、ファルス的な力の簒奪者として」(7)登場する高級娼婦によく見出される。

窓辺で中世風の城の奥方を演じるエンマは、明らかに舞台を支配する女主人公として観衆の視線を一身に集めている。ただし、窓を見上げるシャルルは既に欲望の対象（エンマ）を所有しており、「ファルス的な眼差し」

は持っていない。エンマがシャルルやロドルフ、特にレオンに時々見せる「男性性」も、前述の場面に関するかぎりそんなに露わではない。例えばロドルフに対して、自らをクルチザンヌのように卑しめることはあっても、その視線がバルザックの場合のように「去勢の危険を秘めた」[8]ファルス的なものになることはほとんどない。よき中産階級に属する彼女の視線には、社交界をしたたかに生き抜くクルチザンヌのように男性の富はいうに及ばず、時には社会的権威や誇りまで奪おうとする欲求はない。だがロドルフもレオンも、彼女の視線にそうした簒奪の兆しを読み取ると逃げ腰になり、姿を晦ます（エンマはレオンに「何て意気地なしなの！（Ⅲ・7）」と叫ぶ）。彼女は借金返済に充てる金をレオンに盗ませようとする。このとき力を発揮するのは彼女の眼差しである。


「もしあたしがあんただったら、そいつをうまく見つけるのに！」

「いったいどこで？」

「あんたの事務所でよ！」

そう言って、女は彼を見つめた。

悪魔的な大胆さがその燃えあがる瞳から発散し、両の眼が淫らそうに、唆すように細められた——そのせいで青年は、悪事を勧めるこの女の無言のわがままに気圧されて気持ちが萎えるのを感じた。すると彼は怖くなった。（Ⅲ・7）

エンマの「悪魔的な大胆さ」une hardiesse infernaleを潜めた「燃えあがる瞳」ses prunelles enflamméesの火炎は、地獄の業火を思わせる。その眼が「淫らそうに、唆すように」細められるのは、この場面の直前にレオンを金策に走らせるときのエンマの言葉「あとでたっぷり可愛がってあげる！（Ⅲ・7）」に呼応する。破産を目前にして初めて、彼女の眼差しは悪魔的なものになり、「ファルス的な眼差し」に近づく。それは、彼女の窃盗教唆に呑まれて「気持ちが萎える」レオンの脅え方に表われている。
ロドルフに駆落ちをせがんだときも、「彼女の眼は涙でいっぱいになり、水中の炎のようにきらめいた（II・12）」ことが思い出される。しかし、このときの眼の炎は退屈な日常からの解放と、異国で男と暮らす逸楽への期待の表われであり、悪魔的ともファルス的ともいえない。だが、ロドルフにとっては自分の安寧を脅かす危険な誘惑に他ならない（「《何という女だ》——遠ざかるエンマを眺めながら、彼は呟いた（*Ibid.*）」）。
エンマの男性性については、ボードレールが雑誌『芸術家』L'Artiste（一八五七年十月十八日）の書評のなかでいち早く指摘している。

ゼウスの頭脳から飛び出した武装せるパラス女神さながら、この奇異な両性具有者〔エンマ〕は、愛らしい女性の肉体の中に、男性的な魂のふるう誘惑のすべてをもち続けている。(9)（阿部良雄訳）

「パラス」Pallasは女神アテナの異名。事実、ルオー氏の治療に来たシャルルの眼にエンマは次のように映る。

彼女は、男みたいに、ブラウスの二個のボタンの間に鼈甲の鼻眼鏡を挿して歩きまわるのだった。（I・2）

立ち働く彼女が男のように見えるのは、亡くなった母と兄に代わって父を助け、家の差配をしていることにもよる。後にロドルフと密通を重ねるうちに、エンマの目つきは大胆に、言葉はぞんざいになった。ふしだらにも、彼女はロドルフ氏とくわえ煙草で散歩までしたが、**世間を鼻であしらうためといわんばかりだった**。その挙句、彼女がある日、男のように胴をきつくチョッキで締めて〈**ツバメ**〉から降りるのを見たとき、未だに二人の仲を信じていなかった人々ももはや疑わなかった。(Ⅱ・12)

彼女の男を真似た振舞いは、退屈な夫と村人への挑戦でもある。

ある朝、「金獅子」経営の駅馬車「ツバメ」に乗りこんだエンマを見て、薬剤師オメーが「〈アムール〉のようにおきれいだ!(Ⅱ・14)」と世辞を言う。「アムール」Amourは「愛の神」で、アフロディテの養子の美青年「エロス」Éros(羽根の生えたサンダルを履く「ヘルメス」Hermès〔ローマ神話のメルクリウス〕とアフロディテの子ともみなされる。ローマ神話のクピド。プットーも指す)と同一視される。オメーは期せずしてエンマの男性的な資質を言い当てているといえよう。このような男性性は、スタンダールの女主人公たち、ヴァニナやアルマンス、サンセヴェリナ夫人やマチルド、更に行動に移ったときのエレーナやクレリア、レナール夫人にも認められる。

エンマとマチルドの類似についていえば、身分の違いこそあれ二人は、修道院の教育や読書のなかで夢想した中世の騎士道への憧れに衝き動かされ、周りの男性の無気力に退屈を覚えると同時に苛立っている。この苛立ちが彼女らを、男性的な行動に駆りたてるともいえよう。

さて、窓辺の情景でみたように、エンマは夫の共感を得ようと様々に努力するが、徒労に終わる——「彼の胸の上で火打石をカチカチッと打合わせてみても火花一つ生じない(Ⅰ・7)」のである。現実のシャルルは同業者に恥をかかされても言い返せず、妻に泣きつくような意気地なしである(「《何て情けない人!何て情けない人！》と、彼女は唇を噛みながら呟いた（Ⅰ・9）」）。やがて、「金獅子」の馬丁イポリットの内翻足の手術に失敗して世間の笑い物になり、エンマの期待を決定的に裏切るに至る（Ⅱ・11）。彼女の誤算は、夫に選んだのが退屈極まりない男で、「老いた雌の白馬（Ⅰ・5）」にまたがる、しかし情熱のかけらもないドン・キホーテにすぎなかったことである。もっとも、エンマこそ近代のドン・キホーテに他ならない。チボーデAlbert THIBAUDET（一八七四―一九三六）によれば、

高貴な想像力をもつ男性がドン・キホーテに自らを認めるように、女性たちはエンマに自らの内奥の悲惨と美しさを認めるのだ(10)。

シャルルが初めてエンマの身体に触れる媒体が乗馬用の鞭であるのも、極めて示唆的である。ある日帰り際に、彼は見失った鞭を探す。

鞭は積まれた袋と壁の間の床に落ちていた。エンマ嬢がそれを見つけ、小麦袋の上に身をかがめた。シャルルは娘を気遣って駆け寄り、同じように腕を伸ばした。すると自分の胸が、下でかがみ込んだ若い娘の背中にかすかに触れるのを感じた。娘は顔を真赤にして身を起こし、肩越しに彼を見ながら鞭を差し出した。（Ⅰ・2）

初々しいエロスを湛えた情景である。ここに登場する「鞭」は、初めシャルルが《ma cravache》（私の鞭）と呼び、次にエンマがそれを彼に渡すとき、話者によって《son nerf de bœuf》（彼の牡牛の神経）とわざわざ言い

直される。これはふつう牛の後頭部の靭帯やペニスを乾し固めた棍棒で、この場面では男性のペニスを象徴すると考えられる。エンマの身体への接触は予測できたはずのシャルルが、彼女と「同じように」鞭を拾おうとしたのは無意識な願望の表われであろう。彼女は後に「金メッキした銀の握りの鞭（Ⅱ・12）」を愛人のロドルフに贈るが、この逸話にも性的アリュージョンが認められる。

　シャルルが農場から帰るとき、エンマはいつも馬上の彼を「玄関前の石段の一段目（Ⅰ・2）」から見送る。馬がまだ回されていないときは、そこにじっとたたずんでいる。

> 大風が彼女を包み、うなじのおくれ毛をくしゃくしゃに吹きあげたり、前掛けの紐を腰の上でゆらして吹流しのようにくねらせたりした。いつだったか、ちょうど雪解けの時節で、中庭の木々の樹皮は汗をかき、屋根の雪が溶けてゆく。彼女は敷居の上に立っていたが、パラソルを取ってきて、それを開いた。太陽の光が鳩羽色の絹のパラソルを透きとおり、彼女の顔の白い肌にゆらゆらと映える。彼女は傘の陰で生ぬるい陽気に微笑みかけた。雪水の雫が、ポツリポツリ、ぴんと張った波紋模様の絹の上に落ちるのが聞えた。
>
> （Ⅰ・2）

　エンマの描写のうちでも、とりわけ見事な一節である。風のなかに立つ「日傘の女」をモティーフにしたモネ Claude MONET（一八四〇―一九二六）の三点の油絵[11]、特に妻カミーユをモデルに描いた最初の作品（一八七五）が思い出される。この頃のエンマはシャルルの好意に心を開きはじめており、父親もそれに気づいている。彼女が「生ぬるい陽気に微笑みかけた」のは、男の視線を誘うための媚の仕種ともとれる。この情景が際立って官能的なのは、硬く冷たい固体（樹皮、雪）が液化しているからである。白い顔も、絹傘を透く陽の光のゆらめく反映とエンマ自身の微笑みにぼかされている——肉体と外界を分かつ境界、他者の侵入を拒む表皮とその輪郭線が光のなかにいわば溶解しているからである。また、風に靡いて後れ髪は千々に乱れ、前掛けの紐も生き物のようにうねっているからである。この紐は、レオンとの逢引のときの細紐を想起させる。

彼女は荒々しく服を脱ぎはじめ、コルセットの細紐を引き抜いた。それは、滑ってゆく蛇のように腰のまわりでシュッシュッと音を立てた。（Ⅲ・6）

蛇の直喩はエンマの烈しい欲望のなまめかしい具現化である。フロベール作品にみられる水や血の流動性と浸透性、露や雫の象徴体系については、リシャール Jean-Pierre RICHARD（一九二〇—）の「フロベールにおける形式の創造」[12]に詳しい。

Ⅲ　倦怠と情熱

少し脇道にそれたが、エンマは彼女なりに恋したシャルルとの結婚によって、少女時代から憧れてきた天翔ける情熱がいよいよ実現できると思いこむ。ところが、身も心も幸せを満喫しているのはシャルルだけで、彼女の胸にいち早く倦怠の影が忍びこむ。

《結婚する前、あたしはてっきり恋をしてると信じていた。でも、その恋から生まれるはずの幸福がやっ

てこないのは、きっとあたしの思い違いだったんだ》、と彼女は考えた。（Ⅰ・5）

新生活への不安、でなければおそらくこの男の存在が惹き起こした昂揚感のおかげで、彼女は、それまではただ、バラ色の羽根の大きな鳥のように詩の大空の輝きのなかを舞い飛んでいただけのあの情熱をいよいよ手に入れたものと信じた。——なのに今は、自分が生きているこの平穏さがかつて夢見た幸福であるとは思えなかった。（Ⅰ・6）

エンマの夢想の視線はいつも、このように高い広大な空を仰ぎ見る。同時に、代り映えのしない日常の地平に失望と渇望の視線を投げかける。この、空想の空を舞うバラ色の鳥に喩えられた「情熱」passion（「恋愛」とも訳せる）は、エンマが想像する中世の英雄と貴婦人の情熱恋愛を指すと考えられる。バラ色についていえば、エンマが生れてくる赤ん坊のためにそろえたいと思うのが「バラ色の絹カーテンのついた舟形の揺籠（Ⅱ・3）」である。また、レオンと密会するホテルの部屋のマントルピースには「耳に当てると潮騒が聞こえるというバラ色の貝殻が二個（Ⅲ・5）」あり、彼にプレゼントさせたのが「白鳥の羽毛で縁を飾ったバラ色の繻子の上靴（*Ibid.*）」である。この贅沢な可愛い上靴には、エンマが夢見る情熱のイメージが凝縮している。同じ白色とバラ色の組合わせが、次のすばらしい比喩にみられる。

エンマの思いは続けざまにその〈レオンが下宿する薬屋の〉家の上に舞い降りるのだった——〈**金獅子**〉の鳩の群れがそこの樋のなかへバラ色の脚と白い羽根を浸しにくるように。（Ⅱ・5）

レオンとの恋愛への期待が、この鳩たちの行動に込められている。彼女の内面は渇いていて、水を求めているのである。

エンマの胸に倦怠が萌すのは、騎士道的な情熱と波乱に満ちた生活の夢を託したシャルルが、結婚してみると夢も野心もない凡庸な小市民にすぎないと思い知らされたときからである。夫は平穏な夫婦生活にあぐらをかき、ほかに野望を持たない。スタンダールの女主人公たち、マチルドやクレリア、ヴァニナやエレーナらが渇望し、そのために彼女らの恋人が破滅する「大いなる情熱（または恋愛）」la grande passionとは無縁の存在である。このような情熱は破滅と隣り合わせのロマネスクなもので、その典型が『カストロの尼』の女主人公エレーナに家庭教師の老詩人チェキーノが教えたペトラルカやアリオストの詩に詠われている。

いってみれば情熱に燃える恋愛で、大きな犠牲を糧とし、神秘に包まれることでしか生き延びられず、常に悲惨この上ない不幸と隣りあわせの恋愛である。（Ⅱ）

卑小な日常の地平に安住していては望むべくもない、この「情熱に燃える恋愛」l'amour passionnéは、スタンダールが理想とする「情熱恋愛」l'amour–passionに他ならない。エンマの幻滅のきっかけの一つは、皮肉にもやはり馬に関わっている――夫が「小説に出てきた馬術用語を彼女に説明できなかった（Ⅰ・7）」ことである。彼に罪はない。チボーデの名言によれば、「彼はいる、そして彼の愚かさ、彼の罪は《いる》そのことなのだ[13]」。

シャルルのお喋りは歩道のように平板で、そこを月並みな考えが、普段着のまま、感動も笑いも夢想もそそらず、ぞろぞろと歩いていく。（Ⅰ・7）

「平板な」plat(e)という形容は、マチルドが貴族の若者たちの退屈さをかこつときも用いられる。彼女は、自分と結婚するつもりのクロワズノワ侯爵とその取巻きを、「あのお仲間の面々ときたら、あれ以上に薄っぺらな(plat)人たちがあるかしら！（Ⅱ・8）」と切捨てる。

夫に幻滅してからも、エンマの非日常的な人物や未知の冒険への憧憬は衰えない。というよりいっそう切実になり、いっそう膨らんでゆく。

魂の底では、そうはいっても、何らかの出来事を待っていた。難破した水夫たちのように、彼女は生活の孤独の上に絶望の眼をさまよわせては、遠く、水平線の靄のなかに白帆を探していた。（Ⅰ・9）

日常の地平を離れ、遠方の茫漠とした空間を空しくさまよう視線は、エンマにはおなじみである。この視線は多くの場合、水平に際限なく伸びてゆき、求める対象をみつけられず拡散して、果てしない空間へ溶け入る。残るのは、ますますつのる倦怠と渇望に苛まれる主体である。

ヴォビエサールの夜宴以来、パリの社交界に憧れているエンマは、次のような夢想に耽る。

夜、魚の仲買人たちが荷車に乗って、窓の下を〈**ラ・マルジョレーヌ**〉〔マヨナラ〕の歌をうたいながら通ってゆくと、彼女は目を覚まし、鉄輪をはめた車輪の騒音を耳で追い、その響きが、町はずれで、車輪が土にふれたとたんに柔らかくなると、

《あれに乗ってる人たちはあすはパリなんだ！》と呟くのだった。それから彼女は空想のなかで彼らにつ

いてゆき、丘を登り、下り、村々を横切り、星明りを頼りに大きな街道をまっしぐらに走るのである。決まっていない距離を走った果てには、いつもおぼろな場所があり、そこで彼女の夢は潰えるのだった。(Ⅰ・9)

このようにエンマの夢想の視線、すなわち想像力の眼差しは、水平に伸びてゆくときは遠方の不確かな地点で霧消する。と同時にその茫漠とした空間も消え失せる。対象を見失い、拡散してさまよっていた「内面の眼差し」(スタロバンスキー『活きた眼』[14])は、主体の元に戻るしかない。不充足の状態に打ち捨てられたエンマは、再び渇望に身を焦がし、パリの地図を買い求める。

それから、指の先で、地図の上をたどり、彼女は首都のなかを駆け巡った。彼女は大通りを上ってゆく。どの街角でも、通りの線に囲まれた、家を表わす白い四角形の前で立ちどまる。終いには眼が疲れ、目蓋を閉じる。すると闇のなかでガス灯の炎が風に身をよじり、劇場の列柱の前で四輪馬車(calèches)の踏み段がけたたましい音を立てて降ろされるのが見えた。(Ⅰ・9)

「駆け巡る」faire des coursesには走る馬のイメージもある。エンマの夢想には必ずと言っていいほど馬車がついてまわる。夢想のなかで彼女は、観劇に来て馬車を降りる上流婦人に自分を重ねている。トストからヨンヴィルへ引っ越した日、彼女はレオンにロマネスクな世界への渇望と平板な感情への嫌悪を打明ける。

「だけど詩にしたっていつかは飽きが来ますわ。それで今じゃあたし、反対に、息つくひまもない筋運びの、ドキドキさせてくれる物語に夢中ですの。自然のどこにでも転がってるような並みの主人公と煮えきらない感情なんて、ぞっとしますわ」。（Ⅱ・2）

エンマはレオンの自分への思慕に気づく頃、シャルルの身体つきや仕種の一々にますます嫌悪を掻きたてられる。

だが彼女は頭をめぐらした。シャルルがそこにいた。ハンチングを目深にかぶり、分厚い上下の唇がブルブル震えている。それが彼の顔に何か暗愚な感じを付加えている。その背中まで、おちついた背中までが見るといらいらする。彼女にはフロックコートの背面にこの人物の平板さ（platitude）が残らず陳列されているのが見えた。（Ⅱ・5）

エンマは背後にシャルルがいることを知らなかったはずはない。彼女の夫に対する嫌悪は、既に「いてほしくない」という願望に変わっていたか、それとも同行のレオンの存在が頭を占めていたのか——おそらくその両方であろう。

そっくりの情景がスタンダール（一七八三—一八四二）の『赤と黒』（一八三〇）にも見られる。ヴェリエール町長のレナール一家と家庭教師のジュリヤンが移住したヴェルジーの城の庭園にはりんご園がある（エデンの園の暗示）。レナール夫人はそこへ、ジュリヤンの勧めで三人の息子のために砂利の小道を設けるが、本当は自分たちのためであろう。

この考えは思いついてから二十四時間と経たぬうちに実行に移された。レナール夫人はジュリヤンと一緒に人足を指図しながら、うきうきとその日いっぱいを過ごした。

ヴェリエールの町長は町から帰ってみると、散歩道が出来ているのでとてもびっくりした。彼の帰宅に、レナール夫人もびっくりした。彼女は彼の存在を忘れていたのである。（Ⅰ・8）

明らかに夫人は、ジュリヤンと地上の楽園を造りあげる喜びに有頂天になっている。彼女はレナール氏の帰宅を承知していたはずだが、生涯で初めての恋人との初めての共同作業に夢中で、おそらく無意識のうちに夫の存在そのものまで消去したかったのであろう。このように、レナール夫人とエンマのそれぞれの夫に対する心理は似ている。この田舎貴族は「相談もなくなされたかくも重大な**改修**（Ⅰ・8）」のことで二ヶ月も二人にこぼす。しかし、経費は夫人持ちだったのが「せめてもの慰めになる（*Ibid.*）」ようなさもしい俗物である。また、夫人が大好きな胡桃の大木の陰のせいで小麦が育たず、「呪わしい一本につき半アルパン〔およそ二十五アール〕分の収穫がふいになる（*Ibid.*）」と嘆くような守銭奴である。レナール夫人はこの退屈な男と恋情なしに結婚し、愛憎なしに暮している。

エンマの不幸は、夫に幻滅した果てにのめりこむロドルフも、レオンも、彼女の憧れる「大いなる情熱」を充たしてはくれないことである。

二人は親密になりすぎて、所有の喜びを百倍にもするあの目くるめく驚きが感じられなくなっていた。彼〔レオン〕が女に飽いたと同じくらい、彼女も男にはうんざりしていた。エンマは密通のなかにも結婚生活の平板さを残らず見出していた。（Ⅲ・6）

愛人たちは肉体的にも精神的にも、いっときは逸楽を与えてくれるが、彼女の夢想も悲哀も共有できない点ではシャルルと少しも変わらない。彼女が苦境に陥っても、彼らは二人とも何一つ犠牲を払わない。エンマやマチルドをめぐる男たちの精神は日常の地平に縛られていて、高く飛翔しない。それが彼女らの倦怠をいっそう募らせる。

Ⅳ　ボックとティルビュリー

馬と同様、馬車もまた倦怠に悩んでいる女たちを平板な日常の低みから連れ出してくれる。前にふれたように、シャルルは「老いた雌の白馬（Ⅰ・5）」で往診している。にもかかわらず彼は、馬車での散歩が好きなエンマに中古の「**無蓋軽馬車**（*Ibid.*）」*boc*（作中の表記は常にイタリック）を買い与え、新しい装具をつけて「ティルビュリー」tilburyに似せる。この二人乗り軽二輪馬車は上流階級の乗物で、ヴォビエサールで一夜かぎりエンマと踊った子爵や、彼女の眼には貴族のように映るロドルフの足でもある。

数種の馬車が一斉に登場するのは、エンマとシャルルの結婚式当日である（Ⅰ・4）。両家の招待客たちの乗物は「一頭立てキャリオル」carriole（田舎の幌付き二輪軽馬車、二輪荷車）、「二輪のシャール」char（田舎の腰掛付き馬車〔通常は四輪〕）、「幌なしの古ぼけたキャブリオレ」cabriolet（二人乗り二輪馬車〔通常は折畳式幌付き〕）、「革カーテンの付いたタピシエール」tapissières（tapissier「絨毯・（ベッドや椅子の）布・革などの張替え業者」の有蓋馬車）、「シャレット」charrette（轅《ながえ》・横木付き二輪荷車）である。どれも農民や下層・中層のブルジョワの馬車である。この数ヵ月後、早くも結婚を悔やみはじめたエンマは、修道院での優等生表彰式の日を思い出す――「中庭はカレーシュでぎっしり一杯だった（Ⅰ・7）」。「カレーシュ」calècheは前部座席が一段高く、後部座席に折畳式幌が付いている四輪馬車で、上流階級の乗り物であり、明らかに結婚式の招待客のそれとは対蹠的である。後に、ロドルフとの駆落ちを夢見るなかで、エンマが買いたいと願う馬車はカレーシュである。

『感情教育』のフレデリックとロザネットはシャン・ド・マルスの競馬場からの帰り、シャン・ゼリゼ方面へ向かう馬車の混雑に巻き込まれる。この場面で列挙される馬車は十一種、フレデリックの賃貸ベルリンヌ、アルヌー夫人のミロール、ダンブルーズ夫妻のランドーを入れると十四種に及ぶ（これらの馬車については、鹿島茂に細かな分類がある）(15)。馬車の行列が渋滞で立ちどまると、

紋章を描いた鏡板の縁から無関心な視線が群集の上に落ち、羨望に満ちた視線が辻馬車（fiacres）の奥で光った。蔑みの微笑が横柄な面構えに応え、あんぐりと開いた口は愚鈍な讃嘆を表わしていた。（Ⅱ・4）

馬車の乗り手の社会的地位の差異が、馬車の種類と視線の違いによって浮き彫りにされている。フレデリックはずっと若い頃、「これらの馬車の一つに、これらの女たちの一人と並んで乗るといういえもいわれぬ幸福を羨んでいた」ことを思い出す。良い馬車に社交界の女（高級娼婦も含め）と乗ることが、社会的地位の高さと同時に最高の幸福の徴だったのである。

ユゴーVictor-Marie HUGO（一八〇二―一八五）が『レ・ミゼラブル』*Les Misérables*（一八六二）で描いたルイ十八世の散策の場面には、馬車から見下ろす支配者の視線と地平から見上げる民衆の視線の構図がある。パリ郊外シュワジ・ル・ロワからチュイルリー宮殿へ帰る王の豪華なベルリン馬車が全速力で走りすぎると――

人々はそれにちらっと目をやるひましかなかった。馬車の右奥の隅、キルティングした白サテンのクッションの上に見えたのは、大きな引きしまったあから顔、極楽鳥風に白粉を塗った冷たい額、誇り高くて厳しい、鋭敏な眼、教養人のほほえみ〔……〕――それが王だった。パリの外では、白い羽根飾りの帽子を、英国のゲートルを高く巻きつけた膝の上に置き、街に帰るとその帽子を頭にかぶったが、会釈をすることはまずない。彼は民衆を冷ややかに眺め、民衆はそのお返しをした。[16]（Ⅱ・3・6）

郊外ではほほえむ王も、街中では群衆に対して冷たい視線を注ぐ。威厳を保つためか、民衆の蔑視か、襲われる危険への備えか――それら全部を含めての態度であろう。

スタンダールの『パルムの僧院』（一八三九）で、ピエトラネーラ伯爵と夫人のジーナが大金持ちの友人リメルカティ（爵位が記されておらず、おそらく貴族ではない）から自由に使わせてもらうのが「英国馬を繋いだ当時ミラノでいちばん美麗な馬車、スカラ座の桟敷席と田舎の城館（Ⅰ・2）」である。夫の死後ミラノでオペラに熱中していた夫人は、スカラ座でパルム公国の首相モスカに恋を打明けられ、「《また桟敷席や馬や、色んなものが！》（Ⅰ・6）」と、再び訪れる社交生活を想像する。熱愛する甥のファブリスにフィレンツェやナポリで一緒に暮らす夢を語るときも、夫人は「〈**遊歩道**〉*Corso* を純血の英国馬でゆくの！ 夜には、馬車やきれいな部屋（*Ibid.*）」を想い浮かべる。少なくとも十九世紀当時、イタリア上流社会が理想とする馬は英国馬であったことが窺える（作者がそれを知悉していたことは言うまでもない）。モスカが夫人にファブリスの将来を描くときも、「ファブリス君がミラノの街中を英国馬で散策する若者より少しましだったら〔……〕大公の特赦を得た後でも、ミラノで彼は何をするというのですか？ あるときはイギリスから取り寄せた馬を乗り回す、別のときは暇をもてあまして馬ほど好きではない女の所へゆくだけでしょう（*Ibid.*）」——英国馬が人間を値踏みする基準になっている。

『感情教育』では、後にフレデリックの愛人になる高級娼婦ロザネットは、一時期ロシア人の大金持ちツェルニコフ公爵に囲われ、「馬車三台、乗用馬、従僕、英国風のおしゃれな少年馬丁（groom）、別荘、《オペラ・コミック座〔通称イタリア座〕》（もしくは「イタリア人通り」Boulevard des Italiens北側の《オペラ座》か？）のボックス席（loge aux Italiens）、身の回り品をどっさり（Ⅱ・6）」与えられている。

『赤と黒』のマチルドは名門の侯爵との結婚を嫌い、次のように想像する。

結婚一年後には、あたしの馬車、持馬、衣裳、パリから二十里離れた館、どれをとってもさぞかし立派なものが揃うでしょう。ロワヴィル伯爵夫人のような成上り女にしても、涎も垂らせないほどのものが……でもそれがどうしたっていうの？（Ⅱ・8）

彼女が想い描く財産は、ピエトラネーラ伯夫妻がリメルカティに借りたものとそっくりである。勝気なマチルドは、同じ貴族の娘らを批判するときも馬車を持ち出し、「民衆を怖がって、馬車を走らせるのが下手な御者でも叱りとばせない従姉妹たちと違って（Ⅱ・18）」、自分は革命も恐れないとうそぶく。当時は一八一四年（「白色テロル」の年）に始まった王政復古時代である。二四年にルイ十八世の跡を継いだシャルル十世の極端な専制政治、三〇年（「七月革命」の年）に始まった《国民の王》ルイ＝フィリップの「七月王政時代」——いつ革命が起こってもおかしくない当時の貴族と下層民（御者）の、馬車を媒体にした微妙な力関係が窺えて興味ふかい。

先ほどふれた『レ・ミゼラブル』には、「国民にはいつも受けがよかったわけではないが、大衆にはいつも受けがよかった」ルイ＝フィリップ王の逸話が記されている。

彼は落馬した御者に瀉血を施したことがある。ルイ＝フィリップは、短剣なしでは出かけなかったアンリ三世のように、小型メスなしでは出かけなかった。王党派の連中は、歴代で初めて人を治すために血を流したこの国王を噴飯ものだと嘲笑っていた。（Ⅳ・1・3）

処刑ではなく、治療のために血を流したこの最上層の人間と最下層の人間の奇妙な遭遇は象徴的である。国王と王党派が支配する体制はやがて、下層の大衆によって覆されるからである。

マチルドの兄ノルベール伯爵と馬で散歩に出かけたジュリヤンが、馬車で混雑する広場でも速歩で進むと、

「ああ！ 無鉄砲なお人だ」とノルベールが言った――「馬車でごった返しているのに。おまけに御者のやつらは向う見ずなんですよ！ 地面に落ちたが最後、君はあいつらのティルビュリーに轢かれちゃいますよ。あいつら、急に手綱を引いて、馬の口を傷めるようなまねはしませんからね」。（Ⅱ・3）

貴族の若者の、上流階級に雇われた御者に対する侮蔑と怖れとが窺える。

周知のように、優れた血統の馬や高級な自家用馬車を持つことは上流階級の徴である。例えば、レナール夫人に懸想している「**成上り貴族**」*aristocrate bourgeois* のヴァルノ男爵の地位の上昇について、スタンダールは自作解説「『赤と黒』について」[17]のなかで馬と馬車を用いて説明を加えている。物語の始まる頃、既に専横な修道会が貧民収容所長に抜擢していたヴァルノは「馬車と数頭の馬」を所有しているが、やがて「ノルマンディー産の

駿馬二頭」を買い、レナール氏の「旧式な馬車」より立派な「新式の馬車」をパリから取り寄せる（次節でふれるとおり、ジュリヤンはこの駿馬を借りることになる）。

レナール夫人とジュリヤンの情交を密告する手紙がレナール氏に届くと、初めての恋に無我夢中でそれまでの慎みをかなぐりすてた夫人は、ジュリヤンへの手紙でヴァルノや他の市民を「あの下品な連中（I・20）」と呼び、ヴァルノを罵倒する。

> 疑いないのよ、ねえあなた、匿名の手紙が来たのなら、あのいやらしい人からに決まってるわ。あの人、六年もの間、あたしを追っかけまわしたの、あのどら声で、ご自分が馬でどんな跳躍をしたかまくしたてるし、自惚れ丸出しで、自慢ばっかし延々と並べたてるんだから。（I・20）

ヴァルノが良馬と流行の馬車を持つのは、市民に自分の財力を見せびらかすためである。彼は「自分のカレーシュを町でもとびきりの美女たちに貸して、ノルマンディー産の駿馬を褒めてもらうつもりでいた（I・18）」。またそれは、佩剣貴族のレナール町長への面当てであると同時に、レナール夫人の気を惹くためでもあろう。彼が夫人に自分の馬術について喋るのは、巧みな乗馬ぶりは女性の歓心を買うのに役立つと思いこんでいるからである。こうした馬をめぐる自惚れは、エンマを誘惑するロドルフにもある。

『赤と黒』第二部の次のエピグラフは、馬車の社会的な意味を逆説的に捉えている。

> 共和国——今日では、公益のためにすべてを犠牲にする者が一人いると、己の享楽、己の虚栄しか頭にない者が何千、何百万といるのだ。パリで、我々がひとかどの人物と目されるのは、自家用馬車のおかげで、

高徳のおかげではない。

ナポレオン『（セント・ヘレナ）日記』（Ⅱ・22）

王政や帝政の時代ならまだしも、共和制の時代でさえ馬車が持ち主のステイタスの表徴になっていることへの、痛烈な皮肉である。伯父から莫大な遺産を受け継いだフレデリック・モローがパリ社交界へデビューするとき、小さな家とともに馬車や馬を買い入れたことを思い出そう（『感情教育』Ⅱ・2）。

シャルルとの結婚を悔やみはじめた頃、エンマは、偶々その美貌を目にとめたダンデルヴィリエ侯爵に領地のヴォビエサールの城へ招かれ、そこでかいま見る貴族の華麗な生活に憧れる。舞踏会の翌朝、侯爵は彼女に厩舎を見せるが、豪華な馬や馬具類が彼女の奢侈欲を煽ったことは想像に難くない。シャルルとトストへ帰る途中、彼女は乗馬を楽しむ貴族たちとすれ違う。

〔……〕広すぎる轅《ながえ》に挟まれたちび馬はつんのめりそうになりながらだく足で進んだ。たるんだ手綱は馬の尻に当たって汗にまみれるし、軽馬車の後部に紐で結わえたトランクは車体にぶつかって、ガタンゴトンと規則正しく大きな音を立てる。

二人がティブールヴィルの高台に差しかかると、目の前を、だしぬけに、騎馬の人々が、葉巻をくわえて笑いながら駆け抜けた。エンマが、どうも子爵を見かけたように思い、振向くと、地平線上に、ただ人々の頭が、速歩や駆歩のちぐはぐな足並みに従って上がったり下がったりするのが見えるだけだった。

更に一キロメートルほど進むと、馬車を止めねばならなかった。綱で、切れた尻帯を繕うためである

（Ⅰ・8）

騎馬集団がヴォビエサールの客であれば、彼らが乗っているのはダンデルヴィリエ侯爵に借りた馬か、それぞれの持ち馬であろう。彼らの駿馬とは対照的に貧弱なボヴァリー夫妻の馬と軽馬車をフロベールが執拗に描いたのは、ティルビュリーをモデルに改装したとはいえそこらじゅうにガタのきたこの中古の馬車――更にそれに乗ったエンマとシャルルの哀れにも滑稽な姿を強調するためであろう。「つんのめりそうになりながらだく足で進んだ」と訳した《trottait l'amble》は「側対歩で足早に駆けた」の意――不釣合いな装具が小型の馬に強いるぎくしゃくとした走り方が目に浮かぶ。このつぎはぎだらけの馬車は、物語の冒頭で細密に描かれる中学生シャルルの奇妙な帽子、「雑多な要素を寄せ集めたかぶりもの〔……〕哀れなしろもの（I・2）」と好一対をなすといえよう。騎馬の一人が前夜ワルツの相手をしてくれた子爵かどうかはあやふやで、エンマの思い過ごしかもしれない。だが、貴族の表徴として記憶に刻まれた子爵の姿は、生涯、彼女について回る。

子爵の思い出が読んでいる本のなかにいつも戻ってくる。あの方と作中人物たちの間に、彼女は色んなつながりをみつける。しかし子爵が中心にいる円はまわりに少しずつ拡がってゆく。するとあの方が帯びていた円光は顔から離れてずっと遠くまで拡がり、ほかの様々な夢をきらきらと照らした。（I・9）

後に、エンマがロドルフの誘惑に屈するときも、ヴォビエサールの厩舎と子爵の騎馬姿の記憶が作用していたと思われる。事実彼女は、有名な農業共進会の場面で、自分に言い寄るロドルフに子爵を重ね合わせている。

彼女はロドルフの髪をツヤツヤ光らせているポマードの匂いも感じた。すると蕩けるような気だるさに襲われ、彼女はヴォビエサールでワルツをリードしてくれたあの子爵のことを思い浮かべた。あの方の髭も、この髪と同じようにヴァニラとレモンの香りを放っていた。(Ⅱ・8)

エンマはロドルフに色々な贈り物をするが、これにもヴォビエサールでシャルルが拾った子爵の「緑の絹の葉巻入れ(Ⅰ・9)」が関わってくる。彼女はこれを箪笥から取り出しては「恋人からの贈り物かしら(Ⅰ・9)」と空想に耽り、そっくりのものをロドルフに贈る。

女遊びに長けたこの土地持ちは、自分の乗馬用の装いがエンマを魅了すると確信している——

ロドルフは柔らかいブーツを履くと、《あの女、よもやこれほどの乗馬靴を目にしたことはあるまい》、と思った。案の上、彼がりゅうとしたビロード服と白ニットの乗馬ズボンで踊り場に現れたとき、エンマはその出立ちに目を奪われた。(Ⅱ・9)

ロドルフが用意した馬にまたがり、エンマは轡《くつわ》を並べて遠出をする。彼はエンマを誘惑するためにその馬好きを抜け目なく利用している(この散歩に対して、何故シャルルもオメーら村人も不審を抱かなかったのか、この小説で最も不自然な点である)。

彼女は丘の頂きからヨンヴィルを見晴るかす。

エンマは目を細めてわが家を見分けようとしたが、自分が暮しているあの貧相な村がこんなに小さく見えたことは一度もなかった。二人がいる高みからだと、谷間全体が空中に蒸発してゆく青白い巨大な湖のよう

に見えた（Ⅱ・9）

高所で、しかも馬上から見下ろすエンマの視線の果てに、彼女を幻滅と倦怠で苦しめる村も家もほとんど消え失せるほど収縮する。山中でロドルフに身を任せ、村へ帰るとき、

馬にまたがった彼女は魅惑的だった。背筋をしゃきっと伸ばし、ウェストはほっそりとくびれ、片膝を馬の鬣の上に折り曲げて、夕焼けが赤く染める大気にほんのり映えていた。

ヨンヴィルの村に入ると、彼女は敷石道の上を輪乗りで進んだ。人々が窓から彼女を眺めていた。（Ⅱ・9）

明らかに「人々」onは「村人」を指す。エンマの妖艶な乗馬姿は、ロドルフと村人から見たものである。彼女は上流階級の恋人を得た喜びを隠さない。むしろ村人の好奇の視線に挑むかのようである。

あんなに羨んでいた恋多き女の典型に自分もなれたと思いこむことで、彼女は青春時代の見果てぬ夢を実現したのである。その上、エンマは復讐の満足感も覚えていた。（Ⅱ・9）

ロドルフが城館と付属農場二つを買う資金をどのようにして得たのかは説明されていない。年収は「少なくとも一万五千フラン〔約千五百万円。以後「約」は省略〕（Ⅱ・7）」と噂されているが、物語の大団円（Ⅲ・8）で、破産したエンマが哀願する三千フランの借金に応じられないほどであるから、彼の収入はさほど潤沢ではなかったと推測される。いずれにしろ、幻滅せざるを得なかったシャルルとの結婚生活――エンマにすれば非はも

っぱら凡庸な夫にある――その卑小な輪から脱出できたという弾む気持ちが「輪乗りで進んだ」caracolaによく表われている。馬術用語《caracoler》は、「半回転するように馬を跳ねまわらせる」の意である。同じ日、シャルルは二人の仲を疑うどころか不貞の妻に牝馬を買い与える。膝に傷のある老馬といっても百エキュ〔＝五百フラン＝五〇万円〕で、トストからヨンヴィルへ移ったばかりの彼には贅沢な出費である。エンマの持参金は三千エキュ〔＝一万五千フラン＝千五百万円〕以上あったが、二年間で使い果たしている（Ⅱ・3）。なお、最初の妻エロイーズの年収は千二百リーヴル〔＝千二百フラン＝百二十万円〕と、意外に少ない。ちなみに『感情教育』でフレデリックとの結婚を望むルイーズ・ロックは、年収四万五千リーヴル〔四千五百万円〕である（Ⅱ・5）。

スタンダールの『赤と黒』では、成上り貴族ヴァルノの貧民収容所長としての年収は「一万ないし一万二千リーヴル〔一千万ないし一千二百万円〕」である。マチルドの求婚者クロワズノワ侯爵は「年収十万リーヴル〔一億円〕の公爵になるはず（Ⅱ・4）」である。また、月収十万エキュ〔＝五十万フラン＝五億円〕のユダヤ人タレル伯爵（モデルはロスチャイルド男爵）は、五千フラン〔五百万円〕と百ルイ〔＝二千フラン＝二百万円〕のアラブ種の持馬が安いという（Ⅱ・2）[18]。

『パルムの僧院』のデル・ドンゴ侯爵の財産は「五、六百万フラン〔五、六十億円〕（Ⅰ・8）」に上るが、次男のファブリスが相続できそうな資産は、母がリヨンに投資した四万フラン〔四千万円〕とたった四千フランの年金（Ⅰ・9）である。モスカ首相の年収は約十二万二千フラン〔一億二千二百万円。ミラノの四十万フラン〔四億円〕に相当〕で、二万フラン〔二千万円〕をリヨンに投資している（Ⅰ・6）。

さて、上流夫人のように馬や馬車に乗れば、エンマは踏み固められた平板な道路とその通行人を見下ろすことができる。いっときにしろ、優越感に浸ることもできる。反対に、シャルルにとって乗馬や馬車を御することは耐え難い苦役でしかない。彼には上流人士のように良馬で散歩や狩を楽しむ余裕はない。ヨンヴィル村へ引越した日、彼は初対面のレオンに「君だってわたしみたいにしょっちゅう馬に乗っていなきゃならなかったら――」（Ⅱ・2）」とこぼしている。エンマが砒素自殺を図ったとき、オメーの手紙を携えて、イポリットはヌウシャテルへカニヴェ医師を、ジュスタンはルーアンへラリヴィエール博士を呼びに出かける。

ジュスタンはボヴァリーの馬に拍車を強く入れすぎたので、《ギヨームの森》の丘へ乗り捨てねばならなかった。馬は蹄を痛め、息も絶え絶えだった。（Ⅲ・8）

エンマが憧れた中世の冒険物語のページ毎に乗りつぶされる馬が、ここではシャルル愛用の「老いた雌の白馬（Ⅰ・5）」で、乗り手が騎士ではなくエンマを密かに慕う薬屋の下働きジュスタンであるのは、皮肉なパロディーといえよう。いずれにしろ、このようにフロベールは、馬と馬車を、あるいはそのどちらかを、物語の重要な場面や筋の転換点に登場させている。そこを境に、人物も物語もダイナミックに動きはじめる。なかでもカニヴェ医師（博士でもある）とラリヴィエール博士が馬車で現れる情景は鮮烈で、彼らの地位と自信を表わしている。シャルルが手術に失敗したイポリットの足を切断するカニヴェ医師の「良い地位と自信（Ⅱ・11）」は、彼自身が御する「キャブリオレ」に象徴される。

つむじ風のように〈**金獅子**〉館のポーチに入ると、博士は大声で「馬を外せ」と命じてから、厩へ馬が燕麦をちゃんと食べているか見に行った。患者の家に着くと、まっさきに牝馬とキャブリオレを点検することにしていたからである。（Ⅱ・11）

博士は田舎の開業医にとって馬と馬車を良好な状態に保つことがどんなに大切か、またその不動の習慣が患者と周辺の村人をどんなに安心させるかを知っていたに違いない。この小説でフロベールが辛辣な皮肉の対象にしていない唯一の人物は、ラリヴィエール博士である（モデルは高名な外科医だった作者の父親という説がある）。

カニヴェが解毒剤テリアカを服用させようとしたまさにそのとき、ピシッと鞭の音が響いた。すべての窓ガラスが震えた。と、耳まで泥塗れの馬三頭が全速力で牽くベルリン馬車が、市場の角にバッと躍り出た。ラリヴィエール博士その人だった。

神の出現もこれ以上の感動は惹き起こさなかったであろう。ボヴァリーは両手を挙げ、カニヴェはハッと手を止め、オメーは博士の入室までまだ間があるのに急いでトルコ帽を脱いだ。（Ⅲ・8）

ラリヴィエール博士はオメーからの手紙で患者の危急性を見抜き、馬車を目いっぱい急がせたに違いない。カニヴェも博士には一目おいていることが分かる。「ベルリン馬車」berlineはドイツのベルリンで流行した四輪有蓋馬車。フランス語（当初はBreline）に入ったのは十八世紀初め。フレデリックがシャン・ド・マルスの競馬へロザネットとゆくとき使うのは「二頭の駅馬と御者のついた賃貸ベルリン馬車〔berline de louage〕で、後部席にお抱えの従僕を乗せて（Ⅲ・4）」いる。先ほどふれたように、ルイ十八世が日課の散策にこの馬車を用いており、上流階級での人気振りが窺える――「金ぴかで、鏡板に大ぶりな百合の枝を描いた、王のどっしりとしたベルリン馬車は、やかましい音を立てて駆けすぎた[19]」。

フロベールは、瀕死の妻に的確な処置を何一つ施せないシャルルの無能ぶりを、馬車を飛ばして颯爽とやって来るカニヴェ医師とラリヴィエール博士とに対比させて浮き彫りにしている。

V　馬上のジュリヤン

馬上で優越感と幸福感に浸るエンマの姿は、馬上のジュリヤンを想起させる。国王シャルル十世のヴェリエール行幸の折、レナール夫人は市民の轟甓など上の空で彼を親衛隊に抜擢させる。しかも彼は、夫人の頼みとあらば断れない恋敵のヴァルノから借りた「ノルマンディー産の駿馬（Ⅰ・18）」にまたがっている。

自分がそこらじゅうで噂の種になっているのをよそに、ジュリヤンは世界一幸せな男だった。生まれつき大胆なので、この山国の町の大ていの若者より巧みに馬を乗りこなした。彼は女たちの眼のなかに、自分が注目の的になっているのを見てとった。（Ⅰ・18）

このように馬上で女たちの讃嘆の眼差しを浴びると、ジュリヤンはナポレオン軍の将校気取りで「英雄のような気持ち（*Ibid.*）」に酔うが、その騎馬姿がどんなに夫人をうっとりさせたかは推して知るべしである。

パリのラ・モール侯爵家の社交界でジュリヤンがマチルドと親しくなるきっかけは、彼の落馬の話題である。それを恥として隠すことをしない彼の磊落さ（これも計算のうちであろう）は、マチルドの気に入る。いずれにしろ、彼女の兄ノルベール伯爵の乗馬のお供をしているうちに彼の馬術も上達したことは想像に難くない。[20] これと比例するかのように、ジュリヤンは彼女とますます親密になってゆく。負けず嫌いのマチルドは「決めていたとおりに（Ⅱ・16）」ジュリヤンに身を任せたことを半ば後悔しながら、「あたしをその気にさせたのはあの人のきれいな口髭と、馬上の気品溢れる姿のせいなどと、誰にも言わせない（Ⅱ・19）」と自分に弁解する。紛れもなく彼女はジュリヤンの騎乗姿に惹かれている。

ナヴァル王妃マルグリットとの悲恋で名高い美貌の英雄ボニファス・ドゥ・ラ・モールを先祖に持つマチルドは、「騎士のような性格（Ⅱ・11）」を自任している。彼女はジュリヤンをボニファスに重ね合わせて見ている。ジュリヤンの目にも、彼女の蒼白な顔は「中世の容貌そのもの（Ⅱ・15）」と映る。貴族の娘として、彼女も乗馬をこなすことはいうまでもない。そんなマチルドの願いどおり、ジュリヤンは彼女と結婚し、最後には貴族の称号と騎兵中尉（どこまでも馬が関わってくる）の地位を得るまでになる。

初めてマチルドと結ばれたあと、彼は馬を駆って「パリ郊外のとある森のまるで人けのない所（Ⅱ・16）」まで分け入り、馬上で優越感に浸る。この森は「ムードンの森（Ⅱ・19）」かもしれない。

> 時どき魂にこみあげてくる幸福感は、何か目ざましい手柄を立て、総司令官から一足飛びで大佐に任命されたばかりの若い少尉のそれに似ていた。彼はとてつもない高所へ運ばれた気がした。昨夜まで自分より上にあったものがみな、今は自分の傍らか、はるか下にあった。ジュリヤンの幸福感は、遠ざかるにつれ少しずつ増していった。（Ⅱ・16）

引用中の「遠ざかる」s'éloignerを桑原武夫・生島遼一は「道を進みゆく」、小林正は「先に行く」と訳しているが、ここではマチルドのいるラ・モール侯爵邸から「離れてゆく」イメージではなかろうか。征服した貴族の娘から遠く離れるにつれて、彼は一時的にも身分の違いが忘れられる。別のとき、マチルドの冷たい仕打ちを忘れるため、ジュリヤンはムードンの森で馬を乗り回す（Ⅱ・19）。

貴族階級の人間と自分のあいだの隔たりを意識するとき、ジュリヤンは馬上の人になったり、巨岩や高山の頂きに立ったりする。そんなとき、常に彼はナポレオン・ボナパルトの雄姿を思い浮かべる。こうしたほとんど無意識の行為によって、彼は貴族との越えがたい距離を心理的に縮めようと、あるいは消そうとしているかにみえる。

Ⅵ　青――飛翔の色

ロドルフと逢引を重ねたあげく、エンマは彼に駆落ちを持ちかける。馬車を乗り継いで異国へ逃れる夢に耽る。

「あのね！　あたしたち郵便馬車に乗るのよ！……あなたも考えてる？　信じられる？　馬車が駆け出すのを感じる瞬間は、きっと気球に乗ったみたいな、雲を目がけて出発するみたいな気分よ。知ってる？　あたし一日一日指折り数えてるの……あなたは？」（Ⅱ・12）

馬車は地上を離れない。にもかかわらず、エンマは「きっと気球に乗ったみたいな、雲を目がけて出発するみたいな気分よ」と、想像上の浮揚感に酔っている。彼女の夢想の、地上からすばやく舞い立ち、空高く飛翔する特質がよく表われている。エンマにとって、詩歌や絵画で親しんだ南の情熱の国や北の憂愁の地方を恋人と馬車で走ることは、狭苦しい日常の地平を離れ、大空の高みへ翔昇ることを意味する。

前にもふれたが、エンマはルーアンでのオペラ観劇のため夫と駅馬車「ツバメ」に「颯爽と乗りこむ」。「颯爽と乗りこむ」と訳した《s'emballer》はもともと「馬が暴走する〔十九世紀前半〕」の意で、オペラへの期待にはずむ彼女の昂揚感が窺われる。車上のエンマを見て、オメーが「〈アムール〉のようにおきれいだ！　さだめし**噂で持切り**になりますよ、ルーアンじゃ（Ⅱ・14）」と讃美する。彼女の「四つの裾飾りつきの青い絹のドレスを着た（*Ibid.*）」姿が、オメーの見上げる眼には翼を拡げて青空を翔る「愛の神」のように映っている。車上のエンマは、かつて愛人と馬車で出発する夢を描いたときと同じような飛翔の感覚に襲われていたのではなかろうか。ロドルフが最初に目にとめるエンマは「四つの裾飾りつきの黄色い夏のドレス」姿であるが、彼と初めて馬で遠出するときの彼女は「青い大きなヴェール（Ⅱ・9）」に包まれていたことが思い出される。エンマが渇望するロドルフとの未来は広大無辺に膨れあがり、「調和に満ち、青みを帯び、陽光に被われた限りない水平線上に揺れている」。彼が忍んでくるとき、エンマはマントルピースの「二個の青いガラスの大花瓶（Ⅱ・12）」に薔薇を一杯に生けて迎えるが、この花瓶は、彼女が新婚時代にルーアンで求めたもの（Ⅰ・9）である（何という、シャルルへの裏切り！）。

エンマにとって「青」は退屈な地平からの脱出と大空への飛翔の夢に欠かせない大切な色彩である。前にふれたとおり、彼女は蜜月時代に早くも南の国へ旅立つべきだったと後悔するが、その夢想のなかで山道を登ってゆく駅馬車の「絹の帳（Ⅰ・7）」も青色であった（上昇する青！）。後にエンマの愛人になるレオンの眼の色も、青である。

雲の方を見上げている彼の大きな青い眼が、エンマには空を映す山の湖より澄んで美しく見えた。（Ⅱ・5）

高所の湖と比較される彼の青い眼が、「雲の方を見上げている」。この遥かな高みを見上げるロマンティックな視線は、エンマの夢想の視線と同質である。

レオンがヨンヴィルでエンマと初めて会話を交わすとき、彼女は「小さな青い絹のタイ（Ⅱ・2）」で上布の襟を立てている。彼のパリ遊学で塞ぎこんだエンマが、奢侈欲に駆られてルーアンから取寄せるのは「青いカシミヤのドレス（Ⅱ・7）」である。レオンにとって、青は常にエンマと結びつき、幸福と官能の喜びを約束する色彩である。再会したエンマに恋を告白するとき、彼は「小さな青い花をあしらった帽子（Ⅲ・1）」を被っていた昔の彼女について語りながら、その「白い長いベルトの青い飾り縁（Ⅲ・1）」に手でさわる。レオンがパリで法学の仕上げをする主な理由は、エンマにふさわしい地位を得るためであろう（彼は医師のシャルルに引け目を感じている）。しかし彼が夢見るのは、「部屋着とバスク風のベレー帽と青ビロードの上靴（Ⅱ・6）」を揃えた「芸術家の生活（*Ibid.*）」である。それは、自分の生活と趣味をエンマの好みに合わせたいからではなかろうか。後に、ルーアン大聖堂でエンマを待つあいだ、彼の眼を惹くのは「魚籠を運ぶ船頭たちを描いた青いステンドグラス（Ⅲ・1）」である。

後にふれるように、エンマは彼と密会するために「ツバメ」でルーアンへ通うが、その折に彼女が所有を夢見るティルビュリー馬車の色は「青」である（Ⅲ・5）。彼女を捨てたロドルフのティルビュリーが青だったからであろう。

修道院の読書でエンマが好んだキリスト教にまつわる挿絵は「紺碧で縁どられて（Ⅰ・6）」いる。キリスト教の図像学では、聖母マリアの上衣は赤、マントは青と定められており、赤は天上の聖愛、青は天上の真実を象徴する。また、野外の聖母子はしばしば青空を背景に描かれている。エンマは敬虔なキリスト者ではないが、聖母子の絵や彫像には修道院や教会などで絶えず出逢っているはずで、聖母の着衣の色は目に焼きついていたにちがいない。彼女の修道院時代の思い出に、次のような情景がある。

日曜日にはいつも、ミサのとき、彼女が頭を上げると、聖母のやさしいお顔が、立ちのぼる香煙の青味がかった渦まきのなかに見えるのだった。（Ⅱ・6）

これは寮生のエンマが実際にかいま見た、マリアの慈愛による救いの光景である。彼女の見上げる視線の先にある聖母マリアの像を、上昇する香の煙の青が包んでいる。

後に、ロドルフに裏切られた瞬間から長く床に就いたエンマは、衰弱の果てに、救済の幻想を見る。彼女には「虚空にセラフィム（熾天使）のハープの調べが聞こえるように思われた。また紺碧の空に包まれた黄金の玉座には、緑の棕櫚の葉を手にした聖者たちにとり巻かれ、威厳に輝く父なる神が坐し、炎の翼の天使たちに向かって、地上へ舞い降り彼女を抱いて連れてくるよう合図されているのが見えるように思われ（Ⅱ・14）」る。そして、「地上高くただよい、天空と溶けあう清浄な領域をかいま見て、そこに住みたいと渴望した。聖女になりたかった（*Ibid.*）」。ここにも、内面的なものであるが、エンマにはおなじみの高所を見上げる渇仰の視線がある。この光景もまた、天空の青に包まれている。その信仰が情緒的で気まぐれなものであったとしても（「花があるので教会を愛する（Ⅰ・6）」）、作者は彼女の好みの色彩として、特に着衣の主調の色に、神や天使の住まう天空の青、聖母マリアのマントの青を意識して選んだのではなかろうか。

赤色はどうか。この色は『ボヴァリー夫人』では情熱と官能の色であると同時に、退廃や死を暗示する不吉な色として登場する。ヴォビエサールの舞踏会からトストへ帰ったエンマがしょっちゅう夢に描くパリ――

> パリは大西洋よりも茫漠と拡がっており、そのためエンマの眼には鮮紅色の雰囲気のなかで鏡のようにきらめくのだった。（Ⅰ・9）

エンマの夢想の常で、憧れの首都は現実より遥かに広い鮮紅色に彩られた空間、「彼方、目路の果てまで拡がる至福と情熱の広大な土地（*Ibid.*）」にまで膨張する。この頃、倦怠に襲われはじめた彼女の「ガーネット〔柘榴石〕色の小さな上靴には大ぶりなリボンの房が結ばれ、足首まで拡がっている（*Ibid.*）」（フロベールには上靴に対するフェティシスム[21]がある）。

彼女が夢のなかでロドルフと巡るどこか南の国の街では、「地面に花束が置かれ、赤いコルセットの女たちがいかがですかと差しだす（Ⅱ・5）」。「自分の生活の唯一の魅惑、至福を約束する唯一の希望！（Ⅱ・7）」であるレオンがパリへ去ると、エンマは「ちりぢりにとび散った逸楽の欲求や枯枝のように風にポキポキと折れていった幸福の企て（*Ibid.*）」に苛まれる（「逸楽の欲求」の隠喩は「枯葉」である）。

> 彼女の蒼白な空を真紅に染めていた火事の明りはますます影に覆われ、だんだんと消えていった。（Ⅱ・7）

「蒼白な空」はエンマの充たされぬ内面の隠喩である。「真紅に染めていた火事」とは、紋切り型であるが男に対する情欲の隠喩である。後に、レオンと密会するホテルのベッドには、

> レヴァンティン織の赤い絹カーテンが天井から垂れさがり、朝顔形に開いた枕元すれすれのごく低い位置で引き絞られている――そしてこの世に、その真紅の色に浮かびあがるエンマの黒髪と白い肌ほど美しいもの

は一つもない。レオンが見惚れると、彼女は恥ずかしくなって、あらわな両の腕をすぼめ、顔を手で隠した。（Ⅲ・5）

「レオンが見惚れると」と訳した箇所の原文は、「そのとき」quandである。

二人がルーアンで舟に乗ったとき、ロドルフが忘れたらしい「深紅〔ヒナゲシ〕色の絹リボン（Ⅲ・3）」を見て彼女は身震いする。自分を騙した女誑しとの情交の記憶が突きつけられたからである。そのルーアンで一度、レオンとの逢引のあと帰宅せず仮装舞踏会で踊り明かしたエンマは「ビロードのズボンに赤い靴下を穿き、鬘をリボンで結わえ、三角帽子を横っちょにかぶっていた（Ⅲ・6）」。「赤い靴下」には、一緒に踊る男たちの欲情を掻きたてる意図が窺える――「みな彼女をぐるりと取り囲んだ（*Ibid.*）」。翌朝、踊った連中と朝食をとるとき、不快な空気のせいで彼女は気絶するが、窓の外では「薄らあかるい空の、サント・カトリーヌの丘の方角に、大きな真紅のシミが拡がっていく（*Ibid.*）」。この朝焼けの真紅の色は、不倫と浪費と嘘で固めた自らの生活に対するエンマの嫌悪と悔恨を象徴していると考えられる。このとき既に、自宅には有体動産の差押えが迫っている。ルーアンでの外泊を重ねる彼女は、レオンの前では「苛々が、食い意地が、淫らさが（Ⅲ・5）」つのる。ある日、ヨンヴィルへ「ツバメ」で帰るとき、

外の、馬の尻の上で揺れているランタンの明かりがチョコレート色のキャラコのカーテンを通して車内に射し入り、身動ぎ一つしない乗客を残らず血の色の影で包んだ。エンマは悲哀に酔い、服の下でガタガタ震え、足がますます冷えてきて、死にそうな気持ちだった。（Ⅲ・5）

この「血の色の」火影は、エンマの充たされぬ夢と欲望、更に間近に迫る彼女の悲惨な最期を予告しているように思われる。

Ⅶ　上昇と落下

エンマがロドルフに託した、平板な日常からの脱出の夢は絶たれる。マルセイユでカレーシュを買い、イタリアのような官能の国を駆けめぐる夢想に耽っていたエンマは、正にそれが実現する寸前、男に逃げられる。彼女の夢想を支えていた馬車（青いティルビュリー）で広場を駆け抜ける男を家の窓から見かけたとたん、「エンマはアッと叫んで、仰向けにひっくり返った（Ⅱ・13）」。この転倒は「非常な高みにある至福から転落する（Ⅱ・15）」ことに他ならない。彼女はイカロスのように「自分が落下した深い淵に気づく（*Ibid.*）」のである。

後にルーアンで、膨れあがった負債を抱えて金策に駆け回っているとき、エンマは黒馬のティルビュリーに轢かれそうになる。駆け過ぎた乗り手は、ヴォビエサールの夜会でワルツの相手をしてくれた子爵かもしれない、と彼女は思う。

それから彼女は、自分の勘違いだったんだ、と思った。ほかにも、あたしには分からないことだらけ。何もかもが、この身の内側でも外側でも、あたしを見捨ててゆく。もう駄目、あたしは底しれぬ淵へ寄る辺もなくころがり落ちているような気がする。（Ⅲ・7）

かつて彼女はヴォビエサールからの帰り道で、同じように子爵と思しき騎乗者とすれ違ったが、そのときは思い違いではなかったかもしれない。しかしこの度は、単なる思いこみであろう。パリ住まいの子爵がルーアンで馬車を駆る可能性は乏しいからである。それにしても、黒馬の手綱をとる貂の毛皮の紳士は、彼女がスコットの読書をとおして恋焦がれた「黒馬で疾駆する白い羽根飾りの騎士（Ⅰ・6）」と重なる。ちなみに『感情教育』のフレデリックは、銀行家ダンブルーズの奥方が青い「クーペ」coupé（通常二人乗りの四輪箱馬車）に乗るところを目にするが、馬車を牽くのは一頭の黒馬である（Ⅱ・3）。当時の上流社会では黒馬が好まれたのであろう。またマドレーヌ寺院でのダンブルーズ氏の葬列には四頭の黒馬が牽く霊柩車、故人のカレーシュと十二台の葬送馬車が連なる（Ⅲ・4）。

エンマの恋の恍惚と飛翔にも、また失恋と深淵への転落にも、明らかに馬と馬車、特にティルビュリー二輪馬車が深くかかわっている。彼女が若いレオンと初めて情事に耽る場所も、彼が借切りでルーアンの街じゅうを走らせる辻馬車という密室の中である。馬車がいわば閨房の役割を果たしている。爾後、レオンと逢うため、彼女は夫を欺いて週に一度「ツバメ」でルーアンへ通う。

しかしながら、エンマは突拍子もない思いつきの数々を胸にしまっていた。例えばルーアンへ通うのに、青いティルビュリーを手に入れ、英国馬に繋ぎ、乗馬靴を履いた馬丁に手綱を引かせたかった。（Ⅲ・5）

エンマの心底に、駆落ちの約束を破ったロドルフの青いティルビュリー、またダンデルヴィリエ侯爵邸の壮麗な厩舎の記憶が棲み着いていたことは明らかである。更には、修道院時代に版画で見た「英国の貴婦人たち」ladies anglaisesの少年御者つきの馬車への憧れも消えていない。

面白いことに、修道院で学んでいたころの彼女自身が既に馬に喩えられている。尼僧たちに買いかぶられていた彼女の信仰心が急激に薄れるさまは、次のようである。

なにしろ、尼さんたちからやたらとミサや瞑想、九日の行や説教を詰めこまれ、聖者や殉教者に払うべき敬意を説かれ、肉体の慎みと魂の救いのための立派な助言を与えられすぎたため、彼女は手綱をぐいと引かれた馬のようになった。急に立ちどまったので、馬銜《はみ》が歯のあいだから抜けたのである。（I・6）

エンマの信仰はもともとロマネスクで、気まぐれな趣味でしかない。そうした熱しやすく冷めやすい彼女の気質が、馬の直喩によって目に見えるように具象化されている。利発ではないが愚直な医学生時代のシャルルも、馬の隠喩で描かれる。

講義はてんで理解できなかった。どんなに耳を澄ましても、意味がつかめない。けれども彼はせっせと勉強した。綴じあわせたノートを手に、どの講義にも顔を出し、回診は一度たりともすっぽかさなかった。彼は日々の小さな務めを果たしていったが、それは、どうして汗水を流さねばならないのか呑みこめないまま、目隠しされて一つところをぐるぐる回る調教馬を思わせた。（I・1）

視線を奪われた「調教馬」の隠喩が、エンマの不倫と借財にその自殺のときまで気づかなかったシャルルの生涯を予告している。プーレによれば、フロベールには収縮していく円環や狭小な空間に閉じこめられて、あるいは閉塞感に苦しみ、あるいは堂々巡りを強いられることに対する脅迫観念が認められる[22]。例えば、レオンは初対面のエンマに、退屈な田舎の「おんなじ所に釘付けにされて暮すこと（Ⅱ・2）」を嘆く。

シャルルの最初の妻エロイーズ・デュビュックは、母親が財産目当に選んだ二十以上も年上の、「薪束のように干からびた（Ⅰ・1）」寡婦である。この嫁の破産が判明すると、父親は悪態を吐く。


憤懣やるかたない父のボヴァリー氏は、石の床に椅子を叩きつけてめちゃくちゃに壊しながら、息子ときた日には踏んだり蹴ったりじゃないか、あんな瘠せ馬に、毛並みも悪いが馬具はもっと悪いしろものに繋ぎおって、と妻を詰った。（Ⅰ・2）

「瘠せ馬」haridelleは瘠せの大女ルイーズ、「馬具」は彼女の財産の隠喩である。「繋ぐ」atteler は通常、牛馬を車に繋ぐことであるが、ここでは車がシャルルの隠喩になっている。明らかに父親は、嫁のエロイーズをシャルルという馬車を牽く馬とみなして蔑視している。軍医補あがりのボヴァリー氏はろくに働かず（「持馬は耕作させる代わりに自分が乗り回した（Ⅰ・1）」）、自分の妻すなわちシャルルの母を牛馬のように働かせながら生きてきたが、この場面にもそれがはっきりと表われている。ここで想起されるのが《haridelle》の同義語《rossinante》（「瘠せた喘鳴症の駄馬」）である。いうまでもなくこの語はセルヴァンテスMiguel de CERVANTES（一五四七―一六一六）の『ドン・キホーテ』*Don Quijote*（一六〇五・続編一六一五）の愛馬「ロシナンテ」Rocinante（Rossinante 一六一四）に由来する。ここではこの語は用いられていないが、シャルルはやはりドン・キホーテに似た存在であることがほのめかされている。

馬と馬車は階級や身分を象徴するだけでなく、比喩として人物の外観や内面を鮮明に表わすことができる。初稿『感情教育』の「魂は同じ轅に繋がれた馬のように一列には歩まない」は、内面を具象化した典型的な例の一つである。フロベールがいかに馬の比喩にこだわっているか、またいかに多様にそれを使い分けているかが了解されよう。

Ⅷ　貴族の視線と群衆

ここで、エンマがどんなに貴族階級に憧れ、これに近づこうとしていたのか、また同時に自分と同属の民衆をいかに見下していたのか、あらためて確かめておく。彼女の上昇志向の烈しさは、ジュリヤンのそれに少しも劣らない。修道院の生徒時代に同窓の貴族の娘たちから、また騎士道を描いた物語や絵本の貴婦人たちから学んだと思われる彼女の貴族ぶった態度は、結婚前から周りの人にもみえみえである。シャルルの最初の妻エロイーズはエンマに嫉妬し、夫に向かって「どんなにお高くとまったって、日曜に教会へ伯爵夫人みたいに絹のおべべでお出ましになったって、お里が知れてますよ（Ｉ・２）」とこきおろす。結婚後のエンマは、ダンデルヴィリエ侯爵の夜会で実際に目にした貴族たちの振舞いを手本にしていると思われる。

この惨めな状態がいつまでも続くというの？　この状態からは脱けだせないの？　だってあたしは、幸せに生きているどんな女にも決してひけはとらないのだから。ヴォビエサールで見た公爵夫人たちなんか、あたしに比べたら体つきはずんぐりだし、身のこなしにも品がなかったのに。それで彼女は神の不公平を憎んだ。頭を壁にもたせて泣いた。（Ｉ・９）

爾後、エンマは貴婦人たち以上に優雅な振舞いを心がけて生きてゆく。

姑と喧嘩したとき、エンマはシャルルの哀願に折れて彼女に詫びを入れるが、「侯爵夫人のような威厳をもって（Ⅱ・12）」手を差し出しながら「お許しあそばせ、奥様（*Ibid.*）」と言う。借金の取立てに苦しんでいるときも、「大公妃さながら、お金のことは気にもかけない（Ⅲ・6）」。また、まさにヴォビエサールから帰宅した晩、口答えした古参の女中を追い出し、雇い入れた「孤児だが柔和な顔立ちの十四の娘フェリシテを〔上流社会の〕小間使い（femme de chambre）に仕立て上げようとする（Ⅰ・9）」。

エンマの愛人になる前のレオンには、ルーアンのノートル・ダム大聖堂で聖母の礼拝堂の椅子に跪き、一心に祈祷を唱える彼女が「アンダルシアの侯爵夫人（Ⅱ・12）」のように見える。パリの匂いを身につけて戻ってきたこの書記との情交の間も、エンマが貴族趣味を忘れることはなく、彼にも同じ趣味を押しつける。

彼女はレオンに、黒ずくめの服を着て顎に山羊髭を生やしてみて、と言った。ルイ十三世の肖像に似させるためである。（Ⅲ・5）

彼女は逢引のとき「封建時代の城主の奥方のように長い胴衣（Ⅲ・5）」に身を包むが、既にふれたように「長い胴衣に身を包んだ城主の奥方（Ⅰ・6）」は、スコットにとり憑かれていた娘時代からの憧れである。ドニゼッティ Gaetano DONIZETTI（一七九七―一八四八）作曲の歌劇『ランメルモールのルチア』*Lucie de Lammermoor*（初演一八三五。スコット原作〔一八一八〕）の公演で、エンマがルーアン市立劇場の入口に到着したとき、

群衆は壁に沿って、手すりの間にきちんと二列に押し込められ、じっと立っていた。（Ⅱ・15）

原文において、「きちんと二列に」は《symétriquement》（左右対称に）、「押し込められ」は《parquée》である。動詞《parquer》は「（家畜を）囲いに入れる、（兵や糧秣を）集結させる」を意味する。また後述するように、大衆の多くは「**平土間**」*parquet*（イタリックは原文どおり）に席を取るが、《*parquet*》はもともと「小さい囲い地」の意で、例えば《parquet d'élevage》は「家禽の飼育場」を指す。従って、この一行には家畜の隠喩が潜んでいる。ブルジョワの支配が進んでゆく当時の社会を嫌悪するフロベールは、見えない手によって巧みに管理される群れとして一ところに囲いこまれ、個としての特性を奪われても反抗せず、あらかじめ定められた平坦な道を管理者の計画どおりにたどる大衆の姿を、たった一行で捉えている。

エンマは「**二階一等席**への階段」l'escalier des *premières*[23]（イタリックは原文どおり）を上がるとき、階下の「**平土間**」へ殺到する群衆を見て「思わず得意の微笑（*Ibid.*）」を洩らしている。階級社会の階段を這い上がる夢を追う女主人公は、空間的にも心理的にも高い選ばれた場所へ昇ってゆく。一方で、「群衆」は低い場所に縛りつけられ、水平にしか移動できない。また、何者かの手によって定まった狭い空間に閉じこめられても、大ていその意図に気づくこともなくおとなしくしている。シャルルのお喋りが「平板な歩道（Ⅰ・7）」に喩えられ、彼の「月並みな考え（*Ibid.*）」が、その歩道を「普段着のままでぞろぞろと歩いていく（*Ibid.*）」群衆と同一視されていたことを思い出してもよい。目に見えない抽象的な内面を外界の具体的な事象に喩えるこの技法は、次の一行にも見られる。

無数の情念も一分の間に湧きおこり得る――群衆が小さな空間に犇くように。（Ⅲ・6）

これは内界（情念）の外在化であると同時に、外界（群衆）の内在化でもある。ボードレールの詩についてのベンヤミンWalter BENJAMIN（一八九二―一九四〇）の次のような指摘は、フロベールにもあてはまる。

ボードレールに関して言えば、群衆はけっしてかれにとって外的ななにかではない。かれが群衆に絡みつかれ、牽きつけられ、群衆に抵抗した跡は、かれの作品のなかに辿りうるのである。

ボードレールにとって群衆は、彼の作品に群衆の描写を求めても無駄なまでに内的な実体である。[24]

このように「内的な実体」にまで変質した群衆の姿は、フロベールの作品のあちこちに現れる。群衆は、それぞれに視点は異なるが、同時代の他の作家、スタンダール（一七八三―一八四二）、バルザック（一七九九―一八五〇）、ユゴー（一八〇二―八五）、シューEugène SUE（一八〇四―五七）、ポー（一八〇九―四九）、ボードレール（一八二一―六七）、ゾラ（一八四〇―一九〇二）たちの世界にもしきりに登場する。

少し脇道にそれたが、上記のように劇場の玄関ホールから群集に対して優越感を覚えていたエンマは、「ボックス席に坐ったとき、公爵夫人のようにゆったりと（Ⅱ・15）」背を反らす。そして、階下を見下ろしながら「**平土間**」の聴衆をじっくりと観察する。ここで再会するレオンが「貴族のように無造作に（*Ibid.*）」手を差し出すのは、エンマの貴婦人然とした態度につられてのことであろう。歌劇の幕が上がると、彼女は娘時代に愛読したスコットの騎士道の世界を思い出しながら、「大いなる情熱」、すなわち「情熱恋愛」（スタンダール）が狂気と死を呼ぶ十七世紀スコットランドの貴族の世界に浸る。エンマが「公爵夫人のように」振舞っているのは、広義には貴族社会への、狭義にはパリ社交界への憧憬の表われである。幕が進むにつれ、彼女は悲劇のヒロイン、アシュトン家のルチア姫になりきる（「この自分の苦悩の再現（*Ibid.*）」）。また、舞台と現実を混同して騎士エドガール役の名テノール、ラガルディーにすっかり魅了される。同時にエンマは、エドガール―ラガルディーにロドルフを重ね合わせる（「あの人〔ロドルフ〕はエドガールのようには泣いてくれなかった（*Ibid.*）」）。そして、ロドルフの裏切りによって果たせなかった脱出の夢をもう一度、ラガルディー―エドガールに託すことを夢みる。

けれど、狂気が彼女を捉えた――あの男はあたしをみつめている、確かよ！あの腕のなかへ飛びこみたい、あの力のなかへ逃げ込みたい、まるで恋そのものの化身みたいな力のなかへ、それから男に言うのよ、大きな声で言うのよ、《あたしを連れてって、あたしを連れてって、一緒に発とうよ！あんたのものよ、あんたのものよ！あたしの情熱もすっかり、あたしの夢もすっかり！》って。（Ⅱ・15）

エンマは悔やむ――この「名うての女好き！金もうなるほど入ってくる！（Ⅱ・14）」、「世渡り上手の旅役者（Ⅱ・15）」と運良く知りあっていたら、この「美声、堂々たるおしだし、知性より気性、抒情よりは誇張（*Ibid.*）」が売物の「理髪師や闘牛士まがいの香具師（*Ibid.*）」と一緒に、ヨーロッパ中の都市を馬車で駆け巡る興行の旅ができたのに、と。だがラガルディーは、女性遍歴ではロドルフに劣らない。自分に恋し、自分のために破産したポーランドの大公夫人（princesse）を捨てたが、それも彼の評判を高め、今も「情婦を三人と料理人を連れ歩いている（Ⅱ・14）」と噂されている。おそらくエンマの頭には、そうした都合の悪い噂ではなく、大公夫人という身分だけがあったと考えられる。相かわらず彼女は、大公夫人のようにラガルディーの愛人になって「名声のとどろく、並はずれた、華麗な生活（*Ibid.*）」を送り、退屈な日常の地平から脱出する夢を見ている。

ただし、繰りかえしになるが、エンマが想像するこのラガルディーの姿には、歌劇の騎士エドガールの姿が分かちがたく融け込んでいる。彼女は「この役柄の詩情に身も心も奪われて歌劇をけなす気持ちはすっかり消えてゆき、劇中人物の与える錯覚のおかげでこの男に吸い寄せられて（Ⅱ・15）」いるからである。

エンマの短い生涯が凄惨な服毒自殺によって幕を閉じるのは、あまりに騎士たちの冒険と恋愛に恋い焦がれ、あまりに貴族の世界に憧れたからである。そして、ロマネスクな想像力に恵まれたエンマが貴婦人を演じることによって、同属の小市民が「感動も笑いも夢想も（Ⅰ・7）」なく群れをなして繋がれている日常から脱出するには、馬と馬車を所有し、馬上や車窓から、平板で退屈な地平を見下ろす視線を必要としたことは確かである。

Ⅸ　駅馬車〈ツバメ〉と乞食

これまでみてきたように、エンマの夢想は騎士道風の「大いなる情熱」への憧れを母胎とし、それに伴う貴族階級への羨望と彼女自身の愛欲の充足を求めて羽搏くが、その度にこの願望そのものによって裏切られる。小説『ボヴァリー夫人』は、エンマの高く飛翔する夢想が昇っては落ち、また昇っては落ちる物語である。この繰りかえされる上昇と落下のパターンは、次の一節に集約される。

こんな夫でもまだ何かできると買いかぶったことを、彼女は屈辱に感じた——もう何度も何度も、この男の凡庸さは骨身に沁みて思い知らされていたのではなかったか。

いったいぜんたい何でこうなったのかしら、あたしとしたことが（並はずれて頭のいいこのあたしが！）またぞろ夫を見損なうなんて？　そればかりか、情けない、何を血迷ってわが身をこうまで続けて犠牲にするのか？　彼女は思い浮かべた——本能が求めた贅沢のすべて、己が魂の飢えのすべてを、結婚の、夫婦生活の卑俗さを、傷ついたツバメのようにぬかるみに落ちた夢の数々を、欲しかったものをみな、己に禁じたものをみな、手に入れられたかもしれないものをみな！　なのになぜ？　なのになぜ？

〔……〕けれどそれもこれも彼のためなんだ、こんな人間のため、何にも理解せず、何にも感じないこの男のためなんだ！（Ⅱ・11）

エンマは、自分が舐めた落下の辛酸はすべて夫シャルルのせいにする。かつて空想の大空を舞うばら色の鳥のようだった夢が、今は傷ついて落ちるツバメに喩えられている。

この「ツバメ」という語はヨンヴィル―ルーアン間の駅馬車の名でもあり、エンマとシャルルはトストからヨンヴィルへ移住するとき初めてこの馬車を利用する。これは旅籠「金獅子」の経営で、御者のイヴェールは村人に物資の宅配もする。ルウルーが「オンボロ馬車」guimbardeと、ビネが「**老いぼれの使い古し**」*la vieile patraque*と呼ぶ、埃や泥にまみれた乗り心地の悪い老朽馬車である。オメーの初対面の挨拶「奥様には、さぞやお疲れでございましょう？　わたしどもの〈**ツバメ**〉に乗りますと、おっそろしくゆられますからな！」（Ⅱ・2）がそれを示している。

馬車の乗客に物乞いをする乞食は、エンマの非運の象徴というより、彼女を高みから低みへ引きずりおろす悪魔である（「哀れな悪魔（Ⅲ・5）」un pauvre diable）。乞食はまた彼女の無残な最期を見届ける死神である。彼は杖をついて馬車につきまといながら卑猥な小唄を歌うが、その内容はエンマの不倫の恋を見抜き、嘲笑しているかのようである。

戸田吉信はその労作『ギュスターヴ・フロベール研究』において、ヨーロッパの文学史における異形の者の系譜を辿っている。そして、これら社会の底辺あるいは埒外に蠢く徒刑囚、売笑婦、狂人、白痴、乞食、大道芸人らとフロベールとの親和性を余すところなく分析している。(25)

責苦と流血と悶死に満ちた残虐な光景を好むフロベールの官能的ともいえる視線は、ユゴーやゴーチエ、ジェリコーやドラクロワ、ボードレールらのロマン主義的な嗜好の流れに連なる。また、狂気や腐敗や淫欲が入りまじる醜怪なものへの偏執的な視線は、プラーツの指摘(26)をまつまでもなく、『狂人の手記』*Mémoires d'un fou*(一八三八)や『十一月』*Novembre*(一八四二)などの初期作品、また『サランボー』*Salammbô*(一八六二)や『聖アントワーヌの誘惑』*La Tentation de Saint Antoine*(一八七四)、『聖ジュリヤン伝』*La légende de Saint Julien l'Hospitalier*(一八七七)など、あるいは書簡集を一読すればただちに確かめることができる。

小説冒頭のシャルルの帽子の描写と同じように、フロベールは盲目の乞食の醜悪な外貌を細密に再現するが、明らかに彼は社会の最下層を代表する存在として提示されている。

よく走行中に、彼の帽子がにゅーっと小窓から馬車のなかへ入ってきたが、見ると彼はもう一方の腕でステップにしがみつき、車輪に泥をはねかけられていた。〔……〕だがイヴェールは、重みに気づくと鞭を大きく振るって盲人を叩いた。鞭の革紐が傷口をピシッと打つと、彼は悲鳴をあげながら泥んこのなかへころがり落ちた。(Ⅲ・5)

「悲鳴」と訳した《hurlement》はもともと狼や犬の遠吠えを指す。少し後でふれるが、彼はまた「腹をすかした犬」のように「陰にこもった吠え声」hurlement sourdを出す。乞食は泥の中を這い回る、獣に等しい存在である。こうした獣と悪魔の同一視はキリスト教の伝統に根ざしており、当時の作家(例えばユゴーやボードレールなど）には珍しくない。エンマが週に一度、ルーアンでのレオンとの密会に「ツバメ」を利用することは既に述べた。乞食はエンマが恋愛の喜びに酔い地上高く飛翔しているさなかにも突然現れて、彼女を精神的な高みから引きずりおろす。

鈴の鳴る音や木々のざわめき、がら空きの車箱の軋み音をつらぬいて聞える〔乞食の〕声には何かしら遥かなものがあり、エンマの胸は烈しく揺さぶられた。その何かは深淵へ吹きおろすつむじ風のように彼女の魂の底へ降ってゆき、彼女を果てしない憂愁の空間へ連れ去るのだった。（Ⅲ・5）

乞食は、自分を目に留め、自分の声を耳にする者の内面を支配できる、超日常的で神秘的な存在、宗教的ですらあるような存在に膨れあがっている。オメーは彼を車窓から見下ろしながら蔑む。

「納得がいきませんな、相も変わらずお上はかくも罰当たりな生業を容認しておる！こういう惨めなやからは監禁して強制労働でもやらせるべきでしょうな！〈進歩〉はというと、誓ってもよろしいが、亀ののろのろ歩きですぞ！我々は野蛮状態のぬかるみのただ中で踏み迷っておるんですぞ！」（Ⅲ・7）

ここには〈進歩〉le Progrèsと「野蛮状態」barbarieの対比がある。「ぬかるみ〔……〕で踏み迷う」と訳した《patauger》（類語＝patouiller）は「（動物の）脚」patteに由来する動詞。オメーの頭のなかでは「野蛮」と「ぬかるみ」が一つに結びつき、そこで這いながら生きる「下等動物」（亀）と「乞食」が同一視されている。これは当時の中産階級にとっては自然な類推なのであろう。薬剤師は「上等のワイン、上等のビール、上等のロースト（Ⅲ・7）」を食すようにと乞食に一スー（＝二十分の一フラン）渡し、釣銭を二リヤール（＝四分の一スー）返させ、最後に自分の店の軟膏を勧める。彼が恵んだのはたった二分の一スー、つまり一フランを千円とすれば約二十五円になる。この金額で上記の品が買えるはずもない。彼は憐れむふりをして嘲っているだけである。

御者のイヴェールはオメーやルウルーより下位の「下層中産（小市民）階級」les petits bourgeois（「愚劣な小市民たち（Ⅰ・9）」petits bourgeois imbéciles）にも属さない無産階級だが、日頃から乞食を最下層の貧民階級としてからかっている。彼は、オメーが乞食に勧める食餌療法を一旦は声高に批判しておきながら、すぐ後で乞食に芸をさせて薬剤師におもねる。

〈めくら〉は膝を折ってペタンと尻を着いた。それから頭をのけ反らせ、緑がかった眼玉をグリグリ回し、舌を出しながら両手で胃袋のあたりをさすり、同時に、腹をすかした犬みたいに陰にこもった吠え声をあげた。エンマは胸が悪くなって、肩越しに五フラン金貨を投げてやった。それは彼女の全財産だった。それをこんな風に投げ与えるのは立派な行いのように彼女には思われた。（Ⅲ・7）

御者の社会的地位は乞食と薬剤師の中間に位置していたことが分かる。ただし、危険な仕事に携わる御者は庶民の花形になり、ひいては舞台の主人公にもなる。バレー曲『ジゼル』*Giselle*（一八四一）で知られるアダン Adolphe-Charles ADAM（一八〇三―五六）は歌劇『ロンジュモーの郵便御者』*Le Postillon de Longjumeau*（一八三五）で成功を収める。パリの南方十六キロメートルにあるロンジュモーの町は、かつてオルレアン街道の駅馬車の宿駅であった。『感情教育』のフレデリックは、アルヌーの情婦ローズ＝アネット・ブロンの家の仮面舞踏会で、ロザネット（渾名は〈女元帥〉la Maréchale、後のフレデリックの愛人）が〈ロンジュモーの郵便御者〉

Postillon de Longjumeauに扮した客と踊るところを見る。頭文字が大文字なのは、アダンの歌劇の主役（テノール）を真似ているのだろう。この場面には仮装の「ロシア人の御者」un postillon russeが二度出てくるが、これはロンジュモーの御者の仮装者と同一人物かもしれない。当時、パリ社交界にはロシア人貴族もいたからである。しかし《russe》を「ロシア風の」ととれば、両者は別人物と考えられるが、文章だけでは不明である。いずれにしろ、仮面舞踏会に御者の仮装が登場するほど、この職業は上流社会でも注目を集めていたことが窺える。

引用場面に戻ろう。オメーやイヴェールと同様、エンマも常日頃は最下層の者に優越感を覚えていたと思われるが、このときは自らの破産が決定的になっている。それでも乞食に施しをしたのは、自分が彼より上層階級に属することへの最後の矜持からであろう。

エンマの断末魔の相貌を、作者はおそらく意識して乞食の相貌に似せている。両者を冷徹な視線で同一視している。

　すぐに胸がせわしなくあえぎはじめた。舌がだらりと口の外へ垂れ、両の眼は、グリグリ回りながら、二つの消えゆくランプのほやみたいに色あおざめた。彼女はもう死んでいるかと思われたが、まるで霊魂が遊離したくて飛び跳ねているかのように、激しい息遣いに揺さぶられる肋骨のぞっとさせる切迫した動きがまだあった。（Ⅲ・8）

エンマ自身、砒素を飲む直前に自分を乞食に喩えている。彼女は破産を逃れる最後の頼みの綱として、かつて自分を捨てたロドルフに屈辱の借金を申し込むが、断られ、叫ぶ。

でも、あたしなら、あなたに何でもさしあげます、何でも売り払います、手を汚して働きます、大道で物乞いだってします、あなたにただにこっと微笑んでもらうため、ちらっとでも見てもらうためなら、あなたの口から《有難う！》のひと言を聞くためなら、あたし何だってします。（Ⅲ・8）

瀕死のエンマの枕辺に、乞食がいつも駅馬車のまわりで口ずさんでいた小唄が聞えてくる。その歌詞は性的アリュージョンに満ちている。少し長くなるが、重要な場面なので引用せねばならない。

突然、歩道から分厚い木靴の音が、杖の擦れる音にまじって聞えた。ついで一つの声が響いた。そのしゃがれ声が歌っている。

日和の陽気につい誘われて
恋を夢見る乙女子ひとり

エンマは電気をかけた屍体のようにガバッと跳ね起きた——髪がほどけ、瞳はすわり、口をあんぐりと開けて。

せっせせっせと集めなきゃ
鎌で刈られる麦の穂を
可愛いナネット前のめり

畝の穂波へいそいそと

「〈めくら〉だ！」、エンマは叫んだ。

それから彼女は笑い出した。見るも無残な、狂乱の、絶望の笑いだった。彼女には乞食の醜悪な顔が見える気がしたのだ。乞食は永劫の闇のなかに立ちはだかっている――まるで亡霊だ。

なんとその日は大風吹いて
　短いペチコート飛んでった！

ピクリと痙攣して彼女はマットレスにのけ反った。みながはせ寄った。もう生きていなかった。（Ⅲ・8）

小唄の「麦の穂」は男性器、「畝」は女性器を暗示すると考えられる。瀕死のエンマの「すわった瞳」――聖油の秘蹟でブールニジアン司祭がまず最初に聖油を塗ったのはエンマの眼の上である。「地上のあらゆる華美なものをあんなに無性に欲しがった彼女の眼（Ⅲ・8）」が今みている「永劫の闇」は、かつて彼女が乞食の声に感じた「深淵（Ⅲ・5）」であり、「果てしない憂愁の空間（*Ibid.*）」――すなわち死者の棲む冥府あるいは悪魔の支配する地下の地獄である。

戸田はこの最期の情景について、次のように述べている。

そしてその死に彼が描いたものは、地上の愛に裏切られるばかりでなく、天上の愛もついにあたえられることのない人間の姿ではないのか。[27]

この乞食の登場前、エンマは聖油の秘蹟に入る司祭の祈りを聞きながら、異様な安らぎに包まれて、おそらく、忘れていた少女期の神秘的な渇仰の悦びを、これから始まる永遠の至福とともにもう一度感じていたのだろう。（Ⅲ・8）

修道院時代、日曜毎のミサのとき、聖母の像を見上げながら想い描いた救いの瞬間の訪れを、間近に感じていたのかもしれない。再び戸田の言葉に耳を傾けよう。

乞食が象徴するものは、エンマの劫罰の象徴というより、エンマがそうであるフロベール的人間と異形の存在との深い同質性だと言ったほうがいいだろう。[28]

しかしフロベール自身はむしろ人知れぬ愉悦を味わいながらこの怪物を書きあげたのではないかとさえ思える。[29]

不倫と浪費の果てとはいえ、数瞬後には「天上の栄光（Ⅲ・8）」に包まれるかもしれないエンマの死をこのように卑猥な小唄と盲人のおぞましい映像で容赦なく包むのは、確かに嗜虐的であるといわねばならない。だがそのことによって、彼女の最期のむごたらしさとその短い一生の救いようのない哀れさがいっそう際立つことは確かである。

X　盲人の詩

この盲人はボードレールのソネット「盲人たち」*Les Aveugles*（初出『芸術家』L'Artiste 一八六〇年十月十五日）を想起させる。詩人の頭には、フロベールの描写があったかもしれない。

彼らをよく見るのだ　わが魂よ　彼らは心底ぞっとさせる！
人体模型さながら　どことなく滑稽だ
不気味で　奇異だ　夢遊病者みたいに
闇の眼球をどこへともなく突きつけている

神々しいきらめきも失せた両の眼は
あたかも遠くを見ているかのように　空を
仰いだまま――彼らが敷石へ　重たい頭を
夢見るように傾ける姿は　一度も見かけない

彼らはこうして果てしない暗黒を横切ってゆく

永劫の沈黙の兄弟にほかならぬあの暗黒を　おお街よ！
わたしたちのまわりでお前が歌い　笑い　咆哮している間に
残虐になるまで快楽に酔い痴れたお前が――
ごらん！　わたしもまたよたよたと歩く！　だが彼らよりほうけて
「何を〈天空〉に探しているのだ、あの盲人たちはみな？」と呟きながら

『悪の花』再版（一八六一）92

「咆哮している」と訳した《beugles》の原義は「（牛類が）鳴く」。このように都市が一匹の巨大な獣として捉えられるのはボードレールの常套である。逆に、そのなかに囚われた人間は無機質の物（「人体模型」）に近づいている。この盲人が獣と異なるのは、空の高みを見上げる宗教的な視線を持っていることである。上述したように、『ボヴァリー夫人』の盲人は獣と一体化し、その視線が上を向くのは、物乞いをするか、芸をするときだけである。

人に話すときは、白痴のような笑みを浮かべて頭をのけ反らせた。（Ⅲ・5）

彼については、他の箇所でも「ほとんど白痴のように見えた（Ⅲ・7）」と繰りかえされている。「白痴のような笑み」un rire idiotは、シャルルの帽子の「黙りこくった醜さ」が持つ「痴愚の顔」le visage d'un imbécileに特有の表情と重なる。この盲人の仰向いた眼には、空の高みに慰めや許しを求める精神性はない。彼の視線は地

上の地獄（ぬかるみを這いまわる彼自身の、そしてエンマの地獄）と、彼がエンマを引きずりこむ地下の地獄にしか向けられていない。

ボードレールの詩の話者（＝詩人自身、と考えてよい）は、フロベールとは異なり、盲人たちに自分を重ね合わせている。ただし先にふれたとおり、『ボヴァリー夫人』においてはエンマと〈めくら〉の同一視がある。そして、作者自身が口にしたとされる「ボヴァリー夫人、それはわたしです！――わたしが素材なんです」[30]という言葉を諾うなら、〈めくら〉はフロベールとも一体化する。

この詩はブリューゲルの有名な版画「盲人の寓話」に想を得ているという説がある。また、ホフマンの『街角の窓』（『遺稿小説集』シャンフルーリ訳、一八五六）に出てくる盲人の描写が発想源という指摘もある。[31]リルケ Rainer Maria RILKE（一八七五―一九二六）の「盲人―パリ」*Der Blinde* は、おそらくこの詩から出発している。

ごらん　彼が歩いて　自分の暗い場所にはない
都市を中断してゆくのを
それはまるで明るい茶碗を横ぎって
ひとすじの暗い亀裂が走ってゆくようだ　そして一枚の紙のうえにのように
彼のうえには事物の反射がえがかれているが
彼はそれを自分の中へ受け入れはしない
ただ　彼の触覚だけが動いている
まるで世界を――静けさや　抵抗を

小刻みな波のうちに捉えているかのように――
彼は待ちながら　誰かを選ぼうとしているように見える
そして身を捧げたように　片手をあげる
ほとんど厳かに　まるで結婚でもしようとするかのように

『新詩集』（一九〇七）富士川英郎訳(32)

歩行する盲人の姿をパリという近代都市を横切る暗い影として描いている点は、ボードレールの作品と似ている。「自分の暗い場所」とは、「果てしない暗黒」（「盲人たち」）、つまり盲人の内と外に拡がる闇のことであろう。ボードレールの「暗黒」は「永劫の沈黙の兄弟」、つまり「死」につながる闇である。それはフロベールの〈めくら〉が立っている「永劫の闇」、すなわち「地獄」であろう（「神々しいきらめき〔la divine étincelle〕も失せた両の眼」）。

しかし、リルケの「盲人」には「盲人たち」（ボードレール）と〈めくら〉（フロベール）のような醜悪さはない。リルケは「カルーセル橋」でも盲目の乞食を描いている。

橋の上の盲人
無明の帝国の灰色の境界石(33)

この二行について、ド・シュガールは「盲人は軸になって、宇宙はその周りを回る。彼はたえず変る世界の動きに直面しながら最も静謐なものであり、表面だけの存在にすぎない種族に対して、正義のものとなる」(34)と分析している。「表面だけの存在にすぎない種族」とは、ボードレールの詩句を借りれば、「残虐になるまで酔い痴れている」盲人の周囲の近代都市、すなわちパリとそこを行き交う群衆である。

ボードレールの「盲人たち」の一行「闇の眼球をどこへともなく突きつけている」の原文は《Dardant on ne sait où leurs globes ténébreux》である。「突きつけている」と訳した動詞《darder》はもともと「投槍（dard）を投げる」こと。また「闇の眼球」globes ténébreuxには「闇の地球」の意味がある。外界の都市空間に「ひとすじの暗い亀裂（リルケ）」を生じさせる「負の地球」である。

フローベール、ボードレール、リルケが描く盲人たちの目、その視線のない目、内面の闇を探る暗い眼差しは、人類の限りない進歩を素朴に信じる種族の見えない手に操られ、富と物質の収奪に狂奔し、際限なく膨張してゆく近代都市と群衆を見まいとする詩人の意志であり、そこに渦巻く欲望と喧噪に投げかけられる静かな否定の眼差しである。

おわりに

繰りかえしになるが『ボヴァリー夫人』の盲人は「悪魔（Ⅲ・5）」diableであり、地獄の使者、死神である。哀れなのは残されたシャルルと娘のベルトで、エンマの死後、二人に会いにくる者はほとんどいなくなる。小心者だが世論に敏感な計算家、科学と人類の限りない進歩の似非信奉者として抜け目なく中層中産階級から上層中産階級へと昇ってゆくオメーも、「お互いの社会的地位が違ってきたのを見て（Ⅲ・11）」シャルルたちを避けるようになる。社会的地位の上昇を常に夢見ていたエンマは、死後、夫と娘と共に、かつて馬上や車上から見くだしていた無産階級のイヴェールはもとより、彼より更に蔑視される乞食と変わらない最下層に落とされる。ある日シャルルは、庭の青葉棚の下の、かつてそこでエンマがロドルフと抱擁を重ねたベンチ（Ⅱ・10）に、そうと知らずに坐り、午後いっぱい亡き妻を偲ぶ。七時に、幼いベルトが夕食を告げにくる。

彼は仰のけざまに頭を塀にもたせていた。眼を閉じ、口をあけ、両手に長い一房の黒髪を掴んでいる。
「パパ、おいでったら！」彼女が言った。
それから、きっとじゃれたがっているんだと思い、彼女は彼をそーっと押した。彼は地べたに倒れた。彼は死んでいた。
三十六時間後、薬剤師の要請を受けて、カニヴェ氏が駆けつけた。氏は彼を解剖したが、何にもみつからなかった。[35]（Ⅲ・11）

家財一切を売払った代金十二フラン七五サンチームを旅費に、ベルトは祖父母の許へ移される。祖母がその年に死ぬと、中風の祖父ルオーは孫娘を叔母に預ける。貧乏な叔母は、彼女を綿糸工場の女工にする。「よき中産階級」に生れた娘が、下層中産階級どころか無産階級に転落する。

それより前、エンマの死と破産の後、シャルルの「老いた雌の白馬（Ⅰ・5）」は彼が金に換えられる「最後の頼みの綱（Ⅲ・11）」になる。この馬は、シャルルとエンマの出逢いから二人の破滅までを見届ける生証文ともいうべき存在になる。

しかし、この馬と主人公たちはかけ離れた存在ではない。むしろ両者は、物語の進むうちに同化してゆく。既にみたように、シャルルの最初の妻エロイーズは、彼女の財産が底をついていたことを知った義父母に「毛並みも悪いが馬具はもっと悪い瘠せ馬（Ⅰ・2）」とみなされて責めさいなまれ、あっけない最期を迎える。「瘠せ馬」はシャルルの「老いた雌の白馬」とも重なる。

話者が「目隠しされて一つところをぐるぐる回る調教馬（Ⅰ・1）」と同一視するシャルルは、そのとおりの人生を歩む。子供時代から医院の開業と最初の婚姻までは母親の、結婚生活はエロイーズの言いなりになる。エンマとの婚姻をお膳立てするのは彼女の父テオドールである。彼の医師としての生活も、オメーとルウルー、更にこの二人に操られる妻エンマの意のままに翻弄される。彼はまた、エンマの夢にも絶望にも全く盲目である。彼女の死のときまで、自分と世間に対する彼女の幻滅、そこから生じる倦怠と密通、それに伴う浪費と最終の破産にも気づかない。「彼は、雪のときも雨のときも、馬にまたがって近道を急いだ（Ⅰ・9）」――シャルルは、怠けも反抗もせず黙々と主人の意に従う彼の老馬にそっくりである。

修道院の寮生時代の終り頃、「信仰の神秘（Ⅰ・6）」にも飽きがきたエンマは、「急に立ちどまったので、馬銜が歯のあいだから抜けた（*Ibid.*）」馬に喩えられている。爾後、彼女の上昇志向と、それに伴う肉欲と奢侈欲は止まることを知らず、破滅の坂を転がり落ちてゆくばかりである。彼女も、ゆく先が見えず、代り映えのしない脱出の試みと失敗、同じような上昇と落下を繰りかえす点では、視線を奪われた「調教馬」に等しいシャルルと似通った存在である。服毒したエンマを診てもらうためにラリヴィエール博士を呼びにゆくジュスタンが乗りつぶしたシャルルの馬のように、彼女が「蹄を痛め、息も絶え絶え（Ⅲ・8）」になり、死んでゆくのは、先にみたとおりである。

註

（1）十九世紀初頭の馬車から鉄道への推移については、鹿島茂『十九世紀パリ・イマジネール―馬車が買いたい！』（白水社、一九九〇）三三―四二頁に詳しい。

（2）Marie-Hélène FAJARDO, Claude FERRERO, Laurence JAILLARD, *Aimer Lyon*, Editions Ouest-France, 1994, p.22.

（3）パリ市内に乗合馬車の創設を思いついたのはパスカル Blaise PASCAL（一六二三―六二）である。ロアネーズ公の支援を得て国王の許可を受け、一六六二年三月十八日（パスカルの死〔八月十九日〕の六ヶ月前）、乗合馬車は五スー均一の料金で開通する。前田陽一は「ヨーロッパ最初の、ことによると世界最初かもしれない乗合馬車」と言う（前田陽一責任編集『パスカル』、『世界の名著』24、中央公論社、一九六六、四五―四六頁）。

ジュリエット・クラットン＝ブロックによれば、英国では公共輸送のための馬車の使用は一五六四年に始まっている（『図説 馬と人の文化史』桜井清彦監訳・清水雄次郎訳、東洋書林、一九九七、二三二頁）。

本村凌二によれば、ハンガリー生れの四輪大型馬車コーチ（coach）はまずオーストリア、ドイツ、ボヘミアで拡まる。十六世紀初めには郵便馬車制度が始まり、宮廷や上流社会で馬車が普及する。十七世紀半ばにはドイツで駅馬車制度が設けられる。フランスでは、十六世紀初めにパリ―オルレアン間に駅馬車が走り、十七世紀末にはパリと主要都市が駅馬車で結ばれる（『馬の世界史』講談社現代新書、二〇〇一、二三五―二三六頁）。

（4）マリオ・プラーツ『肉体と死と悪魔―ロマンティック・アゴニー』倉智恒夫ほか訳、国書刊行会、一九八八、二五八頁。〔仏語版〕*La chair, la mort et le diable—le romantisme noir*, Denoël, 1977, p.172.

（5）ジャン・ルーセ「『ボヴァリー夫人』または小説らしからぬ小説」加藤晴久訳、『フローベール研究』所収、『フローベール全集』別巻、筑摩書房、一九六八、二六九―二七七頁。Jean ROUSSET, *Madame Bovary ou Le Livre sur Rien*, in *Forme et Signification—Essais sur les structures littéraires; de Corneille à Claudel*, José Corti, 1962.

（6）村田京子『娼婦の肖像―ロマン主義的クルチザンヌの系譜』新評論、二〇〇六、一四二―一四四頁。

（7）同書、一四八頁。

（8）同書、一四六頁。

（9）阿部良雄訳『ボードレール全集』Ⅱ、筑摩書房、一九八四、六〇頁。BAUDELAIRE, *M. Gustave Falaubert, Madame Bovary et la Tentation de Saint Antoine*, L'Artiste, 1857.10.18.

(10) アルベール・チボーデ『ギュスターヴ・フロベール』戸田吉信訳、法政大学出版局、二〇〇一、一二四頁。Albert THIBAUDET, *Gustave Flaubert*, Gallimard, 1935, p.99.
チボーデの次のような考察も示唆に富む。「エンマの官能的な欲望とドン・キホーテの高潔な空想は、それ自体きらびやかな現実であり、そこにセルバンテスとフロベールは自らの心情の最良の部分を認め、かつそれを投影するのである」（戸田吉信訳、前掲書、一二六頁。THIBAUDET, *ibid.*, p.101）。
(11)「日傘の女」をモティーフとしたモネの三作品は次のとおりである。
①「散歩・日傘の女」*La promenade, la femme à l'ombrelle*（一八七五、カンヴァス・油彩、ナショナル・ギャラリー、ワシントン）②「戸外の人物習作（右向き）」*Essai de figure en plein air*（*vers la droite*）（一八八六、カンヴァス・油彩、オルセー美術館）③「戸外の人物習作（左向き）」*Essai de figure en plein air*（*vers la gauche*）（一八八六、同上）
(12) Jean-Pierre RICHARD, *La création de la forme chez Flaubert*, in *Littérature et Sensation*, Seuil, 1954, pp.134-140.
(13) THIBAUDET, *op. cit.*, p.108. チボーデは、「だが彼女は頭をめぐらした。シャルルがそこにいた」mais elle tourna la tête: Charles était là. という文章について、「このコロン（:）以上に深い意味をもつ句切り、また《Charles était là》における簡単な助動詞《être》以上に表情豊かな言葉が想像できようか」と述べている。
(14) Jean STAROBINSKI, *L'Œil vivant*, Gallimard, 1970, p.116.
(15) 鹿島茂、前掲書、二二五―二二六頁。ただし、引用された山田𣝣訳には「軽装二輪馬車chaise」とあるが、この《chaise》は「座席」の意であり、「ストッペ」stopperが正しい。
(16) HUGO, *Les Misérables*, Bibliothèque de la Pléiade, Gallimard, 1976, p.408.
(17) スタンダール「『赤と黒』について」小林正訳、『赤と黒』（下）、新潮文庫、二〇〇五、四七九頁。
(18) 同書、四七八頁。
(19) HUGO, *op. cit.*
(20) クーデター計画の密書の使者としてストラスブールに滞在中、古戦場のケール近辺を馬で散歩していたジュリヤンは、かつてロンドンで社交術を教わったコラゾフ公爵と再会する。彼はこのロシア貴族の「優雅な乗馬ぶり（Ⅱ・24）」に感嘆し、毎日一緒に馬を乗り回す。彼は当然、公爵からも優雅に騎乗する術を学び取った違いない。
(21) ルイーズ・コレと結ばれた時（一八四六）からずっと、フロベールは彼女の上靴にフェティシスト的な愛着を持ちつづける。それはルイーズの死（一八七六）を経て、フロベールの死の前年（一八七九）まで変わらない。これについては、彼の弟子モーパッサンの証言がある。Jacques CHESSEX, *Flaubert ou le désert en abîme*, Grasset, 1991, pp.67–69参照。フロベールのフェティシスムについては戸田吉信が、特に『感情教育』を中心に深く考察している（『ギュスターヴ・フロベール研究』駿河台出版社、一九八三、四一七—四三八頁）。

(22) Georges POULET, *Flaubert*, in *Les métamorphoses du cercle*, Plon, 1961, pp.377–379. プーレ『円環の変貌』岡三郎訳、国文社、一九七四、下巻、一二一—一二四頁。

(23) この「二階一等席」《*premières*》は、ジュリヤン（『赤と黒』）がアグドゥの司教を見て、自分も昇りつめたいと野心を掻きたてられる「社会の最上層」《le premier rang de la société》（I・18）および《(aux) premières classes de la société》（II・13）を想起させる。

(24) ベンヤミン「ボードレールのいくつかのモティーフについて・V」（一九四〇）丸子修平訳、『ヴァルター・ベンヤミン著作集』6、晶文社、一九七〇、五一頁。〔仏語版〕Walter Benjamin, *Sur quelques thèmes baudelairiens*, in *Œuvres* 2—*Poésie et Révolution*, Denoël, 1971, p.240.

(25) 戸田吉信、前掲書、一八五—二三三頁。

(26) マリオ・プラーツ、前掲書、二二七—二四三頁。〔仏語版〕前掲書〔註（4）〕、一五一—一六二頁。

(27) 戸田吉信、前掲書、一八三頁。

(28) 同書、二三一頁。

(29) 同書、二三二頁。

(30) THIBAUDET, *op. cit.*, p.92.

(31) 阿部良雄訳『ボードレール全集』I、筑摩書房、一九八三、五六九頁参照。

(32) リルケ『リルケ詩集』富士川英郎訳、新潮文庫、一九六三、九〇—九一頁。

(33) ド・シュガール『ボードレールとリルケ』近藤晴彦訳、審美社、一九七二、一〇二頁。

(34) *Ibid.*

(35) 「何にもみつからなかった」《ne trouva rien》の《rien》は死因を指すが、シャルルの一生の不毛さ、無意味さを暗示している。この一行は、フロベールが夢見た理想の書物、「何についても書かれていない本」あるいは「無に等しいものについての本」《Le Livre sur Rien》を想起させる。

底本

『ボヴァリー夫人』と『感情教育』の邦語訳には、主として *Œuvres*（2 vol., Bibliothèque de la Pléiade, Gallimard, 1979）を用いたが、他に Classiques Garnier 版を参照した。

邦訳に際し、次の訳を参考にさせていただいた。訳者の方々に謝意を表する。


伊吹武彦訳『ボヴァリー夫人―地方風俗―』、『フローベール全集』1、筑摩書房、一九六五。

生島遼一訳『ボヴァリー夫人―地方風俗―』、新潮文庫、二〇〇六。

生島遼一訳『感情教育―ある青年の物語―』、『フローベール全集』3、筑摩書房、一九六六。

小林　正訳『赤と黒』上・下、新潮文庫、二〇〇五。

参考文献

周知のように、フロベールに関する書誌は非常に多い。『フローベール研究』（『フローベール全集』別巻、筑摩書房、一九六八、五〇七―五一七頁）巻末の蓮見重彦氏による文献目録は一五六点（および後記の五点）に上るが、次のように分類されていて分かりやすく、充実している。

Ⅰ同時代の反応　Ⅱ死後のイメージの変遷　Ⅲ伝記的研究　Ⅳ学問的研究　Ⅴ現代のフローベール

ただし、この目録は外国語文献のみで、邦訳のあるものはアステリスクで示している。ここには、筆者が参照した文献の一部を挙げる。


阿部良雄全訳『ボードレール全集』Ⅱ、筑摩書房、一九八四。

アルベール・チボーデ『ギュスターヴ・フロベール』戸田吉信訳、法政大学出版局、二〇〇一。

鹿島　茂『十九世紀パリ・イマジネール―馬車が買いたい！』白水社、一九九〇。

カロリーヌ・フランクラン＝グルー編『フローベールのパンセ』滝澤壽訳、駿河台出版社、一九九〇。

斉藤昌三『フロベールの小説』大修館書店、一九八〇。

ジャン・ルーセ「『ボヴァリー夫人』または小説らしからぬ小説」加藤晴久訳、『フローベール研究』所収、『フローベール全集』別巻、筑摩書房、一九六八。

ジュリエット・クラットン=ブロック『図説 馬と人の文化史』桜井清彦監訳・清水雄次郎訳、東洋書林、一九九七。

スタンダール「『赤と黒』について」小林正訳、『赤と黒』(下)、新潮文庫、二〇〇五。

滝澤　壽『フランス・レアリスムの諸相』駿河台出版社、二〇〇〇。

戸田吉信『ギュスターヴ・フロベール研究』駿河台出版社、一九八三。

ド・シュガール『ボードレールとリルケ』近藤晴彦訳、審美社、一九七二。

ベンヤミン「ボードレールのいくつかのモティーフについて」(一九四〇)丸子修平訳、『ヴァルター・ベンヤミン著作集』6、晶文社、一九七〇。

前田陽一責任編集『パスカル』、『世界の名著』24、中央公論社、一九六六。

マリオ・プラーツ『肉体と死と悪魔―ロマンティック・アゴニー』倉智恒夫ほか訳、国書刊行会、一九八八。

村田京子『娼婦の肖像―ロマン主義的クルチザンヌの系譜』新評論、二〇〇六。

本村凌二『馬の世界史』講談社現代新書、二〇〇一。

リルケ『リルケ詩集』富士川英郎訳、新潮文庫、一九八三。

BAUDELAIRE (Charles–Pierre), *Œuvre complètes,* 2vol., Bibliothèque de la Pléiade, Gallimard, 1976.
BENJAMIN (Walter), *Œuvres 2—Poésie et Révolution*, Denoël, 1971.
BIASI (Pierre–Marc de), *Flaubert, Les secrets de l' «homme–plume»*, Hachette Livre, 1995.
CHESSEX (Jacques), *Flaubert ou le désert en abîme,* Grasset, 1991.
FAJARDO (Marie–Hélène), FERRERO (Claude), JAILLARD (Laurence), *Aimer Lyon*, Editions Ouest–France, 1994.
GENETTE (Gérard), *Silences de Flaubert*, in *Figures* I, Seuil, 1966.
HUGO (Victor–Marie), *Les Misérables*, Bibliothèque de la Pléiade, Gallimard, 1976.
JAMES (Henry), *Gustave Flaubert*, Collection Glose, L'Hern, 1969.
POULET (Georges), *Les métamorphoses du cercle,* Plon, 1961.

PRAZ (Mario), *La Carne, la Morte e il Diavolo nella Litteratura romantica,* 1966.〔仏語版〕*La chair, la mort et le diable—le romantisme noir,* Denoël, 1977.
RICHARD (Jean–Pierre), *Littérature et Sensation*, Seuil, 1954.
ROUSSET (Jean), *Madame Bovary ou Le Livre sur Rien*, in *Forme et Signification—Essais sur les structures littéraires; de Corneille à Claudel*, Corti, 1962.
STAROBINSKI (Jean), *L'Œil vivant*, Gallimard, 1970.
SUFFEL (Jacques), *Gustave Flaubert*, Nizet, 1979.
SUGAR (L. de), *Baudelaire et R.M.Rilke*, Nouvelles Editions Latines, 1954.
THIBAUDET (Albert), *Gustave Flaubert*, Gallimard, 1935.

あとがき

オディロン・ルドンは目に憑かれた画家である。ボードレールと、彼が再発見し、再評価を促したエドガー・ポー、この二人の詩人の目に対する偏執は、ルドンの石版画に受け継がれる。

一八七九年から九一年の黒を主調とする時期に制作された「幻視」*Vision*（『夢のなかで』Ⅷ、一八七九）では、画面の両端にそそり立つ二本の石柱に挟まれた暗い空間に、右上を向いた巨大な眼球が一個の天体のように浮かび、かすれた白い光線をガーベラの花弁のように闇に拡げている。三段の石段の手前には市松模様の床があり、左隅から右方向へ、眼球より小さい男女が手をつないで歩いてゆく。男はおそらく眼球を見上げているが、ヴェールを被った長いローブの女は、そちらを見てはいないようである。「目は、奇妙な気球のように無限の方へ向かってゆく」（『エドガー・ポーに』Ⅰ、一八八二）では、海辺とも草原ともつかぬ暗い地上を離れたばかりの大きな気球が、白っぽい大空を背景に飛んでいる。気嚢部分は上空を向いた一個の眼球で、厚いタイヤのような瞼に囲まれ、その上半分にはびっしりと睫毛が生えている。この眼球からおびただしい神経繊維のような細紐で吊るされた小さなゴンドラ部分は、黒い眼窩の髑髏を盛った平皿のように見える。ルドンが執拗に描き出す、見る主体から脱け出て一個の独立した人間存在のように浮遊する眼球は、無辺際の宇宙のはるか遠くまで、もし果てがあるとすれば更にその向こうまで見たいという視線の限りない欲望を表象しているように思われる。

わたしが特に惹かれるのは、八葉一組の石版画集『起源』（一八八三）である。「Ⅰ 暗い物質の奥底で生命が目覚めた時」に続く「Ⅱ おそらく花の中で最初の視覚が試みられた」と題された作品では、仄白い地面からゼンマイに似た植物が直立するコブラのように茎を伸ばしている。尖端の渦巻き部分に、分厚い瞼に囲まれたラフレシアのような眼球が一つ嵌っており、上目遣いにこちらを窺っている。ルドンは植物の生殖器でもある花のなかに最初の目が発生したという大胆な思いつきを具象化している。「Ⅲ 不恰好なポリプは薄ら笑いを浮かべた醜い一眼巨人（キュクロプス）のように岸辺を漂っていた」という作品のポリプには、ちゃんと人間の顔がある。つまりこれは単なる比喩の域を超えた存在で、煤色の額の真中に細い瞼を押し拡げて巨きな眼球が突き出ている。ここには、精妙な視覚をそなえる哺乳類のような高等動物も、もとを辿れば原始的な有機体・生命体のポリプにすぎないという皮肉が込められていると思われる。ルドンには油絵の「キュクロプス」（一八九五〜一九〇〇）もある。周知のように、この醜怪な食人鬼はウラノスとガイアの三人息子の一人（あるいはポセイドンの息子）といわれるポリュフェモスで、五十人（あるいは百人）の海の妖精ネレイデスのなかで最も麗しいガラテイア（乳白の女）を愛慕し、彼女の恋人アキスを殺害する。彼の隻眼は片方の眼の欠落ではなく、両の眼の合一とも考えられる。この巨大な眼には、物であれ人であれ渇望する対象の外側も内側も見尽したい、わがものにしたいという、わたしたち人間の際限なく膨れあがる欲望が凝集しているといえよう。

『起源』冒頭の三作品について、阿部良雄は「物質の中からの生命の目ざめ、視覚の最初の目ざめ、そして原初の生物の怪奇な出現を表象する」（『ルドン』、『アサヒグラフ』別冊・美術特集、一九八九、七九頁）と述べている。ただし、「原初の生物の奇怪な出現」は三作品のどれにも見られる。

そもそも、わたしたちの視覚はなぜ生まれたのだろう？　直感的にわたしは、感覚も意識も有さない物たちがまわりの世界と自らの姿を見たいがために視覚を生じさせたのではないか、と考えている。だが、これは妄想にすぎない。この推測も、物が対自的な意識や自発的な意志を有するという前提がなければ成り立たないからである。

有機体としての生きものも太陽や星々や宇宙塵と同じ無機物で出来ているが、そのなかでも動物は、即自的存在である鉱物や植物とは異なり、本能や感覚をとおして外界にある物たちを知覚する。原生生物や下等動物は、目や耳や鼻や舌などの感覚器官をそなえていなくても、あるいはそうした部位が発達していなくても光や熱や音波を捉え、身のまわりの物を感知しているおかげで生命を保ち、それを次から次に伝えてくることができたようである。だが物でもある生きもののうち、進化を重ねた種族はそれだけでは満足できず、目で他の物たちの形や色彩を見て、それらの実在を認知したかったのではあるまいか。人間は更に、それらを分類して名付けるようになる。物である人間が、自分を取り巻く物たちを眺め、識別し、それらの存在を確認してゆく。またその視線を自分自身にも向けるようになり、即自的な物に近かった人間が、対自的な存在になる。このように、物たちは、自らを外から眺め、自らの存在を確認する視線が欲しくて、生物のうちでも特に動物の身体に目を発生させたのではなかろうか。目に本能的にそなわる好奇心、自らもその一部である世界を、物と他者を余すところなく見極めたい、所有したいという欲望は根源的で、果てしない。

本書の第一章「スタンダールと視線のロマネスク」は、広島女学院大学・総合研究所叢書の第二号（二〇〇五）として刊行した試論を大幅に書き直したものである。構成も大きく変えた。第二章「『カルメン』における視線のドラマ」も、『フランス文学』二一六号（日本フランス語フランス文学会中国・四国支部、二〇〇七）に発表した試論に筆を加えたものである。第三章「ボヴァリー夫人エンマ」は新たに書き下ろした。修士論文でボードレールの文学空間における目のイメージを採りあげて以来、わたしはずっと目と視線のテーマにとり憑かれている。まだしばらくは、この視点から詩や小説や絵画を見てゆくことになりそうである。

なお、本書は広島女学院大学の学術助成を受けて上梓される。今回で三度目になる。大学に対し、深い謝意を表する。また、出版の労をとられた溪水社の木村逸司社主に心よりお礼申しあげる。

二〇〇九年二月

著者

本書で採りあげたフロベールやボードレールの作品のなかには、今日の人権意識の立場からみて差別的表現といわねばならない箇所があります。しかしながら彼らには決して差別を助長する意図はなかったと考えられること、また、作品が発表された当時の時代的・社会的状況と作品の芸術性に鑑み、あえて削除や修正を施さずに訳出した箇所があります。読者の方々にご賢察をお願いいたします。（著者）

人名索引

ヤ行

ラ行

ワ行

書名・作品名索引

ア行

カ行

サ行

タ行

ナ行

ハ行

マ行

ヤ行

ラ行

〔著者紹介〕
横山 昭正（よこやま あきまさ）

広島女学院大学教授
1943年、広島県沼隈郡熊野村（旧）に生まれる。広島大学大学院文学研究科博士課程に在籍中、1972年から75年までフランス政府給費生としてボルドー大学およびルーアン大学に留学。1976年、広島女学院大学講師。助教授・教授を経て、1991年から92年までリヨン第Ⅱリュミエール大学客員研究員。1995年から大学院兼任。
専攻はフランス文学（特に近・現代詩）。
現住所：福山市熊野町乙－136／〒720－0411／Tel＆Fax：084－959－0417

〔主な著書・論文〕
「《Je n'ai pas oublié, voisine de la ville,...》（『悪の花』〔初版：70、再版：99〕）について」、『フランス語フランス文学研究』31、日本フランス語フランス文学会、1977
『夢の錨』（詩集）思潮社、1978
Poems of Akira YOKOYAMA in translation（原詩・英訳〔片柳 寛〕・仏訳〔横山〕を併載）Keisuisha, 1984
La symbolique animale chez Baudelaire, Bulletin d'Études parnassiennes et symbolistes, 15･16, ALDRUI（リヨン言語文化研究所），1995
『石の夢―ボードレール・シュペルヴィエル・モーリヤック』溪水社、2002
『現代日本文学のポエジー―虹の聖母子』（まど みちお・村野四郎・堀辰雄・志賀直哉など）溪水社、2004
『スタンダールと視線のロマネスク―『パルムの僧院』と『赤と黒』を中心に』広島女学院大学総合研究所、2005
『広島の被爆建造物―被爆45周年調査報告書』（共著）朝日新聞社、1990
『ヒロシマの被爆建造物は語る―被爆50周年・未来への記録』（共著）広島市、1996
『図録 原爆の絵―ヒロシマを伝える』（監修・解説「生と死の分岐点」）岩波書店、2007

視線のロマネスク
――スタンダール・メリメ・フロベール――

平成21年 2 月 20 日　発行
著　者　横山 昭正
発行所　㈱ 溪 水 社
広島市中区小町 1 － 4 （〒730-0041）
電話 （082） 246 － 7909
FAX （082） 246 － 7876
E-mail：info@keisui.co.jp

ISBN978-4-86327-061-9 C1097